Jude Deveraux

Ein Mann für Mom

BASTEI LÜBBE

I

Der Mann hinter dem Schreibtisch sah den Jungen, der ihm gegenübersaß, mit einer Mischung aus Neid und Bewunderung an. Mit seinen gerade zwölf Jahren hatte der ein Köpfchen, für das viele glatt einen Mord begehen würden. Ich darf nicht zu interessiert wirken, dachte er, muß ganz gelassen bleiben. Wir wollen ihn in Princeton haben: an einen Computer gekettet, und das möglichst ohne Mittagspause.

Angeblich hatte man ihn nach Denver geschickt, um etliche Kandidaten für Stipendien einer genaueren Prüfung zu unterziehen, aber in Wirklichkeit war dieser Junge der einzige, an dem das Zulassungsbüro Interesse hatte. Der Dekan der Fakultät hatte alte Bekannte gebeten, kurzfristig für Räumlichkeiten in der Nähe des Elternhauses des Jungen zu sorgen, damit der problemlos mit dem Fahrrad dorthin kam.

»Ähem«, machte er, räusperte sich und blickte stirnrunzelnd in seine Unterlagen. Er senkte die Stimme. Es war besser, wenn der Junge nicht wußte, daß er erst fünfundzwanzig war und ernste Schwierigkeiten mit seinen Studienberatern bekommen würde, wenn er seine Aufgabe verpatzte.

»Du bist noch reichlich jung«, sagte der Mann und versuchte so alt und abgeklärt wie möglich zu klingen, »dadurch werden ein paar Probleme auftauchen, aber ich denke, daß wir da schon eine Lösung finden können. Princeton hat es sich schließlich immer zur Aufgabe gemacht, jungen Amerikanern zu helfen. Und . . .«

»Über welche Ausstattung verfügen Sie? Womit werde ich arbeiten können? Ich habe auch Angebote von anderen Universitäten.«

Der Mann blickte den Jungen an und wünschte sich, irgend jemand hätte ihn bereits in der Wiege erdrosselt. Dieser undankbare kleine ... »Ich bin davon überzeugt, daß dich unsere Lern- und Arbeitsbedingungen überzeugen werden. Und was wir nicht haben, können wir jederzeit beschaffen.«

Der Junge war hochaufgeschossen für sein Alter und sehr dünn. Obwohl eins der schlauesten Kerlchen des Jahrhunderts, sah er aus wie *Tom Sawyer* entsprungen: mittelblonde Haare, die kein Kamm bändigen konnte, Sommersprossen auf einer Haut, die nur schwer bräunte, und dunkelblaue Augen hinter Brillengläsern von einer Stärke, die gut und gern als Windschutzscheibe eines Mack-Lasters dienen könnte.

Er hieß Elijah J. Harcourt. Und besaß einen IQ von mehr als 200. Hatte viel Aufsehen durch die Entwicklung eines Computers erregt, der »denken« konnte. Künstliche Intelligenz. Man sagte dem Gerät, welches Problem man lösen wollte, und die Maschine erledigte das für einen. Jedermann ging davon aus, daß der Junge sein eigenes Wunderhirn zur Grundlage des Rechners gemacht hatte. Die Nutzungs- und Anwendungsmöglichkeiten eines solchen Geräts waren atemberaubend.

Und jetzt saß dieses selbstgefällige Bürschchen vor ihm und war keineswegs dankbar für das, was man ihm bot, sondern verlangte noch mehr. Der Mann wußte, daß er damit seine weitere Laufbahn riskierte, aber er konnte das Zögern des Jungen nicht mehr ertragen. Er stand auf und schob seine Unterlagen in die Aktentasche zurück. »Vielleicht solltest du über unser Angebot nachdenken«, sagte er mit kaum beherrschter Verärgerung. »Wir machen derartige Offerten nicht gerade häufig. Kann ich davon ausgehen, daß du dich bis Weihnachten entschieden haben könntest?«

Der Junge zeigte keinerlei Emotionen. Kalte kleine Kröte, dachte der Mann. Hart wie ein Computer-Chip. Vielleicht war er gar nicht real, vielleicht war er nur seine eigene Erfindung. Den Jungen abzuwerten, gab ihm ein besseres Gefühl im Hinblick auf seinen eigenen Intelligenzquotienten, der »nur« 122 betrug.

Schnell schüttelte er die Hand des Jungen und wurde sich dabei bewußt, daß der in spätestens einem Jahr größer sein würde als er selbst. »Wir bleiben in Kontakt«, sagte er und verließ den Raum.

Eli bemühte sich sehr, sein inneres Zittern zu beherrschen. So kühl er äußerlich wirkte, so aufgewühlt war er innerlich. Princeton, dachte er. Kontakt zu richtigen Wissenschaftlern. Er könnte sich mit Leuten unterhalten, die mehr vom Leben erwarteten als die neuesten Football-Ergebnisse.

Langsam ging er zur Tür, ließ dem Mann genügend Vorsprung. Eli war klar, daß der Mann ihn nicht mochte, aber so etwas war er gewohnt. Schon vor langer, langer Zeit hatte Eli gelernt, sehr vorsichtig im Umgang mit anderen Menschen zu sein. Mit drei Jahren wußte er, daß er »anders« war als andere Kinder. Mit fünf hatte ihn seine Mutter zur Schule gebracht, um seine Lesefähigkeiten zu testen. Noch mit anderen Kindern beschäftigt, hatte die Lehrerin gesagt, er solle sich ein Buch aus dem Regal holen, um ihr dann daraus vorzulesen. Damit hatte sie eines der hübschen Bilderbücher gemeint. Sie wollte herausfinden, welche Kinder von ihren Eltern zum Lesen angeregt worden waren und welche nur vor dem Fernseher klebten.

Wie alle Kinder wollte Eli ganz instinktiv die Lehrerin beeindrucken, und so war er auf einen Stuhl geklettert und hatte ein Buch mit dem Titel *Lernbehinderungen* heruntergeholt, sich neben die Lehrerin gestellt und ganz ruhig begonnen, daraus vorzulesen. Da Eli ein Einzelkind war und von seiner Mutter nie zu etwas gedrängt wurde, was er nicht tun wollte, hatte er sein Leben sehr abgeschieden verbracht. Er wußte nicht, daß es ungewöhnlich war, wenn ein Fünfjähriger aus einem pädadogischen Fachbuch vorlas. Er wollte nur den Lesetest bestehen und in die anspruchsvollere Lesegruppe kommen.

»Das war sehr schön, Eli«, erklärte seine Mutter, nachdem er eine halbe Seite gelesen hatte. »Ich denke, Miss Wilson weiß jetzt, daß du schon ein wenig lesen kannst. Oder, Miss Wilson?«

Trotz seiner fünf Jahre war Eli der geradezu entsetzte Gesichtsausdruck der Lehrerin nicht entgangen: Was fange ich nur mit dieser Monstrosität an?

Nach seinem Eintritt in die Schule hatte Eli begriffen, was es bedeutet, »anders« zu sein. Er lernte Neid und Mißgunst kennen und was es heißt, ausgeschlossen und ausgegrenzt zu werden. Nur für seine Mutter war er »normal«. Seine Mutter hielt ihn nicht für ungewöhnlich oder seltsam. Für sie war er einfach ihr Sohn.

Jetzt, viele Jahre später, nach seinem Treffen mit dem Mann von Princeton, war Eli noch immer aufgewühlt, und als er Chelsea sah, schenkte er ihr eines seiner seltenen Lächeln. Er hatte Chelsea Hamilton im Alter von sechs Jahren kennengelernt. Sie war natürlich nicht so klug wie er, aber immerhin so verständig, daß er sich mit ihr unterhalten konnte. Auf ihre Weise war Chelsea eine ähnliche Monstrosität wie Eli, denn Chelsea war reich – sehr, sehr reich – und wußte bereits mit sechs Jahren, daß es anderen im Umgang mit ihr mehr um diesen Umstand ging als darum, aus echter Zuneigung Freundschaft mit ihr zu schließen. Die beiden Kinder hatten einander nur angesehen, zwei totale Ausnahmen in dem langweiligen kleinen Klassenzimmer, und waren unzertrennliche Freunde geworden.

»Nun?« wollte Chelsea wissen und hob den Kopf, um Eli ins Gesicht zu sehen. Sie war sechs Monate älter und bis vor kurzem stets größer als er. Aber mittlerweile war er dabei, sie zu überholen.

»Was tust du denn hier in diesem Gebäude?« fragte Eli zurück. »Du hast hier doch gar nichts zu suchen.« Bewußt machte er es spannend, ließ sie auf seine Neuigkeiten warten.

»Du scheinst zu vergessen, daß dieses Haus meinem Vater gehört.« Sie warf die langen dunklen Haare in den Nacken.

»Und er ist mit dem Dekan in Princeton befreundet. Seit zwei Wochen weiß ich über dieses Treffen Bescheid.« Schon jetzt sah man, daß Chelsea einmal eine Schönheit werden würde. Ihre Probleme würden einmal genau das sein, wovon andere träumten: zu groß, zu schlank, zu klug, zu reich. Geographisch waren ihre Häuser nur zehn Minuten voneinander entfernt, aber Lichtjahre im Wert. Elis Zuhause hätte mit Leichtigkeit in Chelseas Marmor-Eingangshalle gepaßt.

Als Eli schwieg, sah sie geradeaus. »Gestern abend hat Dad angerufen, und ich habe über seine Abwesenheit so gejammert, daß er uns ein neues CD-ROM kaufen will. Vielleicht werde ich es dir zeigen.«

Wieder lächelte Eli. Chelsea war gar nicht bewußt, daß sie »uns« gesagt hatte. Sie war sehr erfolgreich im Erpressen ihrer Eltern, die ihre Zeit vor allem damit verbrachten, überall in der Weltgeschichte herumzufahren und die häuslichen Dinge Chelseas älteren Geschwistern zu überlassen. Ein paar kleine Tränen, und ihre Eltern schenkten ihr alles, was für Geld zu haben war.

»Princeton will mich«, sagte Eli, als sie in den strahlenden Sonnenschein von Denver hinaustraten. Die Herbstluft war frisch und klar.

»Ich wußte es!« rief sie begeistert. »Wann? Und wie?«

»Ich kann im Frühjahrssemester probeweise beginnen. Wenn ich mich bewähre, kann ich im nächsten Herbst voll einsteigen.« Er sah sie kurz an, und in diesem flüchtigen Moment erkannte Chelsea, wie sehr er es sich wünschte. Eli verabscheute die Vorstellung zutiefst, auf die High School gehen und jahrelang die Schulbänke mit halbgebildeten Typen drükken zu müssen, die auf ihre anhaltende Ignoranz auch noch stolz waren. Dieses Universitätsprogramm würde Eli die Chance bieten, die High School zu überspringen und etwas Wertvolles zu tun.

»Also haben wir bis zum Jahresende Zeit zum Arbeiten«, sagte sie. »Ich werde Dad dazu bringen, uns . . .«

»Ich kann nicht nach Princeton gehen«, unterbrach Eli sie.

Chelsea brauchte einen Moment, um den Sinn seiner Worte zu begreifen. »Du kannst nicht nach Princeton gehen?« wiederholte sie flüsternd. »Warum nicht?« Chelsea hatte stets getan oder bekommen, was sie wollte. Es kam ihr gar nicht in den Sinn, daß es auch anders sein konnte.

Eli blickte sie fast gequält an. »Wer sollte sich denn dann um Mom kümmern?« fragte er leise.

Chelsea öffnete den Mund, um zu sagen, daß er zunächst einmal an sich denken sollte, schloß ihn dann aber wieder. Irgend jemand mußte sich tatsächlich um Randy, Elis Mutter, kümmern. Sie war die warmherzigste Person der Welt. Sobald irgend jemand irgendein Problem hatte, nahm sich Randy stets Zeit für ihn und suchte nach Lösungen. Chelsea wehrte sich zwar gegen die Vorstellung, sie könnte so etwas Sentimentales wie eine Mutter brauchen, doch im Laufe der Jahre hatte es immer wieder Momente gegeben, in denen sie sich in Randys immer offene Arme flüchtete.

Aber gerade wegen ihrer Weichherzigkeit mußte man für sie sorgen. Randys Mutter war wie ein argloses Lamm in einer Welt hungriger Wölfe. Und wenn Eli nicht unablässig über sie wachen würde, dann . . . Chelsea wagte sich gar nicht auszumalen, was Randy dann alles zustoßen konnte. Da brauchte man sich doch nur den Mann anzusehen, den sie geheiratet hatte und der Elis Vater war: ein Spieler, ein Bauernfänger, ein unverbesserlicher Lügner.

»Wann willst du ihnen deine Entscheidung mitteilen?« fragte Chelsea leise.

»Zu meinem Geburtstag«, erwiderte Eli. Es war eine seiner kleinen Eitelkeiten, daß er von Weihnachten stets als seinem Geburtstag sprach. Mom sagte immer, Eli sei ihr Weihnachtsgeschenk von Gott, daher würde sie ihn nie betrügen, nur weil sie das Glück hatte, ihn am ersten Feiertag bekommen zu haben. Und so gab es für ihn stets einen Stapel von Geschenken unter dem Weihnachtsbaum und einen weiteren auf einem Tisch mit einer riesigen bunten Geburtstagstorte, die durch nichts darauf hinwies, daß Weihnachten war.

Schweigend liefen sie durch die Straßen im Zentrum von Denver. Chelsea wußte, daß Eli nachdenken mußte, und das gelang ihm am besten, wenn er lief oder mit dem Rad fuhr. Sie wußte auch, daß er seine Mutter nie im Stich lassen würde. Wenn er sich zwischen Princeton und seiner Mutter entscheiden müßte, würde seine Wahl auf den Menschen fallen, den er am meisten liebte. Denn trotz seines kühlen und spröden Äußeren war Eli, wenn es um die beiden Menschen ging, die ihm am nächsten standen – sie und seine Mutter –, so weich wie ein Marshmallow.

»Vielleicht übertreibst du auch ein bißchen«, meinte Chelsea betont munter. »Vielleicht kommt deine Mutter ganz gut ohne dich aus.« Um ein Haar hätte sie »ohne uns« gesagt. »Wer hat denn vor deiner Geburt für sie gesorgt?«

Eli warf ihr einen Seitenblick zu. »Niemand, und sieh dir doch an, was ihr zugestoßen ist.«

»Dein Vater.« Chelsea seufzte tief auf und überdachte die Situation. »Aber sie sind jetzt seit zwei Jahren geschieden. Vielleicht will deine Mutter wieder heiraten, dann kann sich doch ihr neuer Mann um sie kümmern.«

»Wen soll sie denn heiraten? Der letzte Mann, mit dem sie ausging, hatte seine Brieftasche vergessen, so daß Mom für das Abendessen und eine Tankfüllung seines Wagens zahlen mußte. Und eine Woche später stellte ich fest, daß er bereits verheiratet ist.«

Ungünstigerweise erstreckte sich Randys Großzügigkeit nicht nur auf Kinder, sondern auf jedes Lebewesen. Wenn es nach seiner Mutter ginge, sagte Eli, brauchte es kein städtisches Tierheim zu geben, weil alle in Denver unerwünschten Tiere bei ihnen Aufnahme fänden. Einen Augenblick lang sah Chelsea Randy vor sich: umgeben von verletzten, halbverhungerten Tieren und ungebildeten Männern, die Geld von ihr wollten. Für Chelsea waren »ungebildete Männer« ungefähr das Ärgste, was sie sich vorstellen konnte.

»Wenn du ihr von dem Angebot erzählst, wird ihr vielleicht eine Lösung einfallen«, meinte Chelsea hoffnungsvoll.

»Meine Mutter würde ihr Leben für mich opfern«, erklärte Eli leidenschaftlich überzeugt. »Wenn sie von dem Angebot erfährt, begleitet sie mich persönlich nach Princeton. Meine Mutter sorgt sich immer nur um mich, nie um sich selbst. Meine Mutter . . .«

Chelsea verdrehte die Augen zum Himmel. In jeder anderen Beziehung hatte Eli den klügsten und schärfsten Verstand, dem sie je begegnet war, aber sobald es um seine Mutter ging, konnte man mit ihm einfach nicht vernünftig reden. Chelsea fand Randy zwar auch großartig, aber eine Heilige war sie damit noch längst nicht. Zunächst einmal war sie durch und durch undiszipliniert. Sie aß zuviel, las zu viele Bücher, die einen geistig nicht weiterbrachten, und verschwendete zuviel Zeit mit Nebensächlichkeiten, auf die Anfertigung von Halloween-Kostümen für Eli und Chelsea beispielsweise. Natürlich hatte ihr keiner von ihnen gesagt, daß sie Halloween für albernen Kinderkram hielten. Anstatt durch die Straßen zu laufen und um Süßigkeiten zu betteln, würden sie den Tag vor ihren Computergeräten bei Chelsea verbringen und dann irgendwann den Butler darum bitten, ein paar Süßigkeiten zu besorgen, die sie später Elis Mutter zeigen konnten, damit sie sie für ganz »normale« Kinder hielt.

Nur ein einziges Mal hatte Chelsea zu sagen gewagt, wie absurd es für sie war, in unbequemen und grotesken Kostümen vor den Bildschirmen zu sitzen und Logarithmen zu berechnen. »Meine Mutter hat sie genäht, damit wir sie auch tragen«, hatte Eli entgegnet. Danach war dieses Thema nie wieder erwähnt worden.

II

Als Eli mit seinem Rad auf die gesprungene, unkrautbewachsene Betonzufahrt seines Zuhauses einbog, sah er gerade noch die Rücklichter vom Auto seines Vaters verschwinden.

»Schmarotzer!« zischte Eli wütend. Ihm war klar, daß sein Vater auf der Lauer gelegen haben mußte, damit er flüchten konnte, sobald er seinen Sohn erblickte.

Jedesmal, wenn Eli das Wort Vater dachte, krampfte sich sein Magen zusammen. Leslie Harcourt war für ihn ebensowenig ein Vater gewesen wie ein Mann für seine Frau Miranda. Der Mann hatte sein Leben damit verbracht, seiner Familie begreiflich zu machen, wie bedeutend er doch war. Zu bedeutend, um sich mit seiner Familie unterhalten zu können, zu bedeutend, um mit seiner Frau und seinem Sohn irgendwohin zu gehen, zu bedeutend, um ihnen seine Zeit oder seine Aufmerksamkeit zu schenken.

Leslie Harcourt zufolge waren andere Menschen diejenigen, die wirklich zählten. »Meine Freunde brauchen mich«, betonte er immer wieder. »Aber ich brauche dich auch, Leslie«, erwiderte dann seine Mutter. »Eli braucht Schulsachen, es sind keine Lebensmittel im Haus, und mein Auto ist seit drei Wochen kaputt. Wir brauchen Lebensmittel, und wir brauchen Kleidungsstücke.«

Daraufhin setzte sein Vater stets diese unendlich geduldige Miene auf. Ganz so, als spreche er mit jemandem, der die einfachsten Dinge nicht verstehen wollte. »Mein Freund hat sich von seiner Freundin getrennt, er muß sich mit jemandem aussprechen. Und ich bin der einzige, mit dem er das kann. Er leidet, Randy. Kannst du das denn nicht begreifen? Er leidet! Ich muß zu ihm.«

So oder so ähnlich hatte Eli seinen Vater schon tausendmal reden können. Manchmal nahm seine Mutter dann all ihren Mut zusammen und sagte: »Wenn deine Freunde sich auch einmal bei ihren Freundinnen ausweinen könnten, würden die vielleicht nicht mit ihnen Schluß machen.«

Aber Leslie Harcourt hörte auf niemanden, nur auf sich selbst, und er war ein Meister in der Fähigkeit, andere Menschen so zu manipulieren, daß er aus ihnen so viel wie möglich herausholen konnte. Leslie kannte das weiche Herz seiner Frau. Schließlich hatte er sie deswegen geheiratet. Randy verzieh jedem alles. Und Leslie brauchte nur alle paar Monate »Ich liebe dich« zu sagen, damit Randy auch ihm alles vergab.

Und für diese drei Worte gab Randy Leslie Sicherheit. Sie gab ihm ein Heim, zu dem er so gut wie kein Geld beitrug und in dem er sich kaum sehen ließ. Er hatte keinerlei Verantwortlichkeiten – weder ihr noch seinem Sohn gegenüber. Darüber hinaus versorgte sie ihn mit einer höchst bequemen Ausrede, warum er die vielen Frauen nicht heiraten konnte, mit denen er sich traf. Denn er vergaß nahezu immer zu erwähnen, daß die »Freunde«, die ihn »brauchten«, Frauen waren, sehr junge Frauen mit langen Haaren und langen Beinen.

Aber vor zwei Jahren hatten Eli und Chelsea diesem Spuk ein Ende gemacht. Es war Chelsea gewesen, die Elis Vater mit der großen, dünnen Blondine entdeckt hatte, als die beiden sehr verstohlen eine Nachmittagsvorstellung im Kino der Shopping Mall besuchten. In der Dunkelheit saß Chelsea vor ihnen, machte sich so klein wie möglich und wirbelte zur Ablenkung ihren Kaugummi herum (was sie im Grunde verabscheute), während sie auf jedes Wort lauschte, das Elis Vater sagte.

»Ich würde dich gern heiraten, Heather. Das weißt du genau. Ich liebe dich mehr als mein Leben, aber ich bin ein verheirateter Mann mit einem Kind. Wenn sie nicht wären, würde ich noch in dieser Sekunde mit dir vor den Altar eilen. Jeder Mann würde sich glücklich schätzen, dich zur Frau zu bekommen. Aber du kennst Randy nicht. Ohne mich ist sie absolut hilflos. Sie kann doch kaum den Wasserhahn aufdrehen, wenn ich ihr nicht dabei helfe. Und dann ist da auch noch mein Sohn. Eli braucht mich. Er weint sich in den Schlaf, wenn ich nicht da bin, um ihm einen Gutenachtkuß zu geben. Deswegen muß ich mich doch auch tagsüber mit dir treffen.«

»Und dann hat er angefangen, sie auf den Hals zu küssen«, berichtete Chelsea.

Als Eli das hörte, sagte er minutenlang gar nichts. Die Ungeheuerlichkeit dieser Lüge verschlug ihm den Atem. Sein Vater hatte ihm noch nie einen Gutenachtkuß gegeben. Er war sich nicht einmal sicher, ob sein Vater überhaupt wußte, in welchem Zimmer des kleinen, dringend reparaturbedürftigen Hauses er eigentlich schlief.

Als Eli wieder atmen konnte, sah er Chelsea an. »Und was machen wir jetzt?«

Chelseas Lächeln hatte etwas eindeutig Verschwörerisches. »Robin und Maid Marian«, wisperte sie. Er nickte. Früher hatten sie sich so genannt. Robin Hood sorgte für Gerechtigkeit, vollbrachte gute Taten, half den Armen und Benachteiligten.

Es war Randy gewesen, die ihnen diese Namen gegeben hatte, nach einem rührseligen Film, den sie sich wiederholt auf Video ansah. Lachend hatte sie die beiden *les jeunes* Robin und Marian genannt, und diesen Namen waren sie insgeheim vollauf gerecht geworden.

Nur sie beide wußten, was sie taten: Sie sammelten Briefköpfe von Institutionen, Anwaltskanzleien, vervielfältigten sie mit Hilfe eines komplizierten Computersystems und sorgten mit ihnen »für Gerechtigkeit«. Als »Anwälte« schickten sie den Vätern ihrer Mitschüler Mahnbriefe, die mit den Alimentezahlungen im Rückstand waren. Sie verfaßten als »Firmenleitungen« Schreiben des Danks und der Wertschätzung für Angestellte, deren Arbeit nicht genügend gewürdigt wurden. Einmal bekamen sie die vierhundert Dollar zurück, die ein Telefongauner einer alten Frau abgeschwatzt hatte.

Nur einmal hätten sie um ein Haar Probleme bekommen. Ein Mitschüler litt unter seinen schlechten Zähnen, aber sein Vater wollte die Behandlung beim Dentisten nicht bezahlen.

Als Chelsea und Eli herausfanden, daß er eine Spielernatur war, schickten sie ihm kostenlose Teilnahmescheine für eine »geheime« Nationale Zahnbehandlungs-Lotterie zu. Für jede fünfzig Dollar, die er für die Zahnbehandlung seines Sohnes ausgab, würde er ein Freilos bekommen. Derart angelockt, ließ der Mann die Gebisse seiner drei Kinder für mehrere hundert Dollar behandeln, und Chelsea und Eli schickten ihm wundervolle rotgoldene Lotterielose. Heikel wurde es, als sie dem Mann mitteilen mußten, daß seine Nummern bedauerlicherweise nicht unter den Gewinnern waren. Der Mann ging prompt zu dem Zahnarzt, schwenkte die Briefe und Lose und verlangte sein Geld zurück. Der arme Zahnarzt, der bereits monatelang das verschwörerische Augenzwinkern des Vaters über sich ergehen lassen mußte, während er die Zähne seiner Kinder behandelte, mußte sich nun auch noch anhören, daß er im Zusammenhang mit einer Lotterie verklagt werden sollte, von der er noch nie gehört hatte.

Um Schlimmeres zu verhindern, mußten sich Chelsea und Eli ihrem Mitschüler anvertrauen, dem sie geholfen hatten, und ihn dazu bringen, seinem Vater die inkriminierenden Unterlagen aus dem Nachttisch zu stehlen. Dann schickte ihm Chelsea zur Besänftigung eine goldene Uhr ihres Vaters (er besaß zwölf davon). Der Mann verzichtete auf eine Klage.

»Ja, was wollen wir nun mit deinem Vater machen?« erkundigte sich Chelsea, sah aber, daß auch Eli keine zündende Idee hatte.

»Ich würde ihn gern irgendwie loswerden«, erwiderte Eli. »Er bringt meine Mutter zum Weinen. Aber . . .«

»Was aber?«

»Aber sie sagt, daß sie ihn noch immer liebt.«

Chelsea und Eli sahen sich fassungslos an. Sie liebten einander, aber sie wußten schließlich auch, warum. Aber wie konnte man nur einen Mann wie Leslie Harcourt lieben? Er hatte so gar nichts Liebenswertes an sich.

»Ich würde meiner Mutter gern zu dem verhelfen, was sie sich wünscht«, meinte Eli.

»Mel Gibson?« erkundigte sich Chelsea. Randy hatte einmal erklärt, sie hätte ein wirkliches Faible für Mel Gibson. Weil er so viel Familiensinn hätte, fügte sie hinzu, aus keinem anderen Grund.

»Nein«, entgegnete Eli. »Irgendwie würde ich aus meinem Vater gern einen richtigen Vater machen, einen, den sie tatsächlich mag.«

Einen Augenblick lang sahen sie sich ratlos an. Seit kurzem bemühte sich Eli darum, einem Computer das Denken beizubringen, und ihnen beiden war klar, daß das sehr viel einfacher sein würde, als aus Leslie Harcourt einen treusorgenden Familienvater zu machen.

»Das ist eine Frage für die Liebesexpertin«, sagte Chelsea. Eli nickte. »Liebesexpertin« nannten sie Elis Mom, weil sie Liebesromane im Dutzend verschlang. Nach jeder beendeten Lektüre gab sie Eli eine kurze Zusammenfassung des Inhalts, die er dann in seinen Computer eingab und mit denen er ausgefeilte Diagramme erstellte. Inzwischen verfügte über umfassende Statistiken. Er wußte, daß achtzehn Prozent aller Liebesromane im Mittelalter spielten. Er konnte sagen, in wie vielen Feuersbrünste oder Schiffsuntergänge eine dramatische Rolle hatten, in wie vielen dem Helden von einer Frau so übel mitgespielt wurde, daß er daraufhin alle Frauen haßte. Es waren vor allem die Ähnlichkeiten, die Eli faszinierten, aber wie seine Mutter erklärte, war Liebe immer wieder wundervoll – ganz gleich, wie oft sie davon las.

Also konsultierten Eli und Chelsea Randy. Sie sagten, der Mann von Chelseas älterer Schwester hätte eine Affaire mit einem Mädchen, das ihn unbedingt heiraten wolle.

»Ah«, erwiderte Randy. »Zu diesem Thema habe ich gerade einen Roman gelesen.«

Eli warf Chelsea einen Ich-wußte-doch-daß-sie-sich-auskennt-Blick zu.

»Um den Mann zur Scheidung von seiner Frau zu zwingen, behauptete die Geliebte, von ihm schwanger zu sein. Aber der Schuß ging nach hinten los, und der Mann kehrte zu seiner Frau zurück, die sich inzwischen jedoch mit einem hochgewachsenen, dunkelhaarigen, himmlisch aussehenden Mann getröstet hatte, so daß der Ungetreue schließlich zwischen allen Stühlen saß.« Einen Moment lang blickte Randy verträumt in die Ferne. »Zumindest war es im Buch so, aber das Leben ist nun einmal kein Liebesroman. Bedauerlicherweise. Tut mir leid, Chelsea, aber ich fürchte, ich kann dir nicht helfen. Mit richtigen Männern im richtigen Leben kenne ich mich nicht besonders gut aus.«

Damit gaben sich Chelsea und Eli nicht zufrieden. Sie stellten ein paar Nachforschungen an und schickten dann Elis Vater mit dem Briefkopf eines bekannten Arztes ein Schreiben. Darin teilten sie ihm mit, daß Miss Heather Allbright ein Kind von ihm erwarte und seine Praxis angewiesen sei, die Rechnungen künftig an ihn zu schicken. Die Sache mit den Rechnungen war Chelseas Idee gewesen, da ihrer festen Überzeugung nach alle Rechnungen an Väter gerichtet werden sollten.

Aber die Dinge entwickelten sich nicht ganz so, wie Chelsea und Eli erwartet hatten. Als Leslie Harcourt seine Geliebte harsch zur Rede stellte, brach die zusammen und gestand unter Tränen ein, daß es keine Lüge, sondern die reine Wahrheit war. Dem Wenigen zufolge, was Chelsea und Eli in Erfahrung bringen konnten – denn Elis Mutter gab sich alle Mühe, ihren Sohn in Unkenntnis zu lassen –, drohte Heather damit, ihn zu verklagen, wenn er sich nicht von Randy scheiden ließ und sie heiratete.

Verständnisvoll wie immer, erklärte Randy, sie müßten alle vor allem an das ungeborene Kind denken. Sie und Eli könnten auch allein zurecht kommen, und selbstverständlich würde sie sich keiner Scheidung widersetzen. Leslie betonte, es könnte das Verfahren beträchtlich verkürzen, wenn er nur die Hälfte der Gerichtskosten und bis zu Elis achtzehntem Geburtstag minimale Unterhaltszahlungen leisten müßte. Großzügig fügte er hinzu, Randy dürfe das Haus behalten, wenn er nur die darin enthaltenen Wertgegenstände bekomme und sie die Hypothekenabzahlungen übernehme.

Zunächst reagierten Chelsea und Eli so schockiert auf die Folgen ihrer Aktivitäten, daß sie niemandem die Wahrheit erzählten. Doch dann, als Heather tatsächlich schwanger war, offenbarten sie sich. Eine Woche nach der Hochzeit mit Elis Vater erlitt Heather eine Fehlgeburt.

Eli nahm an, seine Mutter würde wegen dieser Neuigkeit zusammenbrechen, doch statt dessen hatte sie nur gelacht. »Stell dir vor«, sagte sie. »Aber die schlaue Miss Heather hat ihr Baby bekommen, ob sie es nun weiß oder nicht.«

Eli konnte seine Mutter nie dazu bringen, ihm diese Bemerkung genauer zu erläutern, aber er war so erleichtert, daß sie über die Scheidung nicht allzu verzweifelt war, daß er die Fehlgeburt nie wieder erwähnte.

Jetzt waren die Rücklichter vom Auto seines Vaters gerade um die Ecke verschwunden, und Eli wußte ohne jeden Zweifel, daß er wieder versucht hatte, sich um die Unterhaltszahlungen zu drücken. Als Autoverkäufer verdiente Leslie Harcourt rund fünfundsiebzigtausend Dollar im Jahr – er konnte buchstäblich jedem alles verkaufen –, während seine Mutter als Krankenpflegerin kaum zwanzigtausend nach Hause brachte. »Eine bessere Nachttopfentleererin«, nannte sich Randy. »Ich halte Händchen und gebe den Leuten ein besseres Gefühl. Bedauerlicherweise wird das nicht gerade gut bezahlt. Eli, meine einzig realistische Zukunftschance besteht darin, die Privatpflegerin eines sehr reichen, sehr netten alten Mannes zu werden, den es nach ein wenig mehr verlangt, als den ganzen Tag Popcorn zu futtern und Videos zu gucken.«

Eli hatte seine Mutter darauf hingewiesen, daß die Heldinnen in ihren Romanen noch vor ihrem dreißigsten Geburtstag große Unternehmen leiteten oder als Kellnerinnen arbeiteten, während sie abends Jura büffelten. Randy hatte nur gelacht.

»Wer sollte denn die Liebesromane kaufen, wenn alle Frauen so wären?«

Das hielt Eli für eine sehr kluge Bemerkung. Seine Mutter verfügte über die ungewöhnliche Fähigkeit, sofort zum Kern der Dinge vorzustoßen.

»Was wollte er?« fragte Eli, sobald er die Tür aufgestoßen hatte.

Mißmutig verzog Randy das Gesicht. Den wachsamen Blikken ihres Sohnes entging offenbar nichts. »Nichts Besonderes«, sagte sie ausweichend.

Bei diesen Worten überlief Eli ein kalter Schauer. »Wieviel hast du ihm gegeben?«

Randy schlug die Augen gen Himmel.

»Du weißt, daß ich es sowieso herausbekomme, wenn ich die Bankauszüge vergleiche. Wieviel hast du ihm gegeben?«

»Du überziehst deine Rolle, junger Mann. Mit dem Geld, das ich verdiene . . .«

Eli bilanzierte schnell im Kopf. Er wußte stets auf den Cent genau, wieviel seine Mutter auf ihrem Girokonto hatte, ein Sparkonto gab es nicht, und wieviel sich in ihrem Portemonnaie befand. »Zweihundert Dollar«, sagte er. »Du hast ihm einen Scheck über zweihundert gegeben.« Das war das äußerste, was sie sich neben der Hypothekenrate und den Kosten für den Lebensunterhalt leisten konnte.

Als Randy die Lippen zusammenkniff, wußte er, daß er die Summe auf den Cent genau getroffen hatte. Er würde später Chelsea davon erzählen und sich von ihr für seine Weitsicht loben lassen.

Ein leiser Fluch kam über seine Lippen.

»Eli!« rügte seine Mutter streng. »Ich lasse es nicht zu, daß du deinen Vater so nennst.« Ihre Miene wurde wieder weicher. »Du bist viel zu jung, um so zynisch zu sein. Du mußt an das Gute im Menschen glauben. Ich mache mir große Sorgen, daß du traumatisiert sein könntest, weil dir die männliche Anleitung durch deinen Vater fehlt. Und ich weiß sehr wohl, daß du deine wahren Gefühle verbirgst. Ich weiß genau, wie sehr du ihn vermißt«.

Plötzlich sah Eli aus wie ein alter Mann. »Du mußt wieder eine von diesem Talkshows im Fernsehen gesehen haben. Ich vermisse ihn nicht die Spur. Als du noch mit ihm verheiratet warst, habe ich ihn nie zu Gesicht bekommen. Mein Vater ist ein egoistischer, selbstsüchtiger Lump.«

Randys Mund verzog sich zu einem schmalen Strich. »Unabhängig davon, ob das nun stimmt oder nicht: Er bleibt dein Vater.«

Elis Gesichtsausdruck veränderte sich nicht. »Vermutlich darf ich nicht darauf hoffen, daß du ihm untreu warst und mein richtiger Vater der König eines kleinen, aber wohlhabenden europäischen Landes ist.«

Randy lachte. Sie konnte Eli ebensowenig lange böse sein, wie sie dem Flehen und Betteln ihres Ex-Mannes widerstand. Sie wußte, daß Eli das gar nicht gern hören würde, aber er war seinem Vater sehr ähnlich. Beide verfolgten stets das, was sie wollten, und nichts konnte sie davon abbringen.

Nein, diese Beobachtung hätte Eli absolut nicht geschätzt.

Eli war so verbittert, daß sich seine Mutter wieder einmal von seinem Vater hatte beschwatzen lassen, daß er kein weiteres Wort herausbrachte. Er drehte sich um und lief in sein Zimmer. Inzwischen war Leslie mit den Unterhaltszahlungen sechs Monate im Rückstand. Anstatt seine Schulden endlich zu bezahlen, war er bei Randy aufgetaucht, hatte ein paar Tränen vergossen und ihr erzählt, wie schlecht es ihm finanziell ging, um seine Ex-Frau dazu zu bringen, ihm Geld zu geben. Eli wußte, daß sein Vater bei jeder sich bietenden Gelegenheit seine Fähigkeiten als Verkäufer überprüfte. Die üblen Tricks, die er anwandte, um Randy zu beschwatzen, waren solche Tests.

Es war jedoch eine Tatsache – eine, die Randy nicht kannte –, daß Leslie kürzlich einen Mercedes im Wert von sechzigtausend Dollar erworben hatte. Die Raten für diesen Wagen strapazierten ihn finanziell erheblich. (Eli und Chelsea waren in der Lage gewesen, die Datenbanken einiger Kreditinstitutionen anzuzapfen, und dabei auf eine Menge »vertraulicher« persönlicher Informationen gestoßen.

Eli verbrachte eine halbe Stunde wutschnaubend in seinem Zimmer, aber als er sah, daß seine Mutter draußen im Garten ihre Rosen pflegte, ging er ins Wohnzimmer zurück und rief den Mann an, der sein Vater war.

Er verschwendete keine Zeit mit Höflichkeiten. »Wenn du innerhalb von vierundzwanzig Stunden nicht drei Monate Alimente bezahlst und die restlichen drei in den nächsten dreißig Tagen, streue ich Zucker in den Tank deines neuen Autos.« Dann legte er den Hörer wieder auf die Gabel.

Zweiundzwanzig Stunden später tauchte Leslie mit dem Geld auf. Eli stand hinter seiner Mutter und mußte sich den langatmigen salbungsvollen Sermon seines Vaters darüber anhören, daß manche Menschen bereit waren, an das Gute zu glauben, während andere keinen Funken Loyalität in sich trügen.

Eli ließ das ein paar Minuten lang über sich ergehen, dann reckte er sich auf die Zehenspitzen, blickte über die Schulter seiner Mutter und funkelte seinen Vater so lange so böse an, bis der fluchtartig das Haus verließ – nicht ohne Randy lautstark zu versichern, daß sie die restlichen drei Monate in den nächsten dreißig Tagen bekommen würde. Eli verkniff sich die Bemerkung, daß dann vier und nicht drei Monate fällig waren.

Als Leslie verschwunden war, wandte sich Randy lächelnd an ihren Sohn. »Siehst du, Eli, mein Schatz. Man muß nur an das Gute in den Menschen glauben. Ich habe dir gesagt, daß dein Vater das Geld bringen wird, und er hat es gebracht. Und wohin gehen wir heute abend zum Essen?«

Zehn Minuten später telefonierte Eli mit Chelsea. »Ich kann nicht nach Princeton gehen«, sagte er leise. »Ich kann meine Mutter nicht ungeschützt zurücklassen.«

Chelsea zögerte keine Sekunde. »Komm sofort her! Wir treffen uns im Sherwood Forest!«

III

»Was sollen wir nur tun?« flüsterte Chelsea. Sie saßen nebeneinander auf der Schaukel im Garten des Zwanzig-Morgen-Landsitzes ihrer Eltern im Herzen von Denver. Ihr Vater hatte vier Häuser gekauft und drei davon abreißen zu lassen, um mehr Platz zu haben. Er war zwar nur selten in der Lage, diese Weite auch zu genießen, aber es bereitete ihm viel Freude, anderen Leuten zu erzählen, daß er zwanzig Morgen im Zentrum von Denver besaß.

»Keine Ahnung«, entgegnete Eli. »Ich weiß nur, daß ich sie nicht verlassen kann. Wenn ich sie nicht beschütze, wirft sie alles, was sie besitzt, meinem Vater in den Rachen.«

Chelsea hegte keinen Zweifel an dem, was ihr Eli gerade erzählt hatte. Schließlich war es nicht das erstemal, daß Leslie Harcourt seine Ex-Frau schamlos ausgeplündert hatte. »Ich wünschte . . .« Sie brach ab, sprang von der Schaukel und blickte nachdenklich auf Elis mutlos gesenkten Kopf. Sie wußte, daß er die Vorstellung, auf die High School zu müssen, ebenso haßte, wie er die Chance, seine Computerforschungen fortsetzen zu können, liebte.

»Ich wünschte, wir könnten einen Ehemann für sie auftreiben.«

Eli schnaufte verächtlich. »Das haben wir doch versucht, wie du sehr wohl weißt. Aber sie mag nun einmal nur Männer wie meinen Vater. Männer, die sie ›brauchen‹, wie sie sagt. Dabei haben sie es nur auf ihr Geld und ihr großes Herz abgesehen.«

»Ich weiß, aber wäre es nicht wunderschön, wenn wir es fertigbringen würden, für sie einen dieser Träume zu verwirklichen, von denen sie immer in ihren Romanen liest? Sie könnte einen hochgewachsenen, dunkelhaarigen Milliardär kennenlernen, und der . . .«

»Einen Milliardär?«

»Ja«, beharrte Chelsea im Brustton der Überzeugung. »Mein

Vater meint, bei der heutigen Inflation ist ein Millionär, selbst ein Multimillionär, auch nicht mehr das, was er einmal war.«

Dann und wann wurde Eli überdeutlich daran erinnert, wie unterschiedlich seine und Chelseas Vorstellungen von Geld doch waren. Für ihn und seine Mutter stellten zweihundert Dollar eine Riesensumme dar, aber die Frau, die Chelseas Haare schnitt, berechnete dreihundert Dollar pro Besuch.

Chelsea lächelte. »Du kennst nicht zufällig einen unverheirateten Milliardär, oder?«

Sie scherzte, aber Eli lächelte nicht. »Aber selbstverständlich. Er . . . er ist mein bester Freund.«

Chelsea machte große Augen. Eine der Fähigkeiten, die sie besonders an ihm schätzte, war die, sie immer wieder überraschen zu können. Egal, wie gut sie ihn zu kennen glaubte – er hatte immer noch ein As im Ärmel. »Wo hast du denn einen Milliardär kennengelernt, und wie ist er dein Freund geworden?«

Aber Eli musterte sie nur schweigend. Die Miene kannte sie, und sie wußte, daß sie kein weiteres Wort aus ihm herausgebekommen würde.

Zwei Tage später war es Eli, der ein Treffen im Sherwood Forest einberief. Und als er dann im Garten ihres Elternhauses auftauchte, hatte Chelsea seine Augen nie zuvor so glänzen gesehen. Fast befürchtete sie, er hätte Fieber.

»Was ist denn los?« wisperte sie, und ihr war klar, daß es etwas Entsetzliches sein mußte.

Mit bebenden Fingern reichte er ihr einen Zeitungsausschnitt. Höchst erstaunt las sie eine kleine Meldung über einen Mann namens Franklin Taggert, einen der Geschäftsführer von Montgomery-Taggert Enterprises. Er hatte einen kleinen Unfall erlitten und sich den rechten Arm zweifach gebrochen. Da er sich zur Rekonvaleszenz in eine einsame Hütte in den Rocky Mountains zurückgezogen hatte, mußten etliche Konferenzen und Vertragsunterzeichnungen aufgeschoben werden.

Als Chelsea fertig gelesen hatte, sah sie Eli verständnislos an. »Und?«

»Er ist mein Freund«, verkündete Eli so voller Hochachtung, daß Chelsea unwillkürlich Eifersucht empfand.

»Dein Milliardär?« erkundigte sie sich leicht abfällig.

Aber Eli schien ihre merkwürdige Reaktion gar nicht zu bemerken, als er vor ihr auf und ab zu laufen begann. »Es war schließlich deine Idee«, sagte er. »Manchmal vergesse ich, daß du eine Frau bist, Chelsea. Genau wie meine Mutter.«

Chelsea war sich gar nicht sicher, ob ihr diese Mitteilung gefiel.

»Du hast doch gesagt, ich soll einen Mann für sie suchen, einen reichen Mann, der sich um sie kümmern kann. Aber wie könnte ich die Sorge um meine Mutter irgendeinem x-beliebigen Mann überlassen? Es muß sich schon um einen Mann handeln, der sowohl über Verständnis als auch über Geld verfügt.«

Chelseas Brauen stiegen bis kurz unter ihren Haaransatz. Das war ja ein völlig neuer Eli.

»Die entscheidende Frage bestand darin, wie ich meine Mutter mit einem reichen Mann bekanntmachen sollte. Sie ist Krankenschwester, und in einundzwanzig Prozent aller Liebesromane gibt es einen verletzten oder kranken Helden und eine Heldin, die ihn wieder gesund pflegt. Daraus ergibt sich, daß ihr Beruf sie eigentlich mit reichen, verletzten oder kranken Männern in Kontakt bringen müßte, aber da sie in einem städtischen Krankenhaus arbeitet, und reiche Männer dazu neigen, private Schwestern zu engagieren, hatte sie bislang keine Gelegenheit dazu.«

»Verstehe. Und nun hast du vor, deiner Mutter einen Pflegejob bei diesem Mann zu verschaffen. Aber Eli«, wandte sie vorsichtig ein, »wie willst du ihn dazu bringen, deine Mutter einzustellen? Woher weißt du, daß er auch ein guter Mann ist, nicht nur ein reicher? Und woher willst du wissen, daß sie sich ineinander verlieben? Ich glaube, es hat mit physischen Vibrationen zu tun, daß man sich verliebt.« Das hatte sie irgendwo gelesen, und es schien auch das zu erklären, worüber ihre dämlichen Schwestern dauernd redeten.

Eli hob eine Braue. »Warum sollte ein Mann meiner Mutter widerstehen können? Mein Problem ist es bisher stets gewesen, Männer von ihr fernzuhalten – nicht umgekehrt.«

Chelsea hielt es für klüger, das nicht zu kommentieren. Eli dazu zu bringen, seine Mutter als normales menschliches Wesen zu sehen, war eine unlösbare Aufgabe. Er schien zu glauben, daß sie ein goldener Schein umgab. »Aber dann . . .« Sie zögerte, begann dann zu lächeln. »*Les jeunes* Robin und Marian.«

»Ja. Ich glaube, Mr. Taggert ist allein in der Hütte. Wir finden heraus, wo die liegt, schreiben meiner Mutter einen Brief, mit dem sie engagiert wird, und schicken sie in die Rockies. Sie werden sich ineinander verlieben, und er wird für sie sorgen. Er ist ein anständiger Mann.«

Chelsea blinzelte ihn einen Moment lang verdutzt an. »Ein . . . anständiger Mann?« Sie merkte zwar, daß Eli nicht bereit war, ihr mehr zu verraten, aber sie wußte auch, wie sie ihn behandeln mußte. »Wenn du mir nicht endlich erzählst, woher du diesen Mann kennst, helfe ich dir auch nicht. Ich rühre keinen Finger.«

Eli wußte, daß sie bluffte. Chelsea war viel zu neugierig, um bei irgendeinem seiner Projekte nicht mitzumachen. Aber er wollte ihr ohnehin erzählen, wie er Frank Taggert kennengelernt hatte. »Erinnerst du dich noch daran, daß meine Klasse vor zwei Jahren die Montgomery-Taggert Enterprises besucht hat?«

Sie erinnerte sich nicht, nickte aber dennoch.

»Eigentlich wollte ich gar nicht mitgehen, fand dann im letzten Moment aber doch, es könnte vielleicht ganz interessant sein.« Und dann erzählte Eli Chelsea eine höchst bemerkenswerte Geschichte.

Eli nahm aus einem einzigen Grund an diesem Ausflug teil:

Er wollte Briefpapier mit dem Firmenaufdruck entwenden. Er besaß noch keine Briefköpfe von Montgomery-Taggert und wollte auf den Fall vorbereitet sein, daß sie sie brauchen sollten.

Als er gelangweilt in den Firmenräumen herumstand, während eine Sekretärin die Kinder fragte, ob sie vielleicht mit den Büroklammern spielen wollten, bemerkte Eli einen Mann, der auf dem Rand eines Schreibtischs hockte und telefonierte. Er trug ein Denimhemd, Jeans und Cowboystiefel. Er war mehr als einfach gekleidet, aber für Eli strahlte der Mann Macht aus wie ein Feuer Hitzewellen.

Verstohlen glitt Eli dicht hinter den Mann, so daß der ihn nicht sehen konnte, und hörte dem Gespräch zu. Er brauchte einen Moment, um zu begreifen, daß es dabei um ein Millionen-Geschäft ging. Als der Mann von »fünfundzwanzig« sprach, meine er er in Wirklichkeit fünfundzwanzig Millionen. Dollar.

Als er den Hörer auflegte, wollte sich Eli davonmachen.

»Na, Junge, hast du mitbekommen, was du hören wolltest?«

Eli erstarrte. Er konnte nicht glauben, daß der Mann gewußt hatte, daß er direkt hinter ihm stand. Die meisten Leute schenkten Kindern keine Beachtung. Woher hatte dieser Mann gewußt, wo er stand? Oder hatte er ihn gesehen?

»Bist du zu feige, mich anzusehen?«

Eli reckte sich und trat vor den Mann.

»Sag mir, was du gehört hast.«

Da Erwachsene gemeinhin gern glaubten, daß Kinder nur das hörten, was sie hören sollten, sah sich Eli für gewöhnlich zum Lügen veranlaßt. Aber diesen Mann belog er nicht. Er sagte ihm alles: Zahlen, Namen, Orte. Er erzählte ihm alles, was ihm von dem gerade gehörten Telefongespräch in der Erinnerung geblieben war.

Der Mann sah Eli mit unerforschlicher Miene an. »Ich habe gesehen, wie du durch das Büro geschlichen bist. Wonach hast du gesucht?«

Eli atmete tief durch. Noch nie hatten Chelsea und er irgendeinem Erwachsenen von ihrer Briefkopf-Sammlung erzählt, schon gar nicht, was sie damit anfingen. Aber diesem Mann sagte er die Wahrheit.

Die Augen des Mannes schienen Eli zu durchbohren. »Aber du weißt, daß das illegal ist, oder?«

Eli hielt dem Blick stand. »Ja, Sir, das weiß ich. Aber wir schreiben nur Briefe an Menschen, die anderen Schaden zufügen oder ihren Pflichten nicht nachkommen. Wir haben einige Briefe an Väter geschickt, die keine Alimente für ihre Kinder zahlen.«

Der Mann hob eine Braue und sah Eli einen Moment lang schweigend an. Dann wandte er sich an eine vorbeikommende Sekretärin. »Notieren Sie sich Namen und Adresse dieses jungen Mannes und schicken Sie ihm einen kompletten Satz des Firmenbriefpapiers von Montgomery-Taggert-Enterprises. Besorgen Sie die Briefbögen aus Maine, Colorado und Washington State.« Er sah wieder Eli an. »Und rufen Sie auch die Auslandsvertretungen an. London, Kairo, alle.«

»Ja, Sir«, erwiderte die Sekretärin und sah Eli höchst verblüfft an.

Nachdem Eli seinen ersten Schock überwunden hatte, brachte er ein gestottertes »Vielen Dank«, über die Lippen.

Der Mann streckte dem Jungen die Hand entgegen. »Ich heiße Franklin Taggert. Komm zu mir, wenn du mit der Universität fertig bist. Dann gebe ich dir einen Job.«

»Was soll ich denn studieren?« ächzte Eli heiser.

»Mit deinem Köpfchen wirst du alles studieren«, erklärte Franklin Taggert, sprang vom Schreibtisch, wandte sich ab und verschwand hinter einer Tür.

Einen Augenblick lang konnte Eli nur starren, hatte aber das sichere Gefühl, daß in diesem Moment, mit diesen wenigen Worten seine Zukunft entschieden worden war. Er wußte, was er tun würde, und wie. Und zum erstenmal in seinem Leben hatte Eli einen Helden.

IV

»Und was geschah dann?« erkundigte sich Chelsea.

»Das Briefpapier wurde geschickt, du hast es gesehen. Ich bedankte mich bei ihm, und er schrieb zurück. So wurden wir Freunde.«

Etwas in Chelsea wollte laut aufschreien, daß er sie so betrügen konnte. Seit zwei Jahren! Er hatte es zwei Jahre lang vor ihr verheimlicht. Aber sie wußte inzwischen, daß es nicht gut war, Eli zu beschimpfen. Er behielt Geheimnisse für sich, wenn ihm danach war, und schien sich nichts dabei zu denken.

»Und jetzt willst du, daß deine Mutter diesen Mann heiratet. Warum rückst du gerade jetzt mit dieser Idee heraus?« Sie wollte, daß ihre Worte verächtlich klangen, um es ihm heimzuzahlen, daß er ihr etwas so Interessantes vorenthalten hatte. Doch sobald sie die Frage gestellt hatte, wußte sie auch schon die Antwort. Bis jetzt wollte Eli seine geliebte Mutter ganz für sich haben. Ihre Augen wurden ganz groß. Wenn Eli bereit war, seine Mutter der Obhut dieses Mannes zu überlassen, mußte er . . .«

»Du hast diesen Mann also wirklich und wahrhaftig gern?«

»Für mich ist er wie ein Vater«, erwiderte Eli leise.

»Hast du ihm von mir erzählt?«

»Selbstverständlich«, sagte Eli, und wie er es sagte, besänftigte Chelsea ein wenig. »Okay, und wie wollen wir sie nun zusammenbringen? Wo befindet sich seine Hütte?«

»Das weiß ich noch nicht«, räumte Eli ein, »aber ich bin sicher, daß wir es herausfinden können.«

Drei Wochen später resignierte Chelsea. »Eli«, sagte sie, »du mußt aufgeben. Wir können ihn einfach nicht ausfindig machen.«

Eli kniff entschlossen die Lippen zusammen, stützte den Kopf aber mutlos in die Hände. Drei Wochen hatten sie damit verbracht, Faxe und Briefe an alle möglichen Leute zu schikken, um von ihnen zu erfahren, wo sich Franklin Taggert aufhielt. Aber entweder sie wußten es nicht, oder sie wollten es nicht sagen.

»Ich weiß nicht, was wir noch tun sollten«, sagte Chelsea. »Mit jedem Tag rückt Weihnachten näher, und in den Bergen wird es kalt. Er wird bald von dort aufbrechen müssen, und dann kann deine Mutter ihn nicht mehr kennenlernen.«

In der ersten Woche hatte sie ihn gefragt, warum er Mr. Taggert nicht einfach seiner Mutter vorstellte, aber Eli hatte sie angesehen, als wäre sie übergeschnappt. »Sie würden meinetwegen sehr höflich miteinander umgehen, aber das wäre auch alles. Nein, nein, sie müssen sich schon auf ganz neutralem Boden kennenlernen. Hast du aus den Büchern meiner Mutter denn gar nichts gelernt?«

Inzwischen hatten sie alles mögliche versucht, aber seine Mutter noch immer nicht mit Mr. Taggert zusammengebracht.

»Etwas haben wir allerdings noch nicht probiert«, wagte sich Chelsea vor.

Eli nahm den Kopf nicht aus den Händen. »Es gibt nichts. Ich habe alles ganz genau überlegt.«

»Wir haben es noch nicht mit der Wahrheit versucht.«

Eli hob den Kopf und sah sie an. »Mit welcher Wahrheit?«

»Meine Eltern waren ganz versessen darauf, daß meine Schwester heiratete. Weil sie langsam zu alt würde, meinte meine Mutter. Sie war damals fast dreißig. Wenn dieser Mr. Taggert vierzig ist, brennt seine Familie vielleicht auch darauf, ihn zu verheiraten.«

Eli starrte sie total verwirrt an.

»Warum verabreden wir uns nicht mit einem seiner Brüder und erzählen ihm, daß wir eine Frau für Mr. Taggert haben? Dann warten wir ab, ob er uns helfen wird.«

Als Eli nicht reagierte, runzelte Chelsea die Stirn. »Einen Versuch ist es doch immerhin wert, oder? Hör auf zu schmollen und nenn mir den Namen eines seiner Brüder hier in Denver.«

»Michael«, sagte Eli. »Michael Taggert.«

»Okay, rufen wir ihn an.«

Nach kurzem Zögern wandte sich Eli wieder seiner Computertastatur zu. »Gut, laß es uns versuchen.«

V

Michael Taggert blickte von seinem Schreibtisch auf und sah, daß seine Sekretärin Kathy spitzbübisch lächelte.

»Erinnern Sie sich noch an den Brief von Mr. Elijah J. Harcourt, in dem er Sie um ein Treffen bat? Heute?«

Mike hob die Brauen. In einer halben Stunde wollte er sich mit seiner Frau zum Lunch treffen, und Kathys Miene entnahm er, daß es zu Komplikationen kommen könnte. »Ja. Und?«

»Er hat seine Sekretärin mitgebracht«, sagte Kathy und lächelte noch breiter.

Mike begriff zwar nicht, warum ein Mann und seine Sekretärin eine solche Erheiterung verursachen sollten, aber dann trat Kathy zur Seite, und Mike sah zwei etwa zwölfjährige Kinder den Raum betreten. Der Junge war hochaufgeschossen, dünn, und seine Augen hinter den Brillengläsern erinnerten ihn an den intensiven Blick eines Habichts. Das Mädchen besaß die gelassene Selbstsicherheit einer zukünftigen Schönheit und, wenn er sich nicht sehr täuschte, Geld.

Für so etwas habe ich einfach keine Zeit, dachte Mike und fragte sich, wer diese Kinder zu diesem Besuch veranlaßt hatte. Schweigend bat er sie, Platz zu nehmen.

»Sie sind beschäftigt, wir auch, also werde ich gleich zur Sache kommen«, begann Eli.

Mike mußte ein Lächeln unterdrücken. Das Verhalten des Jungen war überraschend erwachsen, und er erinnerte ihn an jemanden, aber er wußte nicht an wen.

»Ich möchte, daß meine Mutter Ihren Bruder heiratet.«

»Ah, ich verstehe«, sagte Mike und lehnte sich in seinem Sessel zurück. »Und welcher meiner Brüder soll es sein?«

»Der älteste. Franklin.«

Mike rutschte fast vom Sessel. »Frank?« entfuhr es ihm. Sein ältester Bruder war eine Plage, so korrekt wie ein Metermaß und ungefähr so anheimelnd wie Maine im Februar. »Frank? Du willst, daß deine Mutter Frank heiratet?« Er beugte sich vor. »Sag mal, Junge, spielst du hier den Kuppler für deine Mutter oder was?«

Mit blutrotem Gesicht fuhr Eli von seinem Sitz hoch. »Mr. Taggert ist ein sehr netter Mann, und Sie können weder gegen ihn noch gegen meine Mutter irgend etwas sagen!«

Das Mädchen legte eine Hand auf Elis Arm. Sofort setzte er sich wieder, wandte aber den Kopf ab und sah Mike nicht an.

»Vielleicht sollte ich das ein bißchen genauer erklären«, sagte das Mädchen und stellte sich vor.

Das Mädchen beeindruckte Mike, als sie ohne große Umschweife von Elis Chance erzählte, nach Princeton gehen zu können, und von seiner Weigerung, seine Mutter allein zu lassen. Während diese Chelsea sprach, blickte Mike unverwandt Eli an und versuchte, sich die ganze Geschichte zusammenzureimen. Dieser Junge wollte also, daß ein Milliardär sich um seine Mutter kümmerte. Reichlich anspruchsvoll, oder?

Er änderte seine Meinung, als Eli plötzlich sagte: »Erzähl ihm das nicht. Er kann seinen Bruder nicht leiden.«

»Was soll sie mir nicht erzählen?« hakte Mike nach. »Und ich liebe meinen Bruder. Er ist nur dann und wann nicht leicht zu ertragen. Seid ihr sicher, daß es sich nicht um eine Namensverwechslung handelt?«

Eli zog einen Umschlag aus seiner Jacke, und Mike erkannte ihn sofort als das Privatbriefpapier, das Frank ausschließlich der Familie vorbehielt. Das war seine Art, zwischen privater und geschäftlicher Post zu unterscheiden. Familienmitglieder witzelten häufig, daß Frank seine privaten Briefbögen nie für Menschen verwenden würde, die nicht den gleichen Nachnamen trugen wie er selbst. Es ging sogar das Gerücht, daß Frank bei den höchst seltenen Gelegenheiten, bei denen er weiblichen Wesen etwas mitzuteilen hatte, ausschließlich Firmenpapier benutzte.

Und doch hatte Frank diesem Jungen ein Schreiben auf seinem privaten Briefpapier geschickt.

»Darf ich mal sehen?« fragte Mike und streckte die Hand aus.

Eli wollte den Brief in seine Jacke zurückstecken.

»Mach schon«, drängte Chelsea. »Es ist wichtig.« Fast widerwillig reichte Eli Mike den Brief.

Langsam zog Mike den Brief aus dem Kuvert und las ihn. Er war handgeschrieben, nicht getippt. Soweit Mike wußte, hatte Frank seit dem Verlassen der Universität nichts mehr mit der Hand geschrieben.

Mein lieber Eli,
mit großer Freude habe ich Deinen letzten Brief gelesen. Deine neuen Theorien über künstliche Intelligenz hören sich phantastisch an. Ja, ich lasse jemanden überprüfen, was in dieser Hinsicht bereits unternommen wurde.
Eine meiner Schwägerinnen hat ein Baby bekommen, ein kleines Mädchen mit rosenroten Wangen. Ich habe einen Treuhandfonds für das Kind eingerichtet, aber niemandem davon erzählt.
Es freut mich, daß Dir Dein Geburtstagsgeschenk gefallen hat, und ich werde die Manschettenknöpfe, die Du mir geschickt hast, bei meinem nächsten Treffen mit dem Präsidenten tragen.
Wie geht es Chelsea und Deiner Mutter? Laß mich wissen, wenn sich Dein Dad wieder weigert, die Alimente für Dich zu zahlen. Ich kenne da einige Anwälte und auch ein paar Schläger. Ein Mann, der für einen Sohn, wie Du einer bist, nicht dankbar ist, hat eine Lektion verdient.
In liebevoller Freundschaft
Frank.

Mike mußte den Brief dreimal lesen. Selbst dann war er noch

nicht sicher, daß er tatsächlich von Frank stammte. Er konnte es einfach nicht glauben. Franks einziger Kommentar, wenn eins seiner Geschwister ein Kind bekam, bestand ausnahmslos in der Frage: »Hört ihr eigentlich auch mal damit auf?« Und hier schrieb er, das kleine Mädchen seines Bruder hätte rosenrote Wangen – was ja auch stimmte.

Mike faltete den Brief sorgsam wieder zusammen und steckte ihn in den Umschlag. Eli riß ihn ihm fast aus der Hand.

»Eli möchte, daß seine Mutter Mr. Franklin Taggert auf neutralem Boden kennenlernt, in einer Atmosphäre, in der sie einander ebenbürtig sind«, sagte Chelsea. »Sie ist Krankenschwester, und daher dachten wir, sie könnte sich vielleicht zu der Berghütte begeben, in der sich Mr. Taggert aufhält. Aber wir konnten nicht herausbekommen, wo die liegt.«

Mike wußte nicht, worüber sie eigentlich redete. Er sah auf seine Uhr. »In zehn Minuten soll ich mich mit meiner Frau zum Lunch treffen. Wollt ihr mich nicht begleiten?«

Fünfundvierzig Minuten später und mit der Hilfe seiner Frau Samantha verstand Mike endlich die ganze Geschichte. Und nun wußte er auch, an wen ihn Eli erinnerte. Eli war wie Frank: sprödes Äußeres, intensive Augen, brillanter Verstand, obsessive Persönlichkeit.

Während er zuhörte, verspürte Mike so etwas wie schmerzliche Verärgerung darüber, daß sein älterer Bruder ein fremdes Kind liebte, aber immerhin bewies Franks Zuneigung zu Eli, daß er lieben konnte.

»Ich halte das für himmlisch romantisch«, sagte Samantha.

»Ich bin sicher, die arme Frau bekommt den Schock ihres Lebens, wenn sie Frank kennenlernt«, murmelte Mike, hielt dann aber den Mund, weil ihm Samantha unter dem Tisch einen Fußtritt versetzte.

»Und wie fädeln wir das Ganze nun ein?« fragte Samantha. »Und welche Kleidergröße hat deine Mutter?«

»Zweiundvierzig«, erwiderte Chelsea. »Sie ist klein und d . . .« Sie spürte Elis zornigen Blick, ohne ihn anzusehen. Er verhielt sich sehr schweigsam, weil er mit seiner extremen Abneigung gegen Mike zu kämpfen hatte. »Sie ist . . . äh, mollig.«

»Verstehe«, sagte Samantha und zog ein kleines Notizbuch aus ihrer Handtasche.

»Warum ist ihre Kleidergröße wichtig?« wollte Mike wissen.

Chelsea und Samantha sahen ihn an, als hielten sie ihn für extrem einfältig. »Sie kann wohl kaum in Jeans und Sweatshirt in der Hütte auftauchen, oder? Wollen wir ihr nicht etwas aus Cashmere kaufen, Chelsea?«

»Cashmere?!« riefen Eli und Mike unisono, und das knüpfte ein ganz neues Band zwischen ihnen: Männer contra Frauen.

Samantha ignorierte den Ausbruch ihre Mannes. »Mike, du schreibst Mrs. Harcourt einen Brief, in dem . . .«

»Stowe«, korrigierte Eli. »Die neue Frau meines Vaters hat verlangt, daß meine Mutter ihren Mädchennamen wieder annimmt. Also hat sie es getan.«

Samantha warf Mike einen inhaltsschweren Blick zu, und er wußte, daß jedes Gefühl für Verhältnismäßigkeit beim Teufel war. Von nun an würden Eli und Chelsea alles bekommen, was sie sich nur wünschten.

VI

Dankbar glitt Randy vom Pferd und betrat die Hütte. In den letzten Tagen war so vieles so schnell geschehen, daß sie gar keine Zeit hatte, darüber nachzudenken. Gestern nachmittag war ein Mann im Krankenhaus erschienen und hatte sie höflich gefragt, ob sie bereit sei, kurzfristig für die Dauer von drei Wochen die Privatpflege seines Klienten zu übernehmen. Zunächst wollte sie ablehnen, wollte sagen, daß sie das Krankenhaus nicht bitten könnte, sie gehen zu lassen, doch dann stellte sich heraus, daß diese Frage längst mit dem Personalchef geklärt worden war – einem Mann, den Randy noch nie gesehen hatte.

Dann erklärte sie dem Mann, daß es doch nicht ginge, da sie einen Sohn hätte, für den sie sorgen müßte. Als wäre das ganze ein abgesprochenes Komplott, wurde Randy in diesem Moment ans Telefon gerufen, wo Eli sie fragte – bettelte, flehte –, ob er mit Chelseas Familie eine äußerst lehrreiche Yachtreise unternehmen dürfe. Vielleicht hätte sie einwenden sollen, daß er dadurch zuviel in der Schule versäumen würde, aber da sie wußte, daß ihr Sohn alles problemlos nachholen konnte, und weil er sich diesen Trip so sehr wünschte, konnte sie einfach nicht nein sagen.

Als sie den Hörer auflegte, stand der Mann noch immer da und wartete auf ihre Antwort.

»Aber nur für zwei Wochen«, sagte sie, »dann muß ich wieder hier sein.«

Erst nach ihrem Einverständnis erfuhr sie, daß sich ihr neuer Patient in einer abgelegenen Hütte hoch in den Rockies aufhielt, die nur per Hubschrauber oder Pferd zu erreichen war. Da ihr die Vorstellung überhaupt nicht behagte, an einem Seil von einem Helikopter herabgelassen zu werden, entschied sie sich für den Ritt.

Heute früh hatte sie Eli umarmt und geküßt, als müßte sie ein Jahr oder mehr auf ihn verzichten, und dann ein Auto bestiegen, das mit ihr knapp fünfzig Kilometer in die Berge fuhr, wo sie ein alter Mann namens Sandy erwartete, um sie zu der Hütte zu bringen. Er hatte zwei gesattelte Pferde und drei mit Lebensmitteln und anderen Dingen beladene Mulis dabei.

Sie ritten den ganzen Tag, und Randy wußte, daß sie danach stocksteif und wund sein würde, aber die Luft war wundervoll klar und frisch. Der Herbst ging dem Ende zu, und sie konnte den Schnee fast riechen, der schon bald die Berge bedecken würde.

Als sie die Hütte erreichten, ein herrlicher Bau aus Stein und Holz, kam es Randy so vor, als befänden sie sich an dem gottverlassensten Ort dieser Welt. Kein Weg, keine Versorgungskabel führten zu der Hütte, nichts, was darauf hingewiesen hätte, daß sie irgendeine Verbindung zur Außenwelt besaß.

»Ziemlich abgelegen, was?«

Sandy sah sie über den Rücken des Mulis hinweg an, das er gerade ablud. »Aber Frank hat dafür gesorgt, daß er auf keinen Komfort zu verzichten braucht. Unterirdische Stromversorgung und ein eigenes Abwassersystem.«

»Wie ist er eigentlich so?« fragte sie. Wegen der schmalen Pfade in diese Bergeinsamkeit waren sie hintereinander geritten und hatten kaum Möglichkeit für eine Unterhaltung gehabt. Sie wußte nur, daß sich ihr Patient den Arm gebrochen und Probleme mit den einfachsten Handhabungen hatte.

Sandy ließ sich Zeit mit der Antwort. »Frank ist anders als andere. Hat seinen eigenen Kopf.«

»An Altersstarrsinn bin ich gewöhnt«, erwiderte sie lächelnd. »Lebt er eigentlich ständig hier?«

Sandy gluckste vor Lachen. »Im Winter liegt der Schnee hier vier Meter hoch. Frank lebt da, wo es ihm gerade gefällt. Hierher kam er nur, um . . . Nun ja, vielleicht, um seine Wunden zu lecken. Frank redet nicht viel. Aber warum gehen Sie nicht schon hinein und ruhen sich ein wenig aus, während ich das Zeug hier ablade?«

Mit einem dankbaren Lächeln kam Randy seiner Aufforderung nach. Sie ging in die Hütte, setzte sich in den nächstbesten Sessel und schlief auf der Stelle ein. Als sie rund eine Stunde später erwachte, stellte sie fest, daß Sandy und die Tiere fort waren. Nur ein Riesenstapel von Kartons und Säcken auf dem Boden deutete an, daß er überhaupt dagewesen war.

Zunächst erstaunte sie es ein wenig, so ganz allein zu sein, aber dann zuckte sie mit den Schultern und sah sich um.

Die Hütte sah aus wie von einem Computer entworfen, oder aber von einem Menschen ohne jedes Gefühl. Sie war rein funktional, die Fläche hatte die Form eines L, an einem Ende befanden sich ein riesiger Kamin, eine Couch und zwei Sessel. Das hätte durchaus einen gewissen Charme ausstrahlen können, aber die drei zueinander passenden Sitzmöbel waren mit schwerem dunkelgrauen Stoff bezogen, der ganz so aussah, als wäre er ausschließlich aus Gründen der Haltbarkeit ausgewählt worden. Es gab keine Teppiche auf dem Boden, keine Bilder an den Wänden und nur einen einzigen Tisch mit einer grauen Keramiklampe. Die Küche befand sich im Winkel des L. Auch sie war absolut zweckdienlich eingerichtet, ohne jedes dekorative Element. Hinter der Küche standen zwei Betten, bedeckt mit strapazierfähigem braunen Leinen. Durch eine Tür gelangte man in ein Bad mit Dusche, weißer Toilette und weißem Waschbecken. Alles sehr schlicht. Alles sauber und aufgeräumt. Und nirgendwo ein Anzeichen menschlicher Anwesenheit.

Bei dem Gedanken, ihr Patient könnte das Weite gesucht haben und sie hier ganz allein auf sich angewiesen sein – mit keiner anderen Fluchtmöglichkeit als einem Zwei-Tage-Marsch bergabwärts –, geriet Randy kurzfristig in Panik. Doch dann bemerkte sie zwei Türen neben einem der Betten, je eine zu jeder Seite, perfekt symmetrisch. Hinter einer sah sie Männerkleidung in geradezu militärischer Präzision aufgereiht: solide Leinenhosen und Stiefel ohne jeden Dreckspritzer.

»Himmel, sind wir aber ordentlich«, murmelte sie lächelnd und runzelte dann angesichts der Betten die Stirn. Sie waren nur einen knappen Meter voneinander getrennt. Sie konnte nur hoffen, daß der alte Mann nicht zudringlich wurde. Das kannte sie zur Genüge aus dem Krankenhaus. »Nur einen kleinen Kuß, Liebchen«, hatten zahnlose Alte gelispelt, während ihre alten Finger nach ihrem Körper griffen.

Über ihre unsinnigen Vorstellungen lachend, ging Randy in die Küche und sah sich um. Sechs Töpfe und Pfannen. Perfekt aufgereiht, tadellos sauber. In den Schubladen fand sie Löffel, Messer und Kellen aus rostfreiem Stahl, die aussahen, als wären sie noch nie benutzt worden. »Sie sind wohl kein großer Koch, Mr. Taggert, oder?« wunderte sie sich halblaut und setzte ihre Erkundungen fort. In den Schränken und Spinden fand sie Kräuter und Gewürze, alle ladenfrisch und unangebrochen.

»Was um alles in der Welt ißt dieser Mann?« fragte sie sich laut. Als sie den letzten Schrank öffnete, löste sich das Rätsel. In ihm befand sich ein Mikrowellenherd, und hinter der hohen Tür in der Ecke stand ein Gefrierschrank. Sein Inhalt bestand in rund einem Dutzend Tiefkühlmahlzeiten. Nach einem Moment der Verblüffung mußte Randy lachen. Es sah ganz so aus, als wäre sie auch als Köchin für Mr. Taggert engagiert worden.

»Der arme Mann. Er muß ja halb verhungert sein«, sagte sie. Merkwürdigerweise munterte sie dieser Gedanke auf. Daß die Betten so dicht beieinander standen, hatte sie nervös gemacht, aber der fast leere Gefrierschrank beruhigte sie. »Na, siehst du, Miranda. Du bist nicht wegen einer wilden Sex-Orgie hergeholt worden, sondern um für einen einsamen alten Mann mit gebrochenem Arm zu kochen. Der Arme, ich frage mich, wo er ist.«

Sie verschwendete keine Zeit mit Vermutungen, sondern machte sich daran, die Vorräte in die Hütte zu holen. Sie hatte keine Ahnung, was Sandy auf den beiden Mulis heraufgeschleppt hatte, aber das fand sie sehr schnell heraus. In Behälter mit Trockeneis verpackt, entdeckte sie eine fast vollständige Rinderseite und ein paar Dutzend gefrorene Hühner. Da waren eine Angelausrüstung, Mehlsäcke, mehrere Packungen Hefe, jede Menge Konservendosen und etliche Kochbücher. Mit jedem Gegenstand, den sie auspackte, wurde sie sich des eigentlichen Grundes ihres Aufenthalts in dieser Hütte sicherer. Und die Vorstellung, daß jemand sie hier brauchte, ließ sie die Bereitwilligkeit vergessen, mit der Eli erklärt hatte, er könnte in den nächsten beiden Wochen durchaus auf sie verzichten. Er brenne darauf, mit Chelsea und ihren Eltern nach Südfrankreich zu fliegen, um dort auf der Yacht eines italienischen Prinzen nach Griechenland zu segeln.

Seufzend schob sie ein gefrorenes Hühnchen zum Auftauen in die Mikrowelle. Sie würde nicht darüber nachdenken, daß Eli erwachsen wurde und sie mit jedem Tag weniger brauchte. »Mein Baby ist kein Baby mehr«, sagte sie sich bekümmert, als sie das Hühnchen aus der Mikrowelle nahm und die Füllung aus Brotkrumen, Salbei und Zwiebeln zubereitete.

»Fang bloß nicht an, dich zu bemitleiden«, sagte sie. »Noch bist du nicht tot. Du könntest einen Mann kennenlernen, dich unsterblich in ihn verlieben und drei weitere Kinder bekommen.« Doch schon wieder mußte sie lachen. Sie war nicht die Heldin eines ihrer Liebesromane. Sie war nicht so hinreißend faszinierend, daß es Männern bei ihrem Anblick vor Verlangen in den Fingern kribbelte. Ihr Problem bestand darin, eine ganz normale Frau zu sein. Sie war auf altmodische Weise hübsch, besaß nicht das hohlwangige Aussehen, nach dem heutzutage jedermann geradezu wild war. Und sie hatte – nun ja, warum sollte sie es nicht zugeben – rund dreißig Pfund Übergewicht. Manchmal tröstete sie sich mit der Festellung, daß sie im siebzehnten oder achtzehnten Jahrhundert Malern als Modell für die Venus gedient hätte, die Göttin der Liebe. Aber das half heute wenig, wo die gefragtesten Models kaum mehr als neunzig Pfund auf die Waage brachten.

Während Randy das Essen für ihren abwesenden Patienten vorbereitete, versuchte sie die Einsamkeit ihres Lebens zu vergessen, bemühte sich, nicht daran zu denken, daß ihr geliebter Sohn sie bald verlassen würde, um seine Ausbildung fortzusetzen, und sie dann ganz allein wäre.

Zwei Stunden später brannte im Kamin ein wohltuendes Feuer, im zuvor nie benutzten Ofen brutzelte ein köstlich gefülltes Hühnchen, und auf der Herdplatte dünstete Gemüse. Sie holte ein paar wilde Blumen von draußen, stellte sie in einen Krug und legte einen trockenen Tannenzapfen auf das Fensterbrett. Ihre unausgepackten Reisetaschen standen auf dem Bett, das der Mann offenbar nicht benutzte. Ihr Pullover hing über einer Stuhllehne, und auf dem Kaminsims hatte sie einen interessant aussehenden Stein deponiert. Der Raum begann langsam, richtig behaglich auszusehen.

Als die Tür aufflog und der Mann hereinstürmte, hätte Randy fast den Teekessel fallen lassen. Er war gar nicht alt. An den Schläfen wurde sein dunkles Haar zwar grau und um seine schmallippigen Mundwinkel verliefen Falten, aber an seiner Virilität bestand kein Zweifel. Er war ein sehr gutaussehender Mann.

»Wer sind Sie und was machen Sie hier?« wollte er wissen.

Sie schluckte. Irgend etwas an ihm schüchterte sie ein. Sie sah, daß es sich bei ihm um einen Mann handelte, der es gewohnt war, daß seine Anordnungen befolgt wurden. »Ich bin Ihre Pflegerin«, verkündete sie munter und machte eine Kopfbewegung auf seinen Arm, der bis fast zur Schulter eingegipst war. Offensichtlich ein sehr übler Bruch. Kein Wunder, daß ihm selbst die einfachsten Handhabungen schwer fielen.

Lächelnd trat sie ein paar Schritte vor und weigerte sich, sich von seinem Gesichtsausdruck einschüchtern zu lassen. »Miranda Stowe«, stellte sie sich vor und lachte nervös. »Aber das wissen Sie ja bereits, oder? Sandy sagte, Sie hätten Ihre medizinischen Unterlagen hier. Wenn Sie mir einen Blick darauf gestatten, könnte ich mich über Ihren Zustand informieren«. Als er kein Wort erwiderte, runzelte sie die Stirn. »Setzen Sie sich doch. Das Essen ist gleich fertig und . . . Ich werde Ihnen erst einmal helfen, diese Stiefel loszuwerden.«

Da er sie noch immer sprachlos anstarrte, zupfte sie an seinem unverletzten Arm und brachte ihn dazu, sich an den Eßtisch zu setzen. Sie kniete sich vor ihm hin, begann seine Stiefel aufzuschnüren und dachte darüber nach, daß es ein ziemlich eintöniger Aufenthalt werden würde, wenn er niemals seinen Mund aufmachte.

Als er zu lachen begann, blickte sie lächelnd zu ihm auf, um sein Vergnügen zu teilen.

»Das ist wirklich ein Knaller«, sagte er.

»Was?« fragte sie in der Annahme, ihm wäre ein Witz eingefallen.

»Sie.« Noch immer lächelnd musterte er sie. Mit spöttisch gehobener Braue. »Ich muß schon sagen, Sie sehen nicht gerade aus wie eine . . . was sagten Sie, was Sie sind? Eine Krankenschwester?«

Randy lächelte nicht mehr. »Ich bin Krankenschwester.«

»Aber sicher, Schätzchen. Und ich bin ein neugeborenes Baby.«

Randy trennte sich von seinen Schnürsenkeln, stand auf und blickte auf ihn hinunter. »Und für was genau halten Sie mich?« erkundigte sie sich ganz ruhig.

»Damit . . .« – er zeigte auf ihre üppige Oberweite – »können Sie nur eins sein.«

Randy war eine weichherzige Frau. Verletzte Schmetterlinge brachten sie zum Weinen. Aber daß dieser hochgewachsene, gutaussehende Mann derart anzüglich auf ihre Brüste deutete, war mehr, als sie ertragen konnte. Das jahrelange Umbetten von Patienten hatte sie gestählt. Sie schlug ihm kräftig auf die Schulter und stieß zu. Er flog mitsamt seinem Stuhl nach hinten, griff zwar haltsuchend nach der Tischkante, aber sein eingegipster Arm hinderte ihn daran, sich festzuhalten, und so landete er auf dem Fußboden.

Randy wußte, daß sie sich hätte überzeugen müssen, daß ihm nichts zugestoßen war, doch statt dessen machte sie auf dem Absatz kehrt und lief auf die Hüttentür zu.

»Was zum Teufel . . .«, sagte er und packte ihren Knöchel, bevor sie noch einen weiteren Schritt machen konnte.

»Lassen Sie mich los!« rief Randy und trat nach ihm. Aber er zog in eine Richtung, sie in die entgegengesetzte, bis sie den Halt verlor, auf ihn stürzte und auf seinem verletzten Arm landete. Der Aufprall mußte sehr schmerzhaft gewesen sein, aber er zuckte mit keiner Wimper.

Mit einem Schwung rollte er sie auf den Rücken und hielt sie fest. »Also, wer sind Sie und was wollen Sie hier?«

Verwirrt blickte sie zu ihm auf. Er war etwa vierzig, und sein Körper fühlte sich an, als wäre er in hervorragender Verfassung. »Für diesen Job bekomme ich etwa vierhundert Dollar die Woche«, sagte sie mit ganz schmalen Augen. »Dafür, daß ich Sie pflege.«

»Mich pflegen«, wiederholte er verächtlich. »Nennt man das neuerdings so?«

Wütend wehrte sie sich, konnte sich aber nicht aus ihrer Zwangslage befreien.

»Wie haben Sie mich gefunden? Durch Simpson? Nein, er weiß nichts. Wer hat Sie geschickt? Die Japaner?«

Randy hörte auf zu zappeln. »Die Japaner?« Hatte sich der Mann wirklich nur den Arm verletzt?

»Yeah, es hat ihnen gar nicht gepaßt, bei dem letzten Geschäft gegen mich den kürzeren gezogen zu haben. Aber mit Mikrochips ist kein Blumentopf mehr zu gewinnen. Ich interessiere mich mehr für . . .«

»Mr. Taggert!« unterbrach sie ihn, da er vergessen zu haben schien, daß er der Länge nach auf ihr lag. »Ich habe keine Ahnung, wovon Sie reden. Würden Sie mich bitte aufstehen lassen?«

Er sah auf sie herunter und die Farbe seiner dunklen Augen schien sich zu verändern. »Sie sind zwar ganz anders als die Frauen, mit denen ich mich für gewöhnlich umgebe, aber vermutlich macht das nicht allzuviel aus.« Er schenkte ihr ein ausgesprochen laszives Lächeln. »Ihre Rundungen sind eine reizvolle Abwechslung nach den knochigen Models und Starlets.«

Diese ungezogene Bemerkung veranlaßte sie dazu, ihm ein Knie zwischen die Beine zu rammen. Aufstöhnend rollte er zur Seite. »Also, Mr. Taggert!« Sie stand auf und beugte sich über ihn. »Was sind Sie eigentlich?«

Mit einer Hand hielt er sich schützend die Lenden, und als er zur Seite abrollte, prallte er mit der verletzten Schulter gegen das Tischbein. Fast hätte Randy Mitleid mit ihm bekommen.

»Ich bin ein . . .«

»Ein was?« fragte sie nach.

»Ein Milliardär.«

»Sie sind ein . . .« Sie wußte nicht, ob sie lachen oder ihm in die Rippen treten sollte. »Sie sind ein . . .« Sie hatte keine rechte Vorstellung von den Summen, die hinter diesem Wort standen. »Sie sind reich, also dachten Sie, ich wäre hier, um . . . um an Ihr Geld zu kommen?«

Offenbar erholte er sich, denn er zog sich an dem Tischbein hoch und sank schwer auf einen Stuhl. »Warum sollten Sie sonst hier sein?«

»Weil Sie nach einer Pflegerin verlangt haben«, zischte sie ihn an. »Sie haben mich engagiert.«

»Die Geschichte habe ich doch schon mal gehört.«

Außer sich vor Wut starrte sie ihn an. »Sie mögen vielleicht ein schwerreicher Mann sein, Mr. Taggert, aber in menschlicher Hinsicht sind Sie eine erbärmliche Laus!«

Sie überlegte nicht, was sie tat. Sie dachte nicht darüber nach, daß sie sich hoch oben in den Rocky Mountains befand und keine Ahnung hatte, wie sie in die Zivilisation zurückfinden sollte. Sie schnappte sich ihren Pullover und verließ die Hütte.

Wutschnaubend folgte sie einem schmalen Pfad und sah weder nach rechts noch nach links.

Nicht einmal Leslie war es gelungen, sie so zornig zu machen wie dieser Mann gerade eben. Leslie hatte sie nach Strich und Faden belogen, sie bei jeder passenden und unpassenden Gelegenheit manipuliert, aber nie hätte er sie beschuldigt, unanständig zu sein.

Ohne zu merken, daß es dämmerte, lief sie bergauf und bergab. Eben war es noch sonnig und warm gewesen, nun aber war es stockdunkel und bitterkalt. Sie zog sich den Pullover über den Kopf, aber das half auch nicht viel.

»Sind Sie bereit zurückzukommen?«

Der Klang seiner Stimme ließ sie zusammenfahren. Sie wirbelte herum und konnte ihn kaum erkennen, wie er da zwischen den Baumstämmen stand.

»Ich glaube nicht, daß ich in die Hütte zurückkehren möchte«, sagte sie. »Ich glaube, ich laufe lieber nach Denver zurück.«

»Ja, sicher. Aber Denver liegt in dieser Richtung.« Er deutete in die Richtung, aus der sie gekommen war.

Sie wollte sich wenigstens einen Hauch ihrer Würde bewahren. »Ich möchte . . . meine Reisetaschen holen.« Sie sah nach links, nach rechts, dann rannte sie geradeaus los.

»Ähem«, machte er und deutete über seine rechte Schulter.

»Also gut, Mr. Taggert«, sagte sie. »Sie haben gewonnen. Ich weiß nicht einmal ansatzweise, wo ich bin«.

Er machte zwei Schritte um sie herum, drückte die Äste eines Gebüschs auseinander, und da, vielleicht hundert Meter von ihr entfernt, lag die Hütte. Einladend grüßte das Licht ihrer Fenster. Sie konnte fast die Wärme des Kaminfeuers spüren.

Aber sie drehte sich um und begann den Weg Richtung Denver entlangzulaufen.

»Und wohin wollen Sie jetzt, wenn ich fragen darf?«

»Nach Hause«, verkündete sie und stolperte prompt über eine Baumwurzel. Aber sie wahrte ihr Gleichgewicht und stürzte nicht. Mit durchgedrücktem Rücken lief sie weiter.

In Sekundenschnelle war er neben ihr. »Sie frieren sich hier draußen zu Tode. Das heißt, wenn Sie nicht zuvor ein Bär erwischt.«

Sie lief weiter.

»Ich befehle Ihnen . . .«

Sie blieb stehen und funkelte ihn an. »Sie haben mir nichts zu befehlen. Gar nichts. Und würden Sie mich jetzt bitte allein lassen? Ich möchte nach Hause.« Zu ihrem Entsetzen hörte sich ihre Stimme bedenklich wacklig an. Sie hatte noch nie lange zornig sein können. Ganz gleich, was Leslie ihr auch antat – sie konnte nur sehr kurze Zeit wütend sein.

Sie straffte die Schultern und setzte sich wieder in Bewegung.

»Könnte ich Sie vielleicht als Köchin und Haushälterin engagieren?« rief er hinter ihr.

»Soviel können Sie gar nicht zahlen, als daß ich für Sie arbeiten würde«, entgegnete sie.

»Wirklich nicht?« Schon wieder war er direkt hinter ihr. »Für den Fall, daß Sie mit irdischen Gütern nicht gerade gesegnet sein sollten . . .«

»Ich bin nicht arm, Mr. Taggert. Ich habe nur sehr wenig Geld. Aber Sie, Mr. Taggert, sind sehr arm. Sie glauben, jeder Mensch hätte seinen Preis.«

»Er hat ihn, auch Sie. Ich übrigens ebenfalls,«

»Sie müssen sehr einsam sein, wenn Sie so denken.«

»Ich war nie lange genug allein, um über die Bedeutung von Einsamkeit nachdenken zu können. Also, wie ist es, was kann ich Ihnen bieten, damit Sie für mich kochen?«

»Ist es das, was Sie wollen? Den Inhalt meiner Kochtöpfe?« Bei dieser Vorstellung kam ein wenig Schwung in ihre Schritte. Vielleicht hatte er ja tatsächlich etwas zu bieten. Und vielleicht brauchte sie die Nacht nicht mit einer Bergwanderung zuzubringen – auf der Flucht vor einem Bären.

»Fünfhundert die Woche«, sagte er.

»Ha!«

»Tausend?«

»Ha! Ha! Ha!« Sie hörte sich sehr sarkastisch an.

»Was dann? Was ist Ihr größter Wunsch auf der Welt?«

»Die bestmögliche Ausbildung für meinen Sohn.«

»Harvard«, sagte er automatisch.

»Egal. Hauptsache, es ist wirklich die beste.«

»Sie wollen also, daß ich Ihrem Sohn ein vierjähriges Studium in Harvard bezahle, damit Sie eine Woche für mich kochen? Sie verlangen Tausende.«

»Nicht vier Jahre. So lange, bis er seinen Doktor in Philosophie hat.«

Frank lachte auf. »Lady, Sie sind verrückt«, sagte er und entfernte sich.

Sie blieb stehen, drehte sich um und sah seinem Rücken nach. »Auf dem Weg hier herauf habe ich Walderdbeeren gesehen. Ich mache französische Crêpes, die sind so dünn, daß Sie durch sie hindurchblicken können. Sandy hat Sahne mitgebracht. Die kann ich schlagen und zusammen mit den Erdbeeren in die Crêpes rollen. Und ich mache ein Kaninchen-Stew, das den ganzen Tag vor sich hin köchelt. Es wird mit wildem Salbei gewürzt. In einem Teich in der Nähe habe ich Enten entdeckt. Sie glauben ja nicht, was man aus einer Ente und Teeblättern machen kann.«

Frank war stehengeblieben.

»Aber daran sind Sie ja nicht interessiert, Mister Milliardär, oder? Sie können sich Ihr Geld im Kamin rösten. Vermutlich schmeckt es einfach köstlich.«

Er drehte sich zu ihr um. »Kartoffeln?«

»Ganz kleine. Sie werden den ganzen Tag sanft unter dem Kohlenfeuer gegart, bis sie weich und musig sind. Dann werden sie mit Butterflöckchen und Petersilie besprenkelt.«

Er kam einen Schritt auf sie zu. »Ich habe Mehlsäcke gesehen.«

»Ich backe Honigkekse zum Frühstück und dillgewürztes Brot zum Abendessen.«

Er kam noch einen Schritt näher. »Doktor der Philosophie?«

»Ja«, bestätigte sie entschlossen und dachte daran, wie sehr es Eli auf der ehrwürdigen Universität gefallen würde. »Doktor der Philosophie.«

»In Ordnung«, sagte er, als wäre es die schwerste Entscheidung, die er je getroffen hatte.

»Ich möchte das aber in schriftlicher Form.«

»Selbstverständlich. Wollen wir jetzt zur Hütte zurückgehen?«

»Jederzeit.« Hocherhobenen Kopfes wollte sie an ihm vorbeigehen, aber er schob ein Gebüsch zur Seite. »Darf ich diesen Weg vorschlagen? Er ist kürzer.«

Und wieder lag da die Hütte, nicht mehr als hundert Meter entfernt.

Als sie sehr stolz an ihm vorbeischritt, bemerkte er: »Hoffentlich sind Ihre Kochkünste besser als Ihr Orientierungssinn.«

»Hoffentlich haben Sie stets genug Geld, um sich alles kaufen zu können, wonach Ihnen der Sinn steht.«

Ihr entging die Nachdenklichkeit, mit der er sie musterte, während sie weiterging. Franklyn Taggert war es nicht gewöhnt, mit Frauen zusammenzusein, die ihn nicht anhimmelten. Sein gutes Aussehen und sein Geld schienen ihn für sie unwiderstehlich zu machen.

Allerdings hatte er es selten mit Frauen wie dieser da zu tun. Die Frauen, mit denen er sich traf, waren von der langbeinigen, perfekten Sorte, von der Art, die glitzernden Zierrat von ihm wollten und sonst nichts. Wenn er einer von ihnen überdrüssig wurde, brauchte er ihr nur ein paar Schmuckstücke zu geben, damit ihre Tränen versiegten.

Aber die da hatte die Chance, ihn um eine Menge Geld zu erleichtern – und sich doch nichts für sich selbst gewünscht.

Als er ihr nachsah, wie sie zur Hütte zurückging, dachte er an ihren Mann. Was war er nur für ein Mensch, daß er seiner Frau erlaubte, allein in die Berge zu ziehen, um einen Fremden zu pflegen?

In der Hütte setzte er sich unverzüglich an den Tisch und wartete darauf, daß sie ihm das Essen servierte, das sie gekocht hatte. Dann füllte sie sich selbst einen Teller, ging damit in den Wohnraum, stellte ihn auf den Couchtisch vor dem Kamin, setzte sich auf den Boden und begann zu essen.

Verärgert und als »Einhändiger« sehr unbeholfen, nahm er seinen Teller, sein Besteck und trug beides zum Couchtisch. Kaum hockte er auf den Boden, nahm sie ihren Teller und trug ihn zum Eßzimmertisch.

»Warum tun Sie das?« fragte er höchst gereizt.

»Es schickt sich nicht für die Haushaltshilfe, mit Mister Milliardär zu essen.«

»Würden Sie aufhören, mich so zu nennen? Ich heiße Frank.«

»Das weiß ich, Mr. Taggert. Und wie heiße ich?«

Er konnte sich beim besten Willen nicht erinnern. Er wußte, daß sie es ihm gesagt hatte, aber in Anbetracht der Umstände war es nur zu verständlich, daß er sich nicht erinnerte. »Ich erinnere mich nicht«, sagte er.

»Mrs. Stowe«, sagte sie, »und ich wurde als Ihre Krankenschwester engagiert.«

Sie saß hinter ihm am Eßtisch, und als er sich zu ihr umdrehte – was einen stechenden Schmerz in seiner Schulter verursachte –, sah er, daß sie sich mit dem Rücken zu ihm plaziert hatte. Stirnrunzelnd verlagerte er seinen Teller und seinen Sitz so, daß er ihren Rücken betrachten konnte.

»Würde es Ihnen etwas ausmachen, mir zu sagen, wer Sie engagiert hat?« fragte er. Das Hühnchen schmeckte in der Tat köstlich, und eine Woche ohne Dosennahrung war es schon wert, einen Jungen auf die Universität zu schicken – nun ja, fast. Vielleicht könnte er die Kosten als wohltätige Spende abschreiben. Das könnte gewisse Steuervorteile bringen, wenn er . . .

»Ihr Bruder.«

Um ein Haar hätte sich Frank verschluckt. »Mein Bruder hat Sie engagiert? Welcher?«

Sie weigerte sich noch immer, ihn anzusehen, aber er bemerkte, wie sich ihre Schultern verspannten. Es waren keine modisch eckigen Schultern, sondern rundliche, mollige.

»Es will mir scheinen, Mr. Taggert«, begann sie, »daß man

sich mit Ihnen einen recht üblen Scherz erlaubt hat. Es fällt mir schwer zu glauben, daß mehrere Ihrer Brüder soviel Abneigung gegen Sie hegen könnten, um zu so einem Scherz fähig zu sein.«

Frank wußte sehr wohl, daß jeder seiner Brüder ihm liebend gern jeden möglichen Streich spielen würde, aber das sagte er ihr nicht.

Er konzentrierte sich vielmehr auf sein Essen. Sie machte seinem französischen Koch zwar keine ernsthafte Konkurrenz, aber ihre Hausmannskost hatte etwas anheimelnd Tröstliches, und die Portionen waren für Männer, nicht für Spatzen bemessen. In seinem Haus in Denver, seinem Apartment in New York und seiner Wohnung in London kamen kalorienarme Mahlzeiten auf den Tisch, um ihn kein Gramm zunehmen zu lassen.

Nach dem Essen räumte Randy erst ihren Teller ab, dann Franks, während der sich angenehm satt gegen den Couchtisch lehnte und ins Kaminfeuer blickte. Er hatte noch nie geraucht, aber als sie ihm eine Tasse aromatischen Kaffee brachte, wünschte er sich fast eine Zigarre. »Und eine mollige Frau für mein Bett«, wie sein Vater zu sagen pflegte.

Entspannt und schläfrig sah er zu, wie sich die Frau durch den Raum bewegte, hier und da etwas aufräumte und dann . . .

»Was machen Sie denn da?« wollte er wissen, als sie zwischen den beiden Betten einen Nagel in die Wand schlug.

»Ich sorge für die Wahrung meiner Intimsphäre«, erwiderte sie knapp.

»Ich versichere Ihnen, daß das völlig überflüssig ist, Mrs. Stowe. Ich habe keineswegs die Ansicht, mich Ihnen aufzudrängen.«

»Vorhin haben Sie sich recht unmißverständlich über meine . . . weiblichen Reize geäußert«. Sie schlug einen weiteren Nagel in die gegenüberliegende Wand und spannte zwischen beiden eine dicke Schnur.

Entgeistert sah Frank zu, wie sie Laken und Decken über

die Schnur legte und so eine klare Grenze zwischen beiden Betten errichtete. »Das brauchen Sie nicht zu tun.«

»Ich mache das nicht für Sie. Ich tue es für mich. Sehen Sie, Mister Milliardär, ich finde Sie nicht gerade sympathisch. Ich bin mir nicht sicher, ob Sie überhaupt jemand sympathisch findet. Wenn Sie mich jetzt bitte entschuldigen würden? Ich möchte ein Bad nehmen.«

VII

Als Randy in die Wandewanne trat, war das Wasser so heiß, daß ihre Zehen schmerzten, aber sie brauchte die Wärme, brauchte die Hitze, um innerlich aufzutauen. Frank Taggert kam ihr vor wie ein Eisberg. Sie fragte sich, ob in ihm auch nur ein Funken menschlicher Wärme war, ob er je einen anderen Menschen geliebt hatte. Plötzlich kam er ihr vor wie einer der Helden aus ihren Liebesromanen: tiefverletzt durch eine rücksichtslose Frau, und nun schützte er sein empfindsames, liebebedürftiges Herz durch ein kaltes, abweisendes Äußeres.

Fast hätte sie bei dieser Vorstellung laut aufgelacht. Den ganzen Abend lang hatte er sie beobachtet, selbst wenn sie ihm den Rücken zudrehte. Er schien sie ein- und abschätzen zu wollen. Wie ein Buchhalter, der herausfinden wollte, in welcher Rubrik er eine Ausgabe zu verbuchen hatte.

»Leslie besaß zumindest Leidenschaft«, flüsterte sie vor sich hin und streckte sich in der Wanne aus. »Er log mit Leidenschaft, betrog mit Leidenschaft, arbeitete mit Leidenschaft.« Aber wenn sie diesem Frank Taggert in die Augen blickte, sah sie dort keine Spur von Leidenschaft – für nichts. Er würde einen nie darüber belügen, wo er die Nacht verbracht hatte, weil es ihm gleichgültig wäre, ob er sie durch seine Untreue verletzt oder nicht.

Und deshalb ist es besser, gar nicht weiter über Mr. Milliardär nachzudenken. Statt dessen dachte sie sehnsüchtig an Eli und Chelsea und fragte sich, was die beiden wohl gerade machten. Würde Eli in ihrer Abwesenheit auch ordentlich essen? Würde er irgendwann seinen Computer ausschalten und zu Bett gehen, wenn sie nicht da war, um es ihm zu sagen? Würde er ...

Sie mußte aufhören, an ihren Sohn zu denken, sonst würde sie aus Sehnsucht nach ihm noch zu heulen anfangen. Plötzlich machte sie sich bewußt, daß sich derjenige, der Frank Taggert einen Streich gespielt hatte, auch mit ihr einen Scherz erlaubt hatte. Offenbar fand es jemand irrwitzig komisch, eine einfache, durchschnittliche Frau wie sie eine Woche mit einem reichen Mann wie Mr. Taggert verbringen zu lassen.

Sie trat aus der Wanne, trocknete sich ab und öffnete ihre Reisetasche, um ihr Flanellnachthemd und den alten Bademantel herauszuholen. Beim Anblick des Inhalts ergriff sie leichte Panik. Das waren nicht ihre Sachen. Als sie das Christian-Dior-Etikett an dem herrlichen rosafarbenen Nachtgewand entdeckte, wäre sie fast in Ohnmacht gefallen. Sie nahm es heraus und stellte fest, daß es aus feinster ägyptischer Baumwolle bestand, auf dem Oberteil waren winzige Seidenrosen appliziert. Das dazupassende Negligé war nahezu durchsichtig. Man brauchte nicht unbedingt Elis Superhirn, um zu erkennen, daß dies nichts war, was eine schlichte Haushälterin tragen sollte.

Sie wickelte sich in ein Frottiertuch, rannte aus dem Bad, vorbei an dem Bett, auf dem Frank Taggert saß, hinter die Deckenabtrennung und begann in ihrer anderen Reisetasche nach ihren eigenen Sachen zu suchen.

»Gibt es irgendein Problem?« erkundigte er sich hinter den Decken.

»Nein, selbstverständlich nicht. Was für ein Problem sollte es geben?« Fast verzweifelt wühlte sie in der Tasche, aber keins der Kleidungsstücke kam ihr bekannt vor. Wenn ein Filmstar der dreißiger Jahre eine Woche in den Rockies verbringen wollte, hätte er genau diese Sachen einpacken lassen. Aber Randy hatte noch nie Kleidungsstücke aus Cashmere, Seide oder Angorawolle getragen, die so weich war, das man sie als Puderquaste benutzen konnte.

Randy kannte sich als üblicherweise tolerante Frau. Schließlich hatte sie sich anhand von Leslies Mätzchen in Geduld üben können. Aber dies war zuviel.

Mit einer Hand teilte sie die Deckenwand, in der anderen hielt sie drei Cashmere-Pullover und streckte sie Frank Taggert entgegen. »Ich will jetzt endlich wissen, was hier vor sich geht. Warum bin ich hier? Wessen Sachen sind das?«

»Sind Sie eigentlich verheiratet, Mrs. Stowe?« Frank saß auf dem Bett und öffnete die Schnürsenkel seiner Stiefel.

»Geschieden.«

»Nun, dann beginne ich zu verstehen. Ich stamme aus einer großen Familie, die sich ständig vermehrt. Ich glaube, sie haben beschlossen, daß ich das endlich auch tun soll.«

»Sie . . .« Entsetzt ließ sich Randy auf ihr Bett fallen. »Sie haben . . . Sie meinen, sie wollen, daß wir . . .«

»Ja. Zumindest ist das meine Vermutung.«

»Ihre . . . Vermutung?« Sie schluckte trocken. »Eben dachte ich, daß es für Ihre Familie vielleicht sehr erheiternd sein könnte, eine Frau wie mich mit einem Mann wie Ihnen zusammenzubringen.«

Er tat nicht so, als würde er sie mißverstehen. Während sie sprach, fummelte er mit einer Hand an seinen Schnürsenkeln, bekam aber den Knoten nicht auf.

Ohne groß darüber nachzudenken, was sie tat und wie sie bekleidet war, kniete sich Randy vor ihm hin, lockerte die Schnürsenkel und zog ihm die Schuhe aus. »Ich möchte ja nicht neugierig sein«, meinte sie, zog ihm die Socken aus und massierte ihm schnell die Füße, wie sie es bei Eli tat und bei Leslie getan hatte. Das Frottiertuch begann zu rutschen. »Moment«, rief sie, lief ins Bad und streifte sich widerwillig das neue Nachtgewand nebst Negligé über. »Aber warum sind sie ausgerechnet auf mich verfallen?« fragte sie, als sie zurück war. »Mit Ihrem Aussehen und Ihrem Geld könnten Sie doch jede haben.«

»Vermutlich gefallen Sie ihnen. Sie sehen aus wie ein Bild der Fruchtbarkeit.«

Sie griff nach seinem Kragen und begann sein Hemd aufzuknöpfen. »Ein was?«

»Ein Symbol der Fruchtbarkeit. Eine Hymne auf die Mutterschaft. Ich wette, Ihr Sohn ist die Erfüllung Ihres Lebens.«

»Wäre das so falsch?« erkundigte sie sich schnippisch.

»Durchaus nicht, wenn es Ihr Wunsch ist.«

Sie zog ihm das Hemd aus. »Was wäre schöner für eine Frau, als sich ihren Kindern zu widmen?«

»Sie haben mehrere Kinder?«

»Nein«, erwiderte sie traurig und sah an seinen Augen, daß er fast »Das wußte ich« gesagt hätte. »Sie meinen also, Ihr Bruder hätte mich in der Hoffnung hierhergeschickt, daß ich . . . was, Mr. Taggert?«

»Beim Anblick Ihres Negligés würde ich sagen, daß es Mike war. Seine Frau Samantha ist die personifizierte Romantikerin.«

»Die personifizierte Romantikerin?«

»Ja. Ihr Lebensziel besteht darin, für Mike und ihre immer zahlreichere Brut sorgen zu können.«

»Offenbar sind Sie nicht mehr ganz auf dem laufenden. Wenn Sie gelesen hätten, was ich gelesen habe, wüßten Sie, daß die Heldinnen der Liebesromane sich ein eigenes Leben wünschen, eine Berufskarriere und . . .«

»Einen Ehemann und Kinder.«

»Vielleicht. Stehen Sie auf«, befahl sie und fing an ganz unbewußt an, seine Hosen zu öffnen. Sie hatte schon so viele Patienten entkleidet, daß sie sich gar nichts dabei dachte.

»Wie viele Ihrer Romanheldinnen sagten sich: Ich möchte zwar mit einem Mann schlafen, aber ich will nicht heiraten und Kinder bekommen?« fragte er.

»Verstehe. Vermutlich ist Normalität die Voraussetzung für eine Heldin oder einen Helden.«

»Und sich gegen eine Ehe und Kinder zu entscheiden ist unnormal?«

Sie lächelte ihn kühl an. »Ich bin zwar noch nie einem Mann wie Ihnen begegnet, würde aber annehmen, daß Sie nicht verheiratet sind und nie heiraten werden, daß Sie keine Kinder haben, und falls doch, Sie sie nur aufgrund eines Gerichtsbeschlusses besuchen würden.«

Sie hatte ihn bis auf Unterhose und T-Shirt entkleidet, und er war zweifellos in phantastischer körperlicher Verfassung, aber sie empfand für ihn nicht mehr als für eine Statue.

»Was bringt Sie auf den Gedanken, daß ich keine Frau habe? Ich könnte jederzeit heiraten.« Er hörte sich fast neugierig an.

»Davon bin ich überzeugt. Aber jede Frau würde Sie nur wegen Ihres Geldes heiraten.«

»Ich muß doch sehr bitten!«

Vielleicht war es nicht richtig von Randy, aber sie empfand Genugtuung darüber, ihn aus seiner unerschütterlichen Ruhe gebracht zu haben. »Sie sind nicht gerade der Mann, von dem eine Frau träumt.«

»Und wovon träumt eine Frau, Mrs. Stowe?«

Verträumt lächelnd schlug sie sein Bett auf. »Sie träumt von einem Mann, der ihr allein gehört, von einem Mann, dessen ganzes Sein sich nur um sie dreht. Er geht vielleicht hinaus in die Welt und löst deren Probleme, aber wenn er nach Hause kommt, legt er seinen Kopf auf ihren Schoß und versichert ihr, das alles hätte er ohne sie nie bewerkstelligen können. Und sie muß wissen, daß er die Wahrheit sagt, daß er sie braucht.«

»Verstehe. Ein starker Mann, der schwach ist.«

»Sie verstehen es offenbar nicht«, seufzte sie. »Müssen Sie eigentlich immer alles analysieren? Unter die Lupe legen und sezieren? Müssen Sie alles sortieren und verbuchen?« Sie musterte ihn streng. »Wofür scheffeln Sie eigentlich Ihre Milliarden?«

Sie hielt die Decke einladend hoch, und er schlüpfte ins Bett. »Ich habe viele Nichten und Neffen, und ich kann Ihnen versichern, daß mein Testament bereits geschrieben ist. Falls ich morgen sterben sollte . . .«

»Wer wird Sie vermissen, falls Sie morgen sterben sollten? Wer wird um Sie weinen?«

Plötzlich war sie sehr müde. Sie wandte sich von ihm ab, teilte die Deckenwand und stieg in ihr eigenes Bett. Nie zuvor in ihrem Leben hatte sie sich so einsam gefühlt. Vielleicht lag das an Elis Gerede davon, aufs College gehen zu wollen, vielleicht an den Andeutungen dieses Mannes, daß sie eigentlich viele Kinder haben sollte. Wenn Eli sie verließ, würde sie allein sein, und sie konnte sich nicht vorstellen, daß irgendein hinreißender Fremder auf einem schwarzen Hengst vor ihre Tür geritten kam, und . . .

Dann dachte sie nicht mehr, sondern schlief ein.

Sie wußte nicht, wie lange sie geschlafen hatte, als eine Männerstimme sie weckte.

»Mrs. Stowe.«

Verblüfft starrte sie zu Frank Taggert auf. Nur mit seiner Unterwäsche bekleidet, den Arm bis zur Schulter in Gips, blickte er ernst auf sie herunter. Schwacher Feuerschein aus dem Kamin erleuchtete den Raum.

Ich wette, daß er genau diesen Augenausdruck hat, wenn er eins seiner Millionen-Dollar-Geschäfte abschließt, dachte sie und fragte sich, was er von ihr wollte.

»Ja?«

»Ich habe Ihnen etwas vorzuschlagen. Eine Art Fusion.«

Sie richtete sich halb auf und lehnte sich gegen das Kopfende des Bettes, völlig unbewußt, daß sich unter dem Nachthemd jede Kurve ihres Körpers abzeichnete. Auch Frank schien es nicht zu bemerken.

»Normalerweise«, begann er, »wären Ihre Worte ohne jede Wirkung auf mich geblieben. Das – und mehr – haben mir meine Angehörigen schon häufiger gesagt. Aber es will mir scheinen, wenn ein Mann das vierzigste Lebensjahr erreicht hat . . .«

»Und seine erste Milliarde«, warf sie ein.

»Nun ja, dann kommt der Zeitpunkt, an dem ein Mann anfängt, über seine Sterblichkeit nachzudenken.«

»Midas«, erinnerte sie ihn knapp an den legendären König, der alles, auch sein Kind, in Gold verwandelt hat.

»Wenn Sie meinen.« Er zögerte. Flüchtig huschte sein Blick über ihre Brüste. »Aber im Gegensatz zu dem, was die Leute von mir denken, bin auch ich nur ein Mensch.«

Hastig zog Randy die Bettdecke bis zum Kinn. Sie war nicht der Typ für ein schnelles Abenteuer. Sie lehnte sogar Liebesromane ab, in denen die Heldin eine Vielzahl von Liebhabern hatte. »Mr. Taggert . . .«, begann sie.

Aber er streckte beruhigend die Hand aus. »Sie brauchen sich keine Sorgen zu machen. Ich bin kein Wüstling.«

Randy ließ die Bettdecke los. Sie konnte sich nicht vorstellen, daß sie eine Frau war, die Männer zu unkontrollierter Lust trieb. »Und was wollen Sie mir nun eigentlich sagen?«

»Ich möchte Sie fragen, ob Sie unter Umständen in Erwägung ziehen könnten, mich zu heiraten.«

VIII

»Ob ich Sie heirate?« fragte sie mit weitaufgerissenen Augen. »Ich?«

»Ja«, bestätigte er ernst. »Wie ich sehe, sind Sie schockiert. Die meisten Männer meiner Position heiraten hochgewachsene, statuengleiche Blondinen, die Pferde abrichten und Haute Couture tragen. Sie heiraten keine kleinen, unmanikürten, rundlichen . . .«

»Verstehe. Und warum haben Sie nicht eine dieser supersportlichen Frauen geheiratet, die ihr Leben mit dem Anprobieren neuer Kleider zubringen?«

Ihre schnippische Reaktion wurde mit einem leisen Lächeln quittiert. »Ich möchte gern der Herr im eigenen Haus bleiben, und abgesehen davon geht es ihnen, wie Sie selbst bemerkt haben, ja doch nur um mein Geld.«

»Mr. Taggert«, begann sie streng, »ich bin weder an Ihrem Geld noch an Ihnen interessiert.«

Er belohnte sie mit einem ausgesprochen häßlichen Lächeln. »Aber Sie haben doch mit Sicherheit diesen oder jenen Wunsch, den Geld erfüllen könnte, oder? Ich könnte mir vorstellen, daß Sie in einem hypothekenbelasteten Haus wohnen und Ihr Auto älter als drei Jahre ist. Zahlt Ihnen Ihr Mann irgendwelchen Unterhalt? Sie sind nicht der Typ, der jemanden wegen Nichtzahlung seiner Schulden vor Gericht bringt. Wann haben Sie sich zum letztenmal neue Kleider gekauft? Und es muß doch einiges geben, was Sie sich für Ihren Sohn wünschen.«

Daß er ihre Lebensumstände so treffend geschildert hatte, machte sie ungeheuer wütend. »Arm zu sein ist keine anstekkende Krankheit. Und da die Sklaverei vor mehr als hundert Jahren abgeschafft wurde, habe ich nicht die Absicht, mich für ein neues Auto zu verkaufen.«

»Wie wäre es mit einem weißen Mercedes mit roten Lederpolstern?«

Jetzt mußte sie fast lächeln. »Das ist doch absurd, Mr. Taggert. Aus welchem Grund wollen Sie mich wirklich heiraten? Das heißt, wenn Sie es tatsächlich noch wollen.«

»Ja. Wenn ich einmal eine Entscheidung getroffen habe, dann bleibt es dabei!«

Wieder lächelte er leise, und das brachte sie auf die Frage, ob ihm eine seiner hochgewachsenen Blondinen eigentlich jemals widersprochen hatte. »Mein Leben ist zu vollkommen«, erklärte er. »Es beginnt mich zu langweilen. Alles ist in perfekter Ordnung. Mein Personal ist das beste, das man für Geld bekommen kann. In all meinen Häusern liegt nicht einmal eine Haarbürste am falschen Platz. Ich frage mich schon seit geraumer Zeit, ob es nicht angenehm wäre, eine Frau zu haben, jemanden, der mir vertraut ist, auf den ich mich verlassen kann. Das mag ich. Alle meine Häuser sind absolut identisch eingerichtet.«

Verdutzt dachte sie einen Moment über seine letzten Worte nach. »Die gleichen Handtücher, die gleichen . . .«

»Auch die Kleidung in der perfekt gleichen Anordnung, damit ich alles sofort finde, ganz gleich, wo ich mich auch aufhalte.«

»Gütiger Himmel! Wie langweilig!«

»Aber praktisch. Außerordentlich praktisch.«

»Und wie passe ich in diesen Perfektionismus?«

»Wie ich schon sagte, denke ich seit geraumer Zeit über eine Ehe nach, aber die Frau, die ein Mann meiner Art für gewöhnlich heiratet, wäre so perfekt wie mein Leben bereits ist.«

»Warum heiraten Sie dann nicht gleich mehrere von ihnen?« schlug sie vor. »Eine für jedes Haus. Der Abwechslung wegen könnten Sie sie die Haarfarbe wechseln lassen, da die meiner Meinung nach ohnehin in den seltensten Fällen echt ist.«

Diesmal lächelte er nicht, er grinste. »Wenn Frauen nicht so schwierig wären, hätte ich schon vor Jahren geheiratet.«

Sie konnte ein Lächeln nicht unterdrücken. »Ich glaube, ich fange an zu begreifen. Sie wollen mich heiraten, damit ich ein wenig Chaos in Ihr Leben bringe.«

»Und Kinder.«

»Kinder?« wiederholte sie verblüfft.

»Ja. Meine Familie ist sehr produktiv. Es gibt sogar einen Trend zu Zwillingen. Ich stelle fest, daß ich mir Kinder wünsche.« Er wandte den Blick ab. »Schon als Kind war ich mir meiner Verantwortung sehr bewußt. Als ältester von so vielen Geschwistern war mir klar, daß ich die Leitung des Familienunternehmens übernehmen würde.«

»Als Kronprinz gewissermaßen.«

»Genau. Die Erfüllung meiner Pflichten hat für mich stets höchste Priorität gehabt. Aber vor zwei Jahren habe ich einen Jungen kennengelernt.«

»Einen Jungen?« fragte Randy nach, als er längere Zeit schwieg.

»Ja. Er schlich im Büro meines Bruders herum und tat so, als würde er spielen, aber in Wirklichkeit hat er alles um sich herum sehr genau in sich aufgenommen. Ich habe ihn angesprochen, und es war, als würde ich mir selbst in die Augen blicken.«

»Und er hat Sie veranlaßt, sich eigene Kinder zu wünschen, oder? Im Grunde möchten Sie sich klonen, habe ich recht?«

»Mehr oder weniger. Aber dieser Junge hat mich verändert, mir manche Dinge in meinem Leben deutlich gemacht. Seither korrespondieren wir miteinander. Wir sind . . .« – er lächelte – »Freunde geworden.«

Es freute sie, daß er wenigstens einen Freund auf der Welt besaß, aber er konnte keine Frau in der Hoffnung heiraten, sie würde ihm einen Sohn schenken, der genau wie der Junge war, den er offenbar liebgewonnen hatte. »Es ist doch unmöglich, daß Sie durch mich den Sohn bekommen, den Sie sich wünschen. Mein Sohn ist ein guter, liebevoller Junge. Er ist die personifizierte Güte und Großzügigkeit. Er würde zwar im Boden versinken, wenn er wüßte, daß ich das jemandem erzähle, aber ich bringe ihn noch immer allabendlich ins Bett und lese ihm vor dem Einschlafen etwas vor.« Sie erwähnte jedoch nicht, daß es sich dabei um Physikfachbücher für Fortgeschrittene handelte, weil das die Pointe verpatzt hätte.

Frank neigte nachdenklich den Kopf zur Seite. »Ich hätte es gern, wenn meine Kinder ein bißchen weicher, zärtlicher wären als ich selbst.«

Langsam dämmerte es Randy, daß dieser Mann es tatsächlich ernst meinte. Kalt und überlegt fragte er sie, ob sie ihn heiraten, ob sie seine Kinder zur Welt bringen würde. Sie blickte ihn einen Moment lang an und konnte ihn sich so gar nicht in den Fängen der Leidenschaft vorstellen. War es vorstellbar, daß er diese Aufgabe seinem Verantwortlichen für die Produktion übertrug? »Charles, meine Frau muß gewartet werden.«

»Sie wirken erheitert«, stellte er fest.

»Ich mußte nur gerade an etwas denken.« Sie sah ihn mitfühlend an. »Ich verstehe Ihr Dilemma durchaus, Mr. Taggert, und ich würde Ihnen wirklich gern helfen. Und wenn es nur um mich ginge, könnte ich eine Heirat mit Ihnen vielleicht in Erwägung ziehen, aber es geht auch um andere. Nicht um andere, um Kinder! Mein Sohn müßte mit Ihnen auskommen, und wenn Sie und ich . . . nun, wenn wir Kinder bekommen sollten, möchte ich, daß sie mit einem richtigen Vater aufwachsen. Aber ich kann mir nicht vorstellen, daß Sie einem Zweijährigen Märchen vorlesen.«

Einen Moment lang rührte er sich nicht, starrte sie nur an. »Also sagen Sie nein?«

»Ja. Nein, meine ich. Ja, ich sage nein. Ich kann Sie nicht heiraten.«

Erneut starrte er sie nur an, dann drehte er sich um und ging zu seinem Bett hinüber.

Randy fragte sich, ob sie das alles vielleicht nur träumte. Oder hatte sie eben wirklich abgelehnt, einen sehr, sehr reichen Mann zu heiraten? Konnte sie tatsächlich so dumm gewesen sein? Hatte sie denn ihren Verstand verloren? Eli hätte die ganze Welt offenstehen können. Und sie selbst . . .

Sie seufzte. Sie wäre mit einem Mann verheiratet, der wollte, daß sie Chaos in sein Leben brachte. Sehr komisch. Die pummelige kleine Miranda lief in ihrem Bemühen, nach Denver zurückzukehren, im Kreis herum. Die leicht beschränkte Miranda, die dumm genug war, auf einen Scherz hereinzufallen, den sich ein kalter, herzloser Milliardär mit ihr erlaubt hatte.

Es dauerte lange, bis sie wieder einschlief.

Am nächsten Morgen bereitete Randy Waffeln mit Erdbeeren

zu, während Frank vor dem Kamin in ein Buch über Steuerreformen starrte. Seit einer Viertelstunde hatte er keine Seite mehr umgeblättert. Daher wußte sie, daß er nicht las, sondern nachdachte.

Vermutlich bin ich das erste Projekt, mit dem er gescheitet ist, dachte sie. Was würde er sich einfallen lassen, um sie doch noch umzustimmen? Eli Süßigkeiten schicken? Ein Mann wie Frank Taggert würde sich nie die Zeit nehmen, herauszufinden, daß Eli lieber eine neue CD-ROM hätte als alle Süßigkeiten der Welt.

Plötzlich tat er ihr leid. Die Atmosphäre von Einsamkeit, die er verströmte, umgab ihn wie eine undurchdringliche Glasblase.

Sie bereitete gerade Läuterzucker für die Erdbeeren zu und dachte darüber nach, wie gern sie eine winzige Speckschicht um Mr. Frank Taggerts Taille sehen würde, als sie den Hubschrauber hörte. Blitzschnell war Frank auf den Beinen, riß eine in der Holzwand versteckte Tür auf und holte ein Gewehr heraus. »Bleiben Sie, wo Sie sind!« ordnete er an.

»Okay«, hauchte sie und fühlte sich fast wie die Heldin in einem Western.

Sekunden später war er wieder da, stellte das Gewehr weg und setzte sich an den Tisch. »Ist das Frühstück schon fertig?«

Sie mußte ihm die Worte von den Lippen ablesen, denn die Rotorgeräusche waren ohrenbetäubend. Vielleicht war er nicht neugierig, aber sie schon. Schnell häufte sie Waffeln und Erdbeeren auf einen Teller, goß Kaffee in die Tasse neben seiner Hand und fegte zur Tür hinaus.

Der Helikopter hing genau über der Hütte. Ein paar Säcke waren bereits herabgelassen, und nun schwebte auch noch ein blonder Mann in dunklem Anzug, mit Aktenköfferchen und mit in der Seilschlaufe fest verhaktem Fuß herab. Sie mußte unwillkürlich lächeln, als diese Wall Street-Inkarnation zwischen den hohen Bäumen herabsank. Dann mußte sie laut lachen, als sie beim Näherkommen erkannte, daß er nicht nur versuchte, das Aktenköfferchen festzuhalten und sich an das Seil zu klammern, sondern auch noch einen Apfel zu essen.

Er landete direkt vor ihr. Er sah nicht schlecht aus: sehr blond, sehr hellhäutig, und seine Augen waren verblüffend blau. Er biß vom Apfel ab und bedeutete dem Hubschrauber mit der anderen Hand, er könne davonfliegen. Randy sah, daß der Aktenkoffer mit einer Kette an seinem Handgelenk befestigt war.

»Hungrig?« fragte sie, als er vor ihr stand und sie anlächelte.

»Unbändig.« Er sah sie auf eine Weise an, die ihr ein sehr angenehmes Gefühl vermittelte, und sie erwiderte sein Lächeln.

»Sie leben hier mit Frank?« fragte er.

»Nicht mit ihm. Ich wurde als seine Krankenschwester engagiert, doch das stellte sich als Scherz heraus. Ich bleibe nur hier, bis . . . Einen Augenblick! Vielleicht hätte ich mit dem Hubschrauber zurückfliegen können.« Sie beschattete ihre Augen und blickte nach oben, wo der Helikopter hinter den Baumkronen verschwand. Sie sah den Mann wieder an.

»Mike. Oder war es Kane?«

»Wie bitte?«

»Wenn Frank ein Streich gespielt wurde, dann nur von Mike oder Kane.« Als sie nicht reagierte, streckte er ihr lächelnd die Hand entgegen. »Ich bin Julian Wales. Franks Assistent. Oder besser gesagt, sein Mädchen für alles. Und Sie?«

Sie legte ihre Hand in seine langen, angenehm warmen Finger. »Miranda Stowe. Randy. Eigentlich Pflegerin, oder besser gesagt Köchin und Haushälterin.«

Er bedachte sie mit einem Blick, der sie erröten ließ. »Vielleicht werde ich bald ernsthaft krank und bedarf dringend Ihrer Hilfe.«

Vielleicht hätte sie ihn darauf aufmerksam machen sollen, daß sie ein solcher Typ Frau nicht war, aber seine Bewunderung gab ihr ein ausgesprochen gutes Gefühl. Gestern nacht ein Heiratsantrag und heute ein netter Flirt.

Sie entzog ihm ihre Hand – nach zwei vergeblichen Versuchen. »Mr. Taggert ist in der Hütte. Es gibt Erdbeerwaffeln zum Frühstück.«

»Hervorragend. Kochen können Sie also auch. Sie haben nicht zufällig Lust, mich zu heiraten?«

»Das hat mich Mr. Taggert auch schon gefragt«, entgegnete sie lachend und fühlte sich wie eine Achtzehnjährige. Entsetzt hielt sie inne. Wie hatte sie das nur sagen können? »Ich meine . . .« Sie wußte nicht weiter, und so ging sie in die Hütte zurück und überließ es Julian, ihr ungläubig nachzustarren, bevor er folgte.

Frank machte keine Anstalten, Julian zu begrüßen, und der hatte offensichtlich gelernt, nichts anderes zu erwarten. Frank lohnte Julians jahrelange Hingabe mit einem sechsstelligen Jahresgehalt und etlichen Sondervergünstigungen.

Schweigend löste Julian das Aktenköfferchen von seinem Handgelenk, schloß es auf und schob es Frank zu.

»Unglücklicherweise«, begann Julian, »habe ich verabredet, daß mich der Hubschrauber in zwei Tagen erst abholt. Ich wollte hier oben ein bißchen angeln. Ich wußte nicht, daß Sie einen Gast haben. Wenn es Ihnen nicht paßt, kann ich aber auch zurückwandern.«

»Sie können auf der Couch schlafen«, erwiderte Frank, ohne von seinen Papieren aufzublicken.

»Gern, Sir«, sagte Julian und zwinkerte Randy zu, als sie einen Teller heißer Waffeln vor ihn hinstellte.

»Haben Sie schon gefrühstückt, Randy?« fragte Julian. Und als sie den Kopf schüttelte, fügte er hinzu: »Wie wäre es, wenn wir beide draußen essen? Einen so herrlichen Morgen wie diesen sollte man nicht unter einem Dach verschwenden.«

Lächelnd folgte sie ihm mit ihrem Teller hinaus, und als sie sich umdrehte, sah sie, daß Frank ihnen nachblickte. »Ich mache die Tür zu, damit wir Sie nicht stören«, sagte sie und nahm erstaunlich erfreut zur Kenntnis, daß er die Stirn runzelte.

Julian hatte seinen Teller auf einen Baumstumpf gestellt, zog das Sakko aus und lockerte die Krawatte. »Halleluja!« rief er und öffnete den obersten Knopf seines Hemdes. »Zwei Tage in Freiheit.« Er setzte sich auf den Stumpf, nahm den Teller auf die Knie und sah zu ihr auf. »Hier ist Platz für zwei.«

Vielleicht hätte sie es nicht tun sollen, aber sie setzte sich neben ihn, sehr dicht neben ihn.

»Hat Frank Ihnen tatsächlich einen Heiratsantrag gemacht?«

Um ein Haar hätte sie sich verschluckt. »Das hätte ich Ihnen nicht erzählen dürfen. Aber offenbar kann ich meinen Mund nie halten. Aber es war kein richtiger Heiratsantrag, mehr eine Art Geschäft.«

Julian hob eine blonde Braue. »Was er bekommt, sehe ich, aber ich kann nicht erkennen, was Sie bekommen. Bis auf das Geld natürlich.«

»Kinder. Er scheint zu glauben, daß er und ich . . . nun ja, Kinder produzieren könnten.«

Julian lachte. »Das hat Frank gesagt? Kennen Sie ihn gut?«

»Überhaupt nicht. Allerdings wird mir in seiner Nähe ganz kalt.«

»Ja. Das geht vielen Leuten so, aber unterschätzen Sie ihn nicht: Er ist so warmblütig wie alle anderen auch.«

»Vielleicht in geschäftlichen Dingen, aber als Liebhaber des Jahres würde er meine Stimme mit Sicherheit nicht bekommen.«

»Dann haben Sie also mit ihm geschlafen?«

»Nein!« protestierte sie mit vollem Mund. »Keineswegs! Ich mag es gern romantisch, mit viel Gefühl . . . Großer Gott, was rede ich denn da? Ich tue ja so, als wäre ich eine jugendliche Schönheit, dabei nähere ich mich bedenklich den mittleren Jahren, bin zu dick, eine alleinerziehende Mutter und fest davon überzeugt, daß allein Ihr Anzug mehr gekostet hat als ich im letzten Jahr verdiente. Wenn irgendeine x-beliebige

Frau hier wäre, würde doch keiner von Ihnen auch nur einen Blick an mich verschwenden.«

Er lächelte sie an. »Randy, wissen Sie denn nicht, was Sie sind? Sie sind echt. Das war mir sofort klar, als ich Sie sah. Normalerweise sind die Frauen in Franks Umgebung so perfekt schön, daß sie aussehen wie maschinell hergestellt. Und Sie wissen genau, daß keine von ihnen an Frank auch nur noch einen Gedanken verschwenden würde, wenn er plötzlich ohne Geld dastünde.«

»Also wirklich, Mr. Wales, ich . . .«

»Julian.«

»Ich bin eine absolut durchschnittliche Frau, Julian.«

»So?« Er biß von seiner Waffel ab. »Waren Sie je verheiratet?« Als sie nickte, fuhr er fort: »Und haben Sie ihn bei der Scheidung vor den Kadi gezerrt?« Er wartete ihre Antwort gar nicht erst ab. »Natürlich nicht. So wie ich Sie einschätze, hatten Sie sogar noch Verständnis für sein ›Verlangen‹, mit irgendeiner hohlköpfigen Barbie-Puppe davonzulaufen.«

Sie blickte auf ihre Waffel, die langsam kalt wurde. »Sie scheinen ein guter Menschenkenner zu sein.«

»Dafür bezahlt mich Frank: den Leuten in die Augen zu sehen und ihm die Nieten und Mogelpackungen vom Hals zu halten.«

In diesem Moment öffnete sich die Hüttentür, und Frank erschien mit einer Angel. »Eigentlich hatte auch ich heute vor, ein wenig zu angeln. Wollen wir gehen?«

Randy stand auf. »Ich glaube, Julian sollte sich zunächst umziehen. Und dann muß ich Ihnen ein paar Sandwiches machen. Sie können nicht ohne Proviant losziehen.«

»Sie kommen mit mir und können uns dann die gefangenen Fische zubereiten. Julian, kümmern Sie sich um alles Nötige und folgen Sie uns«, sagte Frank und setzte sich bereits in Bewegung.

Randy hatte nicht die Absicht, das zu befolgen, was sich verdammt nach Befehl angehört hatte, also wandte sie sich der

Hütte zu, aber bevor sie sie erreichte, wußte sie auch, daß sie sich nicht aus Stolz um einen Angelausflug bringen würde. Julian starrte seinem Boß mit offenem Mund nach. Er arbeitete nun schon seit zehn Jahren für Franklyn Taggert, und obwohl Frank in dieser Zeit niemals etwas über sich selbst preisgegeben hatte, war Julian doch stets in der Lage gewesen, sich einiges zusammenzureimen. Er kannte seinen Boß eben sehr gut.

»Er liebt sie«, ächzte Julian. »Bei allem, was mir heilig ist – er liebt sie. Nur tiefempfundene Liebe könnte Frank dazu bringen, Fusionsunterlagen im Stich zu lassen und angeln zu gehen.« Noch immer starrte er dem sich entfernenden Rücken seines Chefs nach. Natürlich wußte Frank so wenig von Frauen, daß er auch das hier verpatzen würde – so wie er jede seiner bisherigen Beziehungen zu Frauen zerstört hatte. Julian mußte zugeben, daß Frank noch nie eine Frau für so wichtig gehalten hatte, ihretwegen eine Besprechung zu versäumen oder auch nur einen Anruf zu verschieben. Und es war Julians Aufgabe gewesen, ihnen zu sagen, daß ihre gemeinsame Zeit beendet war. Er hatte sich Geschirr an den Kopf werfen lassen und Flüche in vier Sprachen anhören müssen, um Frank von der Anwesenheit der Frauen zu befreien, deren er überdrüssig war.

Dieser Bereich seiner Aufgaben machte ihn zunehmend unzufriedener. Er fragte sich, ob es nicht noch etwa anderes im Leben gab, als Frank Taggert jeden Wunsch von den Augen abzulesen.

Julian drehte sich um und warf einen Blick in die Hütte, in der Randy gerade Lebensmittel und andere Utensilien in einem Rucksack verstaute. Aber jetzt hatte Frank einer Frau einen Heiratsantrag gemacht. Und da er Frank so gut kannte, wußte er auch, daß das so abgelaufen sein mußte wie ein Vorschlag vor dem Aufsichtsrat. Ohne Leidenschaft, ohne Feuer, ohne Schwüre ewiger Liebe. Vermutlich hatte er einfach gesagt: »Ich hätte da einen Vorschlag zu machen – heiraten Sie mich.«

Julian griff in einen seiner Reisesäcke, zog sich Jeans und Pullover an, während er pausenlos nachdachte. Niemand kannte Frank so gut wie er. Allzu viele Leute waren wie Randy der Meinung, er besäße kein Herz. Doch Julian wußte, daß das nicht stimmte. Frank verfügte zwar über eine eiserne Beherrschung, aber seine Loyalität war unerschütterlich. Als Julian mit seinem Ferrari einen Unfall gebaut hatte, war es Frank gewesen, der Ärzte aus New York einfliegen ließ. Als es Mrs. Silens Ehemann fast gelungen war, ihr die Kinder wegzunehmen, hatte Frank sehr dezent, aber wirkungsvoll dafür gesorgt, daß das Gericht seine Entscheidung noch einmal überdachte. Häufig half Frank anderen Menschen. Er wollte nur nicht, daß man das erfuhr. Er genoß sein Image als rücksichtsloser Unternehmer.

Im Umgang mit seinen Angestellten und Verwandten war er stets fair. Vielleicht nicht unbedingt überschwenglich, aber fair. Nur im Hinblick auf Frauen schien Frank zu menschlichen Gefühlen nicht fähig zu ein.

Aber vor zwei Jahren hatte irgend etwas Frank verändert, und Julian wußte nicht, was das war. Und nun schien ihn sein gebrochener Arm noch weiter verändert zu haben. Er hatte Handball gespielt, so rücksichtslos, wie er sich auch in seinen Geschäften verhielt, war heftig gegen die Wand geprallt und hatte sich den Arm eingeklemmt. Es war ein unangenehmer Bruch gewesen, und Frank mußte zwei Stunden im Operationssaal verbringen. Am nächsten Tag hatte ihn Julian im Krankenhaus besucht, wie auch die meisten Mitglieder der Familie Taggert. Sie alle waren extrovertiert, laut und fröhlich – das genaue Gegenteil von Frank mit seiner spröden Zurückhaltung.

Soweit Julian wußte, hatte Frank trotz seiner Schmerzen mit keiner Wimper gezuckt, aber irgend etwas schien in ihm vorgegangen zu sein, denn wenige Tage später sagte Frank einige ungemein wichtige Konferenzen ab und erklärte, er ziehe sich in seine Hütte in den Rocky Mountains zurück, wo er nicht gestört werden wolle. Julian hatte nicht gewagt, nach den Gründen zu fragen, aber sein Bruder, woraufhin Frank erklärte, er wolle sich erholen und nachdenken.

IX

Nie hatte Randy einen so vergnüglichen Tag verbracht wie beim Angeln mit Julian. Alles was er tat oder sagte, war unbeschwert und lustig. Er flirtete mit ihr, neckte sie, legte den Arm um sie, um ihr zu zeigen, wie man den Köder auf den Haken spießte. Er brachte sie zum Lachen wie ein junges Mädchen.

Doch immer wieder mußte Randy verstohlen zu Frank hinüberblicken, der gelassen und allein in der Nähe stand und unablässig einen Fisch nach dem anderen an Land zog. Mit seinem eingegipsten Arm mußte das ebenso schmerzhaft wie schwierig sein, aber nie ließ er sich auch nur das Geringste anmerken.

»Doch an ihm interessiert?« erkundigte sich Julian, nachdem sie zum tausendstenmal zu Frank hinübergesehen hatte.

»Nie im Leben. Ich bin keine Frau, die an einem Mann wegen seines Geldes interessiert ist.«

»Ich verstehe. Und was erwarten Sie dann von einem Mann?« fragte er gespielt anzüglich.

»Liebe. Tiefe Liebe. Ich möchte seiner ganz sicher sein können.« Sie lächelte. »Und ein großes Haus inmitten ausgedehnter Obstgärten.«

»Täuschen Sie sich nicht in Frank. Er ist der loyalste Mensch, den ich kenne. Wenn er Sie erst einmal unter seine Fittiche nimmt, beschützt er Sie auch.«

Wieder sah sie zu Frank hinüber. Er war groß, breitschultrig, und seine dunklen Augen waren faszinierend, aber . . . Aber er war so merkwürdig. An einem Tag machte er ihr einen Heiratsantrag und am nächsten würdigte er sie keines Blickes.

»Ich würde wirklich gern wissen, was Sie denken.«

»Ich dachte gerade, daß er gar nicht weiß, daß ich hier bin.«

Julian lachte. »Frank haßt Angelausflüge. Er ist nur hier, um aufzupassen, daß ich Sie nicht anfasse.«

Sie sah ihn ungläubig an. »Aber er fängt doch soviel. Es muß ihm doch Spaß machen«

»Frank ist in allem gut, was er anfängt. Nur mit Frauen hat er gewisse Probleme.«

Randy sah kurz auf den schnellfließenden Bergbach, griff dann nach der Thermosflasche und ging hinüber zu Frank. »Macht es Ihnen Spaß?« fragte sie, während er den heißen Kaffee trank.

»Ungeheuer. Und Sie? Amüsieren Sie sich gut?«

Sie sah, daß an seiner Schläfe ein Muskel zuckte. »Bestens. Julian ist wirklich ein bemerkenswerter Mann. So locker, lustig und witzig. Eine Frau könnte sich sehr leicht in ihn verlieben.« Randy ließ ihn nicht aus den Augen. Trotz seiner Distanziertheit fühlte sie sich zu ihm hingezogen. Aber welche Frau fühlte sich nicht von einem Mann angezogen, der ihr einen Heiratsantrag gemacht hatte? Sag doch etwas, dachte sie. Vielleicht könntest du mich sogar küssen.

Aber Frank küßte sie nicht. Er gab ihr die leere Tasse zurück und blickte aufs Wasser. »Julian ist ein tadelloser Mann. Hervorragender Arbeiter.«

»Bei seinem Aussehen, seinem Charme und seinen Talenten muß er von Frauen doch förmlich umschwärmt sein.« Randy wußte, daß sie Frank herausforderte, aber sie wollte ihm irgendeine Reaktion entlocken – falls er überhaupt etwas für sie empfand.

»In seinem Privatleben kenne ich mich nicht aus.« Er wandte den Blick von ihr ab.

Randy trat noch einen Schritt näher. »Und wie ist es mit Ihnen? Gibt es in Ihrem Leben viele Frauen? Machen Sie viele Heiratsanträge?«

»Nur einen«, erwiderte er leise.

Randy hätte sich ohrfeigen können. Wie unbedacht und rücksichtlos von ihr. Sie legte ihm eine Hand auf den Arm. »Mr. Taggert, ich möchte . . .«

Seine zornigen Augen ließen sie verstummen. »Was möchten Sie? Sich über mich lustig machen?«

»Keineswegs. Wie kommen Sie darauf?«

»Was dann? Was möchten Sie von mir?«

»Ich . . . Ich weiß es nicht.«

Abrupt wandte er sich ab. »Sagen Sie es mir, wenn Sie es wissen.«

Verlegen und verwirrt lief Randy zur Hütte zurück. Als Julian sie aufhalten wollte, rief sie ihm zu, sie wolle allein sein. Julian schlenderte zu Frank hinüber, der zwar so tat, als würde er angeln, aber bedauerlicherweise vergessen hatte, seinen Haken mit einem Köder zu versehen.

Julian kannte seinen Boß gut genug, um zu wissen, wann er zornig war. Jetzt beispielsweise. Also sagte er kein Wort, sondern suchte Reisig und Äste für ein Lagerfeuer zusammen. Vielleicht würde Randys Essen Franks Stimmung verbessern.

Eine knappe Stunde später hockten sie sich ans prasselnde Feuer. In den vergangenen mehr als zehn Jahren war ihre Beziehung zueinander eine rein geschäftliche gewesen. Doch Julian spürte, daß sich das jetzt änderte. In ihm änderte sich etwas. Und in Frank auch.

Er holte Luft. »Haben Sie Randy gesagt, daß Sie sie lieben?«

Frank schwieg.

»Sie können vielleicht den Rest der Welt täuschen, aber mich können Sie nicht hinters Licht führen. Wann haben Sie gemerkt, daß Sie sie lieben?«

Frank ließ sich Zeit mit der Antwort. »Als ich merkte, daß sie mich nicht mag.«

»Eine Menge von Leuten kann Sie nicht leiden, Frank.«

Er verzog die Lippen zu einem schiefen Lächeln. »Aber die lehnen das ab, was ich repräsentiere, oder sie sind dagegen, daß ich Geld habe und sie nicht. Sie haben nichts gegen mich persönlich.«

Julian warf einen Tannenzapfen ins Feuer. »Machen Sie sich nichts vor, Frank. Sie persönlich sind es, den man nicht mag. Verglichen mit Ihnen ist ein Kühlschrank eine Wärmequelle.«

»Das sehen Frauen ein bißchen anders.« Frank lächelte.

»Stimmt. Frauen machen sich zum Narren, wenn sie Sie kennenlernen. Das hat mich schon immer verwundert.«

»Geld und Macht sind dem Sex ebenbürtig, darüber hinaus verfüge ich über gewisse Qualitäten im Bett.«

»Haben sich getummelt, um Ihre Erfahrungen zu sammeln, oder?«

»Selbstverständlich. Wie sonst . . .« Er brach ab, wollte offenbar nicht mehr sagen.

»Randy ist anders, stimmt's?« Julian wartete gespannt auf die Antwort. Wie würde Frank auf eine so persönliche Frage reagieren?

»Sie ist alles, was ich nicht bin. Sie ist warmherzig, während ich kühl bin. Sie liebt leicht, während es mir schwerfällt. Wenn Miranda einen Mann liebt, dann bedingungslos. Es ist ihr gleichgültig, ob er Geld hat oder nicht. Ich brauche diese . . . diese Sicherheit. Frauen verändern ihre Einstellung zu einem Mann. Heute lieben sie ihn, aber wenn er ihren Geburtstag vergißt, entziehen sie ihm ihre Liebe.«

»Randy könnte keinen Mann lieben, der ihren Geburtstag vergißt.«

»Wenn ich das genaue Datum vergesse, fliege ich eine Woche später mit ihr nach Paris. Dann wird sie mir vergeben.«

»Wahrscheinlich. Aber wie würde eine Frau wie Randy in Ihr Leben passen, Frank? Wenn ich mich recht erinnere, hatte Ihre letzte Liebe einen Doktor in chinesischer Lyrik und sprach vier Sprachen.«

»Sie war zum Gähnen langweilig«, erwiderte Frank abfällig. »In den letzten zwei Jahren ist etwas mit mir geschehen,

Julian. Ich habe mich grundlegend verändert. Ich weiß, daß viele meinen, ich hätte gar kein Herz, aber ich besitze eins – oder ich habe es erst kürzlich entdeckt. Viele Menschen wollten von mir wissen, wofür ich dieses ganze Geld ansammele, und ich fand nie eine Antwort. Ich glaube, es ging mir um die Herausforderung. Gerade Sie sollten doch wissen, daß ich nie etwas Großartiges kaufen wollte. Nie wollte ich eine Yacht, deren Unterhalt allein täglich Tausende von Dollars verschlingt. Ich wollte nur . . .«

»Gewinnen«, warf Julian fast bitter ein. Vielleicht war es Neid, aber manchmal war er es wirklich überdrüssig, Frank immer nur gewinnen zu sehen.

»Ja, vielleicht. Vielleicht war es so.«

»Was ist vor zwei Jahren geschehen?«

»Ich habe einen Jungen kennengelernt. Er heißt Eli. Fast kam es mir vor, als begegne ich mir selbst. Er war so ehrgeizig, so wild auf Leistungen.« Frank lächelte. »Er stiehlt Firmenbriefpapier und schreibt darauf Bitt- und Drohbriefe.«

»Illegal.«

»Ja, aber damit hilft er anderen Menschen. Ich sah ihn an und dachte, daß ich gern einen Sohn wie ihn hätte. Zum erstenmal wünschte ich mir ein eigenes Kind.«

»Der Taggert-Bazillus hat schließlich doch zugeschlagen.«

Frank lächelte. »O ja, meine fruchtbare Familie. Sie scheint fast zwanghaft besessen, sich pausenlos zu vermehren.«

»Mit Ausnahme von Ihnen. Zumindest bis jetzt. Bis Sie Randy kennenlernten.«

»Ja, Randy. Eine echte Frau. Ich möchte, daß die Mutter meiner Kinder ihnen vor allem Mutter ist.«

»Und Ihre Frau, wenn ich es recht verstehe.«

»Ja. Ich . . .« Er holte tief Luft und deutete auf seinen gebrochenen Arm. »Als das hier passierte, hatte ich Zeit zum Nachdenken. Hätte ich mir statt dessen den Hals gebrochen, würde mich keiner meiner vielen Dollars vermissen. Keiner von ihnen hätte vor Trauer um mich geweint. Und noch schlimmer: Als ich das Krankenhaus verließ, erwartete mich keine sanfte, liebende Frau, auf deren Schoß ich mein Haupt hätte betten können, um mich auszuweinen.«

Ungläubig hob Julian eine Augenbraue.

»An diesem Tag hätte ich zu gern geweint. Wissen Sie, was mich diese Lyrikdame gefragt hat? Sie wollte wissen, ob mein Armbruch und die folgenden Schmerzen erregend gewesen wären. Sexuell erregend!«

»Erzählen Sie es ihr«, drängte Julian. »Erzählen Sie Randy von Ihren Gefühlen.«

»Was soll ich ihr erzählen? Daß ich mein ganzes Leben nach einer Frau gesucht habe, die so ist wie sie? Nach einer Frau, die so selbstlos und mitfühlend ist, daß sie in die tiefste Bergeinsamkeit reitet, um einen Mann zu pflegen, der sich verletzt hat? Man sagte ihr, sie werde gebraucht, also machte sie sich auf den Weg. Für eine lachhaft geringe Summe.«

»Dann sagen Sie ihr, daß Sie sie brauchen.«

»Das würde sie mir nie glauben. Wozu sollte ich sie brauchen? Einen Koch habe ich, Sex ist problemlos zu bekommen – also wozu brauche ich sie?«

»Kein Wunder, daß Frauen Sie verabscheuen, Frank.«

»Frauen verabscheuen mich, weil ich es ablehne, sie zu heiraten und zu Mitbesitzerinnen meines Unternehmens zu machen.«

»Sie haben tatsächlich kein Herz.« Sie schwiegen einen Moment lang, dann sagte Julian: »Wenn Sie es ihr nicht sagen, werden Sie sie verlieren.«

»Wissen Sie eigentlich, warum ich finanziell so erfolgreich bin, Julian? Weil ich gleichgültig in. Es ist mir gleichgültig, ob ich gewinne oder verliere. Wenn ich feststelle, daß ich mein Herz an ein Geschäft gehängt habe, steige ich aus. Sobald man emotional wird, ist man nicht mehr gelassen genug.«

»Wollen Sie damit sagen, daß Sie Randy zu gern haben, um überhaupt den Versuch zu unternehmen, sie zu gewinnen?«

Frank blickte Julian an. Und der sah eine Sekunde hinter die permanent vorhandene Kühle, und was er da entdeckte, ließ ihn den Atem anhalten. »Wenn ich verlieren würde, könnte ich nicht weiterleben.«

»So sehr lieben Sie sie?« fragte er leise.

Die Maske war wieder da. »Ich weiß zwar nicht, warum ich sie . . . mag, aber ich mag sie.«

»Daher werden Sie nichts unternehmen, um sie zu gewinnen.«

»Richtig.« Frank starrte ins Feuer.

Julian schwieg einen Augenblick lang. »Dennoch haben einige Frauen Sie aufrichtig gern gehabt. Sie persönlich, nicht Ihr Geld. Aber Sie haben sie ausnahmslos fallengelassen. Vielleicht sind Sie jeweils in dem Moment ›ausgestiegen‹, als Sie begannen, etwas für diese Frauen zu empfinden. Ich kenne zwar die Gründe nicht, weiß aber, daß ich stets derjenige sein mußte, der ihnen zuhörte, sie beruhigte und tröstete, der ihre Wutanfälle über sich ergehen ließ, nachdem Sie sich von ihnen getrennt hatten. Randy ist keine von den Frauen, die Affairen mit zahllosen Männern hatte. Sie ist eine schlichte, ganz durchschnittliche Frau, und sie mag Sie. Sie wird das vielleicht nicht sagen, aber ich sehe es ihren Augen an. Heute habe ich mich nach Kräften bemüht, ihre Aufmerksamkeit auf mich zu lenken, aber sie hatte nur Augen für Sie. Ein Zeichen von Ihnen, und sie könnte Sie lieben.«

Er drehte sich um und sah Frank direkt an. »Ich habe keine Lust, Sie bei Randy zu entschuldigen. Ich habe keine Lust, ihre Tränen mit einem Etui voller Smaragde zu trocknen.« Er schwieg einen Moment und fügte dann hinzu: »Eigentlich möchte ich in dieser Richtung gar nicht mehr tätig werden.«

Julian ließ Frank viel Zeit für seine Antwort. Als der noch immer schwieg, stand er auf. »Frank, ich habe zehn Jahre lang für Sie gearbeitet. Ich habe Sie respektiert, bewundert und manchmal auch beneidet. Aber in diesem Moment empfinde ich nur Mitleid mit Ihnen.« Er machte zwei Schritte, blieb dann aber wieder stehen. »Ich bin es leid, nur zu kaufen, zu verkaufen und kein eigenes Leben zu haben. Für dieses Wochenende war ich mit einer wundervollen Frau verabredet, aber dann riefen Sie an und sagten, Sie brauchten die Unterlagen. Sie haben mich nicht gebeten. Sie haben angeordnet. Ich sprach ihr eine Nachricht auf ihren Anrufbeantworter und kam hierher. Aber ich bezweifle, daß sie je wieder ein Wort mit mir sprechen wird.«

»Sie werden gut genug von mir bezahlt, um das zu tun, was ich von Ihnen verlange.«

»Ja, das tun Sie. Sie bezahlen mich so gut, daß ich nicht mehr zu arbeiten brauche. Ich könnte mich mit dem zur Ruhe setzen, was ich aus Zeitmangel bisher nicht ausgeben konnte«, entgegnete Julian und lächelte. »Und ich glaube, genau das werde ich tun. Am Montag erhalten Sie meine Kündigung.«

Einen Moment lang zögerte Julian, wartete darauf, daß Frank ihn zurückrief. Aber Frank sagte kein Wort, also lief Julian weiter.

X

Als Julian die Hütte betrat, stand Randy am Spülbecken und schabte Karotten. Ein Blick in sein Gesicht riet ihr, lieber kein Wort zu sagen. Er durchlief den Raum, drückte neben dem Kamin auf eine Erhebung, und zu Randys Überraschung öffnete sich dort eine Tür, hinter der er verschwand.

Neugierig ging sie ihm nach und spähte in den bisher verborgenen Raum. Im Gegensatz zur eher rustikalen Hütte war er ultramodern eingerichtet und strahlendweiß gestrichen. An drei Wänden standen Tische mit Elektronik: Computer, Faxgeräte, TV-Bildschirme mit den letzten Börsenkursen, Telefone sowie einige Apparate, die sie nicht identifizieren konnte.

Julian griff nach einem Mikrophon und rief über Funk einen Hubschrauber, damit er ihn abholte. »Einen Moment«, sagte er und drehte sich zu Randy um. »Wollen Sie vielleicht mit mir zurückfliegen?« fragte er, mit leichter Betonung auf dem Wort »mir«.

Einen Moment lang schien Randys Herzschlag auszusetzen. Trotz seiner zornigen Erregung sah sie in seinen Augen auch noch etwas anderes. Er hatte mit ihr nicht nur geflirtet. Dieser attraktive Mann war aufrichtig an ihr interessiert.

Aber irgend etwas hielt sie zurück. »Nein danke, ich bleibe«, hörte sie sich flüstern und begriff nicht, warum sie sich so verhielt.

»Sind Sie auch ganz sicher?« fragte er. Sie nickte.

Minuten später stopfte Julian Kleidungsstücke in einen Reisesack. »Er ist es nicht wert. Ich hoffe, Sie wissen das. Vielleicht sollte ich Ihnen erzählen, was er gesagt hat. Er meinte . . .«

»Nein!« unterbrach sie ihn scharf. »Ich möchte nicht wissen, was zwischen Ihnen beiden vorgefallen ist. Das ist Ihre Sache. Er ist krank und braucht mich.«

»Nein, das tut er nicht. Er braucht niemanden. Ich dachte es auch, aber . . .« Er brach kurz ab und setzte dann hinzu: »Nicht er – ich brauche jemanden. Ich brauche endlich ein eigenes Leben.« An der Hüttentür blieb er noch einmal stehen. »Lassen Sie nicht zu, daß er Ihnen das Herz bricht. Viele Frauen haben versucht, ihn zum Schmelzen zu bringen, aber es ist ihnen nicht gelungen. Er..« wieder brach Julian ab. »Hören Sie, daß ich zurückfliege, hat nichts mit Ihnen zu tun. Das ist etwas zwischen Frank und mir. Er liebt Sie.«

»Was? Ich weiß, daß er . . .«

»Er liebt Sie. Deshalb wird er nie versuchen, Sie für sich zu gewinnen. Erwarten Sie also keine Gefühle von ihm. Geld ja, aber sonst nichts.«

»Aber . . .«, begann sie, und tausend Fragen schossen ihr durch den Kopf.

»Ich habe schon viel zuviel gesagt. Passen Sie gut auf sich auf«, sagte er und ging.

Als sie allein in der Hütte war, sank Randy auf eine der eintönigen grauen Couches. »Meine Güte«, sagte sie laut. »Nie ist in meinem Leben irgend etwas Aufregendes passiert, und nun überstürzen sich die Ereignisse.«

Eine Stunde später erschien Frank und wirkte einen Moment lang verblüfft, sie zu sehen. »Warum sind Sie nicht mit Julian nach Denver geflogen?«

Das wußte sie auch nicht. »Sie schulden mir eine Harvard-Ausbildung«, sagte sie.

»Oh, ja. Natürlich.«

Das war natürlich nicht der wahre Grund ihres Bleibens, denn wer konnte schon Tausende Dollar für eine Woche Arbeit verlangen? Sie straffte die Schultern. »Möchten Sie, daß ich gehe?«

»Ich möchte . . .«, begann er, brach aber ab. »Ich möchte, daß Sie das tun, was Ihnen gefällt.«

Das war nicht gerade das, was sie sich erhofft hatte. Hatte Julian die Wahrheit gesagt, als er meinte, Frank Taggert würde sie lieben? Doch da sie ihn nicht liebte, war das ziemlich unerheblich. Aber da war etwas in seinen Augen. Etwas, das ihr das Gefühl vermittelte, er könnte unter Umständen so einsam sein wie sie sein würde, wenn Eli aufs College ging.

Sie wußte nicht, was sie sagen sollte. »Haben Sie schon gegessen?« war alles, was ihr einfiel. Es entlockte ihm die Andeutung eines Lächelns.

»Wollen Sie mich mästen?«

Es war die erste persönliche Bemerkung von ihm – bis auf den Heiratsantrag natürlich. »Ein bißchen könnten Sie schon zulegen. Vielleicht sollte ich Ihnen etwas von meinem Fett abgeben.«

In seinen Augen glitzerte es. »Mir wäre es lieber, Sie würden es behalten. Es sitzt an den richtigen Stellen.«

Errötend wandte sie sich ab, um das Abendessen zu servieren, und als sie sich wieder umdrehte, hatte er seine Nase in den Unterlagen vergraben, die ihm von Julian gebracht worden waren, und sagte während des ganzes Essens kein Wort.

Das scherzhafte Geplänkel zwischen ihnen schien ihn irgendwie geärgert zu haben, denn er verhielt sich auch für den Rest des Abends mehr als schweigsam. Als er hinausging, um Holz für den Kamin zu holen, sah Randy, wie schwer es ihm fiel, aber als sie ihm ihre Hilfe anbot, erklärte er, das sei überflüssig.

Verärgert über sich selbst, daß sie nicht mit Julian zurückgeflogen war, nahm Randy ein Bad, zog sich das verführerische Nachthemd an – das einzige, das ihr zur Verfügung stand – und ging zu Bett. »Kalt wie ein Eisblock«, murmelte sie und schlief sofort ein.

Ohrenbetäubendes Donnerkrachen weckte sie. Sie fuhr hoch. Das Zucken eines Blitzes durchfuhr die Hütte. Unwillkürlich schrie sie laut auf. Schon immer hatte sie sich vor Gewittern gefürchtet.

Sofort war Frank neben ihr. Er setzte sich auf den Rand ihres Bettes, berührte sie aber nicht. Beim nächsten Blitz flüchtete sie sich in seine Arme.

Sie hatte ganz vergessen, wie gut sich ein Mann anfühlen konnte. Sein warmer, kräftiger Körper umfing sie, und bevor sie wieder Atem holen konnte, küßte er sie.

Das war nicht der Kuß eines kalten Mannes, und in diesem Moment glaubte Randy, was Julian ihr gesagt hatte: Frank liebte sie.

Er küßte sie auf den Hals. Blitze durchzuckten die Hütte, und die Donnerschläge schienen in ihrem Inneren widerzuhallen.

»Ja«, hauchte sie, als seine Hand zu ihrer Brust wanderte. »Ja, liebe mich. Bitte.«

Behutsam umfaßte er ihr Gesicht mit den Händen und sah ihr tief in die Augen. »Ich habe keinen Schutz bei mir.«

Einen Augenblick lang hielt sie den Atem an. »Ich fürchte mich nicht vor den Folgen«, sagte sie leise. »Ganz im Gegenteil.«

»Ja«, war alles, was er sagte. Dann drückte er sie in die Kissen.

Im Bett war er so heiß wie außerhalb kalt. Nie hatte er sie so begehrlich angesehen wie andere Männer, aber dennoch schien er jede Einzelheit ihres Köpers bemerkt zu haben und ihn zu mögen. Innerhalb von Sekunden hatte er ihr das Nachthemd abgestreift, und seine Hände berührten sie, liebkosten sie, betasteten sie – so intensiv, als wollte er sich jedes Detail für die Ewigkeit einprägen.

Noch nie hatte Randy Sex so genossen wie mit ihm. Er schien genau zu wissen, was ihr gefiel, schien all die Stellen zu finden, von denen sie gar nicht gewußt hatte, wie gern sie dort berührt werden wollte.

Irgendwann glaubte sie, ihn »Ich liebe dich« sagen zu hören, aber sie war sich nicht ganz sicher. Sie selbst war zu hingerissen, Frank zu berühren, um auch noch Worte finden zu können. Leslie hatte es beim Sex stets eilig gehabt, wollte ihn hinter sich bringen, um die nächste Aufgabe ansteuern zu können. Oder die nächste Frau, hatte Randy oft gedacht.

Aber Frank schien alle Zeit der Welt zu haben. Als er in sie eindrang, hätte sie vor Verlangen fast laut aufgeschrien. Sie behielt ihn kurze Zeit in sich, genoß das Gefühl, wie er sie ausfüllte. Als er mit seinen samtweichen Stößen begann, glaubte sie, vor Lust sterben zu müssen.

Er ließ sie nicht aus den Augen und schien genau zu wissen, wann sie sich dem Höhepunkt näherte. Dann stieß er so hastig in sie hinein, daß sie sicher war, ohnmächtig zu werden. »Baby«, flüsterte sie und wußte nicht, ob sie ihn so nannte oder wollte, daß ihr Wunsch erfüllt wurde.

Später schmiegte sie sich zärtlich in seine Arme. Sie fühlte sich warm, geborgen, behütet und unendlich wohl. So schlief sie ein.

Aber als sie am nächsten Tag erwachte, war Frank fort. Das Licht sagte ihr, daß es bereits Nachmittag sein mußte. Sie glaubte, er wäre vor der Hütte, aber auch dort war er nicht. Sie fand auch keine Nachricht, nichts. Nur sein ungemachtes Bett zeugte davon, daß er überhaupt dagewesen war.

Eine Stunde später erschien Sandy mit den Pferden und sagte, er hätte den Auftrag, sie nach Hause zu bringen.

XI

Die Büros waren weihnachtlich geschmückt, aus der Ferne hörte man Lachen und das Klirren von Gläsern auf der alljährlichen Vorweihnachtsfeier von Montgomery-Taggert Enterprises. Aber in Franklyn Taggerts Büro gab es keine Dekorationen, keine Kerzen – nur Frank saß hinter seinem Schreibtisch und starrte auf die Papiere vor ihm.

In den letzten zwei Monaten hatte er abgenommen, tiefe Schatten lagen unter seinen Augen. Und er schien auch seinen Geschäftssinn verloren zu haben, seinen Ehrgeiz, seine Lust auf Erfolg.

»Hallo«, sagte eine zaghafte Stimme an der Tür. Er blickte auf und sah, daß Eli auf der Schwelle stand. Er hatte ihn seit zwei Jahren nicht gesehen, seit ihrer ersten Begegnung nicht mehr. Ihre Freundschaft hatten sie ausschließlich durch Briefe aufrechterhalten. Frank schickte seine Schreiben stets unter Elis Namen an ein Postfach in Denver.

»Eli«, war alles, was er über die Lippen brachte. Zum erstenmal seit langer Zeit überzog ein Lächeln sein Gesicht. »Komm her«, sagte er und streckte die Hände aus.

Eli schloß die Tür, und die Geräusche der Feiernden verklangen. Er lief um den Schreibtisch herum und baute sich vor seinem Freund auf.

»Du siehst ja so schlecht aus, wie ich mich fühle«, meinte Frank. »Vermutlich bist du zu groß, um auf den Schoß genommen werden zu können, oder?«

Eli wäre lieber gestorben, als es zuzugeben, aber ein Teil seines Zorns auf seinen Vater war der Trotz, mit dem er sich sagte, er brauche gar keinen Vater. »Nein, ich bin nicht zu groß«, erklärte Eli und wurde von Franks starken Armen hochgehoben und auf seinen Schoß gesetzt wie ein kleines Kind. Eli war ziemlich groß, aber Frank war größer, und Eli stellte fest, wie sehr ihm die männliche Nähe eines Vaters gefehlt hatte.

Zu seinem größten Entsetzen brach Eli in Tränen aus. Frank sagte kein Wort, hielt ihn nur umschlungen, bis Eli aufhörte, und reichte ihm dann ein blütenweißes Taschentuch.

»Möchtest du mit mir darüber sprechen?«

»Meine Mutter bekommt ein Kind.«

»Ich wußte ja gar nicht, daß sie wieder geheiratet hat.«

»Hat sie ja auch nicht.«

»Oh. Das ist ein wenig problematisch. Braucht ihr Geld?«

»Immer. Aber vor allem braucht sie einen Mann, der für sie sorgt. Ich kann nie von ihr fort, wenn sie nicht endlich jemanden hat, der sich um sie kümmert.«

»Wenn du Geld brauchst . . .«

»Nein!« entfuhr es Eli. »Ich will kein Geld von Ihnen.«

»Okay. Aber was kann ich tun?«

Eli schwieg eine Weile. »Warum haben Sie mir zwei Monate lang nicht geschrieben?«

»Ich glaube nicht, daß du das verstehen würdest.«

»Das sagen die Erwachsenen immer. Sie denken, Kinder sind zu dumm, um überhaupt etwas zu verstehen. Meine Mutter glaubt auch, ich würde nicht verstehen, warum sie ein Kind bekommt, aber den Vater nicht heiratet.«

»Du hast recht. Wir setzen Kinder Situationen aus, glauben dann aber, daß sie sie nicht verstehen. Vielleicht wollen wir sie damit nur beschützen.« Frank holte tief Atem. »Ich habe etwas sehr Dummes getan: Ich habe mich verliebt. Nun sieh mich doch nicht so an. Vermutlich ist es ganz in Ordnung, daß ich mich verliebte, aber ich hatte Angst und bin einfach davongelaufen.«

»Warum sind Sie davongelaufen? Wovor hatten Sie Angst? Ich liebe meine Mutter auch, würde aber nie von ihr weglaufen.«

»Das läßt sich nicht mit deiner Liebe zu deiner Mutter vergleichen. Bei dieser Frau konnte ich mich entscheiden.« Er zog Eli noch enger an sich. »Ich weiß nicht, wie ich dir das erklären soll. In meinem ganzen Leben habe ich noch nie einen anderen Menschen gebraucht. Vielleicht liegt das daran, daß ich immer so viele Leute um mich hatte. Ich bin in einer großen Familie aufgewachsen und hatte von Anfang an große Verantwortung. Vielleicht wollte ich mich von ihnen unterscheiden, endlich auch einmal für mich sein. Vielleicht wollte ich anders ein als sie. Kannst du das verstehen?«

»Ja. Ich bin auch anders als andere Kinder.«

»Wir sind wohl beide Außenseiter, oder?«

»Aber was ist mit dieser Frau? Warum haben Sie sie verlassen?«

»Ich liebte sie. Ich weiß wirklich nicht, wie ich das erklären soll, denn es ergibt so gar keinen Sinn. Ich sah sie nur an und liebte sie – vom ersten Moment an. Zunächst hatte ich sie falsch eingeschätzt, und das machte mich zuerst sehr wütend, aber dann stellte ich fest, daß sie eine sehr nette, liebevolle Frau ist.« Er lächelte. »Nun ja, nicht nur liebevoll.«

Er schwieg kurze Zeit und fuhr dann fort: »Weißt du, was mir am besten an ihr gefallen hat? Daß die mich nach meinem Verhalten beurteilte, nicht nach meinem Geld, nicht einmal nach meinem Aussehen. Sie sagte mir glatt, daß sie mich nicht leiden könne und nicht bei mir bleiben wolle. Sie ist sogar aus der Hütte gerannt und wollte zu Fuß nach Denver zurück.«

»Sie hat doch gar keinen Orientierungssinn.«

Frank sah ihn überrascht an. »Das stimmt. Woher weißt du das?«

»Meine Mutter hat keinen und Chelsea auch nicht«, erwiderte Eli schnell.

»Laß eine solche Verallgemeinerung bloß keine Frau hören. Nun gut, ich wollte, daß sie bei mir bleibt und für mich kocht. Ich bot ihr Geld an, eine Menge Geld an. Aber weißt du, worum sie mich gebeten hat?«

»Um etwas für einen anderen.«

»Exakt. Genau das hat sie getan. Wie bist du darauf gekommen?«

Eli beantwortete die Frage mit einer Gegenfrage. »Um was hat sie gebeten?«

»Um eine Ausbildung für ihren Sohn an der besten Universität der Welt. Vom ersten Semester bis zur Promotion.«

»Ja«, meinte Eli leise. »Klar.« Dann fügte er lauter hinzu: »Aber was ist dann passiert?«

»Wir . . . äh, wir . . . Später haben wir . . .«

»In den letzten Monaten habe ich eine Menge über Babies erfahren«, erklärte Eli mit erstaunlich erwachsener Stimme. »Was ist danach geschehen?«

»Ich habe sie verlassen. Ich bestellte mir über Funk einen Hubschrauber und sorgte dafür, daß jemand mit Pferden kam, um sie abzuholen.«

Eli spürte, wie er sich versteifte. »Sie sind einfach fortgeflogen und haben sie da alleingelassen? Hat sie . . . hat sie Sie geliebt?«

»Das weiß ich nicht. Aber sie ist keine Frau, die mit jedem ins Bett geht. Sie nimmt so etwas sehr ernst . . .«

»Aber Sie haben sie geliebt?«

»Ja. Und das machte mir so große Angst, daß ich den Helikopter gerufen und sie seither nicht mehr gesehen habe. Vielleicht wollte ich auch nur Zeit haben, um nachzudenken.«

»Worüber haben Sie nachgedacht?«

»Über sie. Und darüber, wie gern ich mit ihr zusammen sein würde. Sie erkennt sofort den Kern der Dinge. Sie sagte mir, sie sei nicht arm, sondern hätte nur wenig Geld.«

»Genau das sagt meine Mom auch immer.«

»Dann ist deine Mutter sehr klug. Muß sie ja auch, wenn sie einen Sohn wie dich hat.«

»Und was werden Sie jetzt tun? Im Hinblick auf diese Frau, die Sie lieben, meine ich.«

»Nichts. Ich kann nichts tun. Wahrscheinlich hat sie mich inzwischen vergessen.«

Eli hob den Kopf und sah Frank ernst an. »Das glaube ich nicht. Was ist, wenn sie jede Nacht weint wie meine Mutter, die sich nach dem Mann sehnt, dessen Baby sie bekommen wird?«

Frank runzelte die Stirn. »Das glaube ich nicht. In einem solchen Fall empfindet eine Frau nur Verachtung. Ich habe vor langer Zeit festgestellt, daß es einem eine Frau nie verzeiht, wenn man sie verlassen hat. Sie versichern vielleicht, daß sie einem vergeben, doch dann zahlen sie es einem auf andere Weise heim.«

»Aber wenn sie nun nicht so ist? Wenn sie Sie nun auch liebt und es versteht, wenn Sie ihr erklären, daß Sie aus Angst handelten und ein Feigling waren?«

»Du bist nicht sehr tröstlich, muß ich schon sagen. Okay, vielleicht war ich ein Feigling. Ich habe schon darüber nachgedacht, sie zu suchen, in den Krankenhäusern nachzuforschen. Irgendwo müßte man doch wissen, wer sie ist. Ich würde gern meinen Bruder Mike fragen, aber er spricht nicht mehr mit mir.« Frank schluckte. »Und nach dem, was seine Frau zu mir gesagt hat, wünschte ich, auch sie hätte nie mit mir gesprochen.«

»Aber was werden Sie dann tun?« erkundigte sich Eli ungeduldig. »Was werden Sie tun, wenn Sie sie gefunden haben?«

Frank verzog das Gesicht. »Ich würde gern glauben, daß ich vor ihr auf die Knie sinke und ihr meine Liebe gestehe, befürchte aber, daß ich das nicht über mich bringe. Außerdem habe ich sie bereits gebeten, mich zu heiraten, aber sie hat abgelehnt.«

»Was? Sie haben ihr einen Heiratsantrag gemacht?«

»Ja.« Frank lehnte sich zurück, um Eli anzusehen. »Warum interessiert dich das so?«

»Ich mußte nur an meine Mutter und den Mann denken, von

dem sie ein Baby bekommt. Ich wünschte, er würde sie heiraten.«

»Wenn er ein guter Mann ist.«

»Das ist er. Ich weiß, daß er es ist.«

»Es handelt sich doch nicht um deinen Vater, oder?«

»Nein!« rief Eli, beruhigte sich aber schnell wieder. »Natürlich nicht. Es ist nur so, daß . . .« Er verstummte und wußte nicht recht, was er sagen sollte.

»Also gut«, sagte Frank. »Laß uns das Thema wechseln. Was wünschst du dir zu Weihnachten. Etwas für deinen Computer?«

Eli schüttelte den Kopf. »In letzter Zeit habe ich nicht mehr viel am Computer gearbeitet. Vielleicht suche ich mir einen Job nach der Schule, damit ich meine Mutter unterstützen kann.«

»Den Teufel wirst du!« entfuhr es Frank. »Ich gebe dir einen Scheck, der eure Ausgaben für einige Jahre abdeckt. Und nun will ich nichts mehr von deinem unangebrachten Stolz hören.«

Eli wußte, daß er Franks Angebot ablehnen sollte, konnte es aber nicht. »Würden Sie mir einen Gefallen tun?«

»Jeden. Möchtest du mit deiner Mom vielleicht eine kleine Reise machen?«

»Ja, ich wünsche mir etwas für meine Mom.« Eli holte tief Luft. »Können Sie reiten?«

»Sogar ziemlich gut.«

»Haben Sie ein schwarzes Pferd? Einen großen, schwarzen Hengst?«

Frank lächelte. »Ich denke, ein solches Tier läßt sich auftreiben. Aber ich wußte ja gar nicht, daß du eine Vorliebe für Pferde hast.«

»Es ist nicht für mich. Als meine Mutter in der letzten Woche Rechnungen bezahlte, sagte sie, wir müßten den Tatsachen ins Gesicht sehen: Da kein gutaussehender Mann auf einem großen Rappen zu uns kommen würde, um uns zu retten, müßten wir uns eine andere Lösung einfallen lassen.«

»Und nun willst du, daß ich auf einem schwarzen Pferd komme und deiner Mutter einen Scheck überreiche?«

»Bargeld wäre besser. Einen Scheck würde sie nie einlösen. Sie hat ein sehr ausgeprägtes Ehrgefühl.«

Frank lachte. »Also ein großer, schwarzer Hengst? Und vermutlich möchtest du, daß es morgen geschieht? Am ersten Weihnachtsfeiertag?«

»Oder haben Sie etwas mit Ihrer Familie vor?«

»Irgendwie kann ich mir nicht vorstellen, daß sie mich vermissen.« Er dachte einen Moment lang nach. »Gut, ich mache es. Soll ich ein schwarzes Seidenhemd anziehen, schwarze Hosen – etwas in dieser Richtung?«

»Ja. Ich glaube, das würde meiner Mutter gefallen.«

»Okay, morgen vormittag um zehn. Und nun, da das geregelt ist, was wünschst du dir zu deinem Geburtstag?«

»Das Paßwort zu den Datenbanken von Montgomery-Taggert.«

Frank lachte so schallend, wie seit Monaten nicht mehr. »Komm, laß uns etwas essen gehen. Um dir deinen Wunsch zu erfüllen, müßte ich dich zunächst adoptieren, und irgendwie glaube ich nicht, daß deine Mutter dich mit mir teilen möchte.«

Als Frank mit Eli das Büro verließ, fragte er: »Soll ich ein paar Privatdetektive anheuern, um den Mann aufzuspüren, der deiner Mutter das angetan hat?«

»Vielleicht«, erwiderte Eli. »Ich sage Ihnen nach Weihnachten Bescheid.«

XII

»Warum bist du nur so zappelig, Eli?« fragte Randy leicht gereizt. Seit dem frühen Morgen lief er immer wieder zum Fenster und spähte hinaus, während sie Kürbis-Pie mit Preiselbeersauce vorbereitete. »Falls du nach Santa Claus Ausschau halten solltest, so befürchte ich, daß er nicht mehr weiß, wo unser Haus ist.«

Sie hatte einen Scherz machen wollen, konnte aber selbst nicht über ihn lachen. In diesem Jahr hatten sie sich kaum Geschenke leisten können, und sie machte sich unablässig Sorgen, wie sie Eli und sich über die nächsten Monate bringen sollte. Und bald würden sie zu dritt sein . . .

Sie verdrängte diese trüben Gedanken über finanzielle Dinge. Sie verdrängte auch jeden Gedanken an Frank Taggert, diesen verdammten . . .

Beruhige dich, riet sie sich. Erregung war für das Kind nicht gut, und für Eli auch nicht.

»Kommt Chelsea zu uns?« fragte sie.

»Jetzt noch nicht. Später . . .« Eli brach ab. Sein Gesicht begann zu strahlen. Nicht nur sein Gesicht, von seinem ganzen Körper schien ein eigentümliches Leuchten auszugehen. Dann riß er sich zusammen, ging zum Sofa, griff nach einer Zeitschrift und begann zu lesen. Da es sich um *Good Housekeeping* handelte, wußte Randy, daß irgend etwas im Busch war.

»Würdest du mir bitte erklären, was eigentlich los ist, Eli? Den ganzen Morgen läufst du pausenlos zum Fenster, und . . .« Sie brach ab und lauschte. »Was sind das für Geräusche? Hört sich ja fast wie Hufschlag an. Eli, was hast du nun wieder ausgeheckt? Was haben Chelsea und du jetzt wieder gemacht?«

Mit Unschuldsmiene starrte Eli weiter in die Zeitschrift.

»Eli!« rief Randy. »Ich glaube, das Pferd kommt die Veranda herauf!«

Als ihr Sohn blieb, wo er war, den Kopf gesenkt hielt, aber ganz so aussah, als würde er jeden Moment in Lachen ausbrechen, mußte auch Randy lächeln. Wenn sie jetzt die Tür öffnete, würde sie die kleine Chelsea auf ihrem Pony vor sich sehen, mit tief in den Rücken fallenden Haaren und einem Weihnachtsgeschenkkorb in der Hand. Randy beschloß, ihnen den Spaß nicht zu verderben.

Sie wischte sich die Hände ab und ging zur Tür – fest entschlossen, total verblüfft und höchst erfreut auszusehen.

Die Verblüffung brauchte sie nicht zu heucheln. Vor sich sah sie nicht Chelsea, sondern ein ein riesiges schwarzes Pferd, das nur mit Mühe auf den Stufen ihrer Veranda Platz fand. Auf dem Rücken des Pferdes saß ein großer, schwarzgekleideter Mann, der sich bemühte, das Tier unter Kontrolle zu halten, ohne den Kopf unter das niedrige Verandadach zu stecken.

»Gibt es hier vielleicht irgendwelche Stuten?« rief der Reiter über das unruhige Getrappel der eisenbeschlagenen Pferdehufe hinweg.

»Nebenan«, rief sie zurück und dachte, daß ihr die Stimme bekannt vorkam. »Soll ich Ihnen den Weg zeigen?«

Nach ein paar kräftigen Zügen an den Zügeln und einigen herzhaften Flüchen beugte sich der Mann vor und zog einen dicken Umschlag aus der Satteltasche.

»Mrs. Harcourt«, sagte er, »darf ich Ihnen . . .«

Weiter kam er nicht. Er sah sie nur an. »Miranda . . .«, hauchte er.

Randy sagte gar nichts. Sie sah einen schwarzgekleideten Mann, der bemüht war, sein Pferd zu beruhigen, und in der nächsten Sekunde war sie wieder im Haus und verriegelte die Tür.

In Windeseile sprang Frank vom Pferd und schlug gegen die Tür. »Miranda! Bitte, hör mich an. Ich muß mit dir reden!«

Randy stand mit dem Rücken zur Tür und blickte ihren Sohn an, der sich über die Zeitschrift beugte, als wäre sie die interessanteste Lektüre der Welt. »Eli! Ich weiß, daß du auf irgendeine Weise damit zu tun hast. Ich möchte endlich wissen, was das alles soll!«

Draußen wußte Frank nicht, was er tun sollte. Er war total verwirrt. Er hatte damit gerechnet, auf Elis Mutter zu treffen, doch statt dessen war hier Miranda, die Frau, die er liebte, die Frau, die ihn seit zwei Monaten nicht mehr ruhig schlafen ließ.

Er lehnte sich einen Moment lang erschöpft gegen die Wand,

und plötzlich fiel es ihm wie Schuppen von den Augen. Eli hatte mit seinem Bruder Mike dafür gesorgt, daß Miranda zu ihm in die Berghütte kam. Einen Augenblick lang kam sich Frank sehr töricht vor, so hinters Licht geführt worden zu sein, doch im nächsten Augenblick lächelte er. Was hätte ihm Besseres geschehen können? Der Junge, den er so gern hatte, war der Sohn der Frau, die er liebte, und Eli hatte gesagt, daß seine Mutter ein Baby bekam – sein Kind!

»Miranda!« rief er durch die Tür mit dem Glasfenster. »Ich muß mit dir reden!«

»Nur über meine Leiche!« rief sie zurück. »Und entfernen Sie dieses Pferd von meiner Veranda!«

Randy sah ihren Sohn an. »Das wirst du noch bitter bereuen, mein Sohn!« Auch sie hatte inzwischen die Zusammenhänge zwischen ihrem Job in der Hütte mit Elis und Chelseas ständigen Einmischung erkannt.

Eli beugte sich noch tiefer über die Zeitschrift, aber in Wirklichkeit war er höchst fasziniert von den Vorgängen. Er spitzte die Ohren, damit ihm kein einziges Wort entging.

Vielleicht lag es an der verwegenen Kleidung, vielleicht daran, daß Weihnachten war, vielleicht hatte es Frank auch einfach nur satt, stets das Schickliche zu tun. Jedenfalls griff er sich einen Blumentopf von der Veranda, schleuderte ihn durch die Türscheibe, langte hindurch und zog den Riegel zurück.

»Wie können Sie es wagen!« rief Miranda, als er im Haus stand. »Ich rufe die Polizei!«

Er fing sie ein, bevor sie das Telefon erreicht hatte. Er kannte die Worte, die er ihr sagen mußte, aber sie fielen ihm nicht ein. Er erinnerte sich nur daran, wie sie sich in jener Nacht geliebt hatten. Ohne nachzudenken, riß er sie in die Arme und küßte sie. Als er von ihr abließ und sie den Mund öffnete, um etwas zu sagen, küßte er sie erneut.

Als er endlich aufhörte, sie zu küssen, lehnte sie sich schwer in seinen Armen zurück. »Jetzt hör mir genau zu, Miranda.

Vielleicht weiß ich nicht, wie sich ein Held in den Romanen benimmt, aber ich weiß, daß ich dich liebe.«

»Aber du hast mich verlassen«, flüsterte sie.

»Ja, das habe ich getan. Ich bin mit meinen Gefühlen für dich einfach nicht fertiggeworden. Ich wußte, daß man sich verlieben kann, hatte aber keine Ahnung, wie schrecklich und machtvoll diese Gefühle sein können. Ich dachte, die Liebe sei etwas Angenehmes.«

»Nein«, flüsterte sie, und er begann wieder, sie leidenschaftlich zu küssen.

»Ich liebe dich, und Eli liebe ich schon lange. Ich habe ihm sogar von den Ereignissen in der Hütte erzählt.«

»Eli?«

»Ja, Eli. Und ich liebe unser Kind, das du in dir trägst, und möchte ihm der bestmögliche Vater sein. Vielleicht bin ich nicht besonders gut als Vater oder Ehemann, aber ich werde mich nach Kräften bemühen. Das verspreche ich dir. Und ich . . .«

Unvermittelt verließ ihn seine ganze Überlegenheit, und er klammerte sich an sie. »Heirate mich, Miranda. Bitte, bitte, heirate mich. Es tut mir sehr leid, daß ich dich da oben in der Hütte alleingelassen habe. Aber alles kam so plötzlich. Ich dachte, ich könnte dich vergessen, daß es vielleicht am Mondschein lag, an der Abgeschiedenheit oben im Wald und deinen Erdbeerwaffeln.«

»Und woran lag es?«

»Das weiß ich nicht. Ich weiß nur, daß ich dich liebe. Bitte heirate mich.«

Bevor Randy ein Wort sagen konnte, sprang Eli auf und schrie: »Ja! Ja, sie heiratet Sie! Ja, ja, ja!«

»Ich kann nicht . . .«, begann sie, aber hinter ihrem Rücken küßte sich Eli pausenlos auf die Hand. Frank war davon so verblüfft, daß er fast nicht verstand, was Eli ihm zu sagen versuchte.

Doch dann folgte Frank Elis Vorschlag und ließ Randy keine Möglichkeit zum Weitersprechen, indem er sie wieder küßte. »Denk an die Kinder«, sagte er.

»Aber ich bin nicht sicher . . .«

Erneut küßte er sie. »Ich liebe dich. Liebst du mich auch? Wenigstens ein bißchen?«

Randy lächelte. »Ja, das tue ich. Du verdienst es zwar nicht, aber ich liebe dich.« Sie lehnte sich in seinen Armen zurück. »Aber was ist mit Julian? Du warst nicht gerade sehr nett zu ihm.«

»In meinem ersten Anfall von Eifersucht. Nach sechs Wochen ohne mich langweilte er sich zu Tode, also habe ich ihn zum halben Gehalt wieder eingestellt. Miranda, bitte heirate mich.«

In diesem Moment schrillte eine Polizeisirene in der Nähe. Sie erschreckte das Pferd so, daß es sich ins Haus flüchtete und gegen Frank stieß, der im Sturz Randy und Eli mit sich zu Boden riß.

»Verdammtes Tier«, murmelte Frank, als das Pferd in seinen Taschen nach Äpfeln suchte.

»Wer hatte die Idee mit dem Pferd?« erkundigte sich Randy.

»Ich«, erklärten beide Männer unisono.

Als sie das hörte, wußte Randy, was sie zu tun hatte. Von Anfang an hatte Frank sie an jemanden erinnert, und nun war ihr auch klar, an wen. An Eli.

»Ja«, sagte sie und schlang die Arme um Franks Hals. »Ja, ich möchte dich heiraten.«

Eli legte seine Arme um beide. »Ich habe bekommen, was ich mir zu Weihnachten und zum Geburtstag gewünscht habe«, verkündete er. »Und ich würde lieber in Harvard als in Princeton studieren.« Aber seine Mutter und Frank hörten ihn nicht. Sie küßten sich schon wieder.

Lächelnd löste sich Eli von den beiden Erwachsenen und dem Pferd. Er lief in sein Zimmer, um Chelsea anzurufen und ihr die Neuigkeiten mitzuteilen.

Les jeunes Robin und Marian hatten wieder zugeschlagen.

Judith McNaught

Das Wunder der Liebe

BASTEI
LÜBBE

I

Die Klänge der Musik und das Geräusch der Stimmen blieben hinter ihr zurück, als Julianna Skeffington die Terrassenstufen des hellerleuchteten Landhauses hinablief, in dem sechshundert Mitglieder der Polite Society an einem Maskenball teilnahmen. Der streng angelegte Garten vor ihr wurde von Fakkeln beleuchtet und wimmelte von kostümierten Gästen und Dienern in Livree. Am Ende des Gartens war ein Irrgarten aus beschnittenen Hecken gerade noch auszumachen, und genau dorthin zog es Julianna.

Sie drückte den Reifrock ihres Marie-Antoinette-Kostüms mit beiden Händen zusammen, tauchte in die Menge ein und bewegte sich so behende wie möglich zwischen den Rittern, Hofnarren, Straßenräubern, Königen, Königinnen, Shakespeare-Charakteren sowie einem beträchtlichen Aufgebot an einheimischen und exotischen Tieren hindurch.

Sie sah, daß sich zwischen den Gästen ein Weg öffnete und lief darauf zu, mußte dann aber einen Schritt zur Seite treten, um einem Zusammenstoß mit einem großen Baum auszuweichen, an dessen Zweigen rotseidene Äpfel hingen. Der Baum verneigte sich galant vor Julianna. Einer seiner Äste lag um die Taille einer Melkerin mit Milcheimer.

Sie brauchte ihre Schritte nicht zu verlangsamen, bis sie sich dem Zentrum des Gartens näherte, wo einige Musiker zwischen zwei römischen Brunnen zum Tanz aufspielten. Mit einem Wort der Entschuldigung trat sie an einem hochgewachsenen schwarzen Kater vorbei, der einer kleinen grauen Maus gerade etwas ins rosige Ohr flüsterte. Er blieb lange genug stehen, um einen anerkennenden Blick auf das tiefausgeschnittene Mieder von Juliannas weißem Rüschengewand zu werfen, lächelte ihr kühn in die Augen und und zwinkerte, bevor er seine Aufmerksamkeit wieder der entzückenden kleinen Maus mit den absurd langen Schnurrhaaren zuwandte.

Verwirrt über das merkwürdige Verhalten der Gäste, dessen Zeuge sie heute abend war, besonders hier im Garten, warf Julianna einen schnellen Blick über die Schulter zurück und sah, daß ihre Mutter den Ballsaal verlassen hatte. Am Arm eines unbekannten Mannes stand sie auf der Terrasse und überblickte aufmerksam den Garten. Sie hielt Ausschau nach Julianna. Mit dem Instinkt eines Bluthundes wandte ihre Mutter den Kopf und sah direkt in Juliannas Richtung.

Der vertraute Anblick verlieh Juliannas Füßen buchstäblich Flügel, bis sie auf das nächste Hindernis auf ihrem Weg zum Irrgarten traf: eine große Gruppe lärmender Männer, die unter einem Baum standen und dröhnend über einen linkischen Hofnarren lachten, der erfolglos mit Äpfeln zu jonglieren versuchte. Anstatt vor ihnen vorbeizugehen, was sie den Blicken ihrer Mutter ausgesetzt hätte, hielt es Julianna für weiser, hinter ihnen zu passieren.

»Entschuldigen Sie, meine Herren«, sagte sie und versuchte, sich zwischen den Männerrücken und Baumstämmen hindurchzuzwängen. »Ich möchte vorbei.« Doch anstatt zur Seite zu treten, wie es die simpelsten Höflichkeitsregeln erforderten, blickten zwei von ihnen über die Schulter, um sich dann ganz zu ihr umzudrehen.

»Aber, aber. Wen haben wir denn hier?« sagte einer von ihnen mit sehr junger und eindeutig berauschter Stimme, während seine Finger den Baumstamm neben ihrer Schulter umfaßten. Er verlagerte seinen Blick auf einen Diener, der ihm ein bis zum Rand gefülltes Glas anbot. Er nahm es und streckte es Julianna entgegen. »Eine kleine Erfrischung gefällig, Ma'am?«

Im Moment sorgte sich Julianna weit mehr darüber, von ihrer Mutter entdeckt, als von einem angetrunkenen jungen Mann belästigt zu werden, der kaum noch gerade stehen konnte und dessen Gefährten ihn mit Sicherheit davon abhalten würden, sich noch unmöglicher zu benehmen als jetzt schon. Sie nahm das Glas, duckte sich unter seinem Arm hindurch und lief schnell weiter, ihrem Ziel entgegen.

»Vergiß sie, Dickie«, hörte sie seinen Gefährten sagen. »Das halbe Ballett und die gesamte Demimonde ist heute abend hier. Du kannst fast jede Frau haben, auf die dein Auge fällt. Die da hatte keine Lust zum Spielen.«

Julianna erinnerte sich daran, gehört zu haben, daß einige der Spitzen der Gesellschaft Maskenbälle mißbilligten –, besonders für wohlerzogene junge Damen – und nach allem, was sie heute abend erlebt und gehört hatte, wußte sie auch warum. Versteckt hinter Kostümen und Masken benahmen sich einige Mitglieder der Gesellschaft wie . . . wie gewöhnlicher Pöbel.

II

Als sie den Irrgarten erreicht hatte, wandte sich Julianna nach rechts, rannte um die erste Ecke und auf einen Pfad, der gleichfalls nach rechts führte, und drückte sich dann mit dem Rükken an das dornige Gesträuch. Mit der freien Hand versuchte sie die Schichten weißer Spitze zu glätten, die den Saum ihres Kleides und ihr tiefausgeschnittenes Oberteil zierten, aber sie sträubten sich weiter wie flatternde Markisen in einer windigen Nacht.

Ihr Herz raste – vor Erregung, nicht vor Erschöpfung –, und sie blieb kurze Zeit reglos stehen und lauschte, vom übrigen Garten lediglich durch eine hohe, aber schmale Hecke getrennt. Blicklos starrte sie in das Glas in ihrer Hand und empfand tiefe Verbitterung über ihre Unfähigkeit, ihre Mutter davon abzuhalten, sich zur Närrin zu machen oder Juliannas Leben zu ruinieren.

Um sich abzulenken, hob Julianna das Glas an die Nase, roch an ihm und schüttelte sich unwillkürlich wegen des strengen Aromas. Das roch genauso wie das Zeug, das Papa trank. Nicht wie der Madeira, dem er vormittags zusprach, sondern wie die goldgelbe Flüssigkeit, die er nach dem Abendessen trank – als Medizin zur Beruhigung seiner Nerven, wie er sagte.

Juliannas Nerven waren zum Zerreißen gespannt. Einen Augenblick später hörte sie die Stimme ihrer Mutter hinter der belaubten Trennwand, und ihr Herz begann in böser Vorahnung zu hämmern.

»Julianna, bist du hier irgendwo, Liebes?« rief ihre Mutter. »Lord Makepeace ist hier bei mir und brennt darauf, dir vorgestellt werden.«

Vor Juliannas innerem Auge tauchte die Vision eines sich sträubenden Lord Makepeace auf – wer immer das auch war –, der von ihrer zu allem entschlossenen Mutter erbarmungslos am Arm durch den gesamten Garten, um jede Ecke und Nische gezerrt wurde. Unfähig, die Peinlichkeit einer weiteren Vorstellung eines bedauernswerten und zweifellos unwilligen potentiellen Verehrers über sich ergehen zu lassen, den ihre Mutter aufgetan hatte, drückte sich Julianna so eng an die kratzenden Zweige, daß sie sich in die blonden Locken der kunstvollen Frisur bohrten, für deren Herstellung eine Zofe mehrere Stunden gebraucht hatte.

Über ihr verschwand der Mond dankenswerterweise hinter einer Wolkenbank und tauchte den Irrgarten in tintenschwarze Dunkelheit, während ihre Mutter ihren schamlos unaufrichtigen Monolog fortsetzte.

»Julianna ist ein erfrischend abenteuerlustiges Mädchen«, rief Lady Skeffington und hörte sich frustriert an, nicht stolz. »Es sieht ihr ähnlich, in den Garten zu gehen, um ein paar Erkundungen anzustellen.«

Innerlich übersetzte Julianna die Heuchelei ihrer Mutter in ihre tatsächliche Meinung: Julianna ist eine aufreizende Einsiedlerin, die von ihren Büchern und Schriften förmlich fortgezerrt werden muß. Es sieht ihr ähnlich, sich in einem Moment wie diesem hinter Büschen und Sträuchern zu verstecken.

»Sie erfreut sich in dieser Saison großer Beliebtheit. Ich kann mir kaum vorstellen, daß Sie ihr bei diesem oder jenem gesellschaftlichen Anlaß nicht begegnet sein sollten. Ich sah mich förmlich gezwungen, ihre gesellschaftlichen Verpflichtungen auf eine in der Woche zu beschränken, damit sie einmal zur Ruhe kommt!«

Wieder übersetzte Julianna: Im gesamten letzten Jahr hat Julianna nicht einmal zehn Einladungen erhalten, aber ich brauche eine Erklärung dafür, daß Sie ihr noch nicht begegnet sind. Mit ein wenig Glück nehmen Sie mir diesen Unsinn ab.

Doch so leicht war Lord Makepeace nicht einzuwickeln. »Tatsächlich?« murmelte er mit einer Stimme, die zwischen Höflichkeit, Langeweile und Ungläubigkeit schwankte. »Sie scheint ein merkwürdiges . . . äh, ungewöhnliches Mädchen zu sein, wenn sie an gesellschaftlichen Ereignissen keine Freude empfindet.«

»So habe ich das keineswegs gemeint!« versicherte Lady Skeffington hastig. »Julianna liebt Bälle und Soireen über alles!«

Im Klartext: Lieber würde sich Julianna einen Zahn ziehen lassen.

»Ich bin davon überzeugt, daß Sie einander hervorragend verstehen würden.«

Ich möchte sie loswerden und gut verheiraten, mein guter Mann, und Sie erfüllen alle Voraussetzungen für einen Schwiegersohn: Sie sind männlich, von respektabler Herkunft und hinlänglichem Vermögen.

»Sie ist keine von diesen anmaßenden jungen Frauen, denen man heute so oft begegnet.«

Sie würde nichts tun, um sich zu ihrem Vorteil im besten Licht zu zeigen.

»Dabei verfügt sie über entscheidende Vorzüge, die kein Mann übersehen kann.«

Um das deutlich zu machen, habe ich heute darauf bestanden, daß sie ein Kleid trägt, das so enthüllend ist, daß es eher zu einer verheirateten Frau paßt und nicht zu einem achtzehnjährigen Mädchen.

»Aber sie ist ganz und gar nicht freizügig.«

Trotz ihres tiefen Decolletés dürfen Sie nicht einmal daran denken, sie zu berühren, ohne sie zuvor um ihre Hand zu bitten.

Lord Makepeaces Verlangen nach Freiheit überwog schließlich seinen Wunsch, höflich zu bleiben. »Ich sollte jetzt wirklich in den Ballsaal zurückkehren, Lady Skeffington. Ich . . . ich glaube, den nächsten Tanz habe ich Miss Topham versprochen.«

Die Erkenntnis, daß ihre Beute die Flucht ergreifen wollte – und noch dazu in die Fänge der beliebtesten Debütantin der Saison – veranlaßte Juliannas Mutter dazu, Lord Makepeace die unverfrorenste Lüge aufzutischen. Schamlos eine Beziehung zwischen Julianna und dem begehrtesten Junggesellen Englands erfindend, verkündete sie: »Wir wollten wirklich zurückgehen. Ich glaube, den nächsten Tanz will Nicholas du Ville mit Julianna tanzen.«

Offenbar setzte Lady Skeffington dem sich entfernenden Lord nach, denn ihre Stimme klang nun leiser. »Mr. du Ville hat unserer lieben Julianna schon mehrmals große Aufmerksamkeit entgegengebracht. Ich bin fast überzeugt, daß er heute nur erschienen ist, um ein paar Augenblicke mit ihr verbringen zu können. So ist es nun einmal, Sir, obwohl ich mir nicht vorstellen kann, daß ausgerechnet Sie das nicht wissen sollten . . .«

Weiter drinnen im Irrgarten hatte die hinreißende junge Witwe des Barons von Penwarren die Arme um Nicholas du Villes Hals geschlungen und flüsterte ihm mit übermütig funkelnden Augen zu: »Nun erzähl mir bloß nicht, daß es Lady Skeffington gelungen ist, dich dazu zu überreden, mit ihrer Tochter zu tanzen, Nicki. Falls es ihr doch gelungen sein sollte, und wenn du es tust, wirst du keinen Salon in England mehr betreten können, ohne daß sich jedermann in Lachkrämpfen windet. Hättest du den Sommer nicht in Italien verbracht, dann wüßtest du, daß es zu einer Art Sport unter den Junggesellen geworden ist, die Pläne dieser schrecklichen Person zu durchkreuzen. Ich meine es absolut ernst«, warnte Valerie, als seine einzige Reaktion in leichter Erheiterung bestand. »Diese Frau ist zu allem fähig, um für ihre Tochter einen reichen Mann zu angeln und ihre eigene Stellung in der Gesellschaft zu sichern! Zu allem!«

»Verbindlichen Dank für die Warnung, *chérie*«, entgegnete Nicki trocken. »Wie es der Zufall wollte, wurde ich Lady Skeffington kurz vor meiner Abreise nach Italien vorgestellt. Ich habe jedoch weder an der Mutter noch an der Tochter Interesse. Ganz zu schweigen davon, daß ich einer von ihnen einen Tanz versprochen hätte.«

Sie seufzte erleichtert auf. »Ich hätte mir auch nicht vorstellen können, daß du so dumm sein würdest. Julianna ist ein bemerkenswert hübsches Ding, aber so gar nicht dein Stil. Sie ist sehr jung, sehr züchtig, und wenn ich es richtig verstanden habe, hat sie die eigentümliche Neigung, sich hinter Vorhängen zu verstecken.«

»Das hört sich an, als wäre sie ganz entzückend«, log Nicki schmunzelnd.

»Jedenfalls ist sie nicht wie ihre Mutter.« Sie erschauerte wirkungsvoll, um die Bedeutung ihrer nächsten Worte zu unterstreichen. »Lady Skeffington ist so begierig darauf, zur Gesellschaft zu gehören, daß sie buchstäblich Speichel leckt. Wäre sie nicht so aufdringlich und ehrgeizig, müßte man sie zutiefst bedauern.«

»Auch auf die Gefahr hin, hoffnungslos beschränkt zu erscheinen«, meinte Nicki, der die ganze Diskussion mittlerweile mehr als leid war, »frage ich mich doch, warum du sie eigentlich zu deinem Maskenball eingeladen hast.«

»Weil, Darling«, begann Valerie und strich ihm mit der Zärtlichkeit miteinander geteilter Intimitäten über das Kinn, »sich die kleine Julianna im Sommer auf irgendeine Weise mit der neuen Countess of Langford angefreundet hat, wie auch mit ihrer Schwägerin, der Duchess of Claymore. Zu Beginn der Saison ließen beide erkennen, wie gern sie es hätten, daß die kleine Julianna in die Gesellschaft aufgenommen wird. Danach sind sie mit ihren Ehemännern nach Devon gefahren. Da keiner von uns die Westmorelands beleidigen will, Lady Skeffington aber uns alle beleidigt, haben wir bis zur letzten Woche der Saison gewartet, bis wir unsere Pflicht taten und sie einluden. Bedauerlicherweise hat sich Lady Skeffington unter den Dutzenden von Einladungen, die sie erhielt, ausgerechnet für meine entschieden. Weil sie gehört hat, daß du hier sein würdest, vermutlich.«

Sie hielt inne, als wäre ihr ein ganz neuer Gedanke durch den Kopf geschossen. »Jedermann würde zu gern wissen, wie es Julianna und ihre unmögliche Mutter eigentlich geschafft haben, die Bekanntschaft der Countess und der Duchess zu machen. Ich würde wetten, daß du die Antwort kennst! Schließlich heißt es, du hättest beide Damen vor ihrer Hochzeit ausnehmend gut gekannt.«

Zu Valerie Überraschung wurde seine Miene verschlossen, ja eisig. »Erläutere mir doch bitte, was du mit ›ausnehmend gut‹ meinst, Valerie.«

Zu spät erkannte sie, daß sie unbeabsichtigt gefährliches Terrain betreten hatte. »Damit meine ich lediglich, daß du ein guter Freund der beiden Damen gewesen sein sollst.«

Nicki akzeptierte ihr Friedensangebot großmütig, ließ das Thema aber nicht gänzlich fallen. Auch mit ihren Männern stand er auf freundschaftlichem Fuß, aber keiner von ihnen war über die Freundschaft seiner Frau mit Nicki besonders begeistert. Eine Situation, an der sich wohl kaum etwas ändern würde, wie beide Ladies ihm lachend versicherten, »bis du heiratest, Nicki, und so vernarrt in deine Frau bist wie unsere Männer in uns.«

»Da du mit Miss Skeffington noch nicht verlobt bist«, scherzte Valerie leise und lenkte seine Aufmerksamkeit wieder auf sich, indem sie mit den Fingern zärtlich über seinen Nacken glitt, »kann uns eigentlich nichts daran hindern, den Irrgarten durch einen Seitenausgang zu verlassen und dein Zimmer aufzusuchen.«

Von dem Augenblick an, in dem sie ihn in ihrem Haus begrüßt hatte, wußte Nicki, daß es irgendwann dazu kommen würde. Jetzt reagierte er auf ihren Vorschlag mit nichtssagendem Schweigen. Es hielt ihn tatsächlich nichts davon ab. Nichts – bis auf ein unerklärliches Desinteresse an einer Wiederholung der Schäferstündchen mit Valerie. Diese sexuellen Begegnungen mit einer hochtalentierten und eifrigen Partnerin pflegten stets fast exakt anderthalb Stunden zu dauern. Stets ging ihnen anderthalb Glas vorzüglichen Champagners voraus, und abgeschlossen wurden sie mit einem halben Glas fast noch besseren Brandys. Danach gab er stets vor, tief enttäuscht zu sein, weil sie sich verpflichtet fühlte, in ihr eigenes Bett zurückzukehren, »um dem Geklatsch der Dienerschaft vorzubeugen«. Sehr zivilisiert, sehr umsichtig, sehr vorhersehbar.

Aber in letzter Zeit begann ihn die Vorhersehbarkeit seines Lebens – und aller daran Beteiligten inklusive ihm selbst – zu nerven. Ganz gleich, ob im Bett mit einer Frau oder am Spieltisch mit Freunden: Stets sagte er ganz automatisch die passenden – und unpassenden – Dinge zum rechten Zeitpunkt. Er verkehrte mit Männern und Frauen seiner Gesellschaftsschicht, die alle genauso leer und gesellschaftlich erfahren waren wie er selbst.

Er gewann langsam den Eindruck, eine verdammte Marionette zu sein, die mit anderen Marionetten zu Melodien tanzte, die alle vom selben Komponisten geschrieben worden waren.

Selbst wenn es zu einem verstohlenen Stelldichein kam wie dem, das Valerie gerade vorgeschlagen hatte, folgte man einem Ritual, das entsprechend der Frage variierte, ob die Lady verheiratet war oder nicht, ob er die Rolle des Verführers oder des Verführten spielte. Da Valerie Witwe war und heute als Verführerin agierte, wußte er jetzt schon ganz genau, wie sie reagieren würde, falls er ihr Angebot ablehnte. Erst würde sie schmollen, übrigens ganz entzückend, dann schmeicheln und schließlich reizvolle Versprechungen machen. Er als »Verführter« würde zögern, Ausflüchte vorbringen und um Zeit spielen, bis sie aufgab – aber nie rundheraus ablehnen. Das wäre unverzeihlich grob und ein entscheidender Fehltritt in dem raffinierten Gesellschaftstanz, den sie alle perfekt beherrschten.

Jetzt ließ sich Nicki Zeit mit der Antwort und rechnete fast damit, daß sein Körper im Gegensatz zu seinem Gefühl positiv auf ihren Vorschlag reagierte. Als das nicht geschah, schüttelte er den Kopf und machte den ersten Schritt des Tanzes: Zögern. »Ich sollte vermutlich zunächst einmal schlafen, *chérie*. Hinter mir liegt eine sehr anstrengende Woche, und in den letzten beiden Tagen bin ich kaum eine Minute zum Schlafen gekommen.«

»Du weist mich doch nicht etwa ab, Darling?« wollte sie wissen und schmollte ganz reizend.

Geschmeidig ging Nicki zu Ausflüchten über. »Aber was würde aus deinem Ball?«

»Ich würde viel lieber mit dir zusammensein. Seit Monaten habe ich dich nicht gesehen, und abgesehen davon geht der Ball auch ohne mich weiter. Meine Diener sind hervorragend ausgebildet.«

»Deine Gäste aber nicht«, entgegnete Nicki ausweichend, während sie noch immer schmeichelte.

»Sie werden gar nicht bemerken, daß ich nicht mehr da bin.«

»Das Zimmer, in dem du mich einquartiert hast, liegt neben dem deiner Mutter.«

»Sie wird uns nicht hören, selbst wenn du mit dem Bett zusammenbrichst wie beim letzten Mal. Sie ist stocktaub.« Nicki wollte zum Stadium des Aufschiebens übergehen, aber Valerie überraschte ihn damit, daß sie die Dinge beschleunigte. Sie reckte sich auf die Zehenspitzen und küßte ihn leidenschaftlich. Ihre Hände glitten aufreizend über seinen Oberkörper, ihre geöffneten Lippen provozierten seine Zunge.

Mechanisch legte Nicki seinen Arm um ihre Taille und folgte ihrer Einladung, aber es war eine leere Geste, basierend auf Höflichkeit und nicht auf Verlangen. Als ihre Hände tiefer glitten, trat er einen Schritt zurück – unvermittelt abgestoßen von der ganzen verdammten Scharade. »Heute nicht«, sagte er fest.

Stummer Vorwurf stand in ihren Augen. Er hatte sich eines unverzeihlichen Verstoßes gegen die Regeln schuldig gemacht. Er legte ihr die Hände auf die Schultern, drehte sie um, gab ihr einen liebevollen Klaps auf das Hinterteil und sagte mit sanfterer Stimme: »Geh zurück zu deinen Gästen, *chérie*.« Dann suchte er in seiner Tasche nach einem Zigarillo und fügte mit höflicher Entschiedenheit hinzu: »Ich werde dir in geziemendem Abstand folgen.«

III

In gespannter Reglosigkeit wartete Julianna ab, bis sie ganz sicher sein konnte, daß ihre Mutter nicht zurückkam. Dann seufzte sie tief auf und trat von der stacheligen Hecke zurück.

Da der Irrgarten für die nächsten Stunden das beste Versteck zu sein schien, wandte sie sich nach links und lief einen Pfad entlang, der sich zu einer kleinen Rasenfläche mit einer Steinbank in der Mitte erweiterte.

Bekümmert überdachte sie ihre Lage und suchte verzweifelt nach einem Ausweg aus der entwürdigenden und unerträglichen Falle, in der sie sich gefangen sah, aber sie wußte, daß es keine Rettung vor der blindwütigen Besessenheit ihrer Mutter gab, sie, Julianna, mit einem »wirklich bedeutenden« Mann zu verheiraten – jetzt, da sich die Möglichkeit dazu bot. Bislang war sie am Erreichen dieses Ziels durch die Tatsache gehindert worden, daß in den wenigen Wochen, in denen Julianna in London weilte, sich ihr kein »akzeptabler« Verehrer »von wirklicher Bedeutung« erklärt hatte.

Unglücklicherweise war es ihrer Mutter kurz vor der Abreise aus London gelungen, Sir Francis Bellhaven einen Heiratsantrag abzuringen, einem abstoßenden, ältlichen und aufgeblasenen Adligen mit fahlem Teint, hervorquellenden hellbraunen Augen, die stets anzüglich auf ihrem Mieder ruhten, und blassen, fleischigen Lippen, die sie stets an einen toten Goldfisch erinnerten. Die Vorstellung, Sir Francis einen ganzen Abend – geschweige denn ihr ganzes Leben – lang ausgeliefert zu sein, war unerträglich. Widerlich. Obszön.

Nicht, daß sie in dieser Frage eine Wahl gehabt hätte. Wenn sie an einer echten Wahl interessiert gewesen wäre, dann wäre es mehr als dumm, sich hier vor anderen Verehrern zu verstekken, die ihre Mutter möglicherweise anschleppte. Das war ihr bewußt, aber sie brachte es nicht über sich, in den Ballsaal zurückzukehren. Sie wollte ja auch gar keinen Ehemann. Sie war achtzehn Jahre alt und hatte andere Pläne und Träume für ihr Leben, doch die widersprachen den Vorstellungen ihrer Mutter, daher waren sie ohne Belang. Aber am frustrierendsten fand sie, daß ihre Mutter fest davon überzeugt war, in Juliannas Interesse zu handeln und genau zu wissen, was das beste für sie war.

Der Mond trat hinter den Wolken hervor, und Julianna betrachtete die blaßbraune Flüssigkeit in ihrem Glas. Ein Schluck Brandy könne nie schaden, sagte ihr Vater immer, er lindere vielfältige Beschwerden, fördere die Verdauung und helfe gegen Trübsinnigkeit. Julianna zögerte und beschloß dann in einem Anfall von Rebellion und Verzweiflung, die letzte Behauptung auf ihren Wahrheitsgehalt zu überprüfen. Sie hob das Glas, kniff die Nase zu, legte den Kopf in den Nacken und nahm drei große Schlucke. Sie rang nach Luft und schüttelte sich so heftig, daß sie fast das Glas hätte fallen lassen. Und wartete. Auf einen Ausbruch der Glückseligkeit. Sekunden verstrichen, dann eine Minute. Nichts. Alles, was sie empfand, war ein leichtes Schwächegefühl in den Knien und ein Nachlassen ihrer Abwehr gegen die Tränen, die ihr in die Augen steigen wollten.

Mit Rücksicht auf ihre wackligen Knie ging Julianna zu der Steinbank und setzte sich. Offensichtlich war die Bank vor kurzem benutzt worden, denn an einem Ende stand ein halbvolles Glas, und mehrere leere Gläser standen unter ihr. Nach einem Moment trank sie einen weiteren Schluck Brandy, starrte in das Glas und brachte die goldene Flüssigkeit ins Schwingen, so daß sie im Mondlicht aufschimmerte, als sie über ihre Notlage nachdachte.

Wie sehr wünschte sie sich doch, daß ihre Großmutter noch lebte! Grandmama hätte der wahnwitzigen Besessenheit ihrer Mutter von einer »grandiosen Heirat« ein Ende gemacht. Sie hätte Verständnis für Juliannas Abneigung gegen eine erzwungene Ehe gehabt. Die Mutter ihres Vaters schien der einzige Mensch auf der Welt gewesen zu sein, der Julianna verstand. Ihre Großmutter war ihre Freundin, Lehrerin und Mentorin gewesen.

Auf ihren Knien hatte Julianna von der Welt und den Menschen erfahren. Dort, und nur dort, wurde sie ermutigt, eigenständig zu denken und auszusprechen, was ihr gerade in den Sinn kam, wie absurd oder empörend das auch scheinen mochte. Ihre Großmutter hatte sie stets als gleichberechtigt betrachtet und ihr ihre ungewöhnlichen Philosophien über alles und jedes mitgeteilt – von Gottes Schöpfung bis zu den Mythen von Männern und Frauen.

Großmutter Skeffington hielt die Heirat nicht für die Erfüllung weiblicher Träume. Sie teilte ja nicht einmal die gängige Meinung, Männer wären bessere und intelligentere Menschen als Frauen! »Nimm doch nur einmal meinen Mann«, hatte sie an einem Winternachmittag kurz vor Weihnachten gesagt, als Julianna fünfzehn Jahre alt war, und grimmig gelächelt. »Du hast deinen Großvater nie kennengelernt, Gott sei seiner Seele gnädig, aber falls er ein denkfähiges Gehirn gehabt haben sollte, so habe ich wenigstens nie etwas davon bemerkt. Wie alle seine Vorfahren konnte er keine zwei Zahlen im Kopf addieren oder einen einigermaßen intelligenten Satz zu Papier bringen, und er hatte weniger Verstand als ein neugeborenes Baby.«

»Tatsächlich?« hatte Julianna gefragt – erstaunt und ein bißchen erschüttert über diese despektierliche Beurteilung eines Dahingeschiedenen, der der Mann ihrer Großmutter und Juliannas Großvater gewesen war.

Ihre Großmutter hatte heftig genickt. »Die Skeffington-Männer waren samt und sonders phantasielose, faule Trottel – die ganze Bande.«

»Aber das kannst du doch nicht über Papa sagen«, hatte Julianna loyal eingewandt. »Er ist dein einziges Kind.«

»Ich würde deinen Papa nie einen Trottel nennen«, hatte ihre Großmutter ohne Zögern erwidert. »Ich würde ihn als Schafskopf bezeichnen.«

Angesichts dieser ketzerischen Meinung mußte Julianna ein erschrecktes Glucksen unterdrücken, aber bevor sie ein paar verteidigende Worte hervorbringen konnte, hatte ihre Großmutter weitergesprochen. »Im Gegensatz dazu haben die Skeffington-Frauen häufig Anflüge seltener Intelligenz und vielfältiger Talente gezeigt. Sieh dich um, und du wirst feststellen, daß es im allgemeinen Frauen sind, die sich aufgrund ihrer Findigkeit und Entschlossenheit durchsetzen – nicht Männer. Mit Ausnahme brutaler Gewalt sind Männer Frauen absolut nicht überlegen.«

Als Julianna unsicher wirkte, fügte ihre Großmutter hinzu: »Wenn du das Buch liest, das ich dir in der letzten Woche gegeben habe, wirst du sehr schnell feststellen, daß Frauen Männern nicht immer untergeordnet waren. In alter Zeit waren wir mächtig und wurden verehrt. Wir waren Göttinnen, Wahrsagerinnen und Heilerinnen – mit den Geheimnissen des Universums im Kopf und dem Geschenk des Lebens in unseren Körpern. Wir wählten uns unsere Partner aus, nicht umgekehrt. Männer suchten unseren Rat, beteten uns an und neideten uns unsere Macht. Wir waren ihnen in jeder Weise überlegen. Wir wußten das, und sie auch.«

»Wenn Frauen wirklich die Klügeren und Begabteren waren«, meinte Julianna, als ihre Großmutter mit gehobenen Brauen ihre Reaktion auf diese verblüffenden Informationen erwartete, »warum haben wir dann unsere Macht und unser Ansehen verloren und uns den Männern untergeordnet?«

»Sie haben uns eingeredet, daß wir ihre brutale Stärke zu unserem Schutz brauchen«, erwiderte ihre Großmutter mit einer Mischung aus Unmut und Verachtung. »Und dann nahmen sie uns zu ›unserem Schutz‹ alle Rechte und Privilegien. Sie haben uns reingelegt.«

Julianna runzelte nachdenklich die Stirn. »Wenn das so ist«, meinte sie nach einem Moment, »dann konnten sie gar nicht so dumm und einfältig gewesen sein, wie du meinst. Dann müssen sie doch sehr schlau gewesen sein, oder?«

Für den Bruchteil einer Sekunde funkelte ihre Großmutter sie verärgert an, dann brach sie in schallendes Lachen aus. »Glänzend argumentiert, Liebchen. Ich schlage vor, daß du diesen Gedanken notierst, damit du ihn umfassender erforschen kannst. Vielleicht wirst du einmal ein Buch darüber schreiben, wie die Männer im Lauf der Jahrhunderte diesen teuflischen Betrug an den Frauen vervollkommnet haben. Ich hoffe nur, daß du einen Verstand und deine Begabungen nicht an irgendeinen ignoranten Burschen verschwendest, der dich wegen deines Aussehens will und dich davon zu überzeugen versucht, daß dein einziger Wert darin beruht, seine Kinder aufzuziehen und für die Erfüllung seiner Wünsche zu sorgen. Du könntest es anders machen, Julianna. Ich weiß, daß du es kannst.«

Sie schwieg, zögerte, schien etwas zu überlegen, und dann sagte sie: »Das bringt mich auf ein Thema, das ich schon immer mit dir besprechen wollte. Jetzt scheint mir ein guter Zeitpunkt dafür zu sein.«

Großmutter Skeffington stand auf und ging langsam und leicht gebückt zum Kamin in der gegenüberliegenden Wand des behaglichen kleinen Raumes. Sie stützte sich mit einer Hand am Sims ab, bückte sich und schürte das Feuer. »Wie du weißt, habe ich bereits meinen Mann und einen Sohn überlebt. Ich habe lange genug gelebt und bin bereit, meine Tage auf Erden zu beschließen, wenn meine Zeit gekommen ist. Ich werde also nicht immer für dich da sein können, möchte das aber dadurch kompensieren, daß ich dir etwas hinterlasse. Ein Vermächtnis, das du nach deinen Wünschen ausgeben kannst. Viel ist es nicht.«

Der Tod war war bisher kein Thema zwischen Lady Skeffington und ihrer Enkelin gewesen, und schon die Vorstellung, sie könnte ihre Großmutter verlieren, ließ Julianna zusammenzucken.

Innerlich sagte sich Julianna verzweifelt, daß ein Leben ohne ihre Großmutter undenkbar war, daß sie nicht in London wohnen wollte und ihr gemeinsamer Traum, daß sie eine bedeutende Schriftstellerin wurde, schließlich doch unerfüllt bleiben könnte. Aber das äußerte sie nicht – aus Furcht, ihre Großmutter zu erregen. »Hast du zu meiner Entscheidung denn gar nichts zu sagen, Kind? Ich dachte, du würdest vor Freude in die Luft springen. Ein wenig mehr Begeisterung für meine ökonomische Vorsorge wäre doch wohl angebracht.«

Julianna wußte, daß ihre Großmutter sie provozierte. Sie wollte sie entweder zu einer witzigen Bemerkung veranlassen oder in eine sachliche Diskussion verwickeln. Doch Julianna war ebensowenig in der Lage, den Tod ihrer Großmutter humorvoll zu behandeln, wie sie sachlich darüber sprechen konnte. Darüber hinaus verletzte es sie, daß ihre Großmutter offenbar ohne jedes Bedauern darüber reden konnte, sie zu verlassen.

»Ich muß schon sagen, daß du nicht besonders dankbar wirkst.«

Julianna hob den Kopf, in ihren veilchenblauen Augen standen zornige Tränen. »Ich bin ganz und gar nicht dankbar, Grandmama, und ich verspüre nicht die geringste Lust, jetzt darüber zu sprechen. Es ist kurz vor Weihnachten, eine Zeit der Freude . . .«

»Der Tod gehört zum Leben«, stellte ihre Großmutter sachlich fest. »Es wäre unsinnig, ihn verleugnen zu wollen.«

»Aber du bist mein ganzes Leben«, brach es aus Julianna heraus. »Und . . . und es gefällt mir überhaupt nicht, daß du zu mir über Geld sprichst, als könnte es mich für deinen Tod entschädigen.«

»Du hältst mich also für kalt und herzlos?«

»Ja, das tue ich!«

Es war ihre erste heftige Auseinandersetzung, und Julianna fühlte sich äußerst elend.

Ihre Großmutter betrachtete sie eine Weile lang nachdenklich, dann fragte sie: »Weißt du, was ich vermissen werde, wenn ich diese Welt verlasse?«

»Offensichtlich doch nichts.«

»Ich werde nur eins vermissen.« Und als Julianna keine Anstalten machte, sich danach zu erkundigen, was das war, fügte sie hinzu: »Dich. Dich werde ich vermissen«

Diese Antwort stand in einem so krassen Gegensatz zu ihrer gelassenen Stimme und unbewegten Miene, daß Julianna sie zweifelnd ansah.

»Mir werden dein Humor fehlen, deine Zuversicht und deine erstaunliche Begabung, die Logik hinter beiden Seiten eines Themas zu erkennen. Aber besonders werden mir deine schriftlichen Arbeiten fehlen. Du warst der einzige Lichtstrahl in meinem Leben.«

Sie streckte die Hand aus und wischte Julianna die Tränen aus den Augenwinkeln. »Wir sind verwandte Seelen, du und ich. Wenn du früher geboren worden wärst, hätten wir die besten Freundinnen werden können.«

»Wir sind Freundinnen«, betonte Julianna, ergriff die kühle Hand ihrer Großmutter und schmiegte ihre Wange dagegen. »Wir sind für immer und ewig Freundinnen! Wenn du ... gegangen bist, werde ich dir auch weiterhin alles anvertrauen. Ich werde Briefe an dich schreiben, als wärst du lediglich an einen anderen Ort verzogen.«

»Was für eine amüsante Idee«, neckte ihre Großmutter sie. »Wirst du sie auch abschicken?«

»Natürlich nicht, aber du wirst dennoch wissen, daß ich sie geschrieben habe.«

»Weshalb bist du dir da so sicher?« erkundigte sich ihre Großmutter aufrichtig erstaunt.

»Weil ich hörte, wie du dem Vikar erklärt hast, es sei doch eine höchst unlogische Annahme, der Allmächtige habe vor, uns bis zum Jüngsten Gericht sinnlos herumliegen zu lassen. Wir werden ernten, was wir säen, hast du uns wiederholt gewarnt, und daß Gott sehr wahrscheinlich darauf besteht, daß wir in einem weiteren Sinn auf das achten, was wir säen.«

»Ich hielte es nicht für besonders klug von dir, wenn du meinen theologischen Überlegungen mehr Wert beimißt als denen des guten Vikars. Ich möchte nicht, daß du deine Talente nach meinem Tod mit Briefen an mich verschwendest, anstatt für die Lebenden zu schreiben, die sie auch lesen können.«

»Damit verschwende ich weder meine Talente noch meine Zeit«, erwiderte Julianna mit zuversichtlichem Lächeln. »Wenn ich dir die Briefe schreibe, bin ich auch fest davon überzeugt, daß du einen Weg findest, sie zu lesen – wo immer du dich aufhalten magst.«

»Weil du meinen mystischen Kräften vertraust?«

»Nein«, scherzte Julianna, »weil du nicht widerstehen kannst, meine Rechtschreibung zu korrigieren!«

»Impertinentes Geschöpf«, grollte ihre Großmutter, strahlte aber über das ganze Gesicht und drückte Juliannas Hand sehr fest.

Am Heiligen Abend des folgenden Jahres hielt ihre Großmutter zum letztenmal ihre Hand. »Ich werde dir schreiben, Grandmama«, versprach Julianna weinend, als sich Großmutters Augen für immer schlossen. »Vergiß nicht, auf meine Briefe zu achten. Vergiß es nicht.«

VI

In den folgenden Tagen schrieb Julianna ihrer Großmutter Dutzende von Briefen, aber dann, als aus Tagen Wochen, aus Wochen Monate wurden, lieferte die Monotonie ihres Lebens nur wenig Anlaß, darüber zu schreiben. Der verschlafene kleine Ort Blintonfield blieb ihre Welt, und so verbrachte sie ihre Zeit mit Lesen und mit geheimen Träumen davon, nach London zu gehen, wenn sie mit ihrem achtzehnten Geburtstag ihr Erbe antrat. Dort würde sie interessante Menschen kennenlernen und Museen besuchen, während sie nebenbei ihre schriftstellerischen Talente vervollkommnete. Und falls es ihr gelingen sollte, einige ihrer Arbeiten zu verkaufen, würde sie ihre beiden kleinen Brüder häufig nach London holen, damit sie ihr Wissen erweiterten und von den Wundern der Welt außerhalb ihres kleinen Dorfes erfuhren.

Nachdem sie versucht hatte, diese Träume mit ihrer Mutter zu teilen, erkannte Julianna, daß es sehr viel klüger war, sie künftig für sich zu behalten. »Schlag dir das aus dem Kopf, Liebes. Ehrbare unverheiratete junge Ladies leben nicht allein – schon gar nicht in London. Dein Ruf wäre ruiniert, absolut ruiniert!« Sie zeigte auch wenig Begeisterung für Bücher oder die schriftstellerischen Versuche ihrer Tochter. Lady Skeffingtons Interesse an Gedrucktem beschränkte sich auf die Gesellschaftsseiten der Zeitungen. Sie fand Juliannas Faszination von Geschichte und Philosophie sowie ihren Wunsch, Schriftstellerin zu werden, ebenso erschreckend wie ihr Verlangen, allein in London zu leben. »Die Gentlemen schätzen keine Frauen, die allzu klug sind«, warnte sie immer wieder. »Du bist entschieden zu belesen. Wenn du nicht lernst, diesen ganzen philosophischen Unsinn für dich zu behalten, wirst du kaum damit rechnen können, einen Heiratsantrag von einem wahrhaft akzeptablen Gentleman zu erhalten.«

Bis wenige Wochen vor dem Maskenball war das Thema einer Teilnahme Juliannas an der Saison in London nie diskutiert worden.

Juliannas Vater war zwar ein Baronet, aber seine Vorfahren hatten das Vermögen und den Landbesitz, der zu diesem Titel gehörte, längst durchgebracht. Das einzige Vermächtnis seiner Ahnen bestand in einem liebenswürdigen und umgänglichen Charakter, der ihn in die Lage versetzte, die Probleme des Lebens zu ignorieren und sich seiner Vorliebe für Wein und stärkere Alkoholika hinzugeben. Er verspürte nur selten das Verlangen, seinen Lieblingssessel zu verlassen, geschweige denn das kleine Dorf, in dem er geboren worden war. Doch das schützte ihn nicht vor der Entschlossenheit seiner Frau und ihren Ambitionen für die kleine Familie.

Und Julianna letzten Endes auch nicht.

Drei Wochen, nachdem Julianna ihre Erbschaft erhalten hatte, rief ihre Mutter die gesamte Familie im Salon zu einer unerwarteten Besprechung zusammen. »Julianna«, rief sie »dein Vater und ich haben dir etwas zu sagen!« Sie hielt inne und strahlte Juliannas Vater an, der unverwandt weiter Zeitung las. »So ist es doch, John, oder?«

»Gewiß, meine Taube«, murmelte er, ohne aufzublicken.

Nach einem tadelnden Blick auf Juliannas jüngere Brüder, die sich um den letzten Keks zankten, faltete sie entzückt die Hände und richtete ihre Augen auf Julianna. »Es ist alles arrangiert!« verkündete sie. »Gerade habe ich einen Brief von dem Besitzer eines kleinen Hauses in einer ehrbaren Gegend Londons erhalten. Er ist bereit, es uns gegen den kärglichen Betrag, den ich ihm bieten konnte, für den Rest der Saison zu überlassen! Ich habe eine Miss Sheridan Bromleigh engagiert, die dir als Zofe und gelegentliche Begleiterin zu Diensten sein wird. Sie wird uns auch bei der Beaufsichtigung der Jungen helfen. Sie ist Amerikanerin, aber man muß nun einmal gewisse Zugeständnisse machen, wenn man keine anständigen Löhne zahlen kann.

Deine Roben waren zwar sehr kostspielig, aber die Frau des Vikars versicherte mir, daß die von mir engagierte Modistin recht fähig ist, auch wenn sie sich vielleicht nicht unbedingt mit den raffinierten Schnitten auskennt, die bei den jungen Ladies der Gesellschaft en vogue sind. Andererseits darf man nicht vergessen, daß nur wenige von ihnen deine Schönheit besitzen dürften, daher gleicht sich das aus. Eines Tages wirst du die Roben besitzen, die deinem Aussehen entsprechen, und dann werden dich alle beneiden. Du wirst Schmuck haben, Pelze, Kutschen und Diener, die dir jeden Wunsch von den Augen ablesen . . .«

Zunächst war Julianna von der Aussicht auf eine preiswerte Unterkunft in London begeistert gewesen, aber neue Roben und eine Zofe überstiegen das Familienbudget bei weitem. »Ich verstehe das alles nicht, Mama. Was ist denn geschehen?« Sie fragte sich, ob vielleicht ein ihr unbekannter Verwandter gestorben war und ihnen ein Vermögen hinterlassen hatte.

»Es ist mir gelungen, deine kleine Erbschaft einem großartigen Zweck zuzuführen, das ist passiert«, entgegnete ihre Mutter. »Und zwar einem, der sich mit Sicherheit auszahlt.«

Julianna wollte protestieren, bekam für den Moment aber

kein Wort heraus – ein Umstand, den Lady Skeffington offenbar für stumme Begeisterung hielt.

»Ja, es stimmt! Du wirst die Saison in London verbringen, und wir werden dafür sorgen, daß du dort die richtigen Leute kennenlernst. Ich bin fest überzeugt davon, daß du etliche bedeutende Gentlemen so bezaubern wirst, daß sie dir glänzende Anträge machen werden. Vielleicht sogar den Earl of Langford, dessen Vermögen geradezu schwindelerregend sein soll. Oder Nicholas du Ville, der einer der reichsten Männer in England und Frankreich ist und von einem Verwandten seiner Mutter einen schottischen Titel erben wird. Ich habe aus mehreren vertrauenswürdigen Quellen erfahren, daß der Earl of Langford und der Earl of Glenmore – wie du Ville dann heißen wird – die zwei begehrenswertesten Junggesellen von ganz Europa sind! Stell dir doch nur vor, wie die Gesellschaft Julianna Skeffington beneiden wird, wenn es ihr gelingt, einen dieser beiden Männer zum Ehemann zu gewinnen.«

Julianna konnte förmlich hören, wie ihre Träume zu ihren Füßen zerschellten. »Ich will keinen Ehemann!« rief sie. »Ich möchte reisen, lernen und schreiben, Mama. Ich glaube, ich könnte eines Tages wirklich einen Roman schreiben. Grandmama sagte immer, ich könne sehr gut mit der Feder umgehen. Bitte, lach nicht! Du mußt das Geld wiederbekommen. Du mußt!«

»Mein liebes, törichtes Mädchen, das kann ich nicht, selbst wenn ich es wollte. Die Ehe ist die einzige Zukunft für eine Frau. Wenn du erst einmal gesehen hast, wie brillant die große Gesellschaft lebt, wirst du die albernen Flausen schnell vergessen, die dir Großmutter Skeffington in den Kopf gesetzt hat, darauf kannst du dich verlassen. Wenn wir in London sind, werde ich mich nach Kräften bemühen, dich mit akzeptablen Gentlemen bekanntzumachen. Schließlich sind wir nicht irgendwer, dein Vater ist immerhin Baronet. Sobald die Gesellschaft erfährt, daß wir für die Saison nach London gekommen sind, wird sie uns auch zu ihren großartigen Veranstaltungen einladen. Du wirst bald so viele Verehrer haben, daß du nach Belieben auswählen kannst. Du wirst schon sehen.«

Da alle weiteren Proteste sinnlos gewesen wären, fuhr Julianna mit ihrer Mutter nach London.

In London bestand ihre Mutter darauf, täglich den Geschäften Besuche abzustatten, in denen auch die Gesellschaft einkaufte. Und nachmittags schlenderten sie durch die Parks, in denen sich die Oberen Zehntausend ebenfalls vergnügten.

Doch nichts verlief so, wie es sich Lady Skeffington erhofft hatte. Im Gegensatz zu ihren Erwartungen nahm die feine Gesellschaft sie keineswegs mit offenen Armen auf, nachdem man festgestellt hatte, daß ihr Mann ein einfacher Baronet war. Statt sie zu Morgenvisiten einzuladen, zeigten ihr die Ladies, die sie in der Bond Street oder im Hyde Park in ein Gespräch zu verwickeln suchte, die kalte Schulter.

Ihre Mutter schien die eisige Verachtung gar nicht zur Kenntnis zu nehmen, aber Julianna empfand jede Nichtachtung und Zurückweisung als doppelt schmerzlich. Obwohl sie erkannte, daß sich ihre Mutter durch ihr aufdringliches Verhalten die Ablehnung zum großen Teil selbst zuzuschreiben hatte, zehrte die Situation an ihrem Selbstwertgefühl, bis sie so gehemmt und verschüchtert war, daß sie nach dem Verlassen des Hauses kaum noch den Blick hob, bis sie wieder heimkehrten.

Dennoch betrachtete Julianna die Reise nach London nicht als völlige Katastrophe. Sheridan Bromleigh, die von ihrer Mutter als Zofe engagierte Amerikanerin, erwies sich als liebenswerte, lebendige junge Frau, mit der sie sich unterhalten, lachen und kleine Geheimnisse austauschen konnte. Zum ersten Mal in ihren achtzehn Jahren besaß Julianna in ihr eine fast gleichaltrige Freundin, die ihren Sinn für Humor und viele ihrer Interessen teilte.

Der Earl of Langford, den Lady Skeffington zum Gemahl für ihre Tochter in die engere Wahl gezogen hatte, machte einen weiteren schmerzhaften Strich durch ihre Pläne, indem er gegen Ende der Saison heiratete. Mit einer schnellen Hochzeit, die London schockierte und Lady Skeffington nahezu paralysierte, vermählte sich der gutaussehende Earl mit Miss Bromleigh.

Als Juliannas Mutter die Nachricht erfuhr, begab sie sich mit ihrem Hirschhornsalz zu Bett und stand den ganzen Tag nicht mehr auf. Gegen Abend hatte sie sich jedoch von den Vorteilen überzeugt, die es mit sich brachte, mit einer Gräfin persönlich bekannt zu sein, die in eine der einflußreichsten Familien England eingeheiratet hatte.

Mit wiedergewonnener Zuversicht und rastloser Energie richtete sie ihre Hoffnungen nunmehr auf Nicholas du Ville.

Für gewöhnlich erinnerte sich Julianna nicht ohne Schauern an ihre unerfreuliche Begegnung mit ihm, aber als sie jetzt im Irrgarten saß und das Glas in ihrer Hand starrte, kam ihr das Ganze mehr komisch als peinlich vor.

Offensichtlich ließ sie dieses grauenhaft schmeckende Gebräu die Dinge doch in einem günstigeren Licht sehen. Und wenn das schon drei Schlucke bewirkten, konnten weitere nur von noch größerem Nutzen sein. Als wolle sie die Logik ihrer Beweisführung testen, hob sie das Glas und nahm drei weitere Schlucke. Und tatsächlich – bald darauf fühlte sie sich besser.

»Sehr viel besser«, informierte sie den Mond und mußte ein unwillkürliches Kichern unterdrücken, als sie an ihr kurzes, aber höchst erheiterndes Zusammentreffen mit dem legendären Nicholas du Ville dachte. Ihre Mutter hatte ihn im Hyde Park erspäht, als er mit seiner zweirädrigen Kutsche eine Armeslänge entfernt vorbeifuhr. In ihrem Bemühen, ihre Tochter auf ihn aufmerksam zu machen und vielleicht sogar eine Begegnung herbeizuführen, versetzte Lady Skeffington ihrer Tochter einen leichten Stups, der sie jedoch so unvorbereitet traf, daß sie unwillkürlich einen Satz vorwärts machte – genau vor die Kutsche und die Hufe des Pferdes. Um ihr Gleichgewicht zu bewahren, griff Julianna nach den Zügeln des Pferdes und brachte das gereizte Tier und seinen Besitzer zu einem unvermittelten Halt.

Wegen des nervösen Tänzelns des Pferdes verängstigt, klammerte sich Julianna an die Zügel und bemühte sich, es zu beruhigen. Dann hob sie den Kopf – um sich beim Fahrer der Kutsche zu entschuldigen oder ihn wegen seines Unvermögens zu schelten, sein Tier zu besänftigen, wußte sie nicht genau – und erblickte Nicholas du Ville. Trotz seiner kühlen, abschätzenden Blicke hatte Julianna das Gefühl, daß sich ihre Knie in Pudding verwandelten.

Mit seinen dunklen Haaren, den breiten Schultern, den durchdringenden stahlblauen Augen und feingeschnittenen Lippen machte er den Eindruck eines Mannes, der alle Genüsse kannte, die diese Welt zu bieten hatte. Mit dem Gesicht eines gefallenen Engels war Nicholas du Ville so verboten attraktiv wie die Sünde. Plötzlich empfand Julianna den widersinnigen Impuls, ihn zu beeindrucken.

»Falls Sie sich ein Pferd wünschen, Mademoiselle«, erklärte er mit kaum verhüllter Ungeduld, »so schlage ich Ihnen vor, sich konventionellerer Mittel des Erwerbs eines solchen Tieres zu bedienen.«

Das Eingreifen ihrer Mutter enthob Julianna einer Antwort. Ohne jeden Sinn für Etikette und Anstand machte sie zwei Schritte vorwärts. »Was für eine unerwartete Freude, Mylord«, rief sie und schien die neugierigen Blicke aus den anderen Kutschen gar nicht zu bemerken, die sich mittlerweile hinter du Villes Gefährt stauten. »Ich wünsche mir schon lange, Sie meiner Tochter vorzustellen . . .«

»Gehe ich recht in der Annahme«, unterbrach er sie, »daß das der Grund dafür ist, daß Ihre Tochter vor meine Kutsche sprang und mein Pferd behindert?«

Julianna stellte fest, daß der Mann arrogant und mehr als unhöflich war.

»Das hat überhaupt nichts damit zu tun«, entfuhr es ihr. Dann stellte sie fest, daß sie noch immer die Zügel festhielt. Sie ließ sie fallen, als wären sie eine Schlange, trat zurück und versuchte ihn zu verblüffen. »Ich habe geübt«, beschied sie ihn knapp.

Ihre Antwort verblüffte ihn zumindest soweit, daß er mitten in der Bewegung innehielt, die Zügel wieder an sich zu nehmen. »Geübt?« wiederholte er und betrachtete sie mit amüsiertem Interesse. »Was haben Sie geübt?«

Julianna reckte das Kinn, hob die Brauen und verkündete hochmütig: »Ich habe mir vorgenommen, Straßenräuber zu werden. Daher springe ich zur Übung vor die Kutschen nichtsahnender Leute und halte ihre Pferde fest.«

Dann wandte sie ihm den Rücken zu, packte ihre Mutter fest am Arm und ging davon. Über die Schulter hinweg rief sie ihm schnippisch und bewußt inkorrekt zu: »Guten Tag, Mister . . . äh, Demange.«

Der empörte Aufschrei ihrer Mutter über diese unbotmäßigen Bemerkungen erstickten die Äußerungen des Besitzers der Kutsche, die sich fast wie Gelächter anhörten.

Am Abend war Lady Skeffington noch immer erzürnt über ihre Tochter.

»Wie konntest du nur so impertinent sein!« klagte sie und rang die Hände. »Nicholas du Ville hat so viel Einfluß in der Gesellschaft, daß nach einem einzigen abfälligen Wort von ihm über dich niemand mehr etwas mit dir zu tun haben möchte! Du wärst ruiniert! Ruiniert, hörst du?« Ungeachtet Juliannas wiederholt vorgebrachter Entschuldigungen blieb ihre Mutter untröstlich. Mit ihrem Hirschhornsalz in einer und einem Taschentuch in der anderen Hand lief sie im Zimmer auf und ab. »Hätte dir Nicholas du Ville heute im Park, wo jeder uns sehen konnte, nur ein paar Minuten seiner Aufmerksamkeit gewidmet, wäre das der Erfolg deines Lebens gewesen! Die Einladungen zu allen möglichen glanzvollen Ereignissen würden sich bei uns stapeln, und Verehrer aus den höchsten Kreisen gäben sich hier die Klinke in die Hand. Aber du mußtest ja ausgerechnet zu dem Mann unverschämt sein, der all meine Hoffnungen und Träume mit einem einzigen Wort zerstören kann.« Sie tupfte sich die Tränen von den Wimpern. »Aber das ist alles die Schuld deiner Großmutter! Sie hat dir beigebracht, genauso zu sein wie sie selbst. Oh, ich gehöre dafür ausgepeitscht, daß ich es zugelassen habe, daß du so viel Zeit mit dieser schrecklichen alten Schachtel verbringst. Aber niemand hat es gewagt, sich ihrem Willen zu widersetzen – am wenigsten dein Vater.«

Sie blieb stehen und sah Julianna aus tränenumflorten Augen an. »Nun, ich verstehe mehr von der Welt, als deine Großmutter jemals verstand. Und jetzt werde ich dir etwas sagen, was sie offenbar versäumt hat – eine einfache Wahrheit, die mehr wert ist als alle ihre absurden Phantasien. Und diese Wahrheit ist . . .« Sie ballte die Hände zu Fäusten und sagte mit vor Erregung zitternder Stimme: »Kein Mann möchte etwas mit einer Frau zu tun haben, die mehr weiß als er! Sobald sich in den Kreisen der feinen Gesellschaft herumspricht, wie belesen du bist, bist du ruiniert! Kein Mann mit einem gewissen Maß an Bedeutung wird dich mehr haben wollen. Du . . . wärst . . . ruiniert!«

V

Perlendes Lachen brachte Juliannas Gedanken aus der Vergangenheit in die Gegenwart zurück. Sie lauschte den Geräuschen von Erwachsenen, die sich auf dem Maskenball benahmen wie übermütige Kinder, und fragte sich, wie viele Frauen heute wohl ihren guten Ruf »total ruinierten«. Den wiederholten Vorhaltungen ihrer Mutter zufolge war das auf vielfältige Weise möglich: durch Fehler, die die Frau machen konnte, indem sie beispielsweise zu intelligent, zu klug, zu belesen oder zu schlagfertig erschien. Das konnte ihre Aussichten auf eine glänzende Heirat entscheidend beeinträchtigen. Aber es gab da noch verhängnisvollere Fehler, die noch verhängnisvoller waren, weil sie jede Chance zerstörten, überhaupt heiraten zu können.

Das alles ist extrem albern, entschied Julianna aufgeräumt, als sie über die zahllosen Möglichkeiten nachdachte, die zum »totalen Ruin« führten.

Eine Frau konnte schon dadurch »total ruiniert« werden, daß sie sich mit einem Gentleman allein in einem Raum aufhielt, daß sie ihm erlaubte, eine gewisse Zuneigung zu ihr zu zeigen, oder auch nur einen dritten Tanz gestattete.

Als Julianna sich das alles durch den Kopf gehen ließ, kam sie zu der Erkenntnis, daß sie weit besser dran wäre, wenn sie sich eins der vielen »ruinösen« Vergehen hätte zuschulden kommen lassen. Dann, machte sie sich mit entwaffnender Logik bewußt, wäre sie nie der entsetzlichen Vorstellung einer möglichen Heirat mit Sir Francis Bellhaven konfrontiert worden.

Der Gedanke an ihn reichte aus, ihre vorübergehend gute Laune absterben zu lassen. Tränen stiegen ihr in die Augen. Sie griff nach ihrem Taschentuch, stellte fest, daß sie keins bei sich hatte, und schniefte. Dann trank sie noch einen Schluck Brandy, aber ihre Hoffnung auf Besserung ihrer Stimmung erfüllte sich nicht.

Auch nachdem sein Zigarillo aufgeraucht war, verharrte Nicki noch eine Weile dort, wo ihn Valerie zurückgelassen hatte. Dann überlegte er, ob er sich nach rechts wenden und in den Garten zurückkehren sollte, oder tiefer in den Irrgarten hinein, bis er einen Pfad erreichte, der, wie er wußte, um das Haus herum führte und schließlich zu seinem Gästezimmer.

Er war müde, und sein Zimmer verfügte über ein großes und sehr behagliches Bett. Wenn ihn seine Mutter nicht ausdrücklich darum gebeten hätte, seine Fahrt aus London hier zu unterbrechen, um Valeries Mutter ihre Grüße zu überbringen, wäre er gar nicht zum Ball gekommen. Einem Brief seines Vaters zufolge hatte sich der Gesundheitszustand seiner Mutter so bedenklich verschlechtert, daß Nicki alles vermeiden wollte, was sie enttäuschen oder aufregen konnte. Und so drehte sich Nicki um und lief den gewundenen Weg hinunter, der aus dem grünen Labyrinth in den Garten führte – bereit, heute abend seine gesellschaftlichen Verpflichtungen und morgen die als Sohn zu erfüllen.

VI

Julianna war fest überzeugt, daß ihr »totaler Ruin« Sir Francis dazu veranlassen würde, seinen Heiratsantrag zurückzuziehen. Wie sie es überleben sollte, wenn ihre Eltern ihr daraufhin ihre Liebe und Zuneigung entzogen, wußte sie allerdings nicht. Erneut schniefend senkte sie den Kopf, kniff die Augen zusammen und suchte Zuflucht im Gebet. Sie bat ihre Großmutter, ihr einen Weg zu zeigen, wie sie sich ruinieren konnte. Dann hielt sie es für klüger, sich gleich an eine noch höhere Instanz zu wenden, und legte Gott ihr Problem dar. Ihr schoß durch den Kopf, daß der Herr eine solche Bitte nicht erfüllen würde, wenn er über ihre Notlage nicht umfassend informiert war, und so begann sie Gott ausführlich die Gründe zu erläutern, warum sie um ihren Ruin flehte. Sie war gerade bei der möglichen Heirat mit Sir Francis Bellhaven angelangt und brach in herzzerreißende kleine Schluchzer aus, als sich eine Stimme aus der Dunkelheit meldete – eine volle, wohltönende Männerstimme fragte nicht ohne Mitgefühl: »Darf ich Ihnen unter Umständen behilflich sein?«

Entsetzt sprang Julianna auf die Füße und starrte mit hämmerndem Herzen auf eine schattenhafte Gestalt, die sich langsam aus der nachtschwarzen Dunkelheit löste und auf sie zukam.

Die Erscheinung blieb gerade so weit entfernt von ihr stehen, daß ihr Gesicht nicht erkennbar war. Sie hob langsam den Arm, und zwischen ihren Fingern flatterte etwas Weißes, Leichtes, obwohl sich kein Windhauch regte.

Benommen von Schock und Brandy erkannte Julianna, daß der Mann ihr das weiße Ding entgegenhielt. Zögernd trat sie einen Schritt auf ihn zu und streckte gleichfalls den Arm aus. In ihrer Hand entpuppte sich das Objekt als sehr irdisches, wenn auch sehr feines, weiches Taschentuch. »Vielen Dank«, flüsterte sie ehrfurchtsvoll und schenkte der Erscheinung ein zittriges Lächeln, während sie sich Augen und Nase betupfte.

Nicht sicher, was von ihr erwartet wurde, streckte sie ihm das Taschentuch wieder entgegen.

»Sie können es behalten.«

Schnell steckte es Julianna in ihr Mieder. »Danke.«

»Kann ich vielleicht noch etwas für Sie tun, bevor ich mich verabschiede?«

»Gehen Sie nicht! Bitte! Ja, Sie können etwas für mich tun, aber das möchte ich gern noch ein bißchen näher erklären.« Julianna öffnete den Mund, um Gott zu erläutern, warum sie sich danach sehnte, ruiniert zu werden, als ihr zwei Dinge eigentümlich vorkamen. Zunächst einmal hatte dieses als Antwort auf ihre Gebete vom Himmel geschickte Wesen einen leichten Akzent – einen französischen. Und dann bemerkte sie jetzt, da sich ihre Augen an die Umrisse der Erscheinung gewöhnt hatten, ein winziges Detail, das ihr eher finster als himmlisch erschien. Da sie um ihren Ruin gebetet hatte, war es nicht nur weise, sondern geradezu unverzichtbar, sich davon zu überzeugen, daß nicht das falsche überirdische Wesen zu ihr geschickt worden war.

Tapfer gegen die benebelnde Wirkung des Brandy ankämpfend, richtete Julianna ihre Augen ganz fest auf die Erscheinung. »Bitte glauben Sie nicht, daß ich Ihre . . . Ihre Echtheit bezweifle . . . oder Ihren modischen Geschmack«, begann sie und legte soviel Ehrerbietung wie möglich in ihre Stimme. »Aber sollten Sie nicht eher Weiß tragen als Schwarz?«

Seine Augen hinter seiner Halbmaske wurden ganz schmal, und Julianna bereitete sich darauf vor, von einem strafenden Blitzschlag getroffen zu werden, aber dann klang seine Stimme fast milde. »Für einen Mann ist schwarz das Gegebene. Wenn ich weiß gekleidet wäre, würde ich zuviel Aufmerksamkeit auf mich ziehen. Die Leute wären versucht, meine Identität zu ergründen. Zunächst würden sie meine Größe bemerken, dann meine anderen Wesenszüge und schließlich Vermutungen über meine Identität anstellen. Und damit würde ich meine Anonymität und damit die Freiheit verlieren, die Dinge zu tun, die man an einem Abend wie diesem von mir erwartet.«

»Ja, ich verstehe«, sagte Julianna höflich, war aber noch nicht völlig überzeugt. »Vermutlich ist es nicht so ungewöhnlich wie ich dachte.«

Nicki hielt ihre Begegnung für ziemlich ungewöhnlich. Zunächst war er auf sie aufmerksam geworden, weil sie weinte. Und dann hatte ihr Gesicht innerhalb weniger Sekunden Schock, Verlegenheit, Ehrfurcht, Angst, Mißtrauen gezeigt, und jetzt Unsicherheit . . . sogar Abwehr. Während er darauf wartete, daß sie genügend Mut aufbrachte, ihm zu erklären, was sie von ihm wollte, machte sich Nicki bewußt, daß nichts an ihr »gewöhnlich« war. Ihre hellblonden Haare schimmerten im Mondschein wie Silber, wenn sie den Kopf bewegte, und ihre großen Augen schienen tatsächlich lavendelblau zu sein. Sie beherrschten ein feingeschnittenes Gesicht mit milchweißer Haut, geschwungenen Brauen und reizvollen Lippen. Sie verfügte über eine subtile Schönheit, die auf den ersten Blick leicht übersehen wurde. Sie kam aus der Klarheit ihrer Gesichtszüge und einer Offenheit in ihren großen Augen, nicht aus lebhaften Farben oder exotischem Aussehen. Ihr Alter konnte er nicht einschätzen, aber sie wirkte sehr jung, und da war noch etwas an ihr, das nicht recht zu passen schien.

Sie holte tief Luft und lenkte seine Konzentration wieder aus das aktuelle Problem. Schnell hob er eine Braue und blickte sie forschend an.

»Würde es Ihnen etwas ausmachen«, fragte sie sehr, sehr

höflich, »Ihre Maske abzunehmen und mich Ihr Gesicht sehen zu lassen?«

»Ist das der Gefallen, um den Sie mich bitten wollten?« Er begann sich zu fragen, ob sie vielleicht ein wenig verwirrt war.

»Nein, aber um den kann ich Sie nicht bitten, bevor ich Ihr Gesicht gesehen habe.« Als er keinerlei Anstalten machte, ihrem Wunsch zu folgen, setzte Julianna mit drängender Stimme hinzu: »Es ist schrecklich wichtig!«

Nicki zögerte noch immer, doch dann brachte ihn die schiere Neugierde dazu, ihren Wunsch zu erfüllen. Er zog die Maske ab und trat sogar einen Schritt aus dem Schatten, um ihr einen besseren Blick auf sein Gesicht zu geben, und wartete auf die Reaktion.

Er bekam sie.

Ihre Hand flog an ihren Mund, ihre Augen wurden so groß wie Untertassen. Nicki machte noch einen Schritt vorwärts, um sie bei der von ihm befürchteten Ohnmacht auffangen zu können, aber ihr helles Gelächter ließ ihn mitten in der Bewegung innehalten. Sie sank auf die Steinbank, schlug die Hände vors Gesicht und lachte so laut, daß sie sich kaum beruhigen konnte. Zweimal spähte sie zwischen ihren Fingern zu ihm auf, als wollte sie sich vergewissern, richtig gesehen zu haben – und brach jedesmal in neue Entzückensschreie aus.

Nur mit fast übermächtiger Anstrengung riß sich Julianna schließlich zusammen. Sie hob den Kopf und blickte mit blitzenden Augen und ungläubig in das einzige Gesicht in England, das ihr Herz zum Klopfen gebracht hatte. Und jetzt, da ihr Schock nachließ, hatte es die gleiche Wirkung wie bei ihrer ersten Begegnung im Frühling. Nur war es diesmal ein wenig anders. Diesmal spielte ein leises Lächeln um den feingeschnittenen Mund, seine Augen blickten nicht kalt und hart, sie waren lediglich . . . neugierig. Alles in allem war sein Gesichtsausdruck zurückhaltend, aber eindeutig interessiert.

Das war so schmeichelhaft und ermutigend, daß sie ganz

sicher war, vor wenigen Minuten die richtige Entscheidung getroffen zu haben. Sie hatte darum gebeten, ruiniert zu werden, und nun würde das durch den begehrtesten Junggesellen Englands geschehen, den berühmten Nicholas du Ville persönlich. Das machte alles noch sehr viel besser. Es gab ihr ein gewisses Flair, ein bestimmtes Raffinement. Dafür, daß sie sich opferte, um Sir Francis zu entgehen, würde sie süße Erinnerungen bekommen, an die sie sich halten konnte. »Ich bin keineswegs geistig verwirrt, wie Sie vielleicht annehmen«, begann sie, »und ich möchte Sie tatsächlich um einen Gefallen bitten.«

Nicki wußte, daß es vernünftiger gewesen wäre, sie einfach da sitzen zu lassen, aber er fühlte sich eigentümlich gefesselt von ihrem ansteckenden Lachen, ihrem faszinierenden Gesicht und ihren verblüffenden Reaktionen. »Und worin besteht nun der Gefallen, den ich Ihnen hoffentlich erweisen kann?«

»Das ist ein bißchen schwierig zu erklären«, entgegnete sie. Nicki sah zu, wie sie das Glas hob, das sie neben sich auf die Bank gestellt hatte. Sie trank, als brauche sie zusätzlichen Mut, und richtete dann ihre großen, arglosen Augen auf ihn. »Es ist sogar sehr schwierig«, gab sie mir einem leichten Rümpfen ihrer Stupsnase zu.

»Wie Sie sehen können«, erwiderte Nicki, unterdrückte ein Lächeln und verneigte sich galant vor ihr, »bin ich Ihnen ganz zu Diensten.«

»Ich hoffe nur, daß das noch so ist, wenn ich Ihnen gesagt habe, was ich mir von Ihnen wünsche«, murmelte sie unbehaglich.

»Was darf ich also für Sie tun?«

»Ich möchte, daß Sie mich ruinieren.«

VII

Bis zu diesem Moment hätte Nicki ein Vermögen darauf verwettet, daß keine Frau ihn mehr überraschen, geschweige denn sprachlos machen konnte. »Wie bitte?« brachte er schließlich über die Lippen.

Julianna sah, wie sehr er sich bemühte, seine Verblüffung zu verbergen, und mußte erneut mit einem Lachkrampf kämpfen. Sie wußte nicht, ob ihre unsinnige Heiterkeit ihrer Nervosität entsprang oder der wundersamen, widerlich schmeckenden Flüssigkeit zuzuschreiben war. »Ich habe Sie gefragt, ob Sie bereit wären, mich zu ruinieren.«

Nicki beobachtete sie aus dem Augenwinkel heraus, während er in seiner Tasche fahndete und das letzte der beiden Zigarillos herauszog, die er bei sich hatte. »Und was genau«, begann er zögernd, während er den Kopf beugte, um das Zigarillo anzuzünden, »meinen Sie damit?«

»Damit meine ich, daß ich ruiniert werden möchte«, wiederholte Julianna. Sie sah zu, wie er die Hand schützend um die Streichholzflamme legte, und versuchte, einen genaueren Blick auf seine Züge zu erhaschen. »Damit meine ich, daß ich für alle Männer absolut unbegehrenswert werden möchte«, klärte sie ihn auf. »Daß ich nicht zu verheiraten bin. Für eine Ehe nicht in Frage komme.«

Statt eine Antwort zu geben, deponierte er einen Fuß auf die Bank neben ihrer Hüfte und musterte sie nachdenklich. Sein Zigarillo hing zwischen den ebenmäßigen weißen Zähnen.

»Ich . . . ich glaube nicht, daß ich mich noch deutlicher ausdrücken kann«, meinte sie besorgt.

»Nein, das wäre kaum möglich.«

Sie rückte noch ein wenig näher an sein Bein und spähte mit zur Seite geneigtem Kopf in sein Gesicht. Sie konnte seine Züge nicht deuten. »Sie haben doch verstanden, was ich möchte?«

»Das war nicht mißzuverstehen.«

Da er nicht gerade begeistert wirkte, sprudelte sie den ersten Gedanken hervor, der ihr in den Kopf kam: »Ich wäre auch bereit, Sie dafür zu bezahlen.«

Diesmal konnte Nicki seine Verblüffung unter Kontrolle halten, nicht aber sein Lächeln über ihre Fähigkeit, diese Reaktion hervorzurufen. »Damit wären es zwei«, murmelte er halblaut. »Und das an einem einzigen Abend.« Er erkannte, daß sie noch immer auf seine Antwort wartete, und meinte bemüht ernst: »Das ist ein überaus verlockendes Angebot.«

»Ich bin bereit, Sie dabei nach Kräften zu unterstützen«, versprach sie, beugte sich vor und sah ihn aus ernsten, hoffnungsvollen Augen an.

»Ihre Offerte wird von Moment zu Moment reizvoller.«

Nicki ließ sie auf seine Antwort warten, blickte in die Ferne und analysierte die Situation und die faszinierende junge Frau, die da auf der Bank neben seinem Bein saß. Er wußte zwar nicht genau, wie alt sie war, aber er wußte, daß sie keine wohlerzogene, behütete Debütantin sein konnte. Die Beweise dafür waren von Anfang an ersichtlich gewesen. Angefangen bei der Tatsache, daß sie sich allein in der Dunkelheit aufhielt, und das mit einem Mann, dem sie nie ordentlich vorgestellt worden war, und sie hatte keinerlei Versuch unternommen, das zu ändern.

Darüber hinaus war ihre Robe extrem verführerisch: tief ausgeschnitten, um ihre schwellenden Brüste zu zeigen, und sehr eng, um ihre schmale Taille zu betonen. Keine ehrbare Dame der Gesellschaft hätte ihrer unschuldigen Tochter gestattet, in einem so aufreizenden Gewand auf einem Ball zu erscheinen. Es war ein Kleid für eine wagemutige verheiratete Frau – oder eine Kurtisane. Da sie keinen Ehering trug, kam nur die letztere Möglichkeit in Betracht. Dieser Schluß wurde durch die Tatsache bestärkt, daß es unter den reichen jungen Gecken der Gesellschaft geradezu Mode geworden war, sich von ihren Gespielinnen auf derartige Maskenbälle begleiten zu lassen. Einige der hübschesten und begehrtesten Kurtisanen waren heute anwesend, und Nicki nahm an, daß sich die engelsgleiche Schönheit vor ihm auf der Bank mit ihrem Begleiter entzweit hatte und nun – nach ihrem Tränenausbruch – nach einem Ersatz suchte. Er wußte gut genug, daß sie längst »ruiniert« war und nicht die geringste Absicht hatte, ihn zu »bezahlen«, aber dieser letzte Einfall war höchst originell. Sie war nicht nur bezaubernd, sie war einmalig. Und äußerst unterhaltsam. Mit ihrem Aussehen, ihrem Einfallsreichtum, ihrer sanften, kultivierten Stimme brauchte sie nicht lange nach einem Beschützer zu suchen. Und falls sie sich in seinem Bett auch nur halb so unterhaltsam erwies wie gerade eben, wäre er ernsthaft versucht, diese Rolle selbst zu übernehmen.

Julianna konnte die Spannung nicht länger ertragen. »Haben Sie sich schon entschieden?« fragte sie mit bebender Stimme.

Er richtete seinen Blick auf ihr Gesicht, und Julianna spürte die geballte Macht seines hinreißenden Lächelns. »Ich bin aber nicht ganz billig«, scherzte Nicki.

»Ich besitze nicht allzu viel Geld«, warnte sie. Nicki brach in lautes Lachen aus, als sie tatsächlich in ihrem kleinen Ridikül nach Geld zu suchen begann.

Er reichte ihr den Arm und sagte: »Wollen wir uns nicht einen zweckdienlicheren Ort suchen, um . . . äh . . .«

»Meinen Ruin einzuleiten?« half sie aus, und er spürte ein leichtes Zögern, das aber sofort wieder verschwand. Sie stand auf, straffte die Schultern, reckte das Kinn und verkündete ebenso tapfer wie entschlossen: »Dann wollen wir es tun.«

Er führte sie tiefer in den Irrgarten hinein, geleitet von der Erinnerung an den Tag, an dem er zusammen mit Valerie Stunden in ihm verbringen mußte, weil sie den geheimen Pfad nicht gefunden hatten. Während sie so dahinschritten, kam ihm der Gedanke, daß eine ordentliche Vorstellung angebracht sein könnte, aber als er das vorschlug, sagte sie, daß sie ihn bereits kannte. »Und wer sind Sie?« wollte er wissen, als sie keine Anstalten machte, ihren Namen preiszugeben.

Irgendwo in Juliannas leicht benommenem Kopf setzte sich schließlich die Vorsicht durch. Verzweifelt suchte sie nach einem Namen, den sie ihm nennen konnte. »Marie«, erklärte sie nach einem Blick auf ihr Kleid. »Sie dürfen mich Marie nennen.«

»Wie in Marie Antoinette?« spöttelte Nicki und fragte sich, warum sie log.

Als Antwort warf sie den linken Arm hoch und rief übermütig aus: »Sollen sie doch Kuchen essen!« Eine Sekunde später blieb sie wie angewurzelt stehen. »Wohin gehen wir?«

»In mein Gemach.«

Innerlich rekapitulierte Julianna die Möglichkeiten des Ruins. Drei Tänze mit demselben Mann. Einem Mann zu gestatten, seine Zuneigung zu zeigen. Und mit ihm allein in einem Zimmer zu sein. Zimmer. Gemach. Sie nickte. »Sehr gut. Vermutlich kennen Sie sich besser aus als ich.«

Das bezweifle ich, dachte Nicki trocken.

Eine Zeitlang liefen sie schweigend dahin, und auch das gefiel Nicki. Sie verspürte offenbar kein Bedürfnis, pausenlos zu schwatzen. Als sie das Schweigen schließlich brach, war sogar ihr Zeitgefühl richtig, wenn auch ihr Thema wiederum eine verblüffende Neuheit in Nickis reicher Erfahrung mit Frauen war. Nachdem sie eine Weile lang zu Boden geblickt hatte, hob sie den Kopf und meinte versonnen: »Ich ertappe mich oft dabei, über Würmer nachzudenken. Sie auch?«

»In letzter Zeit nicht mehr so häufig wie früher«, erwiderte Nicki und unterdrückte ein Lachen. Er konnte sich nicht erinnern, wann er das letztemal so häufig zum Lachen gereizt worden war.

»Dann finden Sie vielleicht eine Antwort auf die Frage, die ich mir immer wieder stelle«, meinte sie mit wissenschaftlichem Ernst. »Wenn Gott sie dazu erschaffen hat, auf dem Boden herumzukriechen, warum haben sie dann eigentlich keine Knie?«

Nicki blieb stehen. Seine Schultern zuckten vor unterdrücktem Lachen. »Was haben Sie gerade gesagt?«

Ein engelsgleiches Gesicht wandte sich ihm zu, reizvolle Brüste bebten einladend, und üppige Lippen formten die Worte: »Ich habe Sie gefragt, warum Würmer keine Knie haben.«

»Dann habe ich mich also doch nicht verhört.« Er ergriff ihre Schultern, zog sie abrupt in die Arme und erlag dem Impuls, sein Lachen an den Lippen zu unterdrücken, die es verursacht hatten. Ebenso schnell ließ er sie wieder los – nicht sicher, ob ihre Miene Schock oder Mißbilligung verriet. Nach der Entscheidung, daß es weder notwendig noch wünschenswert war, diese Frage mit einer Frau zu klären, die dafür zahlen wollte, sein Bett zu teilen, trat er einen Schritt zurück.

Dennoch kam er nicht umhin, sie mehrmals in der Dunkelheit anzublicken, um ihre Reaktion zu erkunden. Er entspannte sich, als er ein versonnenes Lächeln auf ihren Lippen entdeckte.

Er war sich nicht ganz sicher, immer den richtigen Weg eingeschlagen zu haben, bis sie um die letzte Ecke kamen und er den geheimen Ausgang entdeckte, der direkt zur Seite des Hauses führte. Da er wußte, daß sie sich nun – wenn auch nur für wenige Schritte und in genügender Entfernung – im Blickfeld der Ballgäste bewegen würden, beschleunigte Nick seine Schritte und versuchte, sie mit seinem Körper zu verdecken.

»Warum gehen wir jetzt schneller?« erkundigte sie sich.

»Weil wir vom Garten aus gesehen werden könnten«, warnte er.

Sie beugte sich vor, damit sie um ihn herumblicken konnte. »Sollen sie doch auch Kuchen essen!« rief sie und hob erneut übermütig den Arm. »Alle haben meine Erlaubnis, Kuchen zu essen!«

Nicki spürte, wie sein ganzer Körper von unterdrücktem Gelächter erschüttert wurde. Aber er sagte nichts, was einen neuen Ausbruch hervorrufen konnte.

VIII

In seinem Zimmer setzte sich Julianna auf ein kleines mit Goldbrokat bezogenes Sofa und sah zu, wie Nicki seine Jacke und sein schneeweißes Halstuch ablegte. Sie kam sich vor wie im Traum. In ihrem Kopf schrillten tausend Alarmglocken und machten sie fast schwindlig. Aber vielleicht war es auch die Erinnerung an seine Lippen auf ihrem Mund, die sie so verwirrte.

Sie senkte den Blick, weil sie das für angebracht und schicklich hielt, und machte eine verblüffende Entdeckung.

Nicki öffnete den obersten Knopf seines Hemdes und trat an einen Tisch, auf dem sich ein Tablett mit einer Karaffe und mehreren Gläsern befand. Er zog den Verschluß aus der Brandy-Karaffe und warf einen Blick über die Schulter, um sie zu fragen, ob sie vielleicht etwas trinken wollte. Was er sah, ließ ihn erst die Stirn runzeln und sich dann voll umdrehen. Sie saß auf dem Sofa, beugte sich aber aus der Hüfte heraus weit vor, um etwas auf dem Boden zu betrachten. »Was machen Sie da?« wollte er wissen.

»Ich habe keine Zehen mehr«, erwiderte sie ohne aufzublikken.

»Was meinen Sie damit?« fragte Nicki gereizt, da ihm inzwischen dämmerte, daß ihre gleichermaßen schockierenden wie amüsanten Reaktionen im Irrgarten sehr wohl das Ergebnis eines gepflegten Rauschs oder einer gelinden Geistesverwirrung sein konnten. »Können Sie aufstehen?« erkundigte er sich scharf.

Bei seinem Tonfall versteifte sich Julianna und richtete sich wieder auf. Wie gelähmt durch sein verändertes Verhalten stand sie gehorsam auf und wollte kaum glauben, daß der gereizte Mann da vor ihr derselbe war, der mit ihr gescherzt und . . . sie geküßt hatte.

Sie sieht total verwirrt aus, erkannte Nicki. Verwirrt und

desorientiert. Aus seiner durch Enttäuschung und Mißmut über seine eigene Naivität gesteigerte Verärgerung heraus fragte er schneidend: »Sind Sie in der Lage, irgend etwas zu äußern, was mich davon überzeugen könnte, daß Sie im Moment zu klaren Gedanken fähig sind?«

Der allzu bekannte Tonfall ließ Julianna zusammenzucken. Das waren wieder die knappen, autoritären Töne, die verächtliche Arroganz, die sie im Hyde Park verletzt und gedemütigt hatten. Heute verlangsamte der Brandy ihre Reaktion, aber letztlich war die Wirkung ähnlich verheerend. »Ich denke schon«, erwiderte sie leise und reckte das Kinn. »Wollen wir mit griechischer Philosophie beginnen?« Julianna verschränkte die Hände im Rükken und tat so, als würde sie das Gemälde über dem Kamin inspizieren. »Sokrates machte ein paar sehr interessante Bemerkungen über Wissen und Ethik. Plato war profunder . . .«

Sie brach ab, versuchte ihre Gedanken zu ordnen und sich an das zu erinnern, was sie über Philosophen wußte, klassische und moderne. »Von den moderneren Denkern . . .«, begann sie erneut, »hat es mir besonders Voltaire angetan. Ich schätze seinen Witz. Aber von allen neuzeitlichen . . .« Ihre Stimme versickerte, denn sie spürte, wie er hinter ihr nahe an sie herantrat. Dann zwang sie sich zum Weitersprechen. »Aber von allen neuzeitlichen Philosophen gefällt mir eine Frau am besten. Sie hieß Sarah.«

Er blieb so nahe stehen, daß sie ihn buchstäblich in ihrem Rücken spürte. Bebend vor Unsicherheit fragte Julianna: »Soll ich Ihnen Sarahs Lieblingstheorie mitteilen?«

»Auf jeden Fall«, flüsterte er. Sein Atem traf ihre Schläfen.

»Sarah war fest davon überzeugt, daß Frauen Männern früher einmal überlegen waren, daß die Männer dann aber in ihrer betrügerischen Arroganz eine Möglichkeit fanden . . .«

Juliannas ganzer Körper verspannte sich, als sich seine Hände von hinten um ihre Schultern legten und sie an sich zogen. »Die Männer fanden einen Weg, uns und sich selbst davon zu überzeugen, daß Frauen eigentlich Schwachköpfe und . . .«

Seine warmen Lippen berührten eine empfindliche Stelle hinter ihrem Ohr und schickten Schauer durch ihren ganzen Körper. »Fahren Sie fort«, drängt er. Seine Stimme war wie Samt, seine Lippen bewegten sich an ihrem Ohr. Julianna versuchte es, brachte aber nur einen zitternden Seufzer hervor. Der Brandy schläferte ihre Vernunft ein, überzeugte sie davon, daß das hier richtig war. Entweder das hier oder Sir Francis Bellhaven: bittersüße, verbotene Qual mit wehmütigen Erinnerungen oder ein Leben mit einem Mann, der Übelkeit in ihr erregte.

Nicki spürte, wie ihr Herz unter seiner Hand raste, als sie um ihre Taille nach vorn glitt und sich Zeit ließ, ihre volle Brust zu umfassen. Er küßte sie auf die Schläfe, die samtweiche Wange. Sie duftete nach frischer Luft und Blumen und fühlte sich in seinen Armen an wie . . .

Holz.

Sie atmete so heftig, als wäre sie gerannt, ihr Herz hämmerte vor . . .

Angst.

Nicki hob den Kopf und drehte sie wortlos zu sich herum. Ungläubig starrte er auf die hektische Röte ihrer Wangen, in die Augen, die zu dunkelblauen Seen geworden zu sein schienen. Die Röte ihrer Wangen vertiefte sich vor Verlegenheit, als er jeden Zentimeter des feinen Gesichts erforschte und nach etwas suchte, nach irgend etwas, das darauf hinwies, daß dies alles für sie nicht neu war. Er suchte nach irgendeinem Zeichen von Erfahrung.

Aber er fand nur Unwissenheit und Unschuld.

Es war für sie das erste Mal.

Sie hatte so etwas noch nie getan.

Dennoch wollte er sie. Nein, machte er sich fast ungläubig bewußt: nicht dennoch, weil! Weil es das erste Mal für sie war, empfand er dreimal soviel Verlangen nach ihr. Sie stand vor ihm, wollte genommen werden, hatte ihn gebeten, es zu tun, ihm sogar Geld dafür angeboten. Aber er zögerte. Er hob ihr

Kinn und zwang sie, ihn anzusehen. Mit einer Stimme, der nichts zu entnehmen war als wohlwollende Neutralität, fragte Nicki: »Sind Sie auch absolut sicher, daß Sie bleiben wollen, um . . . es zu tun?«

Julianna schluckte. Dann nickte sie. »Es ist etwas, das ich tun . . . hinter mich bringen muß.«

»Sie sind sich also völlig sicher?«

Wieder nickte sie, und Nicki tat, wonach es ihn schon von Anfang an verlangt hatte. Allerdings kam ihm flüchtig der beunruhigende Gedanke, daß er nicht nur einer Jungfrau Gewalt antat, sondern einem ahnungslosen Engel. Er bemächtigte sich ihres Mundes mit wilder Zärtlichkeit, bis sie in seinen Armen leise aufstöhnte. Seine Hände zogen sie fest an sich, glitten dann höher, um ihre bebenden Brüste zu umfangen.

»Nein!« schrie sie auf und riß sich so überraschend von ihm los, daß er zu keiner Reaktion fähig war. »Ich kann nicht! Ich kann nicht! Das nicht!«

Wild schüttelte sie den Kopf. Nicki starrte sie verblüfft an. Eben noch hatte sie ihn geküßt, ihre Arme zärtlich um seinen Hals geschlungen, sich fast sehnsüchtig an ihn gedrängt. Jetzt rannte sie quer durch den Raum, riß die Tür auf und stürzte hinaus.

Direkt in die Arme von Valerie und einer anderen Frau, die offenbar auf der Suche nach ihrer Tochter war und lautstark verlangte, daß das gesamte Haus nach ihr durchkämmt wurde. Wie im Traum, in einem Alptraum, sah er, daß die Frau, die ihn im Park belästigt hatte, ihre Arme beschützend um das Mädchen schlang, das vor wenigen Sekunden noch an seiner Brust gelegen hatte.

Jetzt allerdings reagierte sie total anders. Sie äußerte keine Freude darüber, ihn zu treffen, sondern blickte ihn mit feindseligem Triumph an und sagte: »Nachdem ich meine Tochter zu Bett gebracht und meinen Ehemann geholt habe, werden wir unter sechs Augen über die Vorfälle hier sprechen!«

IX

»Julianna!« Der ganz normale Tonfall ihrer Mutter klang in Juliannas Ohren wie das Kreischen einer Furie. Ihr Kopf schmerzte so fürchterlich, daß selbst ihre Zähne in den Wurzeln zu puckern schienen. Das einzige Nicht-Grauenhafte an diesem Morgen war ihre Mutter. Ihre Mutter, die doch eigentlich vor Zorn außer sich sein müßte, von der Julianna angenommen hatte, sie würde sie verstoßen, nach allem, was sie getan hatte, war ein wahres Muster an Fürsorge und Verständnis.

Keine Fragen, keine Vorwürfe.

Zusammengerollt wie ein Ball lehnte sich Julianna gegen die Kutschentür und sah zu, wie das Haus, in dem sich das alles ereignet hatte, schaukelnd ihren Blicken entschwand. »Ich glaube, mir wird schlecht«, flüsterte sie.

»Nein, Liebes, denn das wäre ganz und gar nicht angenehm.«

Julianna schluckte krampfhaft. »Sind wir bald zu Hause?«

»Wir fahren nicht nach Hause.«

»Wohin fahren wir denn dann?«

»Wir sind . . . gleich da«, erwiderte ihre Mutter und sah forschend aus dem Fenster. Plötzlich wurden ihre Augen vor Freude ganz groß.

Julianna versuchte gleichfalls aus dem Fenster zu sehen und erblickte ein hübsches kleines Cottage. Vor ihm standen die Kutsche ihres Vaters und eine weitere Kutsche mit einer Krone auf der Seite. Dann sah sie die Kapelle. Und vor der Kapelle, in beträchtlicher Entfernung von ihrem Vater, stand Nicholas du Ville und blickte ihrer Kutsche entgegen.

Der Ausdruck auf seinem finsteren Gesicht war tausendmal kälter und verächtlicher als im Hyde Park.

»Warum sind wir hier?« fragte Julianna, fast ohnmächtig vor Schock, Übelkeit und Kopfschmerzen.

»Wegen deiner Hochzeit mit Nicholas du Ville.«

»Meiner was? Aber warum?«

»Warum er dich heiratet?« fragte ihre Mutter zurück und öffnete die Tür. »Weil ihm keine Wahl bleibt. Schließlich ist er ein Gentleman. Unsere Gastgeberin und zwei Diener haben gesehen, wie du aus seinem Schlafgemach gerannt bist. Er hat den Ruf einer unschuldigen, wohlerzogenen jungen Lady ruiniert. Wenn er dich nicht heiraten würde, könnte er sich nie wieder als Gentleman bezeichnen. Er würde das Gesicht verlieren.«

»Ich will das nicht!« schrie Julianna auf. »Und das werde ich ihm auch sagen!«

»Ich wollte das nicht!« beteuerte Julianna eine Viertelstunde später, als sie ziemlich grob in die Kutsche ihres Mannes geschoben wurde. Mit Ausnahme des Ehegelöbnisses hatte er kein Wort gesprochen. »Halt den Mund und steig ein!« sagte er jetzt.

»Wohin fahren wir?« rief sie verzweifelt.

»Zu deinem neuen Heim«, erwiderte er ätzend sarkastisch. »Deinem neuen Heim!« betonte er noch einmal.

X

Julianna saß vor dem Ankleidetisch in ihrem Schlafgemach, summte ein Weihnachtslied vor sich hin und steckte kleine Ilexzweige mit roten Beeren in das dunkelgrüne Band, das ihre schweren blonden Locken zusammenhielt.

Zufrieden stand sie auf, glättete ihr weiches grünes Wollkleid, richtete die weißen Manschetten und ging dann in den Salon, wo sie vor dem Kaminfeuer an ihrem neuen Manuskript weiterarbeiten wollte.

Seit ihr Ehemann sie vor drei Monaten und wenige Stunden nach ihrer Hochzeit vor diesem bezaubernden kleinen Landhaus abgesetzt hatte, um dann unverzüglich davonzufahren, hatte sie von Nicholas du Ville nichts gesehen oder gehört. Dennoch war ihre Erinnerung an diesen furchtbaren Tag so frisch, daß sich ihr Magen noch immer vor Scham zusammenkrampfte, wenn sie nur daran dachte.

Es war die possenhafte Parodie einer Hochzeit gewesen und das ungemein passende Ende für etwas, das als Maskenball begonnen hatte. Statt Juliannas eklatanten Bruch der Etikette zu verurteilen, hatte ihre Mutter das als hochwillkommene Chance erkannt, dem begehrtesten Junggesellen der Oberen Zehntausend eine Falle zu stellen. Statt ihrer Tochter Ratschläge über die Ehe zu geben, bevor sie zum Altar ging, um eine Ehefrau zu werden, hatte Lady Skeffington Julianna darüber aufgeklärt, welche Pelze sie von ihrem Mann verlangen sollte.

Juliannas Vater schien die Situation, die darin bestand, daß sich seine Tochter in Unehre gebracht hatte und ihr Bräutigam daran beteiligt war, zunächst klarer erkannt zu haben. Er hatte sich mit einer Flasche Madeira darüber hinweggetröstet, bevor er mit unsicheren Schritten, aber bester Laune zum Altar wankte. Um das schockierende Bild zu vervollständigen, litt die Braut ganz offensichtlich unter den Nachwehen eines ausgewachsenen Rausches, und der Bräutigam . . .

Julianna erschauerte in der Erinnerung an die Wut in seinen Augen, als er gezwungen war, sich ihr zuzuwenden und ihr ewige Treue zu schwören. Selbst der Anblick des Vikars, der die Trauung vornahm, war unauslöschlich in ihr Gedächtnis eingebrannt. Sein freundliches Gesicht erstarrte zu einer Maske des Entsetzens, als der Bräutigam gegen Ende der Zeremonie auf die Aufforderung, die Braut zu küssen, Julianna nur mit einem Blick tiefster Verachtung bedachte, auf dem Absatz kehrt machte und die kleine Kirche verließ.

In der Kutsche hatte Julianna dann versucht, mit ihm zu sprechen, sich ihm zu erklären, sich zu entschuldigen. Zunächst hörte er ihr in eisigem Schweigen zu, um dann zu sagen: »Wenn ich noch ein weiteres Wort von dir höre, findest du dich draußen am Straßenrand wieder, bevor du den Satz beendet hast.«

Dann hatte er sie hier abgestellt wie ein unerwünschtes Gepäckstück, und in den Monaten seither hatte Julianna viel über Einsamkeit gelernt. Nicht die Einsamkeit, die man nach dem Tod eines geliebten Menschen empfand, sondern jene, die man verspürt, wenn man zurückgewiesen, verachtet und abgelehnt wird. Das alles hatte sie erfahren – und mehr, als die Gerüchte über Nickis unverhohlene Affaire mit einer schönen Operntänzerin durch London fegten, noch bevor sich die allgemeine Erregung über ihre plötzliche Hochzeit gelegt hatte.

Sie wußte, daß er sie bestrafen wollte. Sie öffentlich zu demütigen, war seine Rache für die Falle, die ihm Julianna und ihre Mutter seiner festen Überzeugung nach gestellt hatten. Und das allerschlimmste war, daß sie ihn sogar durchaus verstehen konnte, wenn sie die Sache einmal von seinem Blickwinkel aus betrachtete.

Bis zur letzten Woche war seine Rache absolut verheerend gewesen. Sie hatte Ströme von Tränen in ihr Kissen geweint, sich mit der Erinnerung an den Haß in seinen Augen gequält und ihm Dutzende von erklärenden Briefen geschrieben. Seine einzige Reaktion hatte in einer knappen Botschaft bestanden, die ihr sein Sekretär überbrachte, und in der stand, falls sie weiterhin versuchte, zu ihm Kontakt aufzunehmen, würde sie ohne jeden Shilling aus dem Haus gewiesen, das sie zur Zeit bewohnte.

Julianna du Ville sollte den Rest ihres Lebens in Abgeschiedenheit verbringen und für eine Sünde büßen, an der er fast ebenso beteiligt gewesen war wie sie. Nicholas du Ville besaß fünf weitere Residenzen, alle sehr prächtig und sehr viel geselliger als ihr Refugium. Dem Klatsch zufolge, den Julianna den Zeitungen entnahm, und den Informationen, die sie Sheridan Westmoreland entlockte, veranstaltete er in diesen Häusern für seine Freunde rauschende Feste und in seinem Schlafzimmer intime Beisammensein zu zweit – davon war sie überzeugt.

Bis zur letzten Woche hatte sie ihre Tage in qualvoller Leere und ebenso qualvollen Selbstbezichtigungen verbracht. Die einzige Erleichterung waren ihre Briefe an ihre Großmutter gewesen, in denen sie ihr Herz ausschüttete.

Aber in der letzten Woche hatte sie den Brief eines Londoner Verlegers erhalten, der ihren Roman veröffentlichen wollte. In seinem Brief hatte Mr. Framingham sie mit Jane Austen verglichen und ihren Humor sowie ihr bemerkenswertes Feingefühl im Umgang mit der Überheblichkeit der Gesellschaft in höchsten Tönen gelobt.

Er hatte einen Bankscheck ebenso beigefügt wie das Versprechen, daß sie mit wesentlich höheren Einkünften rechnen könnte, sobald ihr erster Roman erschienen war. Ein Bankscheck bedeutete Unabhängigkeit und Freiheit von den Fesseln, die ihre Heirat mit Nicholas du Ville ihr angelegt hatten. Er war . . . alles!

Sie tagträumte bereits von einem kleinen Haus in London, ganz anspruchslos, aber hübsch und in einer angenehmen Gegend. Alles würde so werden, wie sie es sich zusammen mit ihrer Großmutter ausgedacht hatte . . . Am Ende des nächsten Jahres hätte sie genügend Geld, um diesen goldenen Käfig verlassen zu können, in den sie gesperrt worden war.

Ihre nächtlichen Träume waren jedoch keineswegs so erfreulich. Wenn sie schlief, wenn sie sich nicht wehren konnte, erschien ihr Nicki so, wie er im Irrgarten gewesen war. Den Fuß neben ihr auf der Bank, blickte er in die Ferne und hörte sich, mit seinem Zigarillo zwischen den Zähnen und einem winzigen Lächeln um die Lippen, ihre schockierende Bitte an, sie zu ruinieren. Und dann küßte er sie, und sie erwachte mit rasendem Herzen und dem Gefühl seiner Lippen auf ihrem Mund.

Aber am Morgen, wenn die Sonne zu den Fenstern hereinströmte, gehörte ihr wieder die Zukunft, und die Vergangenheit . . . die Vergangenheit ließ sie auf den Kissen in ihrem Schlafzimmer zurück.

Unten im Salon stellte Larkin, der Butler, ein Frühstückstablett mit heißer Schokolade und gebuttertem Toast auf einen Tisch neben ihrem Schreibtisch. »Vielen Dank, Larkin«, sagte sie lächelnd und setzte sich.

Es war bereits später Nachmittag und Julianna total in ihr Manuskript vertieft, als Larkin wieder hereinkam. Er räusperte sich. »Mylady?«

Julianna hob den Federhalter in einer Geste, die ihn zu warten bat, bis sie den Satz zu Papier gebracht hatte.

»Aber . . .«

Julianna schüttelte heftig den Kopf. Sie wußte, daß sich hier nichts Wichtiges ereignete. Keine unerwarteten Besucher erschienen zu anregender Unterhaltung, keine Haushaltsfragen ergaben sich, die der Klärung bedurften. Auf Anweisung seines Eigentümers funktionierte der kleine Besitz wie eine gutgeölte Maschine, und das Personal zog sie nur aus Höflichkeit zu Rate. Sie war nicht mehr als ein Gast, auch wenn sie manchmal den Eindruck hatte, daß die Dienerschaft Mitgefühl mit ihr empfand, besonders der Butler. Schließlich legte Julianna befriedigt den Federhalter zur Seite und drehte sich um. »Entschuldigen Sie, Larkin«, sagte sie und bemerkte, daß er sich kaum noch beherrschen konnte. »Aber wenn ich nicht sofort aufschreibe, was mir einfällt, vergesse ich es häufig wieder. Was gibt es?«

»Seine Lordschaft ist gerade eingetroffen, Mylady! Er möchte Sie unverzüglich in seinem Arbeitszimmer sehen.« Überraschung und wahnwitzige Hoffnung brachten Julianna auf die Füße, bevor Larkin hinzusetzte: »Und er hat seinen Kammerdiener mitgebracht.« Unvertraut mit den Reisegepflogenheiten der Reichen, sah sie ihn verständnislos an. »Das heißt«, fügte Larkin vergnügt hinzu, »daß er über Nacht bleibt.«

Ungeduldig starrte Nicki aus dem Fenster seines Arbeitszimmers auf die Winterlandschaft, während er auf die intrigante kleine Schlampe wartete, die ihn zur Heirat gezwungen hatte. Die Nacht des Maskenballs hatte er nicht mehr deutlich in Erinnerung, wohl aber seinen Hochzeitstag. Er hatte damit begonnen, daß Valerie persönlich in seinem Zimmer erschien – mit einem Frühstückstablett und einigen sehr bissigen Bemerkungen darüber, daß er mit Sicherheit der einzige »Fisch« in London sei, der dumm genug war, nach dem »Köder« Julianna zu schnappen, um prompt im Netz ihrer Mutter zu landen. Bevor er sie aus seinem Zimmer scheuchte, gelang es ihr noch, ihre erheblichen Zweifel an Juliannas Unschuld deutlich zu machen. Dennoch hatte er noch immer nicht glauben wollen, daß Julianna ihm absichtlich eine Falle gestellt hatte.

Mit einer guten Portion Naivität und Selbsttäuschung – von denen er gar nicht wußte, daß er sie besaß – war es ihm gelungen, sich ganz darauf zu konzentrieren, wie bezaubernd sie gewesen war und wie perfekt sie in seinen Armen gelegen hatte. Es gelang ihm sogar, sich davon zu überzeugen, daß sie eine durchaus passende Frau für ihn wäre, und an dieser Überzeugung hielt er fest, während er vor der Kapelle auf sie wartete. Wäre er nicht wütend auf seine unerträgliche künftige Schwiegermutter gewesen, hätte er sogar über Juliannas Anblick lachen müssen, als sie der Kutsche entstieg.

Als Folge der vergangenen Nacht war seine kleine Braut ausgesprochen grau im Gesicht, doch nicht zu leidend, um mit ihrer Mutter über Pelze plaudern zu können, nicht zu leidend, um in der kleinen Kirche darüber zu jubeln, sich einen reichen Ehemann geschnappt zu haben. Er hatte das alles gehört, als er draußen wartete.

Sie würde sich während seiner Anwesenheit sicherlich etwas einfallen lassen. Sie war nicht nur schlau, sie war intelligent. Intelligent genug, um zu wissen, daß sie ihn nie von ihrer Unschuld überzeugen konnte. Demzufolge erwartete er von ihr die Behauptung, von ihrer Mutter zu dieser Scharade überredet worden zu sein.

Als sich die Tür öffnete, drehte er sich um. Er rechnete damit, daß sie kaum besser aussah als beim letzten Mal, ähnlich verloren, vielleicht sogar noch ein wenig zerknirschter. Doch darin irrte er sich.

»Wie ich hörte, willst du mit mir sprechen?« erkundigte sie sich mit bemerkenswerter Haltung.

Er machte eine Kopfbewegung zu dem Sessel vor seinem Schreibtisch hin, eine stumme Aufforderung, sich zu setzen.

Der Anflug von Hoffnung, den Julianna bei der Nachricht seiner Anwesenheit empfunden hatte, war bereits in dem Moment geschwunden, als er sich umdrehte und sie ansah. Sie erkannte, daß er sich nicht geändert hatte, und das Herz wurde ihr schwer.

»Ich möchte ohne große Umschweife zur Sache kommen«, verkündete er und nahm hinter seinem Schreibtisch Platz. »Wie mir die Ärzte sagen, hat sich die Herzerkrankung meiner Mutter so verschlechtert, daß keine Hoffnung mehr für sie besteht.« Sein Gesicht wirkte so ausdruckslos, daß sie sich nur schwer vorstellen konnte, daß ihm diese Tatsache sehr zu Herzen ging. »Ein nächstes Weihnachten wird sie nicht erleben.«

»Das tut mir sehr leid«, erwiderte sie leise.

Anstelle einer Antwort sah er sie an, als wäre sie das verächtlichste Geschöpf, das er je zu Gesicht bekommen hatte. Julianna konnte dem Impuls nicht widerstehen, ihm zu beweisen, daß sie zumindest zu Mitleid fähig war. »Ich habe meiner Großmutter näher gestanden als jedem anderen Menschen auf der Welt, und als sie starb, war ich untröstlich«, sagte sie. »Ich denke noch immer an sie und schreibe ihr Briefe, obwohl ich weiß, wie merkwürdig sich das anhört . . .«

Er unterbrach sie, als hätte sie gar nicht gesprochen. »Von meinem Vater weiß ich, welche Sorgen sie sich über meine sogenannte Ehe macht. Daher ist es der Wunsch meines Vaters und meine Entscheidung, daß ihr letztes Weihnachtsfest ein glückliches wird. Und dabei wirst du uns helfen, Julianna.«

Julianna schluckte und nickte. Von dem gleichen Verlangen getrieben, ihm zu gefallen, das sie an jenem Tag im Hyde Park empfunden hatte, sagte sie leise: »Ich werde alles tun, was ich kann.«

Aber anstatt erfreut oder auch nur zufrieden zu sein, wirkte er ausgesprochen angewidert. »Du brauchst dich nicht zu überanstrengen. Es wird ganz leicht. Du brauchst nur so zu tun, als wärst du wieder auf einem Maskenball. Wenn meine Eltern morgen eintreffen, wirst du in die Maske meiner zärtlichen und hingebungsvollen Frau schlüpfen. Ich«, fügte er kalt hinzu, »sehe mich einer weit schwierigeren Aufgabe gegenüber. Ich muß so tun, als mache es mir nichts aus, mit dir unter einem Dach zu sein!«

Er stand auf. »Mein Kammerdiener und ich werden hierbleiben, bis meine Eltern in der nächsten Woche wieder abreisen. Wenn wir nicht in ihrer Gesellschaft sind, erwarte ich von dir, daß du mir nicht unter die Augen kommst.«

Mit schnellen Schritten verließ er das Zimmer. Ganz so, als könne er es nicht mehr ertragen, mit ihr im selben Raum zu sein.

XI

Nicki stand vor dem Spiegel, knüpfte mit erfahrenen Fingern sein Halstuch und bereitete sich innerlich darauf vor, hinunterzugehen. Er hatte erwartet, daß die Zeit mit Julianna unerfreulich würde, er hatte aber nicht damit gerechnet, daß sie die Hölle sein würde.

Glücklicherzeit war sein Martyrium fast vorüber. Heute brauchte er nur noch das Auspacken der Weihnachtsgeschenke über sich ergehen zu lassen. Morgen würden seine Eltern abreisen, und er hatte fest vor, keine Viertelstunde länger als sie zu verweilen.

Zumindest blieb ihm die Genugtuung, seine Mutter glücklich gemacht zu haben. Es war nicht zu übersehen, wie ihre Augen aufleuchteten, sobald sie Beweise für die Zuneigung zwischen ihm und Julianna bemerkte, was für ihn wiederum Anlaß genug war, ihr jede Menge dieser Beweise zu liefern.

Und Julianna mußte er zugute halten, daß sie hervorragend mitspielte. Sie sah ihn zärtlich an, lächelte, wenn er lächelte, lachte über seine Scherze und flirtete ganz ungeniert mit ihm. Sie nahm seinen Arm, wenn sie zum Abendessen gingen. Dann saß sie im Schein der Kerzen am Ende der Tafel und sprühte vor Anmut und Witz.

Sie schmückte seine Tafel wie jede gesellschaftlich erfahrene Gastgeberin, doch sehr viel natürlicher und mit erheblich mehr Humor. Großer Gott, war sie witzig! In ihrer Anwesenheit hallte das Speisezimmer von Gelächter wider. Sie war auch eine wundervolle Gesprächspartnerin, sehr aufmerksam und immer bereit, jederzeit zur Unterhaltung beizutragen. Wenn man sie fragte, erzählte sie von ihren schriftstellerischen Versuchen und sogar von ihrer Großmutter, die ihr offenbar nähergestanden hatte als ihre Mutter.

Hätte er nicht gewußt, welch abgefeimte Betrügerin sie war, hätte er sie nicht verachtet, wäre Nicki extrem stolz auf sie gewesen. Es gab Zeiten – zu viele Zeiten –, in denen er ganz vergaß, was sie war. Zeiten, in denen er sich nur an ihr bezauberndes Lächeln erinnern konnte, an die Zuneigung, die sie seinen Eltern zeigte, und die Art und Weise, wie sie ihn zum Lachen brachte. Zweimal, als er an ihr vorbeiging, war er sogar versucht gewesen, sich vorzubeugen und sie auf die Schläfe zu küssen, weil es ihm so selbstverständlich vorgekommen war.

Das alles lag natürlich nur an der unmöglichen Situation, der er sich ausgesetzt sah. Seine Mutter schlug bereits Namen für Enkelkinder vor, die es nie geben würde. Die Gerüchteküche hatte sie zwar ausführlich über die Ereignisse informiert, die zu seiner Heirat mit Julianna geführt hatten, dennoch beharrte seine Mutter darauf, ihre eigenen Schlüsse zu ziehen. Sie hatte Julianna sehr gern und ließ keine Gelegenheit aus, das auch zu zeigen. Sie hatte sogar Bilder von Nicki als Kind für sie mitgebracht. Sie wußte, daß ihr nur noch wenig Zeit mit ihrer Schwiegertochter blieb, und sie schien fest entschlossen, jeden Moment zu genießen, da sie darauf bestand, daß Julianna – und natürlich auch Nicki – um sie war, sobald sie ihr Zimmer verließ.

Gestern abend hatte Julianna auf der Armlehne seines Sessels gesessen, mit ihrem entzückenden Hinterteil buchstäblich auf seinem Arm. Seine Mutter hatte einen Jungenstreich von ihm zum besten gegeben, und die ganze Familie mußte lachen. Julianna so unbändig, daß sie ihm auf den Schoß rutschte, was sie sehr reizvoll erröten ließ. Sie war zwar hastig aufgestanden, aber Nickis verräterischer Körper hatte bereits zuvor auf ihre Nähe reagiert, und er durfte kaum darauf hoffen, daß sie seine Erektion nicht bemerkt hatte, als sie von seinem Schoß glitt.

Er verabscheute sich für seine physische Reaktion auf sie. Hätte er von Anfang an seine Finger von ihr gelassen, wäre er nie in diese unerträgliche Lage geraten. Da er mit dem Knüpfen seines Halstuchs fertig war, wandte sich Nicki seinem Kammerdiener zu und ließ sich von diesem in seine weinrote Abendjacke helfen. Dann straffte er die Schultern und bereitete sich auf die letzte – und hoffentlich leichteste – der abendlichen Nervenproben als »Familie« vor.

Unvermittelt kam ihm die schmerzhafte Erkenntnis, daß es für ihn kein weiteres Familienweihnachten mehr geben würde.

Zumindest war es ihm mit Julianna gelungen, die Sorgen seiner Mutter zu zerstreuen. Sie war fest davon überzeugt, daß er glücklich verheiratet war, mit seiner Frau schlief und sich um die Produktion von Erben bemühte.

Morgen um diese Zeit wäre er bereits auf dem Weg zu seinem Haus in Devon.

»Unser Sohn wird von hier verschwinden, sobald unsere Kutsche losgefahren ist«, sagte Nickis Mutter zu seinem Vater, als sie sich zum Abendessen ankleideten.

Als Antwort drückte er einen Kuß auf ihr Haar, während er das Diamanthalsband in ihrem Nacken schloß. »Mehr als du getan hast, kannst du nicht tun, meine Liebe. Reg dich nicht auf, das ist nicht gut für dein Herz.«

»Für mein Herz ist es nicht gut zu wissen, daß es Nicki nach einer endlosen Zahl von Bekanntschaften mit ausgesprochen unpassenden Frauen endlich geschafft hat, eine Frau zu heiraten, die für ihn wie geschaffen scheint – und für mich auch, wenn ich das hinzufügen darf –, aber nicht sein Bett mit ihr teilt!«

»Nun sag mir bloß nicht, du hättest dich dazu herabgelassen, die Diener danach zu fragen«, neckte er sie.

»Danach brauche ich nicht zu fragen«, erwiderte sie traurig. »Ich habe Augen im Kopf. Wenn er mit Julianna schlafen würde, hätte sie nicht diesen Ausdruck hilfloser Sehnsucht in den Auen. Diese junge Frau liebt ihn.«

»Du kannst Nicholas nicht dazu zwingen, etwas für sie zu empfinden.«

»Oh, er empfindet durchaus etwas für sie. Wenn er vergißt, daß er sie verabscheut, ist er absolut begeistert von ihr. Das ist nicht zu übersehen. Sie ist ja auch wunderschön und bezaubernd«, fügte sie hinzu und stand langsam auf. »Ich würde wetten, daß er sie am Abend dieses fürchterlichen Maskenballs genauso sah.«

»Vielleicht«, meinte er ausweichend.

»Du weißt genau, daß er in sie verliebt gewesen sein muß! Nicholas mag durchaus eine leichtfertige Natur haben, aber nie hat er irgend jemanden in die Nähe eines Skandals gebracht. Nie hätte er Julianna in einem Haus, in dem er Gast war, mit in sein Schlafzimmer genommen, wenn er nicht von ihr völlig hingerissen gewesen wäre.«

Da er gegen diese Logik nicht ankam, entschloß sich ihr Mann zu einem zuversichtlichen Lächeln. »Vielleicht wird alles ja noch gut.«

Seine Frau ließ die Schultern sinken. »Ich habe schon überlegt, ob ich mit Julianna sprechen, sie ermutigen soll. Aber wenn sie auch nur ahnte, daß mir ihre Situation bewußt ist, wäre sie zu Tode beschämt.« Sie legte ihre Hand auf seinen Arm. »Ich befürchte, es bedarf schon eines Wunders, um sie zusammenzubringen.«

XII

In ihrem Schlafzimmer stand Julianna vor ihrem Ankleidetisch. Auf ihrem Bett lagen die Weihnachtsgeschenke, die sie bekommen hatte, in ihren Händen hielt sie die Schachtel mit ihren Briefen an ihre Großmutter. Morgen wollte Nicki wieder abfahren, das hatte er ihr bereits am Tag seiner Ankunft gesagt, und gestern war es vom Butler unbeabsichtigt bestätigt worden.

Nicki und seine Eltern hatten sich ihr gegenüber sehr großzügig gezeigt, auch wenn Nickis Geschenke sehr unpersönlich waren und nur den Schein wahren sollten. Seinen Eltern hatte er ihre Geschenke so überreicht, als kämen sie von ihm und Julianna. Aber als er dann seine Geschenke auspackte, war nichts von Julianna dabei gewesen – eine Tatsache, die er mit der Feststellung bemäntelte, er wisse, daß sie ihm ihre Geschenke erst später geben wolle.

Aber Julianna hatte keinem von ihnen etwas geschenkt, weil sie nichts besaß, was sie verschenken konnte – nur den Inhalt der Schachtel in ihren Händen. In der vergangenen Woche hatte sie gehört, daß er Nicki genannt wurde, und inzwischen hatte sie sich an diese Koseform gewöhnt, wenn sie an ihn dachte. Sie hatte sich nach Kräften bemüht, von ihm bemerkt zu werden, ihn dazu zu bringen, sie in einem anderen Licht zu sehen. Sie hatte geradezu unverschämt mit ihm geflirtet, unendliche Zeit auf ihre Frisur verwendet und stundenlang überlegt, was sie anziehen sollte. Und es hatte durchaus Momente gegeben, in denen sie fast glaubte, er würde sie beobachten. Momente, in denen er sie so ansah, wie er sie an jenem Abend in seinem Schlafgemach angesehen hatte – ganz so, als sehnte er sich danach, sie zu küssen . . .

Sie liebte ihn, das war ihr in dieser wunderbaren, qualvollen Woche mit ihm bewußt geworden. Sie hatte aber auch noch andere Dinge erfahren, die es ihrer Ansicht nach erforderlich machten, noch einen weiteren Versuch zu unternehmen, die Kluft zwischen ihnen zu überbrücken. Zunächst einmal liebte Nicki seiner Mutter zufolge Kinder und war in seine Nichten geradezu vernarrt. Er wünsche sich Kinder, hatte seine Mutter gesagt, während sie sich ganz besonders nach einem Enkel sehnte, der den Familiennamen fortführen konnte. Doch wie die Dinge im Moment standen, schien die Erfüllung dieser Wünsche unmöglich. Wegen Julianna. Sie hatte diesen Alptraum verursacht, und falls es einen Weg gab, alles zum Guten zu wenden, würde sie ihn auch beschreiten. Der Skandal einer Scheidung würde die ganze Familie betreffen, nicht nur Julianna. Angesehen davon waren in den letzten fünfzig Jahren höchstens eine Handvoll Ehen geschieden worden, daher sah alles danach aus, als wären sie für den Rest ihres Lebens aneinander gebunden.

Wenn sie nicht etwas unternahm, würde es ein leeres, kinderloses Leben sein, und es blieb nur noch eine Möglichkeit, die sie noch nicht versucht hatte. Diese Briefe waren der einzige »Beweis«, den sie Nicki dafür geben konnte, daß ihre Begegnung auf dem Maskenball nicht geplant war, daß sie nicht die Absicht gehabt hatte, ihn in eine Ehe zu locken.

Das Problem dabei bestand nur darin, daß sie auch sich

selbst preisgab, wenn sie ihm die Briefe zeigte. In ihnen standen ihre innersten Gefühle, ihre Wünsche, Träume und Sehnsüchte. Wenn er sie erst einmal gelesen hatte, wäre sie so nackt und schutzlos wie nie zuvor in ihrem Leben. Es war noch nicht sehr spät, und sie hörte, wie sich Nicki im Nebenzimmer bewegte. Nach einem fieberhaften Stoßgebet lief Julianna zur Verbindungstür zwischen ihren Räumen und klopfte.

Nicki öffnete die Tür, warf einen Blick auf ihr Gewand und hätte in reiner Selbstverteidigung die Tür am liebsten wieder zugeschlagen. In ihrem kirschroten Samtneglige, mit ihren Haaren, die ihre Schultern umflossen wie gesponnenes Gold, war Julianna du Ville nahezu unwiderstehlich. »Was gibt es?« fauchte er und wich zurück.

»Ich . . . ich möchte dir gern etwas geben«, stammelte sie und trat auf ihn zu. »Hier, nimm es.«

Nicki sah sie an, dann die Schachtel. »Was ist das?«

»Nimm es bitte.«

»Warum um alles in der Welt sollte ich das tun?«

»Weil . . . weil es ein Geschenk ist. Mein Weihnachtsgeschenk für dich.«

»Ich möchte nichts von dir, Julianna.«

»Aber du wünschst dir doch Kinder«, brach es aus ihr heraus, und sie sah nach dieser Feststellung fast so verblüfft aus wie er sich fühlte.

»Um Kinder zu zeugen, brauche ich mit Sicherheit nicht dich«, entgegnete er abschätzig.

Sie erblaßte, ließ sich aber nicht einschüchtern. »Alle anderen wären illegitim«, sagte sie.

»Ich kann sie jederzeit anerkennen. Und jetzt laß mich gefälligst allein!«

»Wie kann man nur so stur sein«, entfuhr es Julianna. Sie warf die Schachtel, die ihre innersten Gefühle enthielt, auf den Tisch vor dem Sofa. »Ich habe dich auf dem Maskenball in keine Falle gelockt. Als ich dich bat, mich zu ruinieren, habe ich dich für einen anderen gehalten.«

Ein ironisches Lächeln überzog sein Gesicht. »Ach nein«, grollte er ätzend, »für wen hast du mich denn gehalten?«

»Gott!« rief Julianna so elend und verzweifelt, daß sie fast mit dem Fuß aufgestampft hätte. »Ich habe gedacht, du wärst Gott! Der Beweis ist in der Schachtel da, in den Briefen, die ich meiner Großmutter geschrieben habe. Meine Mutter hat sie mir geschickt.«

Sie wirbelte auf demAbsatz herum und verließ den Raum. Nicki goß sich ein Glas Brandy ein und ging damit zum Sofa, um wieder das Buch zur Hand zu nehmen, in dem er gelesen hatte, als es klopfte. Er schlug es auf, warf dann aber einen Blick auf die Schachtel mit den Briefen. Aus reiner Neugierde, was sich seine schlaue und einfallsreiche Frau nun wieder ausgedacht hatte, beschloß er statt des Buches einen der Briefe zu lesen.

Der oberste Brief war im vergangenen Frühjahr geschrieben, und er nahm an, daß er mit ihm beginnen sollte, obwohl er damals Julianna Skeffington noch gar nicht gekannt hatte.

»Liebe Grandmama,
heute habe ich jemanden im Park kennengelernt und mich wie eine Törin verhalten. Wenn ich daran denke, wird mir ganz schlecht. Es wird soviel über die Gentlemen in London geredet, wie gutaussehend sie angeblich sind, und welche Enttäuschung es dann ist, wenn man sie tatsächlich zu Gesicht bekommt. Aber dann sah ich Nicholas du Ville ... Er war schön, Grandmama ... wunderschön. Doch auch unzugänglich und kalt, zumindest äußerlich, aber ich glaube, er hat über eine Bemerkung von mir gelacht, als ich fortging. Und wenn das so war, kann er gar nicht unzugänglich und hart sein, nur vorsichtig ...«

Zwei Stunden später fiel ein Holzscheit im Kamin laut knisternd und funkensprühend in sich zusammen, als Nicki den letzten der Briefe zur Seite legte und dann den wieder aufnahm, den er bereits zweimal gelesen hatte.

»Ich weiß, wie sehr Du Dich für mich schämst, Großmutter. Ich wollte doch nur diese drei Tänze mit ihm tanzen, damit Sir Francis seinen Heiratsantrag zurückzieht ... Ich weiß, daß ich mich von ihm nicht hätte küssen lassen dürfen. Das weiß ich, aber wenn Du jemals von Nicholas du Ville geküßt worden wärst, würdest Du mich verstehen. Wenn Du jemals in seine Augen geblickt oder sein Lachen gehört hättest, würdest Du mich verstehen. Wie ich mich danach sehne, sein Lächeln zu sehen, sein Lachen zu hören. Ich möchte so gern alles wiedergutmachen. Ich sehne mich, sehne mich. Und dann muß ich weinen ...«

Julianna hockte auf der Fensterbank, blickte in die frostklare Nacht hinaus und hatte die Arme um ihren Oberkörper geschlungen, als könnte sie so die Kälte abwehren, die mit jedem Augenblick tiefer in sie eindrang, in dem er nicht erschien. Sie hob die Hand und zeichnete mit dem Finger einen Kreis auf die Fensterscheibe, dann noch einen in diesen hinein. Als sie den dritten begann, schob sich das Bild eines Mannes ins Zentrum der Kreises: Ein Mann in Hemdsärmeln kam mit den Händen in den Taschen auf sie zu, und Juliannas Herz begann schmerzhaft zu pochen.

Dicht hinter ihr blieb er stehen, und Julianna wartete, erforschte sein Gesicht in der Scheibe, weil sie Angst davor hatte, was sie sehen – oder nicht sehen – würde, wenn sie sich umdrehte und klarer sah.

»Julianna.« Seine Stimme klang rauh vor Erregung.

Zitternd holte Julianna Atem, wandte langsam den Kopf und sah, wie ein ernstes Lächeln seine Lippen verzog, als sich ihre Blicke trafen.

»Möchtest du gern wissen, für was ich dich gehalten habe, als du erst annahmst, ich sei Gott und dann der Teufel?«

Julianna schluckte krampfhaft, dann nickte sie.

»Ich hielt dich für einen Engel.«

Unfähig sich zu rühren oder auch nur zu atmen, wartete sie

stumm auf einen Hinweis darauf, wie er jetzt ihr gegenüber empfand.

Nicki gab ihn ihr. Ihr unverwandt in die Augen sehend, sagte er ernst: »Ich sehne mich auch, Julianna.«

Julianna stand auf, machte einen Schritt vorwärts und fühlte sich an seine Brust gerissen. Wie Eisenbänder schlossen sich seine Arme um sie. Sein Mund legte sich auf ihre Lippen, seine Hände wanderten mit besitzergreifender Zärtlichkeit über ihren Rücken, zogen sie noch fester an seine Brust, seine Hüften, seine Beine. Langsam, quälend langsam, verlockte er ihre Lippen dazu, sich zu öffnen. Und als sie es taten, intensivierte er seinen Kuß. Er küßte sie, bis sich Julianna atemlos an ihn drängte und ihre Arme um seinen Nacken schloß. Als er sich schließlich von ihr löste, küßte er ihre Wange, ihre Augen, ihre Schläfen. »Ich sehne mich«, flüsterte er zärtlich. »Ich sehne mich.«

An ihrer Wange fühlte sich sein Oberkörper warm und hart an. Julianna wartete darauf, daß er sie wieder küßte. Schüchtern und unsicher ging sie daran, die Dinge zu beschleunigen, und ließ ihre Hände über seinen Rücken gleiten. Doch als das lediglich dazu führte, daß er sie enger an sich zog, griff sie zu direkteren Mitteln.

Sie beugte den Kopf zurück, blickte ihm in die halbgeschlossenen Augen, fuhr mit ihren Fingern ganz langsam über seine Brust und sah, wie in seinen Augen kleine Flammen aufblitzten.

Nicki reagierte auf die Einladung damit, daß er er mit beiden Händen in ihre Haare griff, ihre Lippen in die Reichweite seines Mundes brachte, den Kopf senkte und atemlos flüsterte: »O Gott, wie unendlich ich mich sehne . . .«

Epilog

An den seidenbespannten Wänden des Großen Salons in Nicholas du Villes prachtvollem Landhaus in der Nähe von London hingen kostbare Gemälde alter Meister, die jedem Museum zur Ehre gereicht hätten, und blickten auf Möbel, deren sich kein Palast zu schämen brauchte. Im Moment hielten sich der Besitzer und vier seiner engsten Freunde in dem Salon auf: Whitney und Clayton Westmoreland sowie Stephen und Sheridan Westmoreland. Ebenfalls anwesend waren Eugenia und Henri du Ville, die Eltern des Besitzers. Der siebte Gast war die Dowager Duchess of Claymore – nicht nur eine enge Freundin der älteren du Villes, sondern auch die Mutter von Clayton und Stephen.

An diesem besonderen Tag saßen die Gäste in Gruppen in dem riesigen Raum. Eine Gruppe bestand aus den älteren Eltern Eugenia, Henri und der Dowager Duchess. Die andere Gruppe umfaßte Nicholas du Villes vier Freunde, die gleichfalls Eltern waren, jedoch wesentlich jüngere.

Der siebte Anwesende, Nicholas du Ville, war keiner Gruppe zugeordnet, da er kein Vater war.

Im Moment wartete er darauf, einer zu werden.

Seine beiden männlichen Freunde schienen es förmlich zu genießen, ihn leiden zu sehen. Sie genossen es, weil Nicholas du Ville in Kreisen der Hocharistokratie für seine unnachahmliche Fähigkeit berühmt war, selbst in Situationen gelassen und sogar amüsiert zu bleiben, wenn anderen, ähnlich hochgestellten Gentlemen bereits der kalte Schweiß ausbrach.

Heute jedoch war von seiner legendären Selbstbeherrschung nichts übrig geblieben. Er stand am Fenster und rieb sich mit der Hand abwesend den verspannten Nacken. Er stand dort, weil er den Teppich bereits so oft überquert hatte, daß seine Mutter ihn lachend darauf aufmerksam gemacht hatte, ihr würde schon vom reinen Zusehen schwindlig werden.

Da ihr Herz vor einem Jahr so schwach gewesen war, daß sie kaum ein paar Treppenstufen bewältigen konnte, und da niemand verstand, warum dasselbe Herz nun plötzlich wieder so stark war, um ihr das Treppensteigen und vieles andere zu erlauben, beendete ihr Sohn sofort seine Wanderungen. Doch damit hörte seine nervöse Unruhe nicht auf.

Seine beiden Freunde betrachteten seinen Rücken mit Heiterkeit und Sympathie – mehr vom ersten, weniger vom letzten –, weil Nicholas du Ville einst von ihren Frauen für seine Nonchalance ungemein bewundert worden war. »Wenn ich mich recht erinnere«, log Stephen Westmoreland augenzwinkernd, »hatte Clay eine geschäftliche Unterredung, als Whitney im Kindbett lag. Und danach sind wir auf eine Partie Whist zu *White's* gegangen.«

Clayton warf dem werdenden Vater einen Blick über die Schulter zu. »Nick, wollen wir nicht schnell zu *White's*? Heute abend könnten wir wieder hier sein, spätestens morgen früh.«

»Mach dich nicht lächerlich«, kam die mürrische Antwort.

»Ich würde an deiner Stelle gehen«, riet Stephen Westmoreland grinsend. »Sobald ich erst einmal herumerzählt habe, daß du hier wie ein Löwe im Käfig herumgelaufen bist und dich wie ein Verrückter gebärdet hast, kannst du dich bei *White's* nicht mehr blicken lassen. Man wird dir die Mitgliedschaft entziehen. Was zu bedauern wäre, denn du hast dem Club stets ein gewisses Flair gegeben. Soll ich meinen Einfluß darauf verwenden, daß man dich hin und wieder am Fenster sitzen läßt – der guten alten Zeiten wegen?«

»Stephen?«

»Ja, Nick?«

»Scher dich zum Teufel!«

»Wie wäre es mit einer kleinen Schachpartie?« erkundigte sich Clayton gespielt ernst. »Das hilft die Zeit vertreiben.«

Keine Antwort.

»Wir könnten um Einsätze spielen, die deine Gedanken auf das Spiel konzentrieren. Diesen Rembrandt da drüben gegen das jüngste Bild meines Sohnes von Whitney mit einem Eimer auf dem Kopf?«

Nachdem es Whitney und Sheridan nicht gelang, ihre Männer zur Ruhe zu bringen, standen sie synchron auf und gingen auf den werdenden Vater zu. »Nicki«, sagte Whitney, »so etwas braucht seine Zeit.«

»So lange nicht! Nie im Leben!« entgegnete er schroff. »Whitticomb versicherte mit, in zwei Stunden sei alles überstanden.«

»Ich weiß«, mischte sich Sheridan ein. »Und vielleicht ist es ein Trost für dich, wenn ich dir sage, daß Stephen bei der Geburt unseres Sohnes vor drei Monaten so außer sich geriet, daß er den armen Doktor Whitticomb einen ›unfähigen senilen Trottel‹ nannte, weil er nicht in der Lage war, die Dinge zu beschleunigen.«

Clayton warf seinem Bruder einen amüsierten Blick zu. »Der arme Whitticomb«, sagte er. »Du überraschst mich, Stephen. Er ist ein hervorragender Arzt, aber eine Geburt läßt sich nun einmal nicht auf die Sekunde voraussagen. Um Whitney hat er sich fast zwölf Stunden lang gekümmert.«

»So?« spöttelte Stephen. »Wahrscheinlich hast du ihm von Herzen dafür gedankt, daß er dich so lange unten warten und zu Gott flehen ließ, daß du noch eine Frau hast.«

»Ich fürchte, so etwas Ähnliches habe ich tatsächlich gesagt«, erwiderte Clayton und griff nach seinem Glas, um sein Lächeln zu verbergen.

»Sie haben es mit Sicherheit gesagt«, bestätigte Dr. Whitticomb, als er den Raum betrat, allen zulächelte und sich die Hände an einem weißen Tuch abtrocknete. »Aber ein paar Stunden, bevor Sie das sagten, drohten Sie, mir einen Tritt in den . . . äh, Allerwertesten zu geben und Ihre Frau selbst zu entbinden.«

Er wandte sich Nicki zu, der mit zusammengekniffenen Augen sein Gesicht erforschte. »Da oben gibt es einige sehr erschöpfte Leute, die zwar eine schwierige Zeit hinter sich haben, aber Sie sehr gern sehen würden . . .« Er brach ab und sah breit grinsend zu, wie der frischgebackene Vater im Sturmschritt den Salon verließ und die Treppe hinaufeilte. Dann wandte er sich den Großeltern zu, die gespannt auf die Information warteten, ob der neue Erdenbürger ein Mädchen oder ein Junge war.

Irgendwo sehr fern und weitab der Welt, auf der sich das alles ereignete, lächelte Sarah Skeffington auf die Vorgänge herunter. Sie war höchst zufrieden über die Art und Weise, in der sie die drei kleinen Wunder genutzt hatte, die jedem Neuankömmling in ihrer Welt gewährt wurden. Es gab gewisse Regeln und Beschränkungen bei der Anwendung dieser Wunder, aber Er war mit jedem ihrer Vorschläge einverstanden gewesen, einschließlich der Wiederherstellung von Madame du Villes Gesundheit, damit sie ihren Enkelsohn kennenlernen konnte.

Inzwischen machte es sich Julianna in ihren Kissen bequem und schrieb einen Brief an ihre Großmutter.

»Meine geliebte Grandmama,
vor fünf Tagen wurde unser Sohn geboren, und wir haben ihn John genannt. Nicki ist ungeheuer stolz auf ihn und absolut vernarrt in Johns Zwillingsschwester.
Wir haben ihr Deinen Namen gegeben: Sarah.
Du wirst immer in meinem Herzen und meinen Gedanken sein . . .«

Jill Barnett

Daniel und der Engel

BASTEI LÜBBE

Für Emma, den einzigen Engel, den ich je kennengelernt habe.

I

Es war der perfekte Tag für ein Wunder.

Der himmlische Himmel schimmerte golden wie Gabriels Trompete, und der ferne Klang von Lobgesängen erfüllte die Luft. Weiße Wattewölkchen schwebten über das heiligste aller Firmamente – den Ort, den kein Engel zu betreten wagte.

Außerhalb der Himmelspforten stand eine Engelnovizin namens Lillian. Sie blickte nach links, nach rechts und dann, nur um sich zu vergewissern, kurz nach oben.

Die Luft war rein.

Entschlossen schob sie die Ärmel ihres weißen Gewandes zurück, spannte die Finger und tat genau das, was ihr verboten war: Sie versuchte ein Wunder zu bewirken.

Die Detonation war laut genug, um den Himmel zum Bersten zu bringen.

Ein ungeheurer Luftstrom wirbelte die Wolken wild durcheinander. Lilli landete flach auf dem Rücken. Einen Augenblick lang lag sie mit weit von sich gestreckten Gliedern auf einer schaukelnden Wolke.

Langsam verzog sich der schwarze Rauch der Detonation. Sie pustete sich eine silberblonde Haarsträhne aus dem Gesicht, blinzelte ein paarmal und starrte dann zum himmlischen Himmel empor. Sie wackelte versuchsweise mit den Zehen, dann bewegte sie Arme und Beine.

Nein. Nichts gebrochen.

Hastig setzte sie sich auf. Der Heiligenschein rutschte ihr

über die Augen. Sie schob ihn zurück und zupfte sich das Gewand über den nackten Beinen zurecht.

Wie Schneeflocken trieben drei wie Perlmutt schimmernde Flügelfedern vor ihr vorbei. Lilli sah über die Schulter und blickte mißmutig auf ihre struppigen Flügel. Sie rollte mit den Schultern, schüttelte sich leicht und breitete dann die Flügel aus, um die Federn zu glätten.

Hinter sich hörte sie ein Geräusch und fuhr herum. »Florida, bist du das?«

Wieder dieses gedämpfte Schnaufen.

»Wo bist du denn?«

Plötzlich tauchten neben ihr zwei nackte Füße aus einer dunklen Wolke.

»Oh, da bist du.«

Die Füße stießen einige Male in die Luft, verschwanden, und nach einem gekonnten Purzelbaum kam Flories Kopf in Sicht. Mit Lillis Hilfe kroch sie aus der dunklen Wolke und blieb mit hängenden Flügeln auf ihr hocken. Sie fing an zu husten.

Behutsam klopfte Lilli Flories Rücken, bis das Husten aufhörte. Sie hob den Kopf und starrte Lilli benommen an. »Was ist denn passiert?«

»Nichts.«

Florida drehte sich um, erstarrte und blickte entsetzt nach Westen. »O nein! Es ist etwas passiert.« Sie streckte die Hand aus. »Sieh doch, was du jetzt angestellt hast!«

Auch Lilli drehte sich um und wäre fast – wieder – gestorben.

»Du hast die Himmelpforten zerstört!«

Lilli schlug beide Hände vors Gesicht und stöhnte abgrundtief auf. Dann spreizte sie ganz vorsichtig die Finger und spähte hindurch.

Das Herz sank ihr in die Magengrube – nein, noch tiefer, zwischen ihre nackten Zehen. Langsam stand sie auf und lief langsam auf den Schauplatz ihres neuesten Mißgeschicks zu.

Florie hielt sich dicht hinter ihr. Lilli blieb stehen, konnte nichts sagen, nichts denken. Sie konnte nur starren.

Die Pforten zum Allerheiligsten des gesamten Universums boten ein Bild der Verwüstung. Die Tore hingen windschief in ihren zerbrochenen Angeln aus vierundzwanzigkarätigem Gold, die goldenen Nägel waren krumm wie Bumerangs.

Ursprünglich besaßen die Tore die Form von Engelflügeln, die sich in der Mitte trafen und mit einem diamantenbesetzten Schloß in perfekter Symmetrie gehalten wurden.

»Wo ist das Schloß?« flüsterte Florie.

Lilli blickte zu ihren Füßen hinunter, wo zwischen zersprungenen Perlen Diamantenstaub glitzerte. Sie benagte ihre Unterlippe und streckte die Hand aus. »Da, glaube ich.« Ihr wurde furchtbar schlecht. »Irgendwo.«

Florie bückte sich und kratzte den Staub zusammen.

»Ist das alles, was übrig geblieben ist?« Lilli warf einen unbehaglichen Blick auf die kleine Säule weißlich funkelnden Staubs.

Florie nickte.

»Sieht aus wie Lots Weib.«

»Petrus wird so außer sich sein, daß er mit Blitzen nur so um sich wirft. Und kannst du dir . . .« Sie beugte sich vor und wisperte: »*Seine* Reaktion vorstellen? Du wirst die schlimmste Bestrafung bekommen. Vielleicht sogar noch schlimmer als damals, als Petrus dich die ganzen Silberstreifen am Horizont putzen ließ.«

»Nun«, sprudelte Lilli hervor, »wenn er nicht weiß, wer es war, kann er mich auch nicht bestrafen.« Sie schoß herum und raffte ihr Gewand. »Komm! Mir nach!« Und schon flatterte sie davon.

»Warte!«

»Schnell, Florie!« rief Lilli über die Schulter hinweg. »Oder er wird denken, daß du es warst!«

Florie wurde kreidebleich. Schnell wie der Blitz setzte sie Lilli nach.

Mit weit ausgebreiteten Schwingen flatterten sie von einer Wolkenbank zur nächsten, bis Lilli in einer dicken Kumuluswolke, an der funkelnde Eiskristalle einen Silberstreif bildeten, ein perfektes Versteck fand. Sie griff nach Flories Hand und zog sie herein.

Unsicher blickte Florie um sich. »Glaubst du, daß Petrus uns hier findet?«

»Natürlich nicht. Es ist ein absolut sicheres Versteck. Ich habe es entdeckt, als ich all die Silberstreifen putzen mußte.«

»Bist du sicher?«

»Ich habe mich schon beim letzten Mal hier versteckt.«

»Oh.« Florie warf ihr einen wissenden Blick zu. »Als du Flugversuche unternommen hast und kopfüber gegen Jakobs Leiter geprallt bist.«

Lilli ließ den Kopf hängen. »Wenn nur nicht alle Erzengel auf den Sprossen gestanden hätten . . .«

»Gabriel hat noch eine Delle in seinem Heiligenschein.«

»Ich weiß. Ich konnte ihm danach nie wieder in die Augen blicken.« Lilli sah ihre Freundin nachdenklich an und fügte nach einem Moment hinzu: »Weißt du, das habe ich eigentlich nicht gemeint . . .«

Florie sah Lilli mißtrauisch an. »Was hast du denn noch ausgeheckt?«

»Versprichst du, es niemandem zu erzählen?«

Florie nickte ernst.

»Schwörst du, tot umzufallen, wenn du es dennoch tust?«

»Ich bin schon tot.«

Lilli zuckte kurz zusammen. »Ich auch, aber falls sie jemals das mit den Schriftrollen herausfinden sollten . . .«

»Du hast die Schriftrollen verbummelt? Die heiligen Schriftrollen?«

Lilli nickte.

»Wie konntest du nur die Schriftrollen verbummeln?«

»Nun, richtig verbummelt habe ich sie nicht.«

Florie starrte sie nur an.

»Ich habe sie fallengelassen«, räumte Lilli ein.

»Wo?«

Lilli verzog kläglich das Gesicht. »Ins Tote Meer.«

Florie war fassungslos.

»Ich wollte sie nur ein wenig beiseite räumen . . . aus dem Weg. Und dann bin ich gestolpert.« Nach längerem Schweigen reckte Lilli hoffnungsvoll das Kinn. »Aber irgend jemand wird sie schon finden . . . Irgendwann.«

Florie blickte sie skeptisch an und erschauerte. Sie reckte den Hals um die langen Eiskristalle, die den Eingang einrahmten, und spähte hinaus. »Und du bist wirklich ganz sicher, daß man uns hier nicht finden wird?«

Beruhigend tätschelte Lilli die Hand der Freundin. »Vertrau mir. Siehst du denn nicht, daß unsere Flügel neben dem ganzen Eis und Silber fast nicht zu sehen sind? Unsere Gewänder sind weiß. Und mein Haar ist so hell, daß es nicht auffällt.«

Sie sah auf Flories dunkle Haare und runzelte die Stirn. »Nun ja, du solltest vielleicht ein bißchen vorsichtig sein.« Sie hob einen Flügel und legte ihn über Florie Kopf.

Einen Moment später mußte Florie niesen. Schniefend rieb sie sich die Nase.

»Hast du dich etwa erkältet?«

»Nein. Es war nur eines von diesen Dingern.« Sie hielt eine von Lillis Flügelfedern hoch.

Traurig sah Lilli sie an.

Florie strich tröstend über Lillis Flügel. Vier weitere Federn fielen aus. »Du kannst doch nichts dafür, daß du der einzige Engel bist, der sich mausert.«

Lilli stützte das Kinn in die Hand uns ließ die Flügel hängen.

»Ich glaube, deshalb hast du auch so viele Probleme mit dem Fliegen.«

Lilli seufzte tief auf. »Aber ich kann meine Mauser nicht dafür verantwortlich machen, daß es mir nicht gelingt, himmlisch rein zu singen, die Trompete zu blasen oder ein Wunder zu bewirken.«

Ein langes vielsagendes Schweigen breitete sich aus, bis aus der Ferne wundervolle Harfenklänge zu hören waren. Sie wurden lauter und lauter.

Florie ächzte entsetzt, und beide Engel duckten sich.

»Glo-oho-oho-ho-ri-a! In ex-cel-sis de-e-oh!« sang ein Chor heller, klarer Stimmen.

»Pst!« Lilli legte einen Finger an die Lippen, und die beiden schmiegten sich noch enger aneinander. »Das sind Erzengel.«

Ein lautes »Plink«, und die Erzengel hörten direkt vor Lillis Versteck mit ihrem Gesang auf. Beide Engelnovizinnen waren so still, daß sie kaum atmeten.

Ein weiteres »Plink«, dann ein scharfes »Boing«.

Ein hochgewachsener Erzengel namens Mesopotamia zuckte zusammen und blickte über seine Schultern. »Sind das deine Harfensaiten, die da gerade gerissen sind, Israfel?«

Ein anderer, kleiner Engel nickte und blickte mit gerunzelten Brauen auf seine goldene Harfe. »Innerhalb einer Sekunde sind gleich vier von ihnen gesprungen. Sieh doch nur.«

Die Erzengel starrten die Harfe an. Nacheinander rissen fünf weitere Harfensaiten.

Es entstand eine längere Pause, dann blickte sich Mesopotamia um. »Wüßte ich es nicht besser, würde ich annehmen, daß Lillian hier irgendwo war.«

Alle Erzengel suchten die umschwebenden Wolken ab, während sich Lilli und Florie ängstlich aneinanderkuschelten.

Eine Sekunde später zuckte ein gewaltiger Blitz auf. Dann noch einer.

Jedermann erstarrte.

»Meine Pforte!« donnerte Petrus' Stimme durch den Himmel. »Meine schöne Pforte!«

Ein ewiger Moment der Stille. Dann . . .

»Lillian!«

Lilli erbleichte.

»Lillian! Komm her! Sofort!«

»O-o-o!« jammerte Florie.

»Psst! Er kann uns nicht finden.«

Wieder rief Petrus ihren Namen. Dann noch einmal. Lauter.

Ein Eiskristall löste sich und landete klirrend zu Lillis Füßen. Einen Augenblick lang herrschte absolute Stille.

Ein Blitz zuckte auf, so stark, so gewaltig, daß er die Sonne blaß aussehen ließ. Die Mauern von Jericho waren nicht so schnell in sich zusammengefallen, wie Lilli und Florie mit ihren Händen über dem Kopf aus der Wolke getaumelt kamen. Um sie herum klirrten Eiskristalle wie zerbrochenes Glas.

Einen Moment später löste sich die ganze Wolke auf.

Synchron nahmen Lilli an und Florida die Hände von den Köpfen und blickten auf – direkt in die mißbilligenden und wissenden Augen von Petrus. Größer als der Baum des Lebens stand er vor ihnen, zornbebend, die Arme über der Brust verschränkt. Ein Fuß in der Goldsandale wippte ungeduldig.

Die Unterlippe zwischen den Zähnen, hob Lilli eine Hand und bewegte die Finger auf und ab. »Guten Tag.«

Er schwieg eisern.

»Wissen Sie«, begann sie hastig, »gerade habe ich an Sie gedacht . . .«

Seine Augen wurden ganz schmal.

»Wirklich. Gerade sagte ich zu Florie . . . ›Florie‹, sagte ich, ›ich wette, daß Petrus nach uns sucht, uns aber nie finden wird.‹ Stimmt's?« Sie stieß Florie mit dem Ellbogen an, und die nickte wie ein Waldspecht.

Lilli sah Petrus in die Augen. »Wie haben Sie uns gefunden?«

Petrus hob eine Handvoll ihrer Mauserfedern und ließ sie durch die Finger gleiten. Er betrachtete sie aus Augen, die viel zu klug waren, um ihr ein Trost sein zu können. »Jemand hat die Himmelspforten zerstört.«

»Wollen Sie damit etwa sagen, daß jemand die himmlischen Tore zerstört hat, während wir in dieser Wolke saßen? Diese kostbaren Tore sind tatsächlich zerstört? Wie konnte das nur geschehen? Ein irregeleiteter Blitz? Ein himmlisches Phänomen? Der Urknall?«

Petrus streckte die Hand aus, zupfte ihr etwas aus den Haaren und hielt es ihr hin.

Es war ein Perlenfragment. Lilli krümmte sich.

Petrus verschränkte die Hände hinter dem Rücken und begann auf und ab zu laufen. »Es ist dir verboten worden, dich an weiteren Wundern zu versuchen.« Er drehte sich schnell um und durchbohrte sie mit einem finsteren Blick. »Aber vermutlich hast du es doch wieder getan.«

Sie nickte.

Er setzte sich wieder in Bewegung. »Habe ich es mir doch gedacht. Engel sollen die Menschen beschützen, bewachen und unterweisen.« Er blieb vor ihr stehen. »Und nicht . . . vernichten.«

Tiefbekümmert starrte Lilli auf ihre Zehen und flüsterte: »Ich wollte es nicht wieder regnen lassen. Nicht nach all den grauenhaften Gewittern . . .« Sie erschauerte. »Und dem Feuer in Rom.« Langsam hob sie den Kopf und sah ihm in die Augen. »So etwas würde ich nie wieder tun.«

Er schwieg so lange, daß sie es kaum noch ertragen konnte. Sie wollte, daß er ihr glaubte. Er mußte ihr glauben. Sie hatte keinen Schaden anrichten wollen. Sie wollte nie jemandem schaden. Wieder blickte sie auf ihre nackten Füße.

Nach einer kleinen Ewigkeit holte er tief Luft.

Sie wartete auf ihr Urteil.

»Ich fürchte, daß ich diesmal nichts für dich tun kann.«

Lillis Kopf fuhr hoch. »Nichts?«

»Nichts«, bestätigte er.

»Nein!« entfuhr es Florie.

Die Erzengel begannen zu tuscheln und zu wispern. Lilli stand da – unfähig, sich zu rühren, unfähig, auch nur ein Wort über die Lippen zu bringen.

»Bitte«, flehte Florie. »Sie wollte das nicht. Sie wollte die Tore nicht zerstören. Bitte!«

Petrus schüttelte den Kopf. »Es gibt nichts, was ich tun könnte.«

Das himmlische Licht verdüsterte sich, und mit der Helle schwand ihr naives und törichtes Gefühl von Unbesiegbarkeit. Plötzlich wurden alle Wolken grau und dunkel. Lilli blickte in die sie umgebende Düsternis und wußte, daß es für sie keine Hoffnung mehr gab. Nicht die geringste. In ihrem Herzen empfand sie eine schmerzhafte Leere, Tränen der Scham brannten in ihren Augen.

Petrus richtete sich zu voller Größe auf. »Von diesem Augenblick an . . .« – er brach ab und sah ernst auf ihren gesenkten Kopf – »ist Lillian im Himmel nicht mehr willkommen.«

Langsam hob Lilli den Kopf. Vor ihren Augen verschwamm alles. Sie hörte ein »Kling«.

Ihr Heiligenschein war verschwunden.

Ein lautes, schrillen Pfeifen.

Ihre Flügel waren fort.

Petrus sah ihr tief in die Augen. »Du wirst auf die Erde zurückkehren.«

Sie hörte Florie schluchzen.

Er hob die Hand und berührte ihren Kopf. »In eine Zeit, an einen Ort, wo Engel gebraucht werden.«

II

Alle Engel Gottes suchen uns verkleidet auf.

James Russell Lowell

New York City, Dezember 1886

Alles, was er hörte, war der Schrei.

»Sie ist mir direkt vor die Kutsche gerannt, Mr. Stewart. Ich schwöre es.«

D. L. Stewart blickte auf die zusammengekrümmte Frau,

die reglos mitten auf der Madison Avenue lag. Eine Sekunde später kniete er auf der vereisten Straße und tastete nach einem Puls.

»Eben war die Straße noch ganz leer, Sir, und dann war sie ganz plötzlich da. Einfach so. Ich . . . ich . . .«

»Sie ist nicht tot, Benny.« D. L. hob die Frau auf seine Arme. »Ich werde sie ins Haus bringen. Nehmen Sie die Kutsche und holen Sie einen Arzt. Schnell.« Er drehte sich um und überquerte den breiten Bürgersteig, wo Gaslaternen ein gelbtrübes Licht auf Eis und schmutzigen Schnee warfen.

Er hörte seine Kutsche davonrattern, aber es klang so fern, als hätte sich die Welt verabschiedet und nur ihn und die Frau in seinen Armen zurückgelassen. Es war ein so eigenartiges Gefühl, daß er auf sie hinabblickte.

Ihre Haut war fast so blaß wie ihre blonden Haare, ein scharfer Kontrast zu dem tiefroten Blut, das ihr aus einem Mundwinkel und einer Wunde auf der Wange sickerte.

Ihr scharlachroter Hut hing über seinen Arm, noch immer mit schwarzen Samtbändern unter ihrem Kinn befestigt, die an einer Seite eingerissen waren, derselben Körperseite, auf der auch ihr Kleid und ihre Jacke zerfetzt waren, als sie über das rauhe Pflaster geschleift worden war.

Ihr Atem ging schwer, kurz und abgehackt, aber sie gab keinen Laut von sich, kein schmerzliches Stöhnen, nichts. Ein schwacher Zitronenduft schien von ihr auszugehen, und das kam ihm seltsam vor. Sehr seltsam, daß eine Frau nach Zitronen duftete, sauber roch, und nicht unangenehm.

Einen Moment später war er vor dem stattlichen Marmorgebäude angelangt, das ihm als Heim diente. Er rannte die Treppe hinauf und trat heftig gegen die Tür.

Nichts rührte sich. Fluchend beugte er sich vor und drückte mit dem Ellbogen unbeholfen auf die Klinke. Die massive Tür öffnete sich.

Eine Sekunde später stand D. L. in der Halle. »Gage!«

Der Name des Butlers durchhallte drei Stockwerke bis zur oben gelegenen Galerie.

Gage kam in die Halle heruntergeeilt, blieb aber auf den letzten Stufen stehen und starrte mit offenem Mund auf seinen Herrn.

D. L. blickte ihn durchdringend an. »Gage!«

Der Mann kam zu sich. »Sir?«

»Ich zahle Ihnen ein verdammtes Vermögen, damit Sie Türen öffnen.« Er warf einen bezeichnenden Blick auf die Türen zur Bibliothek.

»Ja, Sir.« Gage schoß auf die Türen zu, hielt dann aber inne. »Mr. Wallis wartet auf Sie in der Bibliothek.«

»Gut«, murmelte D. L. und sah auf die Last in seinen Armen. »Vielleicht weiß er, was ich zum Teufel nochmal hiermit machen soll.«

Ihr Kopf tat scheußlich weh. Fast so sehr wie damals, als sie gegen Jakobs Leiter geprallt war. Und eine Wange brannte fürchterlich.

Jemand berührte ihre Schulter. Der Schmerz schoß ihr bis in den Hals hinauf. Sie vernahm ein qualvolles Stöhnen. Es hörte sich an, als wäre sie das.

Sie spürte, daß da andere waren, sich über sie beugten, neben ihr standen, brachte es aber nicht über sich, die Augen zu öffnen. Schon das Atmen machte ihr Mühe.

»Sie kommt zu sich«, sagte ein Mann mit sehr sanfter Stimme.

»Stellen Sie fest, wer sie ist.« In dieser Stimme lag keine Sanftheit. Sie war die dunkle, energische Stimme eines Mannes, der Befehlen gewohnt war.

»Gott?« hauchte sie. »Ich kenne die Stimme. Sie sind Gott.«

Irgendwo lachte jemand. »Das hat sie ganz richtig erkannt. D. L. Stewart, der Geldgott.« Reichlich zynisch.

Da öffnete sie die Augen, sah aber nur dunkelverschwommene Umrisse. Sie fuhr sich mit der Zunge über die Lippen, die sich trocken und geschwollen anfühlten, und flüsterte dann: »Mein Gesicht . . .«

»Ja, meine Liebe?«

»Es brennt.«

»Das glaube ich Ihnen gern, aber es wird Ihnen bald wieder gut gehen. Sie haben nur ein paar Kratzer abbekommen. Ich bin Arzt.« Eine kräftige, aber sanfte Männerhand berührte ihre Finger. »Können Sie uns sagen, wer Sie sind?«

»Lillian.«

»Lillian also.« Der freundliche Mann trat einen Schritt von ihr fort und sagte dann: »Sie scheint keine ernsthaften Verletzungen davongetragen zu haben. Sie weiß, wer sie ist.«

»Lillian – und wie weiter?« erscholl die energische Stimme.

»Nur Lillian. Lilli.«

»Woher kommen Sie?«

»Vom Himmel.«

Wieder bellte scharfes Lachen auf, und der Zyniker sagte: »Zumindest wissen wir, daß sie nicht aus New York ist.«

»Sei still, Karl.«

»Ich bin lediglich bemüht, die Spannung ein wenig zu lokkern, D. L.«

»Ich bin gefallen«, murmelte sie.

»Nein, meine Liebe. Sie wurden von einer Kutsche angefahren.« Der freundliche Mann drückte ihr beruhigend die Hand.

»Nein. Nein . . . Sie verstehen das nicht. Ich bin gefallen.« Sie spürte, daß ihr die Tränen kamen, fühlte das Entsetzen. Die Schande, die sie auf sich geladen hatte. »Ich wollte keinen Schaden anrichten. Wirklich nicht.«

»Es war nicht Ihre Schuld, meine Liebe. Nur ein Unfall.«

»Nein! Ich wollte nur das machen, was alle können. Bei ihnen ist es ganz einfach. Ich schäme mich so.« Sie fühlte, wie ihre Tränen zu rinnen begannen, über die Schläfen und in ihre Haare. »Kein Engel mehr«, sagte sie mit zitternder Stimme. »Keine Flügel. Keinen Heiligenschein. Es war ein so hübscher

Heiligenschein. Aber nun ist er weg.« Ihre Stimme war kaum mehr als ein Flüstern. »Meine Flügel auch . . . alles.« Sie begann zu schluchzen.

»Sie ist hysterisch.«

Sie schluchzte so heftig, daß sie kaum atmen konnte. »Alles ist fort. Alles Wunderbare. Einfach fort. Ich bin gefallen . . .«

Jemand beugte sich über sie. Sie konnte ihn fühlen, seine Anwesenheit spüren. Ganz intensiv.

»Hören Sie auf zu weinen, Lillian. Sofort.«

Ihre Schultern bebten. Sie konnte sich nicht zusammenreißen.

»Hören Sic auf.«

Sie versuchte es, holte zitternd Luft.

»Aufhören, habe ich gesagt!«

»Sie anzuschreien hilft auch nicht weiter, Mr. Stewart. Ich schlage vor, daß wir sie zu Bett bringen. Dann gebe ich ihr ein Beruhigungsmittel und versorge ihre Schrammen auf Wange und Schulter. Sie braucht Schlaf. Schlaf ist für sie jetzt das beste.«

Lilli spürte, wie sich zwei kräftige Arme unter ihren Körper schoben. Sie öffnete die Augen und sah, daß sich etwas sehr Großes, Dunkles über sie beugte. Ein Mann. Soviel sah sie durch ihre Tränen. Eine Sekunde später hob er sie hoch und drehte sich um.

Sie stöhnte leise auf.

Sofort blieb er stehen.

Sie blinzelte krampfhaft, um endlich deutlicher sehen zu können. Es gelang ihr. Sie blickte in ein so hartes Gesicht, daß es ihr die Sprache verschlug.

Er war nicht Gott. Ganz im Gegenteil, er sah aus wie der Teufel persönlich.

Seine kurzgeschnittenen Haare waren aus der breiten, strengen Stirn gekämmt. Wie sein Haar waren auch seine dichten Brauen schwarz wie der Styx. Seine Haut wirkte rauh, sein Kinn bedeckten dunkle Stoppeln.

Im großen und ganzen schienen seine Gesichtszüge nur aus Ecken und Kanten zu bestehen. Ein solcher Anblick bot sich selten im Himmel, in dem Schönheit licht, sanft und zart war, nicht dunkel, hart und streng.

Und doch sah sie Schönheit in diesem Gesicht. Eine düstere Schönheit, die unergründlich wirkte. Er blickte sie mit Augen an, die schwärzer waren als Onyx. Und in diesen Augen sah sie das kurze Aufflackern einer verlorenen Seele.

Als hätte er ihre Entdeckung bemerkt, drehte er sich mit ihr auf den Armen um und verließ schnellen Schritts den Raum.

Mit dem Arzt auf den Fersen trug er sie eine schier endlose Treppe hinauf. Einmal blickte er auf sie herab, mit so abweisender Miene, daß sie spürte, daß er sich dahinter verbarg. Sie neigte leicht den Kopf, aber er sah sie nicht mehr an.

Er brachte sie zu einem Raum, dessen Türen sich bereits öffneten, als sie noch einige Schritte entfernt waren. Flüchtig sah sie einen grauhaarigen Diener, doch dann waren sie auch schon im Zimmer, und er legte sie auf ein elegantes Bett.

Sie zuckte zusammen und griff unwillkürlich nach seiner Hand.

»Habe ich Ihnen weh getan?« Seine Stimme klang mürrisch.

»Nein.«

Fast verblüfft sah er auf ihre miteinander verschlungenen Hände.

Sie bemerkte, wie sich sein Augenausdruck veränderte, wie etwas Undefinierbares darin aufglomm. »Aber ich fürchte, Sie werden es tun«, flüsterte sie.

Er verspannte sich und trat einen Schritt zurück.

Sie ließ seine Hand los.

Er warf ihr einen langen Blick zu und verließ dann ohne ein weiteres Wort den Raum.

D. L. lehnte sich mit der Schulter gegen den Türrahmen, verschränkte die Arme und beobachtete, wie sie schlief. Er wußte zwar nicht, was ihn dazu bewog, aber er tat es.

Er hatte nicht schlafen können. Aber das war an sich noch nichts Ungewöhnliches. Neuerdings schlief er häufig schlecht, konnte sich einfach nicht entspannen. Seine Arbeit ließ ihm keine Ruhe, doch das machte ihm nichts aus. Vermutlich arbeitete er so angestrengt, um sich zu beschäftigen.

Noch immer brachte ihm der Abschluß eines Geschäftes eine gewisse Genugtuung. Der Profit bedeutete ihm nicht viel, bis auf die Tatsache, daß Geld Macht verlieh. Und er hatte genügend Geld, um als omnipotent zu gelten.

Aber nun nahm er sich diesen sehr privaten Moment – aus Gründen, die er selbst nicht verstand. Er drückte sich von der Tür ab, durchquerte das Zimmer und stellte sich neben ihr Bett.

Mondlicht drang durch die Fenster und beleuchtete das Kissen, auf dem ihre silberblonden Haare ausgebreitet waren wie ein Heiligenschein. Er fragte sich, wann er zum letzten Mal den Mondschein bewußt wahrgenommen und ob er jemals dem Haar einer Frau auch nur die geringste Aufmerksamkeit gewidmet hatte.

Er streckte die Hand aus, ergriff eine Strähne und ließ sie langsam durch seine Finger gleiten. Er wußte nicht, was zu fühlen er erwartet hatte: Kühle wegen der kalten Farbe oder Glätte wegen des seidigen Aussehens. Was er empfand, war der verrückte Impuls, seine Hände in diesen Haaren zu vergraben.

»Warum sehen Sie mich so an?«

Er verbarg seine Überraschung. Für ihn ein ganz natürlicher Instinkt. So, wie ihm jede Empfindung im Laufe der Zeit fremd geworden war. Es geschah nicht oft, daß ihn jemand überraschte. Ihr war es gelungen.

Er blickte ihr in die grünen Augen, die ihn mit offener Neugierde anstarrten. »Sie sollten eigentlich schlafen.«

»Ich habe noch nie getan, was ich eigentlich sollte.«

Er nahm ein Glas mit einer rosafarbenen Flüssigkeit vom Nachttisch. »Sie haben Ihre Medizin nicht getrunken.«

Sie schüttelte den Kopf.

»Verstehe.« Er setzte das Glas wieder auf dem Nachttisch ab. »Eine Rebellin.«

»Mehr eine Katastrophe, glaube ich. Deshalb sitze ich ja auch in dieser Klemme.«

Er erforschte ihr Gesicht, versuchte herauszubekommen, warum sie ihm das anvertraute, ihm, einem Fremden. Sie sah nicht aus wie eine gestrauchelte Frau.

»Immer das zu tun, was man soll, ist so . . . ich weiß nicht.« Ihre Miene sagte ihm, daß sie nach dem richtigen Wort suchte. Schließlich seufzte sie kurz auf und wandte den Blick ab.

»Langweilig?«

»Ja! Genau! Das ist es! Es wäre doch beispielsweise ungeheuer langweilig, wenn ich Ihren Besuch verschlafen hätte.« Sie setzte sich langsam und vorsichtig auf. »Dann könnten wir uns jetzt nicht unterhalten.«

»Sie hätten nie erfahren, daß ich hier war.«

»Stimmt. Aber Sie würden es wissen.«

Er wußte nicht, was er darauf sagen sollte, also sah er sie nur an – diese Frau, die Konventionen langweilten. Bis er diesen Raum betreten hatte, war er auch gelangweilt gewesen. Aber das gestand er sich nicht ein.

»Also, Mr. Stewart. Was verbirgt sich hinter dem D-Punkt-L-Punkt?« Sie streckte die Hand aus, griff nach einem weiteren Kissen und stopfte es sich in den Rücken. Offenbar bereitete sie sich auf eine längere Unterhaltung vor.

»Daniel Lincoln.«

»Ein berühmter Anwalt und ein Präsident.«

»Ich widerspreche Ihnen nur ungern, aber ich heiße nach meinen beiden Großvätern.«

»Oh. Das ist aber nicht besonders romantisch, oder?«

»Wahrscheinlich würde Ihnen ›Romeo‹ besser gefallen.«

»Nein«, erwiderte sie leise und zeigte ihm die aufrichtigste

Miene, die er je erblickt hatte. »Ich hatte nicht die Absicht, Sie wegen Ihres Namens in Verlegenheit zu bringen. Daniel hört sich ganz wundervoll an.«

Nahm sie wirklich an, sie hätte seine Gefühle verletzt? Wie eigenartig, daß sich jemand wegen eines albernen Namens derartige Gedanken machte. Er reagierte nicht, aber sie schien es nicht zu bemerken. Eine Sekunde später hob sie die Bettdecke leicht an.

»Was habe ich an?«

Er sah, wie sie die Zehen unter der Decke bewegte. »Ein Hemd.«

»Ihres?«

»Ja.«

»Aus Seide?«

»Ja.«

Sie ließ die Decke wieder fallen, faltete die Hände und sah mit einem winzigen Lächeln zu ihm auf. »Hübsch.«

»Ich muß mich mit Ihrer Familie in Verbindung setzen.«

»Das ist unmöglich.«

»Nichts ist unmöglich.«

»Um mit meiner Familie in Verbindung zu treten, bedürfte es schon eines kleinen Wunders.«

Er verschränkte die Arme und musterte sie. »Nicht für mich.«

»Oh. Wie ich sehe, haben Sie keine Probleme mit Ihrem Selbstvertrauen.«

»Nein, habe ich nicht.«

Sie seufzte abgrundtief auf und betrachtete ihre gefalteten Hände. »Ich bin nicht besonders selbstsicher.«

»Meiner Erfahrung nach wird man im Hinblick auf viele Dinge recht sicher, sobald man genügend Geld besitzt.«

Sie blickte auf. »Welch interessante Philosophie. Also ... meinen Sie, daß man reich sein muß, um selbstsicher sein zu können?«

»Es hilft. Mit Geld kann man vieles kaufen.«

»Das glaube ich nicht.« Sie schüttelte den Kopf.

»Nennen Sie mir etwas, das mit Geld nicht zu kaufen wäre.«

»Menschen.«

Er lachte über ihre Naivität. »Ich kaufe täglich Leute.«

»Tatsächlich? Hmmm.« Sie runzelte die Stirn. »Und ich hatte angenommen, die Sklaverei wäre gesetzlich verboten.«

Er war sich nicht sicher, ob sie ihn absichtlich verspottete oder nicht. Bevor er etwas sagen konnte, fuhr sie fort: »Also gut. Aber was ist mit der Liebe? Liebe kann man nicht kaufen.«

»Schon für einen Bruchteil meines Vermögens wären Hunderte, wenn nicht Tausende von Frauen glücklich, mich lieben zu können.«

Das übermütige Funkeln verließ ihre Augen. Sie sah ihn lange so nachdenklich an, daß ihm unbehaglich wurde. »Erinnerungen«, sagte sie so leise, daß er nicht sicher war, sie richtig verstanden zu haben. »Erinnerungen kann man nicht kaufen. Man muß etwas erleben, um Erinnerungen haben zu können.«

»Man braucht Geld, um die Dinge zu erleben, an die man sich erinnert.«

»Nein, das ist nicht so«, erklärte sie mit einer Gewißheit, die ihn schmerzte.

»Nichts auf der Welt ist kostenlos.«

»Unserer Unterhaltung entnehme ich, daß Geld für Sie sehr wichtig ist.«

»Das war es einmal.« Er zuckte mit den Schultern. »Jetzt ist es ein Mittel zum Zweck.«

»Verstehe. Und was machen Sie mit dem ganzen Geld? Setzen Sie es für wohltätige Zwecke ein? Helfen Sie den Kranken und Armen?«

»Nein.«

»Haben Sie schon einmal den Ausspruch gehört, daß man Geld nicht mitnehmen kann?«

»Selbstverständlich.«

»Dort, wo ich herkomme, bedeutet Reichtum nichts.«

»Dann muß es sich um einen Ort handeln, den ich lieber nicht aufsuchen möchte.«

Sie wandte den Blick ab und murmelte: »Ich glaube nicht, daß das ein Problem sein wird.« Nach längerem, unbehaglichem Schweigen begann sie an der Bettdecke zu zupfen.

»Sagen Sie mir, wo ich Ihre Familie finden kann.«

»Das kann ich nicht.« Sie verstummte. »Sie können eine Familie nicht finden, die es gar nicht gibt. Ich habe keine Familie.«

Er hatte keine Ahnung, warum er sich innerlich verspannte. Aber er verspannte sich. Etwas in ihrem Verhalten, vielleicht die Tatsache, daß sie ihn nicht ansehen konnte, sagte ihm, daß sie entweder log oder sich schämte. Er änderte die Taktik. »Wo wohnen Sie?«

Sie schwieg. Zu lange. Sie würde ihn anlügen, und das ärgerte ihn mehr, als er zuzugeben bereit war. Er wollte nicht, daß sie sich genauso verhielt wie die Frauen, die er kannte. Er wollte, daß sie anders war. »Was ist? Wollen Sie mir nicht antworten?«

»Ich weiß es nicht.«

Er beugte sich über sie, stemmte die Hände neben ihre Hüften und brachte sein Gesicht ganz nahe an ihres heran. Aus wenigen Zentimetern Entfernung starrte er sie an. Besser konnte Einschüchterung gar nicht funktionieren. »Ich bestehe darauf.«

»Nein, Sie verstehen mich nicht.« Sie erwiderte seinen Blick mit einer Unschuld, auf die er um ein Haar hineingefallen wäre. »Ich habe Ihnen geantwortet. Ich weiß nicht, wo ich wohne.«

Er richtete sich wieder auf. »Wie bequem.«

Sie verspannte sich, als hätte er sie geschlagen. »Glauben Sie mir nicht?«

»Nein, ich glaube ich nicht.«

»Tut mir leid.«

»Ich möchte von Ihnen keine Entschuldigungen, sondern Antworten.«

»Ich habe mich nicht entschuldigt. Sie tun mir leid.«

»Das ist absolut überflüssig.« Er wandte sich ab, ging zur Tür und öffnete sie. »Ich habe alles, was ich mir wünschen kann. Ich brauche nichts.«

»Bis auf noch mehr Geld«, murmelte sie.

Er erstarrte, drehte sich sehr langsam und und knurrte: »Morgen werden Sie mir die Wahrheit sagen, Lillian.« Kurz bevor er die Tür hinter sich schloß, fügte er noch hinzu: »Und trinken Sie Ihre Medizin.«

Sie trank die Medizin nicht. Kurze Zeit später schlich sie auf Zehenspitzen die dunkle Treppe hinunter. In einer Hand hielt sie ihre halbhohen Lederstiefel, mit der anderen klammerte sie sich an das glatte Geländer. Sie war noch immer ein wenig benommen von dem Unfall.

Aber nicht benommen genug, um hier auch nur wenige Stunden zu bleiben.

Sie erreichte die Halle und tastete sich langsam durch den pechschwarzen Raum, bis sie das glatte Holz der Haustür spürte. Sie lehnte sich gegen die Wand, zog ihre Stiefel an und öffnete dann so behutsam wie möglich die Tür. Scheppernd entglitt die Klinke ihrer Hand. Lilli erbleichte.

Wie erstarrt blieb sie stehen und lauschte. Sie hörte nichts. Dann öffnete sie die Tür einen Spalt weiter und schlüpfte ins Freie.

Es war bitterkalt, viel eisiger als auf den größten Schneewolken im Himmel. Fröstelnd starrte sie einen Moment lang unsicher in die Finsternis. Dann zog sie ihre kurze Wolljacke enger um sich. Sie holte tief Luft, atmete wieder aus und sah, wie sich ihr Atem in der kalten Nachluft in eisigen Dunst verwandelte.

Lilli schloß die Augen, sagte ein schnelles Gebet und lief die Treppe hinunter. Schneller als eine Träne fällt, verschwand sie in der winterlichen Dunkelheit von New York City.

III

Engel sind, wo sie immer waren,
sie lassen nichts unversucht!
Ihr seid es, eure verblendeten Augen,
denen die Wunder entgehen.

Francis Thompson

»Was soll das heißen – sie ist fort?« D. L. stand auf und schleuderte seine Serviette auf den Frühstückstisch. Wütend starrte er seinen Butler an.

Gage stand an der Tür des Morgenzimmers und hielt das weiße Seidenhemd in die Höhe. »Sie ist verschwunden, Sir.«

»Verdammt.« Er hätte ihr die Medizin mit Gewalt einflößen sollen. Er blickte auf das Hemd. Oder ihre Kleider verstecken. Er sah den Butler an. »Stellen Sie fest, ob jemand gesehen oder gehört hat, wie sie das Haus verließ. Lassen Sie die ganze Gegend absuchen. Sagen Sie mir unverzüglich Bescheid, sobald Sie irgend etwas wissen.«

Sein Butler wandte sich ab, um zu gehen.

»Gage.«

Der Mann drehte sich wieder um. »Sir?«

»Geben Sie mir das.« Er machte eine Kopfbewegung Richtung Hemd. Gage warf einen eigentümlichen Blick auf das Hemd, überreichte es D. L. und ging.

Sein Anwalt Karl Wallis nahm die Brille ab, putzte die Gläser mit einem Taschentuch, setzte sic wieder auf und beäugte ihn interessiert.

D. L. war es egal. Er blickte das Hemd an. Es verströmte ein feines Zitronenaroma.

»Du mußt sie finden, D. L.«

Er warf das Hemd auf einen nahestehenden Sessel, durchquerte den Raum und stellte sich an das hohe Fenster. Mit den Händen in den Taschen blickte er in das leichte Schneegestöber hinaus. »Ich weiß.«

»Von der Verzichterklärung? Nun, dann ist es ja gut.«

D. L. drehte sich um. »Welche Verzichterklärung?«

»Du mußt sie eine Verzichterklärung unterschreiben lassen.« Karl begann in den Papieren auf dem Tisch zu wühlen. »Ich muß sie hier doch irgendwo haben. Ich wollte sie dir geben, wenn wir mit den Einzelheiten dieser Verträge fertig sind. Hier ist sie.« Er wedelte mit einem Schriftstück. »Sie entbindet dich jeglicher Verantwortung für den Kutschenunfall.«

»Ich bin verantwortlich.«

»Großer Gott, sage so etwas nie zu deinem Anwalt. Du zahlst mir ein Vermögen, damit ich dafür sorge, daß du für absolut gar nichts verantwortlich bist.«

D. L. drehte sich wieder um. »Merkwürdig«, sagte er leise. »Ich hätte nicht gedacht, daß sie fortlaufen würde.«

»Was?«

Er schüttelte den Kopf. »Nichts. Nur so eine Bemerkung.«

Draußen fiel Schnee auf die wenigen Passanten, die über den Bürgersteig hasteten. Vor seinem inneren Auge erschien das Bild einer Frau mit blassem Teint und noch helleren Haaren. Einer zerbrechlichen, engelhaft wirkenden Frau, die darüber weinte, alles verloren zu haben. Einer Frau, die da draußen unter den Schneeflocken erschauerte, als wäre jede einzelne von ihnen eine unerträgliche Bürde.

Einer Frau, die niemanden hatte. Irgendein längst vergessener Bereich in ihm schien die Verzweiflung dieser Art von Einsamkeit zu verstehen.

Plötzlich spürte er seine Erschöpfung. Er hatte die ganze Nacht nicht geschlafen. Sobald er die Augen schloß, sahen ihn ihre ausdrucksvollen Augen enttäuscht an. Mit einem Blick, der ihm sagte, daß er ihnen den Glanz genommen hatte.

»D. L., hast du gehört, was ich sagte?«

»Du sagtest, ich müsse sie finden.«

»Ja. Laß sie diese Erklärung unterzeichnen, dann kann sie gehen, wohin sie will. Und du brauchst nicht zu befürchten, in ein paar Monaten oder so mit einer Klage überzogen zu werden. Wir brauchen ihre Unterschrift, damit du keine Probleme bekommst.«

»Gut«, meinte er knapp.

»Ich rate dir, ihr notfalls etwas zu zahlen, damit sie unterschreibt. Sie scheint eine Art verlorenes Schaf zu sein, also glaube ich kaum, daß es dich allzu viel kosten wird.«

D. L. drehte sich um und kam an den Tisch zurück. »Laß uns das zu Ende bringen.« Er setzte sich, stellte dann aber fest, daß er den Details der Verträge nur mit halbem Ohr zuhörte. Er wurde das bohrende Gefühl nicht los, daß diese Frau ihn mehr kosten würde, als er oder Karl sich vorstellen konnten.

Sie hatte die meiste Zeit auf einer Parkbank verbracht. Wegen der schrecklichen Ereignisse war es ihr ganz entfallen, daß es kurz vor Weihnachten war. Doch sobald die Sonne aufging, erinnerte sie New York City wieder daran.

Mit Stechpalmen und Misteln geschmückte Pferdekutschen fuhren vorbei, die Angestellten der mit Tannengirlanden dekorierten Geschäfte zogen die Rolläden hoch und öffneten die Türen. Knallrote Bänder und Schleifen waren der Clou der Saison, sie schmückten die Auslagen der Geschäfte ebenso wie die Fenster der Wohnhäuser.

Lilli hatte Zuflucht in einem großen Warenhaus gesucht, weil sie dort vor Kälte und Schnee geschützt war. Sehr schnell wurde sie von der festlich-frohen Atmosphäre eingefangen, den lächelnden Gesichtern in der Menge, den »Frohes Fest«- und »Gesegnete Weihnacht«-Rufen.

Da gab es wunderhübsche Puppen, eine Laterna Magica, und um einen riesigen Weihnachtsbaum tuckerte eine bunte hölzerne Spielzeugeisenbahn. Alles war so festlich, fröhlich und unbeschwert.

Als das Schneetreiben aufgehört hatte, lief sie in den Park. Die Bäume und Pflanzen sahen aus wie mit Puderzucker bestäubt. Zugefrorene Teiche und kleine Seen wirkten wie Spiegel, und die Brunnen und Vogelbäder machten den Eindruck von Schnee-Soldaten.

Bald hallte die klare Luft von Gelächter und dem Geklingel silberner Glöckchen wider. Das Schellengeläut ließ sie traurig lächeln. »Jedesmal, wenn eine Glocke erklingt, bekommt ein Engel Flügel . . .«

Den ganzen Nachmittag sausten Schlitten die kleinen Hänge im Park hinab. Sie lachte über Schneeballschlachten und kicherte über eine Gruppe von Kindern, die mit Schlittschuhen in den Händen auf einen Teich zuliefen und laut johlten, der letzte von ihnen sei ein faules Ei.

Gegen Abend leerte sich der Park, und sie war allein. Sie kam sich vor wie ein faules Ei.

Sie war nicht mehr als eine ziellose Wanderin in einem fremden Land. Sie hatte sich an dem Lachen der anderen gefreut, das hatte ihr dabei geholfen, den langen Tag zu überstehen, aber als die Sonne sank, wußte sie nicht, wohin sie gehen sollte. Sie kauerte sich zusammen, um die Kälte abzuwehren.

Es kam ihr unverständlich vor, daß man trotz der vielen Kleidungsstücke, die sie trug, so frieren konnte. Sie holte tief Luft, doch das war in dieser merkwürdigen Korsettapparatur nahezu unmöglich. In ihrer irdischen Unterwäsche fühlte sie sich wie im Fegefeuer.

Die Luft war eisiger als die kälteste Wolke, und sie spürte, wie sie ihr bis ins Mark drang. Sie zog die Jacke noch enger und blickte sich um.

Die Straßen waren verschneit, Eisschichten bedeckten die Rinnsteine. Eine Lieferkutsche ratterte vorbei, und in der Nähe hielt ein eleganter Zweispänner. An der nächsten Ecke pries ein kleiner Junge seine Zeitungen den Passanten an. Alle sahen so aus, als hätten sie ein Zuhause, dem sie nun in der Dämmerung zustrebten.

Sie blieb einen Moment stehen und fühlte sich unendlich

allein und verloren. Instinktiv warf sie einen Blick nach oben, zum Himmel, der ihr Zuhause gewesen war.

Um sie herum standen hohe Häuser, bis zu sieben Stockwerke hoch, und sie konnte kaum die Sterne am Nachthimmel funkeln sehen. Sie wünschte sich, die Sterne zu sehen, um bei ihrem Anblick einen Wunsch zu äußern und darauf zu hoffen, daß sie ihr den Weg nach Hause zeigten.

Schließlich senkte sie den Kopf und starrte blicklos in den Schnee. Sie begann zu weinen, bis sie keine Tränen mehr hatte. Dann trocknete sie sich die Augen und atmete tief durch.

Sie straffte die Schultern, wandte sich um und lief in eine andere Gegend der Stadt, in der sich Einwanderer, Fremde und Heimatlose wie sie an den Straßenecken zusammenkauerten oder in winzigen Gassen oder auf Treppenstufen um kleine Feuer herumsaßen.

Sie fragte sich, wie viele von ihnen gefallene Engel waren wie sie.

Durchfroren, müde und hungrig blieb sie schließlich stehen und lehnte sich gegen eine Hauswand, als ihr der Duft von Würstchen den Mund wässrig machte und ihren Magen knurren ließ. In der Nähe hatten Erwachsene und Kinder unter der Markise über einem Seiteneingang Schutz gesucht.

In dünne Decken und Wollschals gehüllt, sahen die Kinder sie mit großen, verängstigten Augen an. Ein Baby weinte. Es klang, als hätte es Hunger.

Eine Frau beugte sich über ein blakendes Feuer. Sie drehte sich um und sah Lilli an. Irgend etwas sprang zwischen ihnen über. Etwas Spirituelles.

Die Frau goß eine dampfende Flüssigkeit in einen zerbeulten Blechnapf, wandte sich Lilli zu und streckte ihn ihr entgegen.

Mit Tränen in den Augen schüttelte Lilli den Kopf. »Geben Sie das Ihren Kindern.«

Die Frau runzelte die Brauen, stand auf, kam mit stolzer

Würde auf Lilli zu und drückte ihr entschlossen den Blechnapf in die Hände. »Fröhliche Weihnachten!« sagte sie auf deutsch.

Lilli glaubte, in Tränen ausbrechen zu müssen, rang sich aber zu einem schwachen Lächeln und einem halblauten »Vielen Dank« durch. Die Immigrantin eilte zu ihren Kindern und dem Kochtopf zurück.

Wenige Minuten später hockte Lilli zusammengekauert auf einer windigen Haustreppe und schlürfte die säuerliche Kohlsuppe so begierig, als wäre sie Nektar und Ambrosia vom Tisch des Herrn.

Sie sprach ein kleines Dankgebet. Sie blieb da hocken, sah die Schneeflocken vorbeitreiben, fühlte sich ein wenig einsam, sehr durchgefroren, so müde und erschöpft, daß sie fast jede Hoffnung fahren ließ.

Und dann hörte sie sie. Die Glocken. Kirchenglocken erklangen wie der Gesang der Erzengel, klar und rein drangen sie an ihr Ohr.

Als sie die Kirche erreichte, war niemand zu sehen. Sie lief die Stufen hinauf und hatte fast Angst, den schweren Türknauf zu berühren, hatte Angst, daß ihr auch diese Tore so verschlossen waren wie der Himmel.

Aber die Tür öffnete sich ganz leicht, und sie betrat die große Kirche, in der sie Kerzenlicht, Wärme und Ruhe empfingen. Sie ging auf den Altar zu, blieb aber einige Schritte davor stehen und setzte sich in die zweite Bankreihe.

Lilli schloß die Augen. Hier, im Haus Gottes, verspürte sie zumindest eine vage Nähe zum Himmel. Kurz darauf wurden ihre Lider ganz schwer. Sie löste die Bänder ihrer Haube und ließ die Haare über die Schultern hinabfallen. Dann forderten Erschöpfung, Kälte und Hunger ihren Tribut.

Lilli legte sich nieder und schlief ein.

»Psssttt!«

Sie fühlte sich behaglich und müde, unendlich müde.

»Psssttt!«

Eine lästige Fliege, dachte sie. Noch halb im Schlaf versuchte Lilli, sie zu verscheuchen.

»Lilli! Wach auf!«

»Florie . . .«, murmelte Lilli und hüllte sich enger in ihre Jacke.

»Lilli! Wach endlich auf!«

Sie öffnete die Augen, kam endlich zu sich, setzte sich schnell auf und strich sich die Haare aus dem Gesicht. »Florie? Bist du das?« Sie wollte ihre Freundin umarmen, faßte aber in leere Luft. Sie blinzelte Flories Erscheinung an und sank dann auf die Kirchenbank zurück. »Ich hab's vergessen. Ich bin ja jetzt sterblich und kann dich gar nicht berühren.«

Beiden wurden die Augen feucht.

»Ich kann dich nicht umarmen.«

»Ich weiß.«

»Florie.« Sie blickte auf ihre Hände. »Ich fürchte mich so.«

»Warte. Weißt du denn nicht, was gerade geschieht? Ich erscheine dir im Traum. Erinnere dich. Die Sache mit dem Engel, der im Traum auftaucht. Lektion Hundertdrei.«

»Ich erinnere mich zwar, habe das aber nie richtig hinbekommen.«

»Warte! Nur einen Moment. Okay. Und jetzt paß auf.« Florie holte tief Luft und breitete die Flügel aus, bis sie über Lilli schwebte. »Siehe, ich verkündige euch große Freude!«

Lilli lachte schallend.

Florie hörte auf zu schweben und ging auf der Lehne der ersten Bank nieder. Ihre Flügel flatterten noch einen Moment, und kamen zur Ruhe, als sie die Beine von der Lehne baumeln ließ und Lilli zaghaft anlächelte. »Vermutlich ist das ein bißchen abgegriffen, oder?«

»Du fehlst mir.«

»Du fehlst mir auch.« Florie setzte sich ein wenig aufrechter hin und begann zu strahlen. »Aber ich habe eine gute Nachricht! Nun ja, wenigstens glaube ich, daß es eine gute Nachricht ist«, sagte sie und knabberte an einem Fingernagel.

»Was?«

»Petrus hat sich erweichen lassen.«

»Ich darf zurückkommen?«

»Nun, nicht unbedingt. Jedenfalls nicht sofort. Aber er sagte, wenn dir hier auf der Erde ein Wunder gelingt – ein einziges –, dann kannst du in den Himmel zurückkehren.«

»Aber ich habe doch noch nicht einmal im Himmel ein Wunder zustande bekommen. Wie soll ich es dann auf der Erde schaffen?«

»In deinen Fall ist es nicht so wichtig, wo du bist, glaube ich, Lilli.«

»Vermutlich hast du recht. Jetzt muß ich mir also ein Wunder einfallen lassen«, meinte Lilli nachdenklich.

»Im Grunde ist das nicht nötig.«

»Warum?«

»Petrus hatte bei seiner Entscheidung eine ganz besondere Art von Wunder im Sinn.«

Eine Chance. Sie bekam noch eine letzte Chance. Lilli umklammerte die Lehne der vorderen Kirchenbank und beugte sich vor. »Alles. Ich mache alles, Florie, wenn ich nur zurück darf.«

»Das ist gut.«

»Also sag schon. Um was für ein Wunder geht es?«

»Es geht um eine Lektion. Du mußt einen Sterblichen dazu bewegen, aus dem Herzen heraus Gutes zu tun.«

Lilli dachte einen Moment lang darüber nach und erinnerte sich dann an die gutherzige deutsche Frau, die ihr die Suppe gegeben hatte. Es gab bestimmt viele Menschen wie sie in New York City. Lächelnd sah sie Florie an. »Das schaffe ich.«

Florie schwieg.

Lilli sah sie an. »Du siehst aus, als wäre da noch etwas.«

»So ist es.«

Lilli wartete. Florie sah ausgesprochen unbehaglich aus.

»Ich werde es nicht besonders gern tun, oder?«

Florie schüttelte den Kopf.

»Warum nicht?«

»Petrus hat den Sterblichen bereits ausgewählt.«

»Deinem Gesicht entnehme ich, daß es leichter sein könnte, den Teufel zu bekehren, als diesem Menschen eine Lektion zu erteilen.«

»Du schaffst es, Lilli. Ich weiß, daß du es schaffst.«

»Um wen geht es?«

Florie blickte auf ihre nackten Zehen. »Den Financier Daniel Lincoln Stewart.«

Lilli starrte sie mit offenem Mund an. »Mister Geld-ist-mein-Leben Stewart?«

Florie nickte.

Aufstöhnend blickte Lilli auf den Altar. »Du hast recht. Das ist die bisher schlimmste Strafe.«

»So übel kann er doch gar nicht sein.«

Lilli schnaufte verächtlich.

»Und dann darfst du die Belohnung nicht vergessen. Es ist deine einzige Chance. Ich habe für dich gebettelt und gefleht. Bitte, Lilli. Versuch es doch wenigstens.«

Sie sah zur Decke der Kirche hinauf, Richtung Himmel, dann holte sie tief Luft und schob das Kinn vor. »Ich versuche es. Aber es ist wirklich ungemein schwierig. Vorhin habe ich gescherzt, als ich meinte, es könnte leichter sein, den Teufel zu bekehren«, meinte sie seufzend, »aber genau das verlangt Petrus von mir.«

Er brauchte anderthalb Tage, um sie zu finden.

Aus seinem Kutschenfenster sah er sie vor der Kirchentür stehen. Sie wirkte, als hätte sich ihre unsichtbare Last inzwischen verzehnfacht. Ihre Schultern hingen herab, und in ihrer Hand baumelte ihre rote Haube, als hätte sie sie vergessen. Sie sah so verwirrt aus wie ein Vogel, der aus dem Nest gefallen war.

Dann sah sie ihn. Für einen Augenblick verlor ihr Gesicht jede Farbe.

Er verließ die Kutsche und ging auf sie zu.

Sie stülpte sich ihren Hut auf, nestelte an den Bändern und sah überallhin, nur nicht auf ihn.

»Lillian.« Grüßend tippte er sich an den Hut.

»Mr. Stewart.« Sie reckte das Kinn und trat einen Schritt vor.

Das Geräusch, mit dem etwas zerriß, war so laut, daß man es noch an der nächsten Straßenecke hören konnte.

Lilli erstarrte und ihre Augen wurden groß wie Silber-Dollars. Sie blickte über ihre Schulter.

Ihr Kleid saß in der Kirchentür fest. »Gestatten Sie.« Er öffnete die Tür und befreite ihr Kleid.

»Vielen Dank.« Mit hocherhobener Nase kam sie die Stufen herab. Der zerrissene Saum ihres Kleides schleifte wie eine Schleppe hinterher.

Er betrachtete sie, unterdrückte den plötzlichen und ungewohnten Drang zu lächeln, trat neben sie und paßte sich ihren Schritten an.

Sie schwieg.

»Schönes Wetter«, merkte er an.

»Wenn man Schnee mag.«

»Mag ich.«

»Ich auch.«

Neben der Kutsche blieb er stehen und öffnete den Schlag.

Sie sah ihn erstaunt an.

»Steigen Sie ein.«

»Danke, nein.«

»Es war keine Bitte.«

»Das ist mir nicht entgangen.«

Er holte tief Luft. »Darf ich Sie mitnehmen?«

»Nein. Ich möchte Sie nicht aufhalten. Zeit ist Geld.«

Er erwiderte nichts, stieg ein und setzte sich, fühlte sich merkwürdig entwaffnet. Er musterte sie mit einem Blick, der ihr Unbehagen einflößen sollte. Zu seiner Überraschung spielte sich etwas Interessantes zwischen ihnen ab: Sie forderten einander heraus.

Nach einem Moment wandte sie sich ab und schlenderte davon.

»Folgen Sie ihr, Benny«, sagte er zu seinem Kutscher.

Langsam fuhr die Kutsche neben ihr her.

Sie sah kein einziges Mal zu ihm herüber.

»Ich habe nach Ihnen gesucht«, rief er durch das Fenster zu.

»Warum? Stand heute niemand zum Verkauf?«

Er ließ sich nicht provozieren. »Es ist noch nicht zu spät.«

»Nach mir zu suchen, ist nicht besonders profitabel, möchte ich meinen.«

»Ich habe ein paar Minuten Zeit.« Er sah auf seine goldene Uhr. »Es ist erst zehn Uhr. Die Banken sind seit einer Stunde geöffnet. Heute habe ich fast zweitausend Dollar an Zinsen eingenommen.«

Sie zupfte an ihrem Handschuh, lief aber unverdrossen weiter. »Wie angenehm für Sie.«

»Wollen Sie nicht wissen, warum ich nach Ihnen gesucht habe?«

»Nein.«

Er sah sie schweigend an, tippte sich mit dem Finger gegen die zusammengekniffenen Lippen.

Nach ein paar weiteren Schritten blieb sie stehen, stemmte die Hände in die Hüften und sah ihn direkt an. »Ich verstehe Sie nicht.«

»Versuchen Sie es erst gar nicht.«

Sie wandte den Blick ab. »Ich glaube, ich sollte es versuchen.«

Er lehnte einen Arm aus dem Fenster. »Ich möchte Ihnen einen Vorschlag machen.« Er beugte sich ein wenig weiter hinaus. »Steigen Sie ein, und wir reden darüber.«

Sie blickte zum Himmel empor und seufzte. »Ich glaube nicht, daß ich das tun kann.«

»Woher wollen Sie das wissen? Sie haben mein Angebot doch noch gar nicht gehört.«

Sie schüttelte den Kopf. »Das kann ich nicht erklären.«

Er schwieg, ließ die Spannung steigen. Eine Taktik, die er häufig anwandte. Die Zeit verging.

Sie stand einfach nur da.

»Ich gebe Ihnen hundert Dollar, wenn Sie jetzt sofort einsteigen.«

Unvermittelt wurden ihre Augen ganz schmal. Sie straffte die Schultern und setzte sich wieder in Bewegung.

»Nun?« rief er ihr zu.

»Ich möchte lieber nicht einsteigen.«

Er sah ihr nach, wie sie in eine mit Einwanderern bevölkerte Gasse einbog. Sie sprach eine Frau mit einem Kind auf dem Arm an, griff in ihre Tasche und überreichte der Frau einen zerbeulten Blechnapf. Die beiden sprachen kurz miteinander, dann drehte sich Lillian um und ging ihrer Wege.

»Ihr nach, Benny«, rief er seinem Kutscher zu. Als er wieder direkt neben ihr war, zählte er langsam bis fünf, lehnte sich aus dem Fenster und sagte: »Zweihundert.«

»Nein, vielen Dank.«

»Fünfhundert.«

Sie schüttelte den Kopf.

»Tausend.«

Sie lief fast gegen eine Straßenlaterne und trat schnell zurück – als wäre nichts geschehen.

Er lächelte. »Zweitausend.«

Sie fuhr herum.

Er konnte nicht sagen, ob sie verblüfft oder entsetzt war.

»Ist das Ihr Ernst?«

»Mein voller Ernst.«

»Zweitausend Dollar?«

»Ja.«

Sie sah ihm in die Augen. »In Dollarnoten?«

»Ja.«

»Jetzt?«

»Ja.«

Sie kam zur Kutsche und streckte die Hand aus.

Er öffnete die Tür, trat auf den Bürgersteig, zog Scheine aus einem Bündel Banknoten und drückte sie ihr in die Handfläche.

»Zählen Sie sie bitte vor.«

»Was?«

»Sie müssen mir die Geldscheine in die Hand zählen. Um sicher zu sein, daß es stimmt. Sie wollen doch keinen Fehler machen, oder?«

Gereizt entriß er ihr das Geld und zählte jeden einzelnen Schein vor.

»Vielen Dank.«

»Steigen Sie ein.« Er hielt ihr die Tür auf.

»Warten Sie einen Moment.« Sie lief an ihm vorbei.

»Jetzt«, rief er ihr nach.

Sie lief in die Gasse zurück, blieb vor einem dünnen, blassen Kind stehen, drückte ihm eine Hundert-Dollar-Note in die Hand und schloß seine schmalen Finger darum. Sie wiederholte es mit jedem Menschen, der in der Gasse kauerte. Schließlich ging sie zu der Frau mit dem Kind und überreichte ihr den Rest der Geldscheine. »Fröhliche Weihnachten«, sagte sie auf deutsch.

Die Einwanderer starrten erst die Geldscheine an, dann Lillian, und brachten kein Wort über die Lippen. Dann begannen sie zu lächeln, aber das sah Lillian nicht mehr, weil sie bereits zur Kutsche zurückkam.

»Okay, Mr. Stewart«, sagte sie, als sie vor ihm stand. »Jetzt bin ich bereit.«

Er wußte nicht, ob er sie erwürgen oder beglückwünschen sollte. Er wußte nur, daß er verblüfft war. Wieder einmal. Und er empfand ein merkwürdiges Gefühl der Befriedigung. Schweigend half er ihr in die Kutsche, kletterte ihr nach und schloß die Tür.

Stumm saßen sie nebeneinander und musterten sich. Erneut eine Art von Herausforderung. Sie wirkte ungemein stolz auf sich selbst. Das entnahm er ihrem Gesichtsausdruck.

Er wartete einen Moment, ließ sie ihren Triumph genießen. Dann blickte er zum Fenster hinaus und meinte beiläufig: »Ich hätte noch mehr gezahlt.«

»Tatsächlich?« fragte sie ruhig.

»Ja.«

»Interessant.« Sie neigte den Kopf zur Seite und zupfte an ihrem Handschuh. »Ich dachte, Sie brauchten eine Lektion darüber, wie man Menschen behandelt.« Sie beugte sich vor, stützte einen Ellbogen aufs Knie und ihr Kinn in die Faust. »Ich werde Ihnen ein Geheimnis verraten.«

»Welches?«

»Ich wäre auch umsonst mitgekommen.«

IV

Gastfrei zu sein, vergesset nicht; denn dadurch haben etliche ohne ihr Wissen Engel beherbergt.

Hebräer 13,2

Lilli saß in einem großen Armsessel in seinem Arbeitszimmer und betrachtete die Gemälde, die Mahagonimöbel, die Messingleuchter, den vor den hohen Fenstern wieder fallenden Schnee. Sie sah alles an. Nur ihn nicht.

»Lillian.«

Sie wandte sich ihm zu.

Er saß hinter seinem Schreibtisch, den Sessel zur Seite geschoben und den Blick an irgendeinen Punkt an der Wand gerichtet. Er wirkte jeder Zoll wie ein Mann, dem die Welt zu Füßen lag. Unbestreitbar umgab D. L. eine Aura von Macht. Davon zeugten seine Haltung, sein Benehmen, seine Umgebung, sogar seine Stimme.

Er griff zu einem graumarmorierten Füllfederhalter und klopfte mit ihm auf die Schreibunterlage, drehte den Halter abwesend um und pochte mit der anderen Seite weiter. »Bei Ihrem ersten Aufenthalt hier haben Sie etwas gesagt, was mein Interesse erregte.«

Sie schwieg, fragte sich aber, womit sie das Interesse eines so bedeutenden Mannes erregt haben könnte.

»Sie behaupteten, es gäbe Dinge, die für Geld nicht zu kaufen sind«, fuhr er fort.

»So ist es.«

»Das bestreite ich.«

Sie öffnete den Mund, aber er hob die Hand. »Lassen Sie mich ausreden. Ich bezweifle es, liebe aber Herausforderungen.«

»Das kann ich mir vorstellen«, sagte sie leise.

Er warf ihr einen strengen Blick zu, wollte, das sie schwieg. Sie tat ihm den Gefallen.

»Ihre Behauptung hat meine Neugierde geweckt.«

»So?«

»Ich gebe Ihnen die Möglichkeit, sie zu beweisen.«

»Ich verstehe Sie nicht recht.«

»Sie sagten doch, Sie wüßten nicht, wohin Sie gehen sollen, oder?«

»Das ist keine Behauptung. Das ist die Wahrheit.«

»Wenn das stimmt, ist die Sache ganz einfach. Ich biete Ihnen an, hierzubleiben. Und Sie versuchen, wir zu beweisen, daß Ihre Theorie stimmt.« Er schwang mit seinem Sessel herum, stützte einen Arm auf den Schreibtisch und musterte sie mit einem finsteren Blick, der selbst Petrus eingeschüchtert hätte. »Beweisen Sie mir, daß es Dinge in dieser Welt gibt, die nicht käuflich sind.«

»Warum? Was soll das? Und warum ich?«

Er lehnte sich mit einem gelangweilten Blick zurück, den Lilli für aufgesetzt hielt. »Es amüsiert mich.«

»Aber Sie nannten es doch eine Herauforderung.«

»Das ist es auch.« Er hob den Füllhalter und zwirbelte ihn schnell zwischen den Fingern. »Während Sie versuchen, mir zu beweisen, daß es Dinge gibt, die nicht käuflich sind, werde ich Ihnen zeigen, wieviel man mit Geld kaufen kann. Jeder von uns muß seinen Standpunkt beweisen.«

»Was ist dabei zu gewinnen?«

Er wirkte verdutzt und begann dann zu lachen. Diesmal war keine Spur von Sarkasmus in seinem Lachen. Es klang ein wenig rauh, als hätte er lange nicht gelacht.

»Nennen Sie Ihren Preis.«

Sie schüttelte den Kopf. »Sie denken ausschließlich an Geld.«

»Gut, dann nennen Sie mir etwas anderes.«

Sie dachte über ihre Situation nach, über ihre Aufgabe. Fast wollte ihr das alles zu einfach erscheinen, als spiele ihr sein Vorschlag in die Hände.

Vielleicht hatten ihr ihre Jahre im Himmel ein Körnchen überirdischen Beistandes eingebracht.

»Irgend etwas? Ohne Einschränkungen?«

In seinen Augen stand etwas entschieden Hinterlistiges. »Alles, was Sie sich wünschen.«

»Wenn es mir gelingt, Sie zu überzeugen, werden Sie – persönlich und einmal wöchentlich – Menschen helfen, die sonst keinerlei Hilfe haben. So, wie ich es heute mit Ihrem Geld gemacht habe.« Sie wartete auf seine Reaktion.

»Gut.«

Sie runzelte die Stirn. Er hatte zu schnell zugestimmt.

»Und was ist, wenn Sie recht behalten?«

Schweigend nahm er ein Schriftstück vom Schreibtisch auf. Las er oder dachte er nach?

Nach längerer Pause hob sie herausfordernd den Kopf. »Mr. Stewart?«

Er blickte auf.

»Sie haben mir noch nicht geantwortet.«

Er warf noch einen Blick auf das Dokument, schien zu einer Entscheidung zu kommen und legte es beiseite. »Ich werde Gesellschaft haben«, sagte er knapp. Er stützte die Hände auf den Schreibtisch, stand schnell auf und schob ein paar Papiere zusammen. »Morgen muß ich an einer Veranstaltung teilnehmen, ein paar Tage später an einer weiteren. Sie werden mich begleiten.« Er wandte ihr den Rücken zu, trat ans Fenster und blickte ins Schneetreiben hinaus.

Sie betrachtete ihn, wie er dastand und sich weigerte, sie anzusehen. »Das ist alles? Ich brauche Sie nur zu begleiten?«

»Wenn ich es von Ihnen fordere – überallhin.«

Sie stand auf. »Okay. Abgemacht.«

Er griff zum Klingelzug, und der Butler erschien. Er wandte dem Mann das Gesicht zu, aber sein Blick ruhte auf ihr. »Führen Sie Miss Lillian in die Goldene Suite, Gage.«

Lilli hatte das unangenehme Gefühl, mit gefesselten Händen und Füßen in einen See gesprungen zu sein.

»Sorgen Sie dafür, daß ihr alle Wünsche erfüllt werden.« Er machte eine kurze Pause und fügte dann bedeutungsvoll hinzu: »Alle, die mit Geld zu erfüllen sind.«

Die Goldene Suite war genau das – golden. Das Bett war goldfarben. Die Wände bedeckten goldfarbene Damasttapeten. Die hohe Decke zierte das Gemälde eines goldenen Sonnenaufgangs, und auf den goldbraunen Eichendielen lagen Seidenteppiche in unterschiedlichsten Goldtönen.

Die Teppichfransen? Aus goldfarbener Seide. Lilli bückte sich und untersuchte genau jedes einzelne Teppichmuster – fast erwartend, daß sie aus miteinander verwobenen Dollarzeichen bestanden. Sie stellte jedoch fest, daß es sich um Blumenranken handelte, und richtete sich seltsam erleichtert wieder auf.

Sie durchquerte den Raum und öffnete eine Tür, die in ein Ankleidezimmer führte. Drei Wände waren von Boden bis Decke mit Spiegeln verkleidet – alle goldgerahmt. Hinter einer weiteren Tür mit goldenen Klinken in Form von Delphinen verbarg sich ein mit gelblichem Marmor gefliestes Bad mit goldenen Delphin-Armaturen und . . .

»Alle guten Geister« murmelte sie. »Ein goldenes Waschbecken!« Fassungslos starrte sie es und den goldgerahmten Spiegel darüber an.

Plötzlich spiegelte sich etwas im Spiegel wider. Unwillkürlich riß Lilli den Mund auf, blinzelte zweimal und fuhr herum.

Die Toilette war ein goldener Thron.

Sie brach in schallendes Gelächter aus. Sah sich um und lachte, lachte so heftig, daß sie schließlich erschöpft gegen das Waschbecken sank.

Das mußte ein Scherz sein. Es war einfach zu unglaublich, um kein Witz zu sein.

Doch wie sie da stand und lachte, wußte sie auch, daß niemand die gewaltigen Mengen Geld übersehen konnte, die es gekostet hatte, diese Suite einzurichten. Alles war von allerhöchster Qualität. Lillis Lachen erstarb. Was ihr eben noch lachhaft komisch vorgekommen war, sah sie nun als trauriges Beispiel für sinnlose Verschwendung. Mehr noch: für eine obszöne Verkehrung aller Werte.

Hastig verließ sie das Bad, unbehaglich, deprimiert und plötzlich gar nicht mehr sicher, D. L. auch nur irgend etwas begreiflich machen zu können.

Wieder im Schlafzimmer, sah sie sich um. Jedes Möbelstück, jedes Gemälde, einfach alles im Raum – vom Kamin bis zu den Dekorationsgegenständen auf Kommoden und Tischen war von kalter Makellosigkeit. Teuer. Unschätzbar.

Während die Minuten vergingen, erkannte Lilli etwas, was sie bisher nicht gewußt hatte. Der Mann, dem dieses Haus gehörte, dieser Raum, mußte mehr lernen, als Gutes zu tun, von Herzen zu geben. Er war so verloren, hatte offenbar so negative Wertvorstellungen, daß sie sich fragte, ob er überhaupt einen Funken Freude am Leben empfinden konnte, ob er auch nur einige der Dinge kannte, die auf der Welt wirklich zählten.

Sie legte sich auf das Bett mit seinen weichen Daunenkissen, der kostbaren Seidendecke und den handgeschnitzten Pfosten. Sie starrte zum Betthimmel empor und empfand eine so tiefe Trauer wie noch nie zuvor.

Und sie begann zu weinen. Sie drehte sich um, verbarg den Kopf in den Armen und schluchzte krampfhaft und herzerweichend. Sie weinte nicht um sich, einen gefallenen Engel, sondern um Daniel Lincoln Stewart, eine gestrauchelte Seele.

D. L. schlug die Kutschentür hinter sich zu und blickte am Haus empor. Lilli beobachtete ihn aus einem Fenster im oberen Stockwerk. Der Vorhang schloß sich wieder, und er betrachtete ihn noch einen Moment lang. Dann lief er langsam die verschneiten Stufen hinauf und kämpfte gegen ein Lächeln an – das zweite an diesem Tag.

Das Portal schwang weit und rechtzeitig auf.

Gage muß auf eine Gehaltserhöhung aus sein, dachte er. Doch dann fiel ihm ein, daß es bald Weihnachten war, und damit der Zeitpunkt des Jahres, zu dem sich jeder Diener, Lieferjunge und Fahrstuhlführer in der Hoffnung auf eine großzügige Gratifikation zu Höchstleistungen aufschwang.

Doch zu seiner Überraschung begrüßte ihn Lilli an der Tür. Sie trug Jacke, Handschuhe und ihre rote Haube: die zerschlissenen Samtbänder als Schleife unter ihrem Kinn.

Er hob die Brauen. »Waren Sie nicht gerade oben am Fenster?«

Sie nickte.

Er drehte sich um und zählte die Stufen zur Haustür. Acht. Die Treppe in die Halle hinunter hatte mindestens vierzig Stufen. Wie um alles in der Welt hatte sie es geschafft, ihn am Portal zu begrüßen?

Sie wirkte leicht errötet und vielleicht eine Spur außer Atem.

Er schüttelte den Kopf und zeigte dann auf ihre Kleidung. »Wollen Sie ausgehen?«

»Ja. Wir beide werden ausgehen.«

»Aha. Warum?«

»Sie wollten, daß ich Ihnen meine Theorie beweise. Nun, ich bin bereit.«

»Wozu genau, wenn ich fragen darf?«
»Sie zu unterhalten.«
Er sah sie lange an.
Sie erwiderte seinen Blick. Ihre Augen waren gerötet.
»Haben Sie wieder geweint?«
Sie blickte zu Boden. »Mir ist etwas ins Auge gekommen.«
»In beide?«
Sie reckte trotzig das Kinn. »Ja.«
Er verschränkte ähnlich trotzig die Arme.
Unbeeindruckt streckte sie ihm eine alte Stoffreisetasche entgegen. »Hier.«
»Was ist das?«
»Eine Überraschung.«
Er nahm ihr die Tasche ab.
Sie schwieg, insgeheim wartend.
Er schwieg, insgeheim amüsiert.
Es begann wieder zu schneien, und sie blickte zum Himmel hinauf. »Kommen Sie«, sagte schließlich, hakte ihn unter und zog ihn die Stufen hinab. Sie erreichten den Bürgersteig in dem Moment, als Benny mit dem Zweisitzer um die Ecke verschwand, um der Remise zuzustreben.
»Warten Sie. Ich rufe die Kutsche zurück.«
»O nein.« Sie zupfte ihn kurz am Ärmel. »Wir werden laufen.«
»Es schneit.«
Sie lächelte zu ihm auf. »Ich weiß. Das ist ja das Schöne. Nun kommen Sie schon.«
Ein paar Minuten später schlenderte er mit ihr den Bürgersteig entlang, die Tasche in einer Hand, am anderen Arm Lilli. Sie plauderte über den Schnee, wie schön alles aussah, und die Schlitten, die an ihnen vorbeikamen. Sie summte ein Weihnachtslied, lächelte die Vorübergehenden an und wünschte absolut Fremden »Frohes Fest.«
Sie steuerte ihn quer über die Straße in einen Park. Von Glocken und Engeln singend, führte sie ihn über einen ver-

schneiten Pfad zu einem gefrorenen Teich, den schneeschwere Bäume und Sträucher umstanden.

Sie ließ sich auf eine Bank fallen und deutete auf den Platz neben sich. »Setzen Sie sich.«

Er bückte sich, wischte den Schnee von der Bank und nahm Platz. »Ist das Sitzen auf einer verschneiten Parkbank für Sie Unterhaltung?«

»Natürlich nicht.« Lilli nahm ihm die Tasche ab und stellte sie auf ihren Schoß. Sie öffnete das Schnappschloß und griff hinein. Eine Sekunde später zog sie lächelnd ein Paar alter Schlittschuhe heraus und ließ sie vor seinem Gesicht hin und her baumeln. »Ihre«, sagte sie und legte sie ihm auf den Schoß.

Er starrte sie an.

Sie zog ein weiteres Paar heraus. »Und meine.«

»Ist das die Überraschung?«

Sie nickte. »Und sie ist absolut kostenlos.«

»Woher haben Sie die Schlittschuhe?«

»Die habe ich geborgt. Umsonst«, fügte Lilli stolz hinzu. »Und nun machen Sie schon. Schnallen Sie sie sich an.« Sie bückte sich, stellte ihre Stiefel auf die Schlittschuhhalterungen und schloß die Lederriemen. Sie hob einen Fuß, als wäre es Aschenputtels Schuh. »Nicht schlecht.«

Sie stand auf und stemmte die Hände in die Hüften. »Sie sind ja noch immer nicht fertig. Ich dachte, sie mögen Herausforderungen.«

Er bückte sich und schnallte die Schlittschuhe an.

Einen Moment später stakste sie auf den Teich zu. Sie stakste, hielt sich aber wie eine Königin. Hätte er es nicht besser gewußt, wäre er nie auf den Gedanken gekommen, daß ihr Rock einen tiefen Riß aufwies und ihre Jacke durch den Unfall beschädigt worden war.

Seltsam. Zum erstenmal seit vielen Jahren langweilte er sich nicht.

»Sie sollten sich beeilen«, rief sie über übermütig die Schulter hinweg. »Der letzte auf dem Eis muß den Armen tausend Dollar spenden!«

Zum dritten Mal an diesen Tag lächelte er.

»Was heißt das, wir müssen zehn Cent zahlen?« Lilli blickte den Parkwächter in seiner blauen Uniform verdutzt an. Er stand in einem kleinen Holzkiosk, der bisher hinter Bäumen und Büschen verborgen gewesen war.

Der Mann beugte sich aus dem Fenster seines Häuschens. »Das Eislaufen auf dem Teich kostet eine Gebühr von zehn Cent.«

Sie hörte, daß jemand herankam. Sie drehte sich nicht um, wollte den Triumph in D. L. Stewarts Gesicht nicht sehen. Direkt hinter ihr knirschten die Kufen seiner Schlittschuhe durch den Schnee.

»Was gibt es denn?« erkundigte er sich mit seiner tiefen Stimme.

Lilli blickte lange schweigend zu Boden, dann räumte sie kleinmütig ein: »Ich habe mich geirrt. Das Eislaufen kostet etwas.«

Einen Moment später hörte sie Münzen klingeln und blickte auf.

Er streckte ihr eine Hand voller Goldstücke entgegen.

Sie schüttelte den Kopf. »Nein.«

D. L. wandte sich an den Parkwächter. »Wieviel nehmen Sie am Tag so ein?«

Der Mann zuckte mit den Schultern. »Fünfzig Dollar. Vielleicht auch sechzig.«

Er gab dem Mann drei goldene Zwanzig-Dollar-Münzen und fügte gleich darauf noch ein viertes Goldstück hinzu. »Betrachten Sie den heutigen Tag als besonders erfolgreich und schließen Sie diesen Kiosk.«

Lilli wollte etwas sagen, aber er griff nach ihrem Arm und zog sie mit sich fort. Eine Minute später lagen seine Hände um ihre Taille, und mit einem leichten Schwung hob er sie auf die Eisfläche.

Lillian wollte etwas einwenden, laut protestieren, daß er für etwas bezahlt hatte, von dem sie überzeugt war, daß es gratis war, daß das nicht nötig gewesen war und ihr schon noch etwas anderes, wirklich Kostenloses einfallen würde, was sie gemeinsam unternehmen konnten.

Doch sie hatte da eine ganz winzige Kleinigkeit vergessen. Sie war noch nie eisgelaufen.

V

Wenn ich mich meiner Liebe erfreuen darf
und meine Seele frei fliegt,
erfreuen sich nur Engel im Himmel
einer so überwältigenden Freiheit.

Richard Lovelace

Zum zweitenmal innerhalb von zwei Tagen sah D. L. auf eine gestürzte Lillian hinab. Diesmal lag sie mit dem Gesicht nach unten auf der harten Eisfläche.

Sie wandte den Kopf und schaute ihn an. »Gerade habe ich etwas entdeckt. Ohne Flügel kann man sich nicht in der Luft halten.«

D. L. ging neben ihr in die Hocke. »Haben Sie sich etwas verletzt?«

»Nur meinen Stolz.« Sie stützte sich mit Händen und Knien ab und rappelte sich halb hoch.

Er richtete sich auf, umfaßte erneut ihre Taille und setzte sie behutsam auf das Eis. Er ließ seine Hände um ihre Taille, weil ihm das absolut natürlich vorkam. »Ich bin davon ausgegangen, daß Sie schlittschuhlaufen können.«

»Ich auch.« Die Kufen rutschten ihr weg, sie schrie auf und klammerte sich an seine Hüfte. Fast beschämt sah sie ihn an. »Dabei sieht es so einfach aus.«

»Drehen Sie sich um.«

»Das kann ich nicht, ohne Sie loszulassen.«

»Lassen Sie mich los und drehen Sie sich langsam um.«

»Wunder sind mir leider unmöglich«, murrte sie leise.

Er stützte ihre Kufen ab und drehte sie so, daß sie ihm den Rücken zuwandte. Noch immer lagen seine Hände um ihre Taille.

Sie blinzelte ihn eine Sekunde lang über die Schulter hinweg an.

»Bringen Sie die Schlittschuhe zusammen und halten Sie sich gerade. Ich helfe Ihnen.«

»Sie können eislaufen«, stellte sie fest.

Statt einer Antwort legte er die Hände fester um ihre Taille, schob sie an und glitt mit ihr elegant und behende über den Teich. »Sie wackeln, Lilli. Drücken Sie die Schultern zurück.«

Sie legte ihre Finger auf seine Hände und richtete sich kerzengerade auf. »Sie haben recht! So ist es einfacher.«

Als er schneller wurde, sah sie ihn über die Schulter hinweg an. Ihre Wangen waren gerötet, sie lächelte. »Das macht Spaß!« Dann kicherte sie.

Er wurde noch schneller, bis er den kalten Wind im Gesicht spürte. Sie lachte immer lauter.

Bald wehte der leichte Zitronenduft zu ihm zurück, und ihr Lachen – nun ja, der Klang davon –, ließ ihn seltsamerweise nach mehr davon verlangen. Er zog immer weitere Bögen, immer schnellere – nur um dieses Lachen hören zu können.

Er sah genau in dem Moment auf sie hinab, als sie zu ihm aufblickte. Und es war ein eigentümlich demütigendes Gefühl, in ihr Gesicht zu sehen und diese unverstellte Freude zu entdecken.

Im Laufe der Zeit hatte er sich damit abgefunden, ein Außenseiter in einer Welt zu sein, zu der er nicht zu gehören schien – gleichgültig, wieviel er ausgab, unabhängig davon, wieviel er unternahm.

Dreißig Jahre lang hatte er tief in sich nur Leere verspürt.

Aber jetzt, in diesem kurzen Moment auf dem Eis, als sie ihn so ansah – als hätte er ihr die ganze Welt geschenkt –, bekam er den Eindruck, daß diese Leere in ihm vielleicht irgendwie gefüllt werden konnte.

Es war für ihn eine merkwürdige Vorstellung, daß er in dieser merkwürdigen Frau, die behauptete, gestrauchelt zu sein, einen Funken des Bereichs von sich selbst entdeckt haben sollte, den er für verloren hielt: des Bereichs, der ihn vervollständigen und glücklich machen konnte.

Er zwang sich dazu, seinen Blick abzuwenden. »Und jetzt versuchen Sie es allein.« Er versetzte ihr einen leichten Stoß, und sie rief um Hilfe. Er sah zu, wie sie wankte, wackelte und immer wieder mit den Armen ruderte, um das Gleichgewicht nicht zu verlieren. Er legte die Hände an den Mund und schrie: »Halten Sie sich gerade!«

Sie hielt sich nicht unbedingt gerade. Sie wurde starr und steif wie eine Straßenlaterne.

In den nächsten paar Minuten rief sie mit jedem Atemzug seinen Namen, halb schreiend, halb lachend, bis sie in voller Fahrt auf ihn zukam.

Er streckte die Arme nach ihr aus, aber sie schoß an ihm vorbei.

Ein Baumstamm stoppte ihre Schußfahrt. Sie prallte heftig dagegen, heftig genug, um sie aufstöhnen zu lassen. Heftig genug, um den Baum zu erschüttern. Heftig genug, um den Schnee in dicken Klumpen von den Ästen fallen zu lassen.

Direkt auf sie.

Er lachte laut auf. Sie hatte Schnee auf dem Hut, Schnee auf der Kleidung, im Gesicht. Überall.

Sie ließ den Baum los und drehte sich um. Ihre Augen – das, was unter dem Schnee davon zu sehen war – blitzten wie prägefrische Münzen.

Er wandte sich ab, konnte aber nicht aufhören zu lachen.

»Daniel!« rief sie nach einem Moment, in dem er seine Selbstbeherrschung wiederfand.

Er drehte sich um. Sein Vorname klang noch immer fremd in seinen Ohren, obwohl er ihn inzwischen mindestens zehnmal von ihr gehört hatte.

»Hier kommt etwas, das man mit Geld nicht kaufen kann!« Sie schleuderte einen Schneeball auf ihn. Er riß ihm den Hut vom Kopf.

Jetzt lachte sie.

Er drehte sich um, blickte auf seinen Hut und wandte sich genau in dem Augenblick wieder um, als eine neue Ladung Schnee dicht an seiner Nase vorbeiflog. Er lief auf sie zu, langsam, absichtsvoll. Er wußte nicht, daß er noch immer lächelte.

Sie stand am Rand des Teichs im frischen, tiefen Schnee. »Ist das nicht herrlich?« rief sie und schleuderte wieder einen Schneeball in seine Richtung.

Diesmal duckte er sich rechtzeitig.

Sie trat ein paar Schritte zurück, bückte sich, um erneut Schnee aufzusammeln, blickte dann aber zufällig hoch.

Seine Absicht hatte sich nicht geändert.

»Ohoh . . .«, rief sie, das rachelustige Funkeln in seinen Augen richtig deutend. Eine Sekunde später stürmte sie durch den Schnee davon.

Laut ihren Namen rufend, setzte er ihr nach, jagte sie durch den tiefen Schnee. Ihre Haube fiel ihr vom Kopf und flatterte hinter ihr her wie der Schnee, den sie aufwirbelte, wie ihr Lachen und ihre Freude.

Er fing sie ein. Sie stürzten und rollten einen kleinen Hang hinab, bis sie ein Gesträuch aufhielt. Sie lachte noch immer, als er ihre Handgelenke packte, sie auf den Rücken drehte und festhielt.

Der Schnee auf ihrem Gesicht funkelte wie Diamanten von Tiffany's. Ihr Hut lag unter ihrer Schulter, und ihre Haare umrahmten ihre Züge wie ein Heiligenschein. Ihre Brust hob und senkte sich mit jedem Atemzug, der sich in dem schmalen Abstand zwischen ihren Gesichtern in frostigen Dunst verwandelte.

Und sie lächelte ihn an.

Da war es ganz selbstverständlich, ihr Gesicht mit den Händen zu umfangen. Ganz selbstverständlich, seine Lippen auf ihren Mund zu senken. Und auch ganz selbstverständlich, sie zu küssen, während sie nach Luft rang. Doch was dann geschah, war ganz und gar nicht selbstverständlich.

Daniel Lincoln Stewart hörte Glocken erklingen.

In dieser Nacht träumte Lilli davon, daß er im Park nicht aufgehört hatte, sie zu küssen. Sie träumte, daß er sie nicht so seltsam angesehen hatte. Diesen Blick kannte sie. Genauso verdutzt und verwirrt hatten die Erzengel sie angesehen, als sie sie von der Leiter geworfen hatte. Als könnten sie nicht glauben, daß es sie wirklich gab.

Und fast mußte sie sich fragen, ob der Kuß Wirklichkeit gewesen war. Er war das Himmlischste, was sie bislang auf Erden erlebt hatte. Sie streckte sich, warf die Decke zurück, schwang die Beine hinaus und ließ sie von der Bettkante baumeln.

Noch immer schlief sie in seinem Seidenhemd, das so kurz war, daß die Hemdschöße kaum ihre Knie bedeckten. Aber sie fror nicht, denn im Kamin brannte ein behagliches Feuer, entzündet von Peg, dem Zimmermädchen, das ihr auch ihre heiße Schokolade brachte und ihr die Schlittschuhe geliehen hatte.

Morgenlicht kam zum Fenster herein. Sie stand auf und zog die Vorhänge zurück. Unten auf der Straße fuhren Kutschen vorbei, bewegten sich durch eine Welt, in der der Schnee von gestern schnell zu verharschten, schmutziggrauen Flächen wurde.

Sie fragte sich, was Daniel gerade tat. Vermutlich sammelte er noch mehr Geld an. Sie schüttelte den Kopf. Der Mann konnte doch gar nicht mehr wissen, wieviel Geld er in jeder Minute zusammenraffte.

Aus diesem Fenster hatte sie ihm nachgesehen, als er heute früh das Haus verließ, bevor sie wieder ins Bett geklettert war, um von Daniel zu träumen, der als König aus einem Kinderreim verkleidet in irgendeinem Büro saß und all sein Gold zählte. Vierundzwanzig Raben mit Hüten wie riesige Pie-Krusten hatten die Türen bewacht.

Stirnrunzelnd schüttelte sie den Kopf.

Es klopfte an der Tür. Sie sprang ins Bett zurück und zog die Decke bis ans Kinn. »Ja, bitte?«

Lächelnd stand Peg auf der Schwelle. »Ihre Truhen sind angekommen, Miss Lillian.«

»Meine Truhen?« Lilli sah sie verständnislos an.

Peg nickte.

Lilli beugte sich weit aus dem Bett und äugte an Peg vorbei in den Korridor, in dem Truhen, Kartons und jede Menge Hutschachteln standen.

Peg trat einen Schritt zurück. »Mit Ihren Kleidungsstücken. Mr. Stewart hatte mir gesagt, daß sie heute vormittag eintreffen würden.«

»Tatsächlich?«

Peg durchquerte den Raum und ging auf das Ankleidezimmer zu. »Ich lasse Ihnen ein Bad ein, Miss Lillian. Dann können Sie ein wenig entspannen, während Gage und ich alles hereinbringen.«

Lilli entspannte sich keineswegs. Sie nahm das kürzeste Bad der Geschichte. Sie bat Peg, sie alleinzulassen, und sobald das Mädchen den Raum verlassen hatte, zog sie sich das Hemd wieder an, sauste ins Wohnzimmer zurück und betrachtete die unglaubliche Zahl von Schachteln, Truhen und Kartons. Sie war sicher, daß ihr Inhalt ausreichte, ganz New York City neu einzukleiden.

Kurze Zeit später war Lilli überzeugt davon, daß Daniel alle Geschäfte der Stadt geplündert hatte. In einer Truhe mit der Aufschrift »Redfern« fand sie Kostüme aus feinstem Cashmere, manche mit Pelz verbrämt, Tageskleider aus Seide mit Garnituren aus Spitze und Perlenstickerei. Mit Seidenpapier ausgeschlagene Kartons enthielten Nachmittags- und Abendkleider aus Seide, Rips, Brokat, Satin und Organdy.

In einer großen Truhe, die sich öffnen ließ wie ein Schrank, entdeckte sie Mäntel, Capes mit passenden Hüten und Muffs, Schubladen voller Seiden- und Lederhandschuhe in allen möglichen Farben sowie mehr Unterwäsche, als sie je tragen konnte.

An einer Wand waren mindestens dreißig Hutschachteln gestapelt und fast ebenso viele Schuhkartons neben Samtbeuteln mit farblich zu den Schuhen passenden Handtaschen. In einer Ecke stand ein Berg Kartons mit der Aufschrift »The House of Worth«.

Lilli nahm den obersten Karton herunter und trug ihn zum Bett. Mit überkreuzten Beinen hockte sie sich hin, löste das Verpackungsband, hob den Deckel und schob das Seidenpapier beiseite.

Ihr Herz setzte einen Schlag aus.

Vor ihr lag ein Abendkleid. Das Oberteil war aus schneeweißem Samt, der Rock aus gleichfarbiger spinnwebenzarter Spitze. Der Samt war leicht und sanft wie ein Wolke, die Spitze hatte ein faszinierenderes Muster als die Sterne am Himmel. Es war die schönste Robe, die sie je zu Gesicht bekommen hatte.

Mit angehaltenem Atem nahm sie das Kleid heraus, hielt es hoch und konnte sich kaum von seinem Anblick trennen. In die Spitze waren zarte Silberfäden eingewebt, die das Kaminfeuer einfingen und funkelten wie die Silberstreifen am Horizont.

Das Kleid war wie etwas vom Himmel. Von ihrem Himmel. Der einzigen Erinnerung, die sie hatte.

Lilli drückte die Robe an die Brust und gab sich ihren sehnsüchtigen Erinnerungen hin, sich völlig unbewußt, daß sie nicht mehr allein war.

»Ich wußte, daß es Ihnen gefallen würde.« Daniel lehnte am Türrahmen betrachtete sie mit einem Gesichtsausdruck, der ihr sagte, daß er sie nicht verstand.

»Die Sachen sind wundervoll.«

»So wundervoll, daß Sie schon wieder weinen.«

Sie schüttelte den Kopf und sagte bekümmert: »Ich habe mich nur an etwas erinnert, das ich verloren habe.«

Fast sofort verspannte er sich. Er wirkte verärgert. »Ziehen Sie sich an«, sagte er knapp.

Sie verstand seine Verärgerung nicht.

Sein Gesichtsausdruck hatte sich verhärtet, seine Augen waren so verschlossen wie seine Miene. »Kommen Sie herunter. Schnell.«

»Gehen wir aus?«

»Ja.« Er griff zur Klinke, hielt inne und drehte sich noch einmal um. »Ich weiß zwar nicht, wer Ihnen das angetan hat«, zischte er zwischen den Zähnen hervor, »aber ich würde ihn gern zwischen meine Finger bekommen.« Bevor sie auch nur ein Wort über die Lippen bringen konnte, schloß er die Tür hinter sich.

Verblüfft starrte sie die Tür an. Sie hatte es sich selbst angetan. Wenn er denjenigen in die Hände bekommen wollte, der für ihre Situation verantwortlich war – nun, sie war nicht weit entfernt.

Sie ließ die weiße Robe sinken, stieg vom Bett, griff sich ein marineblaues Seidenbrokatkostüm und ging ins Ankleidezimmer.

Dort blieb sie vor einem der Spiegel stehen und betrachtete ihren Mund. Sah er anders aus, nachdem er geküßt worden war?

Ihre Lippen wirkten irgendwie voller. Wuchsen einem die Lippen nach einem Kuß? Sie berührte sie mit dem Zeigefinger und begann eigentümlich zu lächeln.

Nach dem Kuß im Park wußte sie, daß sie nichts dagegen hätte, wenn er er sie »zwischen die Finger bekam«.

D. L. überreichte Karl die Papiere und stand auf. Sie verließen die Bibliothek und gingen in die Halle, wo er sich gegen den Treppenpfosten lehnte und zusah, wie Karl die Unterlagen in seiner Aktentasche verwahrte. Er hatte die Besprechung mit seinem Anwalt und Freund so schnell wie möglich hinter sich gebracht, ohne ein Wort von Lilli zu erwähnen.

Er verfügte über keine plausible Erklärung, warum sie hier war. Keine befriedigende Erklärung. Unterhaltung, Herausforderung, Gesellschaft? All das hörte sich wenig überzeugend, aber ziemlich unlogisch an.

Er wollte die Motive nicht erläutern, die ihn dazu bewogen, eine Frau bei sich zu behalten, die behauptete, obdachlos und gestrauchelt zu sein. Inzwischen wußte er, daß es ihn nicht scherte, wer sie war. Und das war etwas, was er nicht analysieren konnte, wenigstens nicht befriedigend. Und diese Verzichterklärung machte ihn wütend. Sie reduzierte Lillian zu nichts anderem als einer simplen Unterschrift auf einem beliebigen Stück Papier.

An der Tür blieb Karl stehen. »Fast hätte ich zu fragen vergessen. Hast du dir diese Verzichterklärung unterschreiben lassen?«

»Nein.«

»Hast du nicht gesagt, du hättest sie gefunden?«

D. L. spürte, wie sich seine Finger um den Treppenpfosten verkrampften. »Ich werde mich darum kümmern.«

»Das ist wichtig. Du mußt diese Frau aufspüren.«

D. L. fühlte sich in der Falle und wollte nur eins: daß Karl endlich ging. Er machte einen auffordernden Schritt auf die Tür zu und sah aus dem Augenwinkel oben auf der Treppe etwas Blaues. Fast verzweifelt blickte er nach oben.

Lilli bemerkte ihn nicht. Verdutzt beobachtete er, wie sie sich kurzerhand aufs Treppengeländer setzte.

Eine Sekunde später kam sie das Geländer heruntergerutscht und summte vor sich hin, daß das noch viel schöner sei als im Himmel zu fliegen. Wenige Meter vor ihrem Ziel entdeckte sie ihn. »Ohoh . . .«

Das war das letzte, was er hörte, bevor sie gegen ihn prallte.

Er lag flach auf dem Marmorboden der Halle und versuchte, wieder zu Atem zu kommen. Er blinzelte, sah erst Sterne, dann ihr überraschtes Gesicht. Er schüttelte energisch den Kopf, um seine Gedanken zu sammeln.

Sie lag auf ihm, ihre Nase nur Zentimeter von seiner entfernt, und sah ihn ausgesprochen kläglich an. »Wissen Sie . . .«, begann sie und wackelte mit einem Finger vor seinem Gesicht hin und her. »Ich habe gerade an Sie gedacht.«

»Sie sind einfach das Geländer heruntergerutscht«, stellte er fassungslos fest.

Sie zuckte mit den Schultern. »Sie sagten doch, ich solle mich beeilen.«

Er setzte sich auf. Erschreckt kreischte sie auf, griff haltsuchend nach seinem Hals. Sie sahen einander an, dachten an den gestrigen Ausflug im Schnee – und mußten beide lachen.

»Nun, D. L . . .«

Daniel erstarrte. Er drehte sich um.

Karl lehnte mit wissender Miene an der Tür. Er grinste vielsagend. »Ich glaube, du hast sie gefunden.«

VI

Engel schweben herab, bringen von droben
den Gesang der Gnade, das Lied der Liebe.

Nanny J. Crosby

Es wurde einer der längsten Tage, an die er sich erinnern konnte. Nachdem er Karl mit einer fadenscheinigen Entschuldigung losgeworden war, die sie beide durchschauten, wollte D. L. Lilli etwas kaufen, das sie ihre traurige Vergangenheit vergessen ließ.

Und so tat er das für ihn Logische: Er ging mit ihr zu Tiffany's.

Sie sah sich die Diamanten an und fand sie »hübsch.« Mit dem kahlköpfigen Verkäufer stimmte sie höflich darin überein, daß sie aussahen wie Sterne. Aber D. L. spürte, daß Diamanten die Sterne in ihren Augen nicht zurückbringen würden.

Saphire waren »okay«, die prachtvoll geschliffenen Rubine und Smaragde »diese roten und grünen Steine« und die Perlen . . . Großer Gott, D. L. fragte sich, ob er jemals wieder Perlen betrachten konnte, ohne sich an den Schmerz in Lillis Gesicht zu erinnern.

Sie hatte die Perlen angesehen, als erinnerten sie sie an eine unerträgliche Schuld, etwas über die Himmelspforten gemurmelt und dann jeden im Geschäft leise gefragt, ob er nicht auch fand, daß Perlen aussahen wie Engelstränen.

Zwei Stunden später, als Lilli in einiger Entfernung gerade andere Schmuckstücke betrachtete, hatte er verstohlen die Diamanten und einige »dieser roten und grünen Steine« gekauft und darum gebeten, daß sie geliefert wurden. Unendlich erleichtert hatte der Verkäufer aufgeseufzt und war in einem Hinterraum verschwunden, um sich mit einem Taschentuch den Schweiß von der Glatze zu wischen.

Als sie das Geschäft verließen, trug sie ein Paar makellose, in Platin gefaßte Diamantohrringe, über die jede Lady der Gesellschaft vor Glückseligkeit ohnmächtig geworden wäre. Er wußte, daß sie sie lediglich aus Mitleid ausgewählt hatte. Ganz beiläufig hatte er ihr gegenüber erwähnt, der Verkäufer hätte zehn Kinder und arbeite lediglich auf Kommissionsbasis.

Sie trug aber noch ein Schmuckstück: eine einfache Goldbrosche in Form von Flügeln. Sie war das einzige Stück, an dem sie wirklich Gefallen fand, und ihr Kauf munterte sie wenigstens ein wenig auf.

Doch inzwischen war es Abend geworden, und sie fuhren in seiner Kutsche zur Oper, wo mit einem Symphoniekonzert die Reihe der Weihnachtskonzerte eröffnet werden sollte. Bei derartigen Ereignissen machte D. L. seine besten Geschäfte. Sie waren obligatorisch. Sie waren notwendig.

Lilli saß ihm gegenüber. Sie war ungewöhnlich schweigsam, sah aber aus, als wäre sie einem Märchen entstiegen – eine Schneekönigin in der weißen Worth-Robe und einem pelzbesetzten Seiden-Cape. Die hellblonden Haare waren zu Lokken auf ihrem Kopf aufgetürmt, silberne Kämme fingen die Kutschenbeleuchtung ein. Nur auf seine ausdrückliche Bitte hin trug sie die Diamanten.

Die Spannung in der Kutsche war so massiv wie Goldbarren und wirkte genauso undurchdringlich. D. L., ein Mann, der mit den schwierigsten Persönlichkeiten der Wirtschaftsbranche fertig geworden war, schien mit einer Frau namens Lillian nicht fertig werden zu können.

Er hatte das unangenehme Gefühl, bei ihr einfach nichts richtig machen zu können. Der Tag war eine einzige Unbehaglichkeit gewesen. Als hätte er zu jedem Zeitpunkt immer genau das Falsche gesagt und getan.

Sie hatte ihm den Atem verschlagen, als sie die Treppe herunterkam – Stufe für Stufe, nicht über das Geländer. Und er hatte ihr Komplimente gemacht. Komplimente, davon war er überzeugt, gefielen jeder Frau.

Aber Lilli hatte ausgesehen, als würde sie auf der Stelle zu weinen anfangen – oder mit Gegenständen um sich werfen.

Und jetzt, da sie über die naßkalten, vereisten Straßen fuhren, blickte sie aus dem beschlagenen Fenster. Stumm und ohne jeden Glanz in den Augen.

»Sie sind noch immer unglücklich.«

Sie sah ihn traurig an, schüttelte dann den Kopf. »Eigentlich nicht.«

»Ich begreife das einfach nicht. Seit längerer Zeit bemühe ich mich herauszufinden, was nicht stimmt.« Er wußte, wie gereizt er klang. Um diese Wirkung zu mildern, fügte er hinzu: »Es war mir Ernst mit dem, was ich sagte.«

»Wann?«

»Vorhin. Als Sie die Treppe herunterkamen.«

»Ja.« Sie wandte sich wieder dem Fenster zu. »Ich erinnere mich. Sie sagten, Reichtum kleide mich ganz wundervoll.«

Sie sagte das so vorwurfsvoll, als hätte er ihr vorgeworfen, eine Warze auf der Nase zu haben. Er kam sich so unglaublich linkisch und unbeholfen vor. Nie schien er es ihr recht machen zu können. Und das ärgerte ihn maßlos.

Eine Minute später hielt die Kutsche vor dem Opernhaus. Er drückte die Tür auf, half ihr schweigend beim Aussteigen und führte sie über den Bürgersteig. Vor dem Portal hatten sich Neugierige versammelt, um einen Blick auf die Vanderbilts und Rockefellers zu werfen, und Bettler, die auf Almosen vom Tisch der Reichen hofften.

Lilli warf einen Blick auf sie und blieb wie angewurzelt stehen. Sie entzog ihm ihren Arm und ging auf die Armen und Benachteiligten zu. Ihrem Gesicht war anzusehen, was sie empfand.

»Lillian.«

Sie ignorierte ihn.

Fassungslos vor Entsetzen sah er zu, wie sie einen der extrem kostspieligen Ohrringe löste und dem nächststehenden Bettler in die Hand drückte.

»Was zum Teufel machen Sie denn da?« rief er und streckte den Arm nach ihrer Hand aus.

Sie sah ihn erst überrascht, dann besorgt an. Sie blickte auf die Bettler, dann wieder auf ihn.

»Jemand muß ihnen doch helfen.« Sie legte ihre Hand auf seinen Arm.

Er sah sie sehr lange an. Gott . . . war er jemals so liebevoll und unschuldig gewesen?

»Ganz unabhängig davon, wie einmalig Ihre Welt ist, Daniel, nicht jeder ist stark genug, um es allein schaffen zu können.«

Er wußte, daß er verloren war.

Ihre Stimme wurde sogar noch verzagter. »Es könnten gefallene Engel sein.«

Er griff in seine Tasche. »Stecken Sie sich den Ohrring wieder an«, sagte er mürrischer, als er beabsichtigt hatte. Er verteilte eine Handvoll Geld.

Einen Moment lang erhielt er ein Geschenk, das kostbarer war als jedes Vermögen.

Lillis Lächeln.

Es war der längste Abend, an den sie sich erinnern konnte.

Sie hatte wohl an die hundert Menschen wie Daniel kennengelernt. Frauen, die ihre Juwelen mit begehrlichen Blikken anstarrten. Männer, die über Geld und Geschäfte redeten, während sie Lilli – nicht ihren Schmuck – mit ähnlich begehrlichen Blicken ansahen. Zwei von diesem Männern zwickten sie sogar, als Daniel ihr gerade einmal den Rücken zuwandte.

Irgendwann hatte sie es aufgegeben, die Leute zu zählen, die sagten: »Worth? Wie bezaubernd«, und kein Wort ernst meinten, das ihnen über die Lippen kam.

Lilli begann sich zu fragen, ob die Hölle in Wirklichkeit ein großes New Yorker Gesellschaftsereignis war.

Und dann Daniel. Von dem Moment an, an dem sie die Oper betraten, war er ihr keinen Schritt von der Seite gewichen. Wenn er sie ansah, dann mit einem so dunklen Blick, der an Obsession grenzte. Als wäre sie etwas, das er notwendig brauchte, das für ihn unverzichtbar war.

Das verunsicherte sie, denn sie entdeckte in seinen Augen eine Verletzlichkeit, die sie zuvor gar nicht wahrgenommen hatte.

Einmal verstärkte sich sein Griff um ihren Arm, und dabei sah er sie so an, als hätte er befürchtet, sie wäre nicht mehr da.

Das machte den Abend so unbehaglich und schwierig für sie. Vermutlich mußte sie dankbar dafür sein, daß der Abend dann ein unvermutetes Ende fand.

Ein Harfensolo hatte auf dem Programm gestanden.

Lilli saß in der Loge und stützte das Kinn in die Hand, als

plötzlich und nacheinander alle Harfensaiten rissen. Das Auditorium hörte nur eine Reihe feiner, heller »Plings«.

Also gab es doch Dinge, die sich nicht unterschieden, ob sie nun im Himmel oder auf der Erde weilte. Entweder das, oder Gott verfügte über einen sehr seltsamen Humor.

Aber jetzt, mehr als eine Stunde später, stand sie in Daniels Seidenhemd – das sie am liebsten trug – in der Goldenen Suite und betrachtete durch das Fenster eine Welt, die sie nicht verstand. Aus einer unerklärlichen Laune heraus hob sie die Hand und zeichnete ein Herz auf die beschlagene Scheibe.

Kaum war sie damit fertig, da spürte sie auch schon, daß sie nicht mehr allein im Raum war.

Daniel hatte das Zimmer betreten und schloß gerade die Tür. Dann drehte er sich zu ihr um und lehnte sich mit verschränkten Armen gegen den Türrahmen.

Er betrachtete sie so intensiv, als wollte er lange Zeit nicht mehr damit aufhören. Er trug zwar noch Frackhemd und -hose, aber Jacke und Schleife waren ebenso fort wie die schwarzen, diamantenverzierten Onyx-Kragenknöpfe.

Sie spürte, daß seine lässige Haltung gespielt war. Es war Selbstschutz. So kaschierte er seine verletzliche Seite, die Seite, die ihn befürchten ließ, sie könnte ihn verlassen.

Die unnatürliche Straffheit seines Kinns entging ihr ebensowenig die die verspannten Nackenmuskeln und das unerklärliche Verlangen in seinen dunklen Augen. Sie ging zum Bett und setzte sich. Sie wußte nicht, warum er gekommen war, warum er sich so verzagt und verunsichert fühlte.

Lilli legte den Kopf zur Seite und sah ihm ins Gesicht und suchte bereits nach Antworten, bevor sie ihre Fragen gestellt hatte.

Er drückte sich vom Türrahmen ab und kam auf sie zu.

»Warum sehen Sie mich immer so eigenartig an?«

Er blieb am Fuß des Bettes stehen und blickte aus seiner beeindruckenden Höhe auf sie herab. »Wie eigenartig?«

»Als hätten Sie Hunger.«

Sie hatte ihn verblüfft.

Er lachte kurz und sarkastisch auf. »Ist das so eindeutig? Offenbar habe ich mein Pokergesicht verloren.«

Zwischen ihnen waren geheimnisvolle Kräfte am Werk. Das hatte sie von Anfang an empfunden. Jetzt waren diese Kräfte so stark, daß sie spürte, wie sie alles auszufüllen schienen, selbst den kleinen Raum, der sie noch voneinander trennte.

Er legte ein Knie aufs Bett, und seine Hand glitt zu ihrer Wange, in ihr Haar, umfaßte ihren Kopf. Er zog sie an sich – zu sanft für einen Mann von seiner Macht und Bedeutung.

Unendlich zärtlich, wie die Berührung einer Schneeflocke, küßte er sie. Seine Hände umfaßten ihre Taille und hoben sie hoch. Er setzte sich aufs Bett, hob sie auf seinen Schoß und küßte sie wieder, schob seine Zunge zwischen ihre Lippen.

Unvermittelt sah sie alle Sterne des Himmels vor sich und empfand eine Vielfalt der Gefühle, was sie zutiefst verwirrte. Sein Finger zeichnete sanft ihr Kinn nach, seine Lippen verließen ihren Mund, aber nur, um ihre Wangen zu küssen, ihre Augen, ihre Ohren.

»Laß mich dich die Vergangenheit vergessen machen, Lillian. Den Mann vergessen machen, der dich ins Unglück gestürzt hat.«

Sie umfaßte sein rauhes Kinn. »Niemand hat mich ins Unglück gestürzt, Daniel. Das habe ich ganz allein gemacht.«

Seine Augen wurden schmal, er fuhr ihr mit dem Daumen über die Unterlippe. »Du bist zu großzügig. Um eine Frau straucheln zu lassen, bedarf es eines Mannes.«

Verblüfft ließ sie die Hände sinken. »Was?«

»Ich weiß, was dir zugestoßen ist. Nach dem Unfall hast du weinend davon erzählt.«

»Du hältst mich für eine gestrauchelte Frau?« Sie verspürte den Drang zu lächeln.

Er sah sie sehr direkt an. »Du hast es zugegeben, Lilli. Du sagtest, du wärst gefallen, und deswegen wüßtest du dich schämen. Du wolltest mir nicht sagen, woher du kommst. Weil man dich verstoßen hat, nahm ich an.«

Sie lachte. Ein sehr kleines Lachen, aber dennoch ein Lachen.

Seine finstere Miene sagte, daß er das gar nicht komisch fand.

»Ich bin keine gefallene Frau. Ich bin ein gefallener Engel.«

VII

Auch wenn von Musen geboren, ist Stärke allein
wie ein gefallener Engel, wie ein entwurzelter Baum.

John Keats

»Nenn es wie du willst, Lillian. Gestrauchelte Frau, gefallener Engel.« D. L. legte seine Hände auf ihre Schultern. »Deine Vergangenheit ist meine Sorge.«

»Nein.« Sie schüttelte den Kopf. »Ich bin ein Engel. Zumindest war ich einer.«

Er sah sie an, als hätte sie einen Scherz gemacht.

»Wirklich. Ich hatte einen Heiligenschein und Flügel, bekam aber keine Wunder zustande, daher . . .«

Sein Stolz war tief verletzt. Abrupt schob er sie von seinem Schoß und stand auf. »Wenn du kein Interesse hast, dann sag es. Aber komm mir nicht mit absurden Ausflüchten.«

»Es ist die Wahrheit.«

»Ich soll dir allen Ernstes glauben, daß du ein Engel bist?«

»Ein gefallener Engel.«

Er verschränkte die Arme und lehnte sich gegen den Bettpfosten. »Beweise es.«

»Ich weiß nicht, wie ich dir das beweisen soll. Sag mir, was ich tun muß, damit du mir glaubst.«

»Keine Ahnung. Schließlich bist du das himmlische Wesen.« Seine Stimme troff vor Ironie. »Bitte um göttlichen Rat. Laß dir Flügel wachsen, zum Teufel noch mal, und fliege ein bißchen im Zimmer herum.«

»Warum bist du so zornig? Ich kann nicht dafür, daß ich bin was ich bin.«

»Warum erfindest du eine so unsinnige Geschichte? Ich habe dir doch gesagt, daß es mir völlig gleichgültig ist, wer du bist – selbst, was du gewesen bist. Aber . . . aber lüge mich nicht an.«

»Du würdest mir nicht glauben.«

»Du erzählst mir, du wärst ein Engel, und erwartest, daß ich dir das glaube?« Er fuhr sich mit der Hand durch die Haare und lief vor ihr auf und ab. »Großer Gott, das ist ein starkes Stück!«

Sie sah ihn mit einem Blick an, der ihm deutlicher als Worte sagte, wie sehr er sie verletzt hatte. »Es überrascht mich nicht, daß du so etwas sagst.«

Er erstarrte. »Was ist denn so falsch daran?«

»Du willst also wirklich, daß ich dir darauf antworte? Tatsächlich?«

»Du bist doch der Engel.« Die Abfälligkeit in seiner Stimme entging ihm nicht. »Also sag es mir.«

»Okay. Du willst die Wahrheit. Du sollst sie hören. Die ganze schmerzliche Wahrheit. Du kannst nur in Kategorien von Geld denken. Für dich ist alles nur Geld. Du bietest mir Geld an, damit ich dir zuhöre, damit ich in deine Kutsche steige. Du versuchst alles und jeden zu kaufen.«

Er stand da, sah sie an und hörte zu, wie sie ihm Dinge sagte, die er nicht hören wollte – besonders von ihr nicht.

»Du kannst doch nicht einmal einer Frau ein Kompliment machen, Daniel. Hast du gesagt: ›Lillian, du siehst hübsch aus‹? Nein. Statt dessen sagtest du: ›Reichtum kleidet Sie ganz wundervoll‹.«

Wenn sie das sagte, hörte es sich unerträglich aufgeblasen an.

»Weißt du denn nicht, daß es sehr viel wichtigere Dinge gibt als Geld und Gold?«

Äußerlich rührte er sich nicht, aber innerlich zuckte er vor der Aufrichtigkeit ihrer Worte zurück.

»Kannst du das denn wirklich nicht einsehen? Menschen sollten nicht gekauft, sondern respektiert werden. Selbst der zerlumpteste Bettler in New York ist noch immer ein menschliches Wesen. Kannst du es denn nicht über dich bringen, ihnen – oder auch nur einem von ihnen – aus Mitgefühl heraus zu helfen?«

Er schwieg noch immer. Seine Kiefermuskeln waren verspannt, sein Kinn vorgeschoben.

»Sieh dir doch nur dein Haus an.«

»Was ist mit ihm?«

»Du hortest Reichtümer.«

»Aus deinem Mund klingt es, als wäre das kriminell.«

»Nicht kriminell. Traurig. Sieh dir diesen Raum an.« Sie machte eine umfassende Geste mit beiden Händen.

Er blickte sich flüchtig um und fand alles völlig in Ordnung. Er hatte das Zimmer mit dem Besten und Erlesensten einrichten lassen, das man für Geld kaufen konnte. »Und?«

»Hier ist es wie in einem Museum. Unschätzbare Kunst, wertvolles Porzellan, aber nichts . . . Lebendiges. Und dann die Farbe.«

»Was hast du gegen die Farbe einzuwenden?«

»Sieh dich um. Mach die Augen auf. Alles ist golden – als seien Gold und Reichtum das Wichtigste auf der Welt. Das ist doch kein Heim, in dem du hier lebst. Es ist ein Tempel für den allmächtigen Dollar.«

Er sah sich nicht um, er sah sie an. »Du kritisierst mein Haus doch nur, weil ich dir den Unsinn nicht glaube, daß du ein Engel bist.«

»Nein! Offenbar willst du mich nicht verstehen.«

»Du bist doch der Engel. Wirke ein Wunder, bring mich dazu, daß ich begreife.«

Lilli sprang vom Bett und lief auf und ab. Sie griff zum Bettpfosten, blieb stehen und sah ihn wieder an. »Es ist bald Weihnachten. Was war der erste Gedanke, der dir durch den Kopf schoß, als ich das Wort Weihnachten aussprach?«

Gratifikationen, dachte er, hätte das aber um nichts in der Welt zugegeben.

»Aha!« Sie zeigte mit dem Finger auf ihn. »Du hast sofort an Geld gedacht.«

»Das ist eine Vermutung.«

»Ich bin mir sicher. Das habsüchtige Glänzen in deinen Augen war nicht zu übersehen. Gibt es in diesem Haus vielleicht irgendwo einen Hinweis auf Weihnachten? Irgendwelche Tannenzweige, Misteln, Kerzen? Einen Baum? Nein. Nichts. Und was ist mit deinem Personal?«

»Was sollte mit ihnen sein?«

»Hast du vor, ihnen frei zu geben, damit sie mit ihren Familien zusammensein können?«

»Sie werden entschädigt.«

»Wieder Geld.« Sie trat auf ihn zu, legte ihre Handflächen gegen seine Brust und sah zu ihm auf, als erwarte sie von ihm, daß er jemand war, der er nicht sein konnte.

»Willst du es denn nicht verstehen? Kannst du es denn nicht wenigstens einmal versuchen?«

Als sie ihn so anblickte, glaubte er fast, daß er sich vielleicht doch ändern könnte. Aber er war sich nicht sicher, ob er ihr geben konnte, worum sie ihn bat. Weil er es nicht verstand, und das flößte ihm unsagbare Angst ein.

Sein Blick flog zu ihrem Mund, weil er sie einfach ansehen mußte, wanderte langsam das Hemd hinunter, über ihre Beine. Sein Zorn verwandelte sich in Begierde, in das Verlangen, das ihn seit der ersten Nacht zu verzehren schien, als sie ihn dabei ertappt hatte, wie er sie betrachtete.

Er wollte sie, jetzt – aber sein Stolz erinnerte ihn daran, daß er seit vielen Jahren alles zu seinen Bedingungen bekam. Er bestimmte die Regeln.

»Bitte, sieh mich nicht so an.«

»Warum nicht. Ich habe dafür bezahlt.«

Sie zuckte zusammen, als hätte er sie geschlagen.

Etwas in ihm wollte sich für diese Worte entschuldigen, aber etwas anderes – Stolz, Zorn und Abwehr – ließ ihn schweigen. Er hatte das Gefühl, daß in seinem Kopf und seinem Herzen alles durcheinanderging.

Sie trat von ihm fort und hob die Hände, als müsse sie einen Dämon abwehren. In ihrem Gesicht mischten sich Entsetzen und Trauer. »Ich kann es nicht«, flüsterte sie. »Ich kann es nicht tun.«

Sie sah aus, als wolle sie fortstürzen.

Er griff nach ihr. »Geh nicht, Lilli. Geh nicht!«

Lange sah sie ihn an. »Daniel«, hauchte sie schließlich. »Was ist es? Wovor hast du solche Angst?«

Er schüttelte den Kopf. »Versprich es mir. Versprich mir, daß du nicht verschwindest wie schon einmal.«

»Warum?«

D. L. ließ sie los und fuhr sich einer Hand durch die Haare. »Tut mir leid«, sagte er und wandte sich ab. Er fühlte sich maßlos verletzlich, fast nackt. Er ließ sie stehen, weil er nachdenken mußte. Und das konnte er nicht, wenn sie ihn so ansah. Schnell durchquerte er den Raum und öffnete die Tür zum Korridor.

»Daniel?« Ihre Stimme war so leise, daß er nicht sicher war, ob sie überhaupt etwas gesagt hatte.

Er blieb stehen und holte tief Atem.

»Ich bleibe.«

Er atmete aus und lockerte seinen Griff um die Klinke. Weil er keine Worte finden konnte, nickte er nur. Dann ging er hinaus und schloß die Tür hinter sich.

Draußen lehnte er sich einen Moment lang gegen die Wand. Ein irrwitziger Gedanke schoß ihm durch den Kopf: Vielleicht war sie doch ein Engel.

Lilli stand am Fenster und beobachtete, wie Daniels Kutsche anfuhr. Heute verließ er das Haus später als gewöhnlich. Jetzt warf sie sich ein dunkelrotes Cape um die Schultern und setzte eine dazupassende Haube auf.

Sie ging zur Tür, blieb unvermittelt stehen und schnippte mit den Fingern. Sie eilte zurück und griff nach einer Tasche, die auf einem Sessel lag. Wieder ging sie zur Tür.

Lilli öffnete sie einen Spalt weit und lauschte. Die Luft war rein. Sie verließ das Zimmer und eilte über den Korridor auf die Treppe zu. Mit den Händen auf der Galeriebrüstung blickte sie in die Halle hinunter.

Sie war leer.

Lilli hob den Fuß, um auf Zehenspitzen die Treppe hinunterzuschleichen, überlegte es sich dann aber anders, setzte sich auf das Geländer und rutschte geräuschlos hinunter.

Eine Minute später war sie aus dem Haus und rannte die Stufen hinunter, ohne sich auch nur einmal umzusehen.

D. L. stand, die Hände in den Taschen, am Fenster seines Büros und blickte auf den Verkehr hinunter. Ein Botenjunge in blauer Uniform mit goldenen Epauletten und goldbesetzter Mütze löste sich aus der Menge und kam auf sein Gebäude zugelaufen.

Ein paar Minuten später hörte er Fahrstuhlgeräusche. D. L. drehte sich um und wartete angespannt. Die Tür wurde aufgestoßen, und der Junge kam hereingeeilt.

»Ich habe mich beeilt wie der Wind, Mr. Stewart!« Der Junge war außer Atem – eine Tatsache, die D. L. durchaus für angemessen hielt, da er selbst die Luft anhielt.

»Ich habe mit Ihrem Butler gesprochen. Er meinte, ich solle Ihnen sagen, daß Miss Lillian noch schläft.«

D. L. schloß die Augen und sank gegen das Fensterbrett. Er spürte, wie die Spannung langsam nachließ, die sich während des ganzen Morgens in ihm aufgestaut hatte. Plötzlich riß er sich zusammen, richtete sich auf, schob die Hand in die Tasche und holte eine Zehn-Dollar-Münze heraus. »Gut«, sagte er und warf sie dem Jungen zu.

Der fing sie in der Luft auf. »Vielen Dank, Sir.« Er drehte sich zur Tür um.

»Willy?«

Der Junge wandte sich wieder um. »Ja. Sir?«

»Wo lebt deine Familie?«

Willys Unterkiefer klappte herunter. Sekundenlang starrte er ihn verblüfft an. »In Hoboken, Sir.«

D. L. nickte, drehte sich um und sah zum Fenster hinaus. »Wenn jemand ein bißchen Weihnachtsdekoration, Tannenzweige und vielleicht auch einen Baum kaufen möchte . . . Wo tut man das am besten?«

»Das frischste Grünzeug gibt es auf dem Washington Market, in der Nähe der Docks am North River. Dort legen die Frachtkähne an, Sir.«

»Verstehe«, erwiderte D. L. gedankenverloren.

Einige Minuten verstrichen, dann räusperte sich Willy.

D. L. drehte sich um.

»Wäre das alles, Sir?«

»Ja.« Er griff in die Tasche, holte eine Handvoll Goldstücke heraus und betrachtete sie einen Moment lang. Dann sah er Willy an und sagte: »Nimm zwei Tage vor Weihnachten frei und verbring sie mit deiner Familie.«

»Aber, Sir . . .«

»Sie werden bezahlt. Betrachte es als Lohn für deine Informationen.«

Willy grinste. »Ja, Sir!«

D. L. sah, wie sich die Tür schloß, dann hörte er draußen auf dem Flur einen lauten Freudenschrei. Seine Lippen verzogen sich leicht, als er nach Mantel und Hut griff, und als er sein Büro verließ, lächelte auch D. L. Wenige Minuten später brachte ihn seine Kutsche vom Stewart Building zum Washington Market im unteren Teil Manhattans.

D. L. schlenderte über den Markt, auf dem überall Tannengrün gestapelt war oder sich bereits zu Ketten gewunden um Laternenpfähle und über die schmalen Wege zwischen den Buden schlang. Auch von diesen hingen Girlanden aus Tannen- und Stechpalmenzweigen in jeder Grünschattierung und aus allen Gegenden zwischen Maine und den Catskills.

Drei Girlanden hingen um D. L.s Hals und in einer Hand trug er einen Korb mit Misteln, Stechpalmenzweigen, roten Rosen und farbigen Bändern. Am stolzesten aber war er auf einen riesigen Strauß schneeweißer Lilien.

Langsam lief er dahin, atmete den würzigen Duft ein und versuchte, sich Lillis Gesicht vorzustellen.

Das war nicht besonders schwer, denn sie stand nur ein paar Schritte von ihm entfernt.

Sie beugte sich zu einem kleinen Jungen hinunter, der mit großen, ernsten Augen zu ihr aufblickte. In einer Hand hielt er eine Blechpfeife und unter dem anderen Arm eine mechanische Kuh mit einer Messingglocke um den Hals.

D. L. schlich näher und lauschte.

»Ja, Alfred, das stimmt«, sagte Lilli. »Wußtest du das denn nicht?«

Der Junge schüttelte den Kopf.

»Es gibt da einen Vers, der dir hilft, dich daran zu erinnern. Möchtest du ihn hören?«

Der Junge nickte.

Lilli ging in die Hocke, bis sie auf gleicher Höhe mit dem Kind war und sagte: »Wenn eine Pfeife beginnt zu toben, fällt ein Engel herab von droben.« Sie runzelte dramatisch die Stirn und schüttelte den Kopf.

Der Junge kicherte.

»Und jedesmal, wenn Glocken klingen, bekommt ein Engel seine Schwingen.« Sie lächelte und nickte heftig.

Der kleine Junge sah erst die Pfeife, dann die Kuh an. Er legte die Pfeife zurück und rannte zu seiner Mutter, um ihr zu sagen, daß er lieber die Kuh haben wolle.

Lilli richtete sich auf, bückte sich dann aber noch einmal, um ihren Korb mit Tannenzweigen aufzunehmen. Lächelnd drehte sie sich um – und erstarrte bei seinem Anblick.

D. L. rührte sich nicht. »Ich dachte, du würdest noch schlafen.«

»Ich dachte, du wärst im Büro.«

Mehr sagten sie nicht. Der gestrige Abend war noch zu frisch in ihrer Erinnerung, und das machte ihre Begegnung unbehaglich und angespannt.

Sie blickte auf die Girlanden um seinen Hals und begann leise zu lächeln. »Du hast eingekauft?«

Er senkte den Blick und zuckte mit den Schultern. »Ja.«

Sie streckte ihm ihren Korb entgegen. »Ich auch.«

Plötzlich erinnerte er sich, daß er ihr gar kein Geld gegeben hatte, und kam sich töricht vor. Aber nach dem Vortrag, den sie ihm gestern gehalten hatte, wußte er nicht, ob er sie fragen konnte, womit sie ihre Einkäufe bezahlt hatte. Er beäugte den Korb einen Moment lang und meinte dann: »Ich weiß nicht, ob es richtig ist, dieses Thema überhaupt zu erwähnen, aber ich habe ganz versäumt, dir Geld mitzugeben.«

Sie sah überallhin, nur ihn nicht an. »Ich habe die goldene Brosche verpfändet«, sagte sich schließlich. Und seufzte.

»Die Flügel?«

Sie nickte, und er nahm ihren Arm. »Wo ist die Pfandleihe?«

Lilli streckte die Hand aus. »Ein bißchen die Straße hinunter.«

»Komm.« Und schon lief er mit ihr die Straße entlang.

»Du hättest die Ohrringe beleihen sollen.«

»Das konnte ich nicht tun.«

»Warum nicht?«

»Weil sie mir nicht soviel bedeuten wie die Brosche.«

Er blieb stehen und sah sie an. »Das klingt logisch.«

Sie lächelte verhalten.

»Eigentlich ist es ganz und gar nicht logisch. Aber aus irgendeinem Grund kommt es mir so vor. Frag mich nicht, warum.« Er zog sie weiter die Straße hinunter.

Eine halbe Stunde später standen sie unter den drei weißen Glocken, die Murry's Pawnshop zierten, und D. L. heftete die Brosche wieder an Lillis Kleid. Als er fertig war, berührte sie sie leicht mit den Fingern. »Vielen Dank.«

Unsicher schob er die Hände in die Taschen und wandte den Blick ab. »Hättest du gern einen Baum?«

Ihr Lächeln hätte auch die letzte Schneeflocke zum Schmelzen bringen können.

Zwei Stunden später verließen sie den Markt mit der Kutsche, auf deren Dach ein üppiger Weihnachtsbaum befestigt war. Den Kofferraum füllten Girlanden und Tannenzweige. Auf dem Sitz neben Lilli standen Körbe mit Blumen und frischen Preiselbeeren. In der Hand hielt sie eine Strohpuppe in Form eines Engels. »Ist sie nicht wundervoll?«

Er sah sie an. Nur sie. »Ja, wundervoll.«

Sie blickte auf. Irgend etwas schien ihr aufzufallen, und sie holte unwillkürlich tief Luft. D. L. sah aus dem Fenster und bemerkte, daß sie gerade an einer Bäckerei vorbeifuhren, deren Schaufenster mit Pfefferkuchenhäusern gefüllt waren.

»Halten Sie an, Benny«, rief er seinem Kutscher zu, sprang aus der Kutsche und half Lilli beim Aussteigen.

Fast rannte sie zum Fenster, in dem matte Gasbeleuchtung die Auslagen zum Funkeln brachte: Pfefferkuchenhäuser mit Dächern aus schneeweißem Zuckerguß, aus deren Kaminen Zuckerwatterauch quoll, Lebkuchensoldaten in Uniform auf Pferden mit Zuckergußmähnen. Lebkuchenfrauen und -kinder mit Körben voller Birnen, Pfirsichen, Orangen und Äpfeln oder Würstchen und Schinken aus Marzipan.

Eine Weile später verließen sie die Bäckerei wieder, und Lilli reichte Benny einen Pfefferkuchen, der wie eine Kutsche geformt war. Stets dachte sie andere. Sie wollte kein Geld, keine Diamanten. Sie wollte so wenig. D. L. fragte sich, ob es überhaupt etwas gab, das sie nur für sich selbst wünschte.

Dann entdeckte sie die jungen Hunde. Winzige hellbraune Welpen mit flauschigen Ohren, rosigen Zungen und knallroten Halsschleifen lugten aus dem Korb eines Straßenhändlers hervor. Lilli lachte begeistert auf und stürmte auf die Hunde zu wie ein Vanderbilt auf Tiffany's.

»Daniel, sieh doch nur!«

Aber er sah nicht die Welpen an, die ihr Kinn und Wangen beleckten. Auch nicht die jungen Katzen und Kaninchen, als Lilli von einem Korb zum anderen rannte.

Er sah die Freude auf ihrem Gesicht und wünschte sich, ihr dieses Glück an jedem einzelnen Tag seines Lebens schenken zu können.

Lilli. Die Welpen allen Diamanten vorzog, Kätzchen allen Perlen. Kaninchen allen . . .

Er blickte gespielt streng auf sie hinunter. »Keine Kaninchen, Lilli. Welpen ja. Auch junge Katzen. Aber keine Kaninchen!«

VIII

Wenn du nicht lieben kannst wie die Engel,
wenn nicht der Atem des Himmels zwischen euch weht,
wenn du nicht träumen kannst, daß es ewig währt,
wenn du nicht sterben kannst, wenn der Traum vergeht,
dann, o dann nenn es nie Liebe!

Robert Browning

Die Kaninchen knabberten an Daniels Schnürsenkeln.

Lilli saß in einem Sessel, den Schoß voller fiepender, krabbelnder Welpen, während es sich junge Katzen auf der Armlehne bequem machten. Sie fädelte Preiselbeeren auf eine Schnur und lächelte Daniel an.

Er lag vor einem mit feuchtem Sand gefüllten Messingeimer auf den Knien und bemühte sich, den Stamm des Weihnachtsbaumes hineinzudrücken. Es war sein dritter Versuch, dem Baum einen festen Stand zu geben.

»Ich finde, so sieht er gut aus«, verkündete sie.

Er lehnte sich zurück, musterte mit gerunzelter Stirn die beiden braunweißen Kaninchen, stand auf und begutachtete den Baum von allen Seiten. »Ein bißchen mehr nach rechts wäre besser.«

Lilli verdrehte die Augen und schloß die Kette tiefroter Beeren mit einem Knoten. Der Salon war ein Chaos. Eine riesige Schüssel Popcorn stand mitten auf dem Savonnerieteppich, eine Spur gelblichweißer Körner führte zum Baum, wo die Kaninchen zerdrücktes Popcorn von Daniels Schuhsohlen knabberten.

Hunde und Katzen hatten bunte Papierfetzen in alle Winkel getragen, bis der gesamte Raum aussah wie nach einer Konfettiparade. Neben den Petitpoint-Kissen, die einst Marie Antoinette gehört hatten, lagen stapelweise Tannenzweige.

Im gesamten Untergeschoß der Stewart-Villa duftete es nach Weihnachten. Die Außenfassade war mit grünen Girlanden dekoriert. Als die Uhr auf dem Kamin elfmal schlug, war der Baum geschmückt. Rote Bänder, Zweige von Stechpalmen, Tanne, Buchsbaum und Lorbeer zierten Spiegel, Bilder und Kronleuchter.

»Jetzt sieht es nach Weihnachten aus«, stellte Lilli zufrieden fest. Sie hatte die Hände in die Hüften gestemmt und drehte sich gerade rechtzeitig um, um Daniels Gesichtsausdruck wahrzunehmen.

Schweigend stand er neben ihr und betrachtete den Baum. Sein Gesicht wirkte ganz unverstellt und offen und für einen Sekundenbruchteil so abgrundtief verzweifelt, daß sie nicht mehr atmen konnte.

Sie streckte die Hand aus und berührte seinen Arm. Sie mußte es tun, weil sie spürte, daß er in irgendeine Erinnerung versunken war, daß er nach einer Berührung verlangte.

»Daniel«, flüsterte sie.

Er reagierte nicht, rührte sich nicht – bis er sie schließlich ansah, als hätte er eben erst bemerkt, daß sie da war.

Lilli suchte in seinem Gesicht nach Antworten, entdeckte aber nichts als einen verschlossenen Ausdruck, mit dem er seinen Schmerz, seine Furcht verbarg, weil er es nicht ertrug, sie einen anderen Menschen sehen zu lassen. »Was ist los?«

Er schob seine Hände in die Taschen. Ein Reflex, den sie mittlerweile zu kennen glaubte. Sie nahm an, daß er die Fäuste ballte.

Im Laufe der Jahre hatte es Daniel gelernt, seine Gefühle vor der Welt zu verbergen.

»Seit meinem dreizehnten Lebensjahr hatte ich keinen Weihnachtsbaum mehr.« Er sah sie nicht an. Er starrte auf den Baum.

Lilli beobachtete ihn mit zunehmender Angst. »Soll er wieder weg?«

»Nein.« Er schüttelte den Kopf. »Es ist nicht der Baum. Ich hatte nie Zeit für so etwas. Zunächst habe ich zu hart gearbeitet, und dann, als ich mehr Zeit hatte . . .« Er zuckte mit den Schultern. »Es war mir gleichgültig.«

»Möchtest du mit mir darüber reden?«

»Nein.« Er lachte bitter auf, dann wandte er sich ihr zu.

»Ich glaube, du solltest aber darüber sprechen.«

Er verschränkte die Arme. »Weshalb?«

Trotzig konnte sie auch sein. Sie verschränkte gleichfalls die Arme und schob das Kinn vor. »Das weißt du selbst gut genug.«

Er vermied es, ihr in die Augen zu sehen. »Ich bin nicht reich auf die Welt gekommen. Jeden Cent, den ich besitze, mußte ich mir hart erarbeiten. Was du über mich gesagt hast, hat mich zum Nachdenken gebracht, Lilli. Ich fragte mich, was ich bin, warum ich so bin. Ob für mich Geld wirklich vor allem anderen in meinem Leben kommt.« Jetzt sah er sie an. »Ich glaube, du hast recht. Mein Vater ist durch einen Arbeitsunfall ums Leben gekommen. Zwei Wochen später starb meine Mutter. Sie wurde ermordet, als sie sich um einen Job bemühte. Niemand hat genau herausbekommen, was damals geschah, aber die Polizei nahm an, daß es sich um einen versuchten Raubüberfall handelte.

Eine Zeitlang lebte ich bei meinem Großvater, doch dann erlitt er einen Schlaganfall. Sie alle hatten immer nur gearbeitet, hart gearbeitet, aber nie war genügend Geld da. Ich habe nicht viele Kindheitserinnerungen. Ich weiß nur, daß ich alles verlor, was ich jemals geliebt habe, und daß wir kaum Zeit füreinander hatten, weil sie so viel arbeiten mußten.« Er sah sich im Raum um, sein Blick blieb an jedem kostbaren Bild hängen, das die Wände zierte.

»Ich weiß noch, daß ich mir bei der Beerdigung meines Großvaters fest vornahm, eines Tages so viel Geld zu besitzen, daß ich nie zu leben brauchte wie sie.« Er lachte bitter auf.

Lilli sah ihn an.

»Doch heute morgen erkannte ich, daß ich es genauso gemacht habe wie sie. Ich habe jede Minute meines Lebens gearbeitet. Der einzige Unterschied besteht darin, daß ich zu Geld gekommen bin, zu mehr Geld, als ich brauche. Zu mehr Geld, als ich in meinem und ihrem Leben ausgeben könnte.«

»Es tut mit leid, daß ich das alles zu dir gesagt habe, Daniel.«

»Es braucht dir nicht leid zu tun. Es mußte ausgesprochen werden.«

Lilli stand da, wäre am liebsten auf ihn zugelaufen, wagte es aber nicht.

»Können wir noch einmal von vorn beginnen? Keine Herausforderungen, keine Wetten, keine Abmachungen. Du kannst hierbleiben, so lange du willst, Lilli.«

Sie wußte nicht, was sie darauf sagen sollte.

»Wirst du bleiben?«

Alle Menschen, die er geliebt hatte, hatten ihn auf diese

oder jene Weise verlassen. Jetzt verstand sie seinen verzweifelten Blick. Verstand ihn.

Sie konnte ihn nicht verlassen. Nicht jetzt. Nicht, wo sie das eigentümliche Gefühl hatte, daß Daniel auf geheimnisvolle Weise ein Teil von ihr war. Und tief in ihrem Innern wußte sie auch, daß sie ihn gar nicht verlassen wollte. Sie blickte auf und nickte. »Ich werde bleiben.«

Erleichterung glomm in seinen Augen auf. Dann begann er langsam zu lächeln und hob den Kopf zur Zimmerdecke.

Sie folgte seinem Blick. Direkt über ihr hing eine riesige Mistelkrone direkt unter dem Kristallüster.

Mit zwei Schritten stand er neben ihr. Er nahm sie in die Arme, küßte sie sanft und zärtlich auf den Mund.

Lilli schlang die Arme um seinen Hals und erwiderte seinen Kuß. Aufstöhnend zog er sie an sich.

Der Kuß dauerte eine Ewigkeit, eine Ewigkeit und eine Sekunde. Er löste sich von ihren Lippen. Ihr Kopf lag an seiner Brust, und er legte sein Kinn auf ihren Kopf. »Immer, wenn ich dich küsse«, meinte er leise, »glaube ich, Glocken zu hören.«

»Dann solltest du mich vielleicht häufiger küssen«, meinte sie und lächelte versonnen.

»Vielleicht solltest du ins Bett gehen, bevor ich damit anfange und nicht mehr aufhören kann.« Er trat einen Schritt zurück, ließ sie aber nicht aus den Augen.

Lächelnd verließ sie den Raum und ging die Treppe hinauf. Die ganze Zeit spürte sie seinen Blick im Rücken. Oben blieb sie stehen und drehte sich um. »Daniel. Du weißt doch, was man über Glocken sagt? Jedesmal, wenn Glocken klingen . . .«

»Bekommt ein Engel seine Schwingen«, vollendete er den Reim für sie.

Die nächsten beiden Tage gehörten nur ihnen.

Wieder gingen sie zum Schlittschuhlaufen in den Park. Nun

ja, er lief. Sie fiel mehr als sie lief. Sie mischten sich unter die Kauflustigen, die vom Union Square aus über den Broadway und die anderen Avenues schlenderten, an denen die Geschäfte in der Vorweihnachtszeit bis elf Uhr abends geöffnet hatten, um all jene zu bedienen, die zu beschäftigt waren, um tagsüber einkaufen zu können.

Mit Hunderten anderer Schaulustiger sahen sie zu, wie ein mit zweihundert Gasflämmchen beleuchteter Weihnachtsbaum in den Vorhof der Trinity Church gezogen wurde. Jeder Ast des riesigen Baumes war mit Geschenken für die Kinder eines nahegelegenen Waisenheims behängt: eine Aufmerksamkeit von D. L. Stewart.

Aber Lillis schönstes Weihnachtsgeschenk war ein Lachen.

Eines Abends stieß sie mit Daniel oben an der Treppe fast zusammen.

Er blieb stehen. »Geh schon zum Essen hinunter. Ich habe noch etwas vergessen.«

»O Holy Night« summend ging sie die Treppe hinunter. Ein Kätzchen zupfte am Saum ihres Kleides, zwei Welpen fiepten in ihren Armen. Sie erreichte die unterste Stufe.

»Jippiii!« erscholl es von oben.

Eine Sekunde später kam Daniel das Geländer heruntergerutscht, raste am Treppenpfosten vorbei und segelte just in dem Moment quer durch die Halle, als Gage die Haustür öffnete.

Daniel schoß weiter.

Durch die Tür und die vereisten Marmorstufen hinunter, bis ihn draußen auf dem Bürgersteig endlich jemand auffing.

Sein Anwalt Karl Wallis.

»Vermutlich werde ich nie wieder ordentlich sitzen können«, bemerkte D. L. mit schmerzverzerrtem Gesicht in der Bibliothek und reichte Karl einen Drink.

Karl nahm das Glas entgegen. »Du warst gestern abend gar nicht auf der Dinnerparty der Van Cleves.«

»Nein.« D. L. nahm einen tiefen Schluck Scotch.

»Prescott war da.«

»Ich werde ihn anrufen und ein Treffen für die nächste Woche verabreden.«

»Nie hätte ich gedacht, daß du dir eine solche Gelegenheit entgehen läßt. Der Mann hat ein Vermögen zu investieren.«

D. L. reagierte nicht.

»Hast du dir die Verzichterklärung unterschreiben lassen?« Karls Blick sprach Bände.

»Ich sagte dir doch, daß ich mich darum kümmern würde. Und das tue ich auch.«

»Ich würde zu gern etwas wissen . . .«

»Was?«

»Was bedeutet sie dir?«

»Ich weiß nicht, wovon du überhaupt redest.«

»Du weißt verdammt gut, was ich meine, D. L.«

»Halt dich da raus, Karl.«

»Noch nie habe ich dich so erlebt wie in der Gesellschaft dieser Frau.«

»Sie ist eben ganz anders. Ich weiß auch nicht, wie ich dir das erklären soll.« Das war ihm an jenem Abend aufgefallen, als er mit ihr ins Konzert ging. Sie hatte bezaubernd ausgesehen, aber in dieser Umgebung zu still und fehl am Platz gewirkt: wie den rauhen Einflüssen der Elemente ausgesetztes feines Silber. Sie hatte etwas von ihrem Glanz verloren. Er empfand den merkwürdigen Drang, sie vor allem zu beschützen, das sie verletzen, ihr ihr Lachen nehmen konnte.

Karl stand auf und setzte sein Glas ab. »Mir kommt es nicht zu, irgendwelche Urteile abzugeben. Ich habe mir nur Sorgen als Freund und als Anwalt gemacht.«

»Das brauchst du nicht. Ich habe alles im Griff.«

»Sehe ich dich im Club?«

Er schüttelte den Kopf. »Vor Weihnachten nicht.«

Karl ging zur Tür, hielt aber noch einmal inne. »Ich hoffe, du weißt, was du tust.«

»Mir geht es hervorragend. Alles ist in absoluter Ordnung«, erwiderte D. L., war sich aber nicht sicher, ob er es zu Karl sagte oder zu sich selbst.

Die Uhr unten in der Halle schlug zwei.

Daniel rührte sich nicht, hielt sogar den Atem an.

Sie stand am Fenster ihres Zimmers. Das Mondlicht fiel herein und ließ sie aussehen wie der Engel, der zu sein sie behauptete.

»Du kannst also auch nicht schlafen«, sagte er.

Sie schüttelte den Kopf. »Nein.«

Sie hatte ihn nicht angesehen, aber er spürte, daß sie sofort wußte, daß er da war. Es überraschte ihn nicht. Zwischen ihnen existierte etwas Geheimnisvolles, irgend etwas Unsichtbares, das sie miteinander verband.

Sobald er in ihrer Nähe war, konnte er es fühlen. Ganz so, als wäre es etwas Lebendiges, diese akute Erkenntnis, daß sie seine andere Hälfte war – eine Seite, die vielleicht nie existiert hatte oder verlorengegangen war, bis er sie fand.

Er durchquerte den Raum und stellte sich hinter sie. Sie entfernte sich nicht, sondern drehte sich nur langsam um und sah ihn an.

Er streckte die Hand aus, strich ihr eine Haarsträhne aus der Stirn und umfing ihr Gesicht dann mit den Händen. Ihre Haut war so zart und blaß, daß ihm ihre Zerbrechlichkeit fast schmerzhaft bewußt wurde.

Er fuhr mit den Fingern sanft über ihre Wangen, liebkoste ihr Kinn und hob ihr Gesicht an. Noch nie in seinem Leben hatte er eine Frau auf diese Weise berührt. Nie zuvor hatte er seine Finger über ein Gesicht wandern lassen, um es zu ertasten, um es sich mit den Händen einzuprägen.

Aber bei Lilli war es ihm ein sinnliches Bedürfnis.

Sein Mund fuhr kurz über ihre Lippen, ein kaum spürbarer Hauch, wie die Berührung eines Engelsflügels. Momente später wurden ihre Küsse berauschend, leidenschaftlich und so notwendig wie das Atmen. Er nahm ihren Geschmack so begierig in sich auf wie ihren Duft, den Klang ihrer Stimme, das Strahlen ihres Lächelns.

Seine Hände wanderten zu ihren Brüsten, umfaßten sie, berührten ihre Spitzen und spürten, wie sie reagierten.

»Daniel«, hauchte sie leise und sinnlich. Sein Verlangen wurde nahezu unerträglich.

Sie trug nur das Hemd, nichts sonst. Ein leichtes Streifen hier, das Öffnen eines Knopfes dort, und das Hemd glitt auf ihre Füße hinunter. Sie war schlank, elfenbeinweiß und vollkommen.

Seine eigenen Kleider fielen zu Boden, und dann standen sie da – überflutet von Mondlicht und Liebe. Seine Hände um ihre Taille gelegt hob er sie so hoch, daß sein Mund ihre Brüste liebkosen konnte, um dann abwärts zu wandern.

Lillis Atem ging in kurzen harten Stößen, ihre Hände krallten sich in seine Schultern. Ein Vorgeschmack des Himmels. Ihre Finger durchkämmten sein Haar, und sein Name hörte sich aus ihrem Mund an wie ein Gebet.

Er legte sie auf das Bett, küßte ihre Beine, ihre Knöchel, ihre Füße. Dann fuhr er mit den Händen langsam ihre Beine empor, Zentimeter für Zentimeter, bis sich seine Daumen begegneten. Dann küßte er sie wieder – eine federsachte Berührung seiner Lippen, aber so intim, daß dieser Kuß nur ihnen beiden gehörte.

Tränen der Leidenschaft stiegen ihr in die Augen. Er legte sich auf sie, liebkoste und küßte sie. Seine Hände erforschten das dunkle Dreieck zwischen ihren Beinen. Sie zu berühren war alles. Zu beobachten, wie sie auf seine Berührungen reagierte, war mehr als alles.

Sie sprachen nur in Halbsätzen, Verlangen und Leidenschaft nahmen ihnen die Worte.

»Daniel, bitte . . .«

»Lilli, geliebte Lilli, laß mich . . .«

Er verschob sich, bereitete sich darauf vor, etwas Himmlischeres als den Himmel zu berühren. Langsam, ganz behutsam drang er sie ein.

Sie stöhnte auf, wurde ganz steif. Tränen schimmerten unter ihren Lidern hervor.

»Großer Gott . . .« Er erstarrte. Die Zeit blieb stehen. Er versuchte, sich auf ihr Gesicht zu konzentrieren. »Sehr tief kannst du nicht gefallen sein«, sagte er aufstöhnend.

Sie sagte nichts, umfaßte seine Schultern und öffnete langsam die Augen.

In ihnen sah er seine Zukunft, sein ganzes Sein. »Langsam, Liebes, ganz langsam.« Er glitt mit der Hand zwischen sie und entfachte in ihr neue Leidenschaft.

»Halt mich fest, Geliebte, ganz fest«, hauchte er heiser und vergrub dann seine Zunge in ihrem Mund.

Sie umfaßte seine Oberarme und hob die Hüften, verlangte nach besonderen Zärtlichkeiten, die sie im endgültigen Taumel versinken lassen würden. Er gab ihr diese Zärtlichkeiten, und mehr, spürte, wie sich ihre Ekstase steigerte.

Dann stieß er zu. Sie wand sich stöhnend. Sofort hielt er inne – aus Furcht, ihr weitere Schmerzen zu bereiten. »Lilli. Sieh mich an.«

Langsam öffnete sie die Augen.

»Alles in Ordnung?«

Sie nickte, streckte die Hand aus und fuhr ihm zart mit den Fingern über die Lippen, unaussprechliches Verlangen in den Augen.

»Sag mir, wenn ich dir weh tue.« Er bewegte sich lange Minuten ganz ruhig, sehr behutsam, und beobachtete sie, bis sich ihre Augen schlossen und sie auf seine Stöße zu reagieren begann, zu ihrem gemeinsamen, intimen Rhythmus fand.

Lange Zeit dauerte es an, und diese Ewigkeit in dieser Frau sagte ihm mehr über das Leben, die Liebe und seinen Daseinsgrund, als es alle Worte vermocht hätten. Er spürte die Erlösung hart und schnell kommen, ausgehend von seinem Verstand über seine Seele und in Bereiche, die er elementarer, leidenschaftlicher und bewußter empfand als jemals zuvor. Er rang um Beherrschung, wollte sie mit sich reißen, um bei ihrem ersten Mal ganz eins mit ihr sein – nur sie beide auf der Welt und nichts anderes.

Er spürte ihre Ekstase, erschauerte unter seiner eigenen Hitze und begann schneller zu werden. Auch ihr Rhythmus veränderte sich. Weil es sie nach etwas Unmöglichem verlangte, etwas, das – wie ihnen ein Urinstinkt sagte – nur einen Wimpernschlag entfernt war.

Die Erschütterung kam schnell und heftig. Ihr Atem wurde eins wie ihre Körper.

Er klammerte sich an sie – verzehrt von Gefühlen, die wild, unbeherrscht und unbändig waren. Und als die physische Leidenschaft langsam erstarb, spürte er, daß seine Empfindungen für sie noch immer in voller Stärke waren.

Zärtlich umfaßte er ihr Gesicht und sagte ihr das, was er fast von Anfang an gewußt hatte: »Du bist mein ein und alles, Lilli. O Gott, wie ich dich liebe.«

Auch ihr Gesicht war von Emotionen aufgewühlt. Sie schüttelte den Kopf, ihre Stimme klang wie ein geflüstertes Weinen: »O nein . . . bitte.«

Aber es war zu spät.

Daniel hatte in ihr ein Wunder gefunden und ihr längst sein ganzes Herz geschenkt.

Lilli stand neben dem Bett und sah Daniel an. Bereits vor ihrem gehauchten »O nein« war er eingeschlafen.

Das Haus war ruhig. Absolut still. Im Kamin verglommen die Holzscheite, aber die Kälte, die sie empfand, hatte nichts mit der kühlen Luft zu tun. Es kam ihr so vor, als wäre an ihrem Leben im Himmel alles falsch gewesen. Hier war alles richtig. Selbst ihre Wunder.

Es lag eine gewisse grausame Ironie in der Tatsache, daß das, was sie im Himmel nie geschafft hatte, ihr hier auf Erden gelungen war. Ein Wunder. Daniels Wunder.

Lilli fragte sich, ob sie jetzt in den Himmel zurückkehren würde. War eine solche Grausamkeit möglich? Mit ihrem ganzen irdischen Sein wünschte sie, daß es nicht so wäre. Aber falls sie es doch müßte, war ihr bewußt, wie qualvoll die Ewigkeit werden würde – jetzt, da sie ihr nichts mehr bedeutete. Weil Daniel sie liebte.

Und was wäre mit ihm? Sie fuhr sich mit der Hand an den Mund, wollte einen tiefen Seufzer zurückhalten, der sich nicht zurückhalten ließ. Sie stellte sich den Schmerz vor, den er verspüren mußte, wenn sie ihn verließ, diesen Mann, der bisher alle verloren hatte, die er liebte. Großer Gott, auch seinen Schmerz würde sie für alle Ewigkeit mit sich tragen.

Um seinetwillen betete sie darum, bleiben zu dürfen. Auch wenn sie wußte, daß alle Gebete sinnlos wären. Sie betete wieder und wieder, sagte ganze Litaneien von Gebeten auf, bis sie schließlich auf die Knie sank. Ihre Hände waren fast krampfhaft gefaltet. Sie starrte sie an und wußte nicht, ob sie sie so verkrampfte, um sich ans irdische Leben zu klammern, oder ob sie auf eine Chance hoffte, daß ihre Gebete doch erhört wurden.

Aber Gebete, gefaltete Hände und Worte würden nicht helfen. Das spürte sie. Es war, als würde sie ganz langsam dahinschwinden – nach diesem kurzen Augenblick des Himmels auf Erden.

Ich möchte bleiben. Bitte . . . bitte . . .

Lilli verbarg ihr Gesicht in den Händen und begann leise zu schluchzen.

Irgendwo in der Ferne begann eine Kirchenglocke zu läuten.

Und eine Sekunde später verschwand Lilli.

IX

Ihr Engelsgesicht
erstrahlte wie das große Himmelsgestirn
und machte den Schatten licht.

Edmund Spenser

Irgendwo in der Ferne erklang eine Kirchenglocke und weckte ihn. Er öffnete die Augen, streckte die Hand aus und befühlte die Stelle, an der sie gelegen hatte. Sie war leer.

Er lauschte auf ihre Geräusche im Bad, hörte aber nichts. Er wollte zu ihr gehen, glaubte aber, sie brauche einen Augenblick des Alleinseins. Er verschränkte die Hände im Nacken, blickte zum Betthimmel empor und empfand nichts als umfassenden, beseligenden Frieden.

Eine Nacht war längst nicht genug.

Nie zuvor hatte er eine Heirat in Erwägung gezogen. Aber als er jetzt so dalag, wußte er, daß er Lilli sein Leben lang um sich haben wollte. Er lächelte über die Zufriedenheit, die er empfand, die Fülle des Wissens, Lilli zu lieben. Er schloß die Augen und wartete darauf, daß sie aus dem Bad zurückkam.

D. L. wußte nicht, wie lange er geschlafen hatte. Fünf Minuten? Fünf Stunden? Die Ungewißheit der Zeit brachte Unsicherheit und Furcht.

Er schlug die Decke zurück, stand auf und warf einen Blick ins Ankleidezimmer. Die Tür zum Bad stand offen. Der Raum war dunkel.

Sein Magen verkrampfte sich.

Er betrat das Ankleidezimmer, trat vorsichtig um Körbe mit schlafenden Welpen, Katzen und Kaninchen herum. Sie war nicht da.

»Lilli?« rief er und ging ins Schlafzimmer zurück. Er hörte keinen Laut, nur das verschlafene Miauen einer Katze, den hellen Ruf eines Hundes.

»Lilli!« rief er erneut und zog sich an.

Er stieß die Tür auf und rannte den Flur entlang. An der Treppe blieb er stehen. »Lilli!« schrie er. Aber nur das Echo ihres Namen tönte durch die Halle.

In diesem Moment wußte er, daß sie ihm nicht antworten würde, weil dieses geheimnisvolle Gefühl nicht mehr da war, das er fast vom ersten Augenblick an in ihrer Nähe empfunden hatte.

So schnell, als hätte Gott kurz mit dem Finger geschnippt, war es verschwunden.

Er starrte seine Hand an, die mit schneeweißen Knöcheln das Geländer umkrampfte, dann sackte er auf der obersten Stufe zusammen. Lange Zeit rührte er sich nicht. Jedes Gefühl, jede Freude verließ ihn, bis er nur noch Leere empfand.

Er stützte den Kopf in die Hände und holte ein paarmal tief Atem.

»Lilli . . .«

Noch einmal sagte er ihren Namen. Es war kaum mehr als ein Flüstern.

»Verdammt, Karl! Laß mich mit dieser Verzichterklärung in Ruhe!« D. L. fuhr herum und funkelte seinen Anwalt verärgert an. »Sie ist mir egal! Absolut gleichgültig!« Der Zorn und die Verzweiflung in seiner Stimme entgingen ihm nicht. Seine unbeherrschte Panik.

Die Zeit verstrich. Ein ganzer Tag. Er hatte sie nicht finden können. Niemand hatte sie gefunden. Niemand hatte sie gehen sehen. Niemand hatte auch nur einen Laut gehört.

»Ich wünschte mir, sie würde mich verklagen!« Er drehte sich auf seinem Sessel herum und sah ins Nichts. »Dann wüßte ich wenigstens, wer sie war.«

Karl stand auf, nahm seine Aktentasche und schloß sie. Eine kurze Zeit blieb er schweigend stehen, dann sagte er: »Tut mir leid, D. L.«

Daniel reagierte nicht. Die Tür fiel ins Schloß, wenig später hörte er, wie Karls Kutsche davonfuhr.

D. L. saß nur da und starrte in das Schneegestöber vor den Fenstern. Und gab sich seinen Erinnerungen hin. Wie sie unter einem Baum gestanden hatte, mit so viel Schnee auf Kopf und Schultern, daß sie aussah wie ein Schneemann. Das Leuchten in ihren Augen, wenn sie zu ihm aufblickte, die Art, wie sie die Nase über irgend etwas gerümpft hatte. Ihre überschwengliche Freude, als sie die Bäckerei entdeckte, und die Tierjungen.

Er erinnerte sich an eine Mistelkrone. An einen zärtlichen Kuß. An Tannenzweige und Weihnachtsschmuck. An einen Strohengel auf der Spitze eines Weihnachtsbaums. Und an einen anderen Engel. Den einzigen Engel, den er je kennengelernt hatte.

Er stand auf und schleppte sich langsam die Treppe hinauf. Abwesend glitt seine Hand über das Geländer. Als er vor ihrem Schlafzimmer stand, hielt er, die Hand auf der Klinke, inne. Eine letzte, verzweifelte Hoffnung ließ ihn den Atem anhalten, als er die Tür öffnete.

Die Hoffnung erstarb. Sie war nicht da. Er betrat den Raum, drückte die Tür zu und verschloß sie.

Vier Welpen, drei Katzen und zwei Kaninchen begrüßten ihn. Er durchquerte den Raum und starrte auf das Bett. Sein Hemd lag da, wo wenige Stunden zuvor sie gelegen hatte, als seine Welt noch glücklich und vollkommen, als die Liebe in Reichweite war.

Jetzt war es nur sein Seidenhemd, mehr nicht. Er streckte die Hand danach aus, als befürchtete er, es könnte es gleichfalls verschwinden.

Aber es verschwand nicht. Er nahm es auf, ging damit zu einem Sessel und setzte sich.

Ihr Duft umwehte ihn. Der Zitronenduft war real. Aber sie war es nicht.

Ein Hund sprang ihm auf den Schoß, dann noch einer. Einer von ihnen hatte etwas in der Schnauze, und D. L. nahm es ihm ab. Es war die goldene Brosche. Ihre Flügel. Er nahm sie so fest in die Faust, als könnte diese Beschwörung sie ihm zurückbringen.

Komm nach Hause geflogen, mein Engel . . .

Die Kätzchen sprangen auf die Armlehne, die Kaninchen knabberten an seinen Schuhsenkeln. Er sah sie an, dann die Brosche, schließlich das zerknüllte Seidenhemd in seiner anderen Hand.

Einen Moment später verbarg er das Gesicht in den Händen und begann zu schluchzen.

»Lilli beobachtet ihn. Sie läßt ihn nicht aus den Augen.«

Petrus blieb stehen und sah Florie an. »Hat sie zu weinen aufgehört?«

Florie schüttelte den Kopf.

Seufzend und mit Florie im Schlepptau machte er sich auf den Weg durch die Wolken bis zu der Stelle, wo Lilli auf einer Wolke kniete und angestrengt über den Rand in die Tiefe spähte. Ihr Heiligenschein wirkte glanzlos, ihre Flügel hingen herab wie die welken Blütenblätter einer weißen Rose.

Sie hob den Kopf und sah Petrus mit tränenüberströmten Augen an. »Er ist im Park und ruft meinen Namen.«

Petrus blickte nach unten. »Ich sehe es.«

Lilli biß sich auf die Unterlippe und beobachtete, wie Daniel mit gesenktem Kopf, die Hände in den Taschen vergraben, den Park wieder verließ. »Er ist ganz allein und unendlich einsam. Kann ich ihn nicht trösten? Können Sie oder ein anderer ihm nicht helfen? Er hat alles verloren.«

»Manche Menschen haben einen schwereren Lebensweg als andere, Lilli.«

Wieder sah Lilli zu ihm auf. »Ich habe niemals gewußt, was der Himmel wirklich ist, bis ich Daniel begegnete.«

Petrus blickte zu Florida hinüber, die zu schluchzen begonnen hatte. Er schüttelte den Kopf und bedeutete ihr mit einer Handbewegung, ihn mit Lilli allein zu lassen.

Lillis Schultern bebten. »Jetzt ist er in der Kirche und betet.

Hören Sie ihn?« Sie schwieg einen Moment lang. »Ich kann ihn hören.«

Petrus setzte sich auf den Rand der Wolke. Er betrachtete die Welt da unten zunächst ganz allgemein und konzentrierte sich dann auf einen Menschen – auf die hoffnungslose Gestalt eines Mannes.

Petrus betrachtete Lilli lange Zeit schweigend. Nach einer Ewigkeitsminute räusperte er sich und meinte brummig: »Also gut, Lillian. Erzähl mir von deinem jungen Mann.«

Daniel hatte schon überall gesucht. Er lief zu der Bäckerei zurück und stand neben dem Schaufenster, bis er feststellen mußte, daß seine Hoffnung vergeblich war. Er setzte sich stundenlang auf die Bank im Park und sehnte sich danach, sie wieder durch den Schnee laufen zu sehen, ihr fröhliches Lachen zu hören. Aber er stellte nur fest, daß sich die Welt auch ohne ihn weiterdrehte.

Auch ein Erkundungsgang über den Washington Market hatte nichts gebracht. Er hatte an Türen geläutet und Kinder gefragt, ob sie sie nicht gesehen hätten. Aber sie schien unsichtbar wie der heilige Nikolaus zu sein. Er ging in Kirchen, in jede Kirche, an der er vorbeikam, und betete, sprach Gebete, die offensichtlich ohne Antwort blieben.

Am Heiligen Abend ging er trotz Kälte und Schneetreiben gegen Mitternacht den ganzen Weg zur Oper zur Fuß. Auf dem Programm stand Händels *Messias*. Er wanderte durch die Menge der Besucher, bis fast alle hineingegangen waren. Er wühlte in seinen Taschen und steckte Münzen und Geldscheine in jede Büchse, die sich ihm bittend entgegenstreckte.

Das Schneetreiben wurde immer heftiger. Er warf eine Goldmünze in die zerbeulte Emailschüssel neben einem zerlumpten blinden Mann. »Das Wetter wird immer unangenehmer«, sagte er plötzlich. »Wissen Sie, wo Sie die Nacht verbringen können?«

»Ich wohne in der Grand Street, östlich der Bowery.« Der

alte Mann versuchte aufzustehen, sackte aber wieder in sich zusammen.

Daniel half ihm auf, bückte sich nach der Emailschüssel und drückte sie dem Mann in die gichtkrummen Hände. Dann drehte er sich um und pfiff nach einer Mietkutsche.

Er öffnete den Schlag. »Ich habe dem Kutscher gesagt, er soll Sie nach Hause bringen«, sagte er. »Die Fahrt ist bezahlt.« Daniel sah dem alten Mann in die blicklosen Augen. Ohne nachzudenken zog er seine Handschuhe aus, legte sie dem Alten in die Hände und schloß die Finger darum. »Frohe Weihnacht«, sagte er und schloß den Schlag. »Frohe Weihnacht.«

Lange Zeit blieb er stehen und sah der Kutsche nach, bis sie im Schneegestöber verschwunden war. Dann drehte er sich um, steckte die kalten Hände in die Manteltaschen und machte sich auf den trostlosen Heimweg.

An der Ecke stand eine Weihnachtssängerin der Heilsarmee mit einem Glockenspiel. Daniel griff in seine Hosentaschen, aber er hatte sein letztes Geld für die Mietkutsche ausgegeben.

Er lief weiter, blieb dann aber wieder stehen. Er zog seine goldene Taschenuhr hervor und betrachtete sie einen Moment lang.

Zeit war für ihn nicht mehr wichtig. Ohne Lilli war nichts mehr wichtig.

Daniel ging zurück und warf die Uhr in die Sammelschüssel.

Er drehte sich um und erkannte mit plötzlicher Panik, daß keine Glöckchen mehr zu hören waren. Er erstarrte. »Bitte hören Sie nicht mit dem Glockenspiel auf. Spielen Sie weiter ...« Seine Stimme erstarb zu einem unhörbaren Flüstern, und er starrte blicklos auf den verschneiten Bürgersteig. »Jedesmal, wenn Glocken erklingen ...«

»... bekommt ein Engel seine Schwingen«, ergänzte sie.

»Lilli?« Sein Kopf schoß hoch. Er fuhr herum und schob ihre blaue Schute zurück. Silberblonde Locken fielen ihr auf die Schultern. »Lilli!«

»Daniel!«

Sie flog in seine Arme.

»Großer Gott, Lilli. Du bist es tatsächlich!« Er hielt sie ganz fest, befürchtete, sie könnte wieder verschwinden.

»Ich bin hier. Ich bin wirklich hier.« Sie mußte seine Gedanken gelesen haben, denn sie fügte hinzu: »Und ich werde dich nicht wieder verlassen.«

»O Gott, ich dachte, ich hätte dich verloren.« Er umfaßte ihr Gesicht und küßte sie, küßte sie immer wieder. »Ich habe überall nach dir gesucht. War überall dort, wo wir auch gewesen sind, und hoffte . . .« Er hielt sie ein paar Zentimeter von sich ab, um sich ihr Gesicht, dieses Lächeln einzuprägen. »Ich habe mehr Geld fortgegeben, als du dir vorstellen kannst. Alles . . . Nichts. Denn nichts zählt, nur du!«

Tränen liefen über ihre Wangen.

Er hielt sie wieder ganz fest und flüsterte: »Mein Engel.«

Sie berührte seine Lippen mit ihren Fingern. »Dein Engel, Daniel?«

»Mein gefallener Engel. Du bist zu mir nach Hause gekommen.«

Lilli lächelte zu ihm auf und warf dann einen eigentümlichen Blick zum Himmel und zwinkerte. Aber als sie ihn wieder ansah, galt ihr Lächeln nur ihm. Sie lehnte sich in seinen Armen zurück. »Vielleicht – nur vielleicht – hättest du auch nur zu pfeifen brauchen, Daniel . . .«

Epilog

Jene, die sich mit solchen Dingen auskennen sollten,
sagen,
daß die guten Menschen . . . einige der Engel sind,
die aus dem Himmel verstoßen wurden
und mit beiden Füßen auf der Erde landeten.

William Butler Yeats

Zehn Jahre nach diesem Weihnachtsfest hörte Daniel noch immer die Glocken klingen, wenn er seine Frau küßte. Sie wohnten noch immer in dem riesigen Haus an der Ecke, doch innen hatte sich viel verändert.

Fort waren die kostbaren Gemälde, Porzellane und Sammlungen. Statt dessen zierten die Wände einfache Kinderzeichnungen und Bilder von Lilli mit ihren Töchtern und Söhnen.

Ihre älteste Tochter hatte sie Florida genannt, die Zwillinge Cherubim und Seraphim – kurz Cheri und Sera – sowie die Söhne Peter und Gabriel und angemerkt, damit gebe sie ihnen die Namen sehr, sehr alter Freunde, denen gegenüber sie sich verpflichtet fühle.

Fort waren auch die französischen Antiquitäten und Sessel. Behagliche und farbenfrohe Einrichtungsgegenstände füllten jeden Raum, einige von ihnen durch Kinder und Haustiere arg mitgenommen. Aber alles war warm, einladend und behaglich und machte aus Daniels Haus ein wirkliches Zuhause.

Im gesamten Haus war keine einzige Pfeife zu finden. Statt dessen standen oder hingen überall Glocken. Es gab Türglokken und Schlittenglocken, Tischglocken und Vesperglocken, Porzellanglocken und chinesische Gongs. Schellen ertönten auf den Schuhen der Kinder und an den Halsbändern der Hunde. Eine Kuhglocke rief die Familie zum Essen zusammen.

Ein gläsernes Glockenspiel hatte einen Ehrenplatz auf einem Tisch in der Halle. Sobald jemand das Treppengeländer herunterrutschte, brachte er es zum Erklingen.

Denn Daniel und Lilli Stewart hatten ihren Kindern ein wundervolles Geschenk gemacht: die Fähigkeit, an Wundersames, Merkwürdiges und Himmlisches zu glauben, an Menschen, aber vor allem an Dinge, die nicht zu beweisen waren. Denn jedesmal, wenn Glocken erklingen . . .

erhält ein Engel seine Schwingen.

Arnette Lamb

Geliebter Herold

BASTEI
LÜBBE

Für Jake,
einen kleinen Jungen, der mit Liebe, Freude und einem großen Herzen kam und mit einem Stück meines Herzens wieder ging.

Im Süden Schottlands, November 1308

»Merkt auf! Der Herold des Königs Schottland!«

In seiner rotgoldenen Uniform betrat der Herold von König Roberts I. den großen Saal von Douglas Castle und bahnte sich seinen Weg durch das Gewirr der Bänke. An einem Spieltisch in der Nähe der Herdstelle saß Randolph Macqueen seinem Bruder Drummond gegenüber. Jetzt vergaß er den Würfel in seiner Hand und starrte den ungewöhnlichen Boten hingerissen an.

Drummond zupfte an seinem Ärmel. »Eine Frau?«

»Mehr Frau, als die Gerüchte besagen«, meinte Randolph nachdenklich und dachte an die Geschichten, die er über sie gehört hatte.

»Ungewöhnlich, höchst ungewöhnlich«, stellte Drummond fest, »dich eine Frau angaffen zu sehen wie ein liebeskranker Tölpel.«

Ihr Gesicht konnte Randolph nicht sehen, aber ihre Haltung war voller Würde, und sie ließ hinter sich ein Meer bewundernder Männer und schmallippiger Frauen zurück. Randolph atmete sehr langsam wieder aus. »Es liegt auf der Hand, warum so viele mit dem schottischen König übereinstimmen.«

»Wer ist sie?«

»Elizabeth Gordon, die bezauberndste Frau in unserem Land.«

»Wenn jetzt schon Frauen als königliche Boten in Dienst

gestellt werden, hat sich Schottland weit mehr verändert, als ich dachte.«

Sieben Jahre lang war Randolphs Bruder von den Engländern eingekerkert gewesen, die einen Schotten des Hochverrats anklagten, wenn er sein eigenes Heim verteidigte. Vor kurzem hatten sie Drummond unter der Bedingung freigelassen, die Grenze zum Hochland nicht zu überschreiten. Eine andere Bedingung war gewesen, auf seinen Titel als Chieftain des Macqueen-Clans zu verzichten.

»Es ist eine Schande, daß du nicht in die Highlands kommen kannst, um die Veränderungen mit eigenen Augen zu sehen«, entgegnete Randolph grimmig.

»Ich bin ein freier Mann, und in den Debatable Lands geht es mir gut«, versicherte Drummond. »Nur keine Sorgen, Bruder.«

Vor Jahren hatte Randolph schon alle Hoffnung aufgegeben, seinen Bruder je wiederzusehen. Aber nun, kurz vor dem bedeutendsten Fest des Jahres, saßen sie sich in Douglas Castle Auge in Auge gegenüber. Dankt den Heiligen, dachte Randolph, und schmückt alle Räume mit festlichem Grün.

»Erzähl mir von dem weiblichen Herold«, forderte Drummond.

Randolph lachte. »Der Inhalt deiner Gespräche hat sich keinen Deut verändert.«

»Als junge Burschen sprachen wir kaum über etwas anderes als Politik und Frauen«, erwiderte Drummond versonnen.

Plötzlich waren sie wieder ganz junge Geschwister, die stillschweigende Urteile fällten und unausgesprochene Treueschwüre leisteten. »Ja, und nun reden wir schon wieder darüber. Es heißt, daß Elizabeth Gordon die ehrenwerteste Jungfrau weit und breit ist. Sie überbringt Bruce's Botschaften dem König von England.«

Beide Männer blickten zu der Tafel hinüber, an der Edward II. saß. Sein Vater, Edward I., hatte den schottischen Süden, die Lowlands, bezwungen. Jetzt weilte sein Sohn zu Besuch bei Red Douglas, seinem treuen Lehnsmann. Während seines Aufenthalts würde der König die herkömmlichen Weihnachtsgeschenke – Tunika, Überrock und Überwurf – überreichen.

»Dann mußt du ein Vertrauer des Königs von Schottland sein.«

Wohl kaum, dachte Randolph, solange sich Robert Bruce weigerte, an der ersten gemeinsamen Christmesse in den Highlands teilzunehmen. Aber diese Meinung würde Randolph nie äußern, wo so viele Lowlanders zuhören konnten. Sobald sie allein waren, würde er offen mit Drummond sprechen.

Wieder blickte er zu der Tafel an der Stirnseite des Saales hinüber, vor der inzwischen der weibliche Herold angekommen war.

Ihr bodenlanger Umhang bauschte sich, die Samtmütze saß schief auf dem Kopf und beschattete ihr Gesicht, als sie vor dem englischen König stehenblieb. Mit dem Rücken zur Menge zog sie die Mütze ab und enthüllte kastanienbraune Zöpfe, die als Kranz um ihren Kopf lagen. Anmutig ließ sie sich auf ein Knie nieder, senkte den Kopf und wartete darauf, daß Edward Plantagenet sie zur Kenntnis nahm.

Um in ihrer heiklen Haltung das Gleichgewicht nicht zu verlieren, stützte sie sich mit den behandschuhten Finger auf dem kalten Steinfußboden ab.

Die Bewunderungsrufe der Männer wurden so laut, daß die Spielleute ihre Bemühungen einstellten. Aus den Tiefen des riesigen Saalgewölbes schrie ein kühner Heißsporn: »Eine Gordon! Eine Gordon! Zu mir, schöne Gordon!« Ein klatschender Schlag brachte ihn zum Schweigen. Weibliches Lachen perlte auf, bis ein scharfes Zischen die Erheiterung der Frau beendete.

Alle Augen – bis auf vier – richteten sich auf die Schottin, die einem fremden Herrscher ihre Reverenz erwies.

Mit keinem Kopfnicken, mit keinem einzigen Blick nahm Edward Plantagenet ihre Anwesenheit zur Kenntnis. Statt dessen setzte er die Unterhaltung mit seinem langjährigen Günstling und kürzlich zum Earl of Cornwall erhobenen Piers Gaveston, fort.

Randolph lauschte den abfälligen Bemerkungen des englischen Herrschers über die schottischen Clans, aber seine Blikke hingen an der wunderschönen Frau, die enge Lederhosen trug, feine Stiefel und einen mit Fuchsfellen gesäumten Umhang. Der Pelz betonte ihre Haarfarbe, und er fragte sich unwillkürlich, welche Farben ihre Augen hatten. Waren sie blau wie Saphire oder rauchig braun wie der Whisky aus den Highlands?

Sobald sie sich umdrehte, würde er die Antwort erfahren.

»Wißt Ihr, woraus der Weihnachtskranz eines Highlanders besteht?« fragte Edward seinen Freund.

Piers Gaveston tat, als würde er nachdenken. »Fleischpudding?«

Der englische König brüllte vor Lachen. »Und Disteln. Lieber würden sie wieder Krieg gegeneinander führen, als ihre Köpfe vor dem Christuskind zu beugen.«

Randolph stieß das schwache Bier sauer auf. Jahrelang hatten die Kriege Edwards I. den Highlands unsagbaren Schaden zugefügt. Erst sein Tod im Juli des vergangenen Jahres hatte der Zerstörung ein Ende gemacht. Weihnachten letzten Jahres waren die Highlanders viel zu sehr mit dem Überleben beschäftigt gewesen, um für mehr Zeit zu haben als einen Segensspruch ihrer Priester. Doch in diesem Jahr würde das anders werden. Eine herrliche Vorweihnachtszeit erwartete alle Schotten des Hochlandes.

Drummond legte seine Hand auf Randolphs Arm. »Ich frage mich, welche Botschaft unser König dem englischen Monarchen überbringen läßt.«

Randolph konnte nur hoffen, daß sie nicht die Highlands betraf. Als einziger Highlander im Saal fühlte er sich ausgesprochen auffällig. Seit seiner Ankunft vor wenigen Stunden hatte er bereits mehr Blicke auf sich gezogen, als ihm lieb sein konnte. Er war aus zwei Gründen in den schottischen Süden gekommen, und abgesehen von seiner Bewunderung für Elizabeth Gordon war das Wiedersehen mit seinem Bruder sein vorrangiges Ziel. Im Augenblick.

»Wen schert die Botschaft«, entgegnete er leichthin. »Es ist die Botin, auf die ich aus bin. Für sie könnte ich allen anderen Frauen abschwören.«

»Du? Du solltest einer Frau über das Vergnügen einer Nacht hinaus treu sein wollen?« Sein spitzbübisches Grinsen gab Drummond ein jungenhaftes Aussehen, obwohl er älter war als Randolph. »Eher glaube ich an die Vereinigung von Schottland und England.«

Gleichwohl, ob es mich nach ihr verlangt oder nicht, dachte Randolph. Der Herold Robert Bruces verdient eine bessere Behandlung. »Warum läßt sie sich die Grobheit des Königs gefallen?«

»Bleibt ihr eine Wahl?« wandte Drummond ein, schon immer der Vernünftigere von beiden.

Verärgerung stieg in Randolph hoch. »Ob Edward sie wohl jemals zur Kenntnis nimmt?«

Drummond schnaufte gereizt und nahm einen tiefen Schluck aus seinem Krug. »In Anwesenheit Piers Gavestons? Wohl kaum. Es überrascht mich schon, daß sie so lange bei Tische verweilen.«

»Still!« zischte Randolph und fügte hinter vorgehaltener Hand hinzu: »Wenn du so offen in dieser Gesellschaft von Vasallen des Königs sprichst, könntest du dich bald im Tower von London wiederfinden. Diese Menschen sind den Macqueens keine Loyalität schuldig. Sie haben sich wie du Edward Plantagenet verpflichtet.«

»Bete darum, daß sich dieser Plantagenet mit England, Wales, diesem Stück Schottland und dem zufriedengibt, was ihm die Franzosen einräumen«, grollte Drummond mit einem Gesichtsausdruck, der Randolph an ihren Vater erinnerte. »Falls er die Besessenheit seines Vaters für Schottland geerbt hat, können ihn nur die Highland-Clans aufhalten.«

Als weitere Bedingung seiner Begnadigung war Drummond jedes Zusammentreffen mit seinen Stammesangehörigen untersagt. Als Randolph erfuhr, daß sein Bruder aus den nahegelegenen Debatable Lands nach Douglas Castle aufgebrochen war, hatte er sich eilends zum Solway Firth begeben. Drummond war im Besitz von Informationen, die für den Erfolg der bevorstehenden Christmesse der Vereinigung unverzichtbar waren.

Unter dem Vorwand, dem Chieftain der Douglas seinen Respekt erweisen zu müssen, hatte Randolph seine Mannschaft an Bord der *Seawolf* zurückgelassen, war allein zur Douglas-Festung weitergereist und hatte beim Anblick seines Bruders Überraschung geheuchelt.

Red Douglas hatte seine Pläne vermutlich durchschaut, aber er nahm Randolphs Gastgeschenke entgegen, hieß ihn willkommen, versicherte ihn seines Schutzes und überzeugte den englischen König davon, daß Randolphs Anwesenheit Drummonds Entlassungsbedingungen nicht zuwiderlief.

Die wichtigste Bedingung der Entlassung seines Bruders betraf Drummonds Loyalität, und vor Randolphs Eintreffen hatte Drummond dem englischen König Treue geschworen. Bei der Vorstellung, daß ein Verwandter von ihm vor einem Plantagenet das Knie beugte, krümmte sich Randolph innerlich zusammen. Auch der Anblick von Elizabeth Gordon, einer adeligen Schottin und Vertrauten von Robert Bruce, die sich da vor dem Feind erniedrigte, wurde für Randolph von Minute zu Minute unerträglicher.

Und Edward schien kein Ende bei seinen Beleidigungen zu finden. Die Menge jubelte, als er schwor, die schottischen Chieftains hätten es sich zur Gewohnheit gemacht, den Weihnachtstag zu verschlafen. »Als Vorsichtsmaßnahme«, fügte Edward hinzu, »damit sie sich nicht gegenseitig umbringen, bevor die Messe abgehalten wird. Der Papst wird ihr heidnisches Verhalten mit Gewißheit nie segnen.«

Eine Fehleinschätzung, dachte Randolph. Aber Edward sollte

ruhig weiterhin annehmen, die Highland-Clans lägen miteinander im Streit.

»Edward ist ein ungehobelter Patron, sie derart zu demütigen«, murrte Randolph.

»Was weißt du noch über sie?«

Randolph lehnte sich zurück, ließ aber Elizabeth Gordon nie aus den Augen. Noch immer stützten sich die Fingersitzen ihrer rechten Hand auf den Steinfußboden. Vermutlich waren sie inzwischen steif vor Kälte. Edward Plantagenet sollte der Teufel holen!

»Es gibt eine Unmenge Geschichten über sie. In Edinburgh heißt es, als ihr Vormund sie vor die Wahl zwischen dem Dienst in der Kirche und dem Dienst für den König stellte, hätte Lady Elizabeth Robert Bruce Gott vorgezogen.«

»Also ist sie von edlem Geblüt?«

Obwohl er sie gerade selbst zum ersten Mal gesehen hatte, warf Randolph seinem Bruder einen abfälligen Blick zu. »Wie kannst du daran zweifeln, nachdem du sie erblickt hast?«

Drummond nahm die Rüge gelassen hin und füllte ihre Krüge auf. »Sie ist sehr hübsch. Erzähl mir mehr von ihr.«

»In Inverness glaubt man, sie sei Bruces Geliebte. Es heißt, er zwinge sie zum Tragen eines goldenen Keuschheitsgürtels.«

»Hältst du das für möglich?«

Schon bei dem Gedanken, ein anderer Mann könnte diesem wundervollen Wesen nahetreten, ballte Randolph insgeheim die Fäuste. Und das war eigentümlich, denn er konnte sich nicht erinnern, wann er das letzte Mal auf eine Frau eifersüchtig gewesen war. Doch mit Elizabeth Gordon war es anders, sein Verlangen nach ihr begann erst zu erblühen. Und ihre Verbindung mit dem König von Schottland gab einer ohnehin schon anziehenden Frau einen zusätzlichen Reiz.

Aber falls Bruce sie auf eine Mission geschickt hatte, die in irgendeiner Weise die bevorstehende Einigung der Highlands betraf, mußte Randolph die Einzelheiten erfahren. »Ich glaube keine einzige der Geschichten, die man sich über sie erzählt.

Ich bin sicher, daß sie noch auf der Suche nach ihrer Bestimmung ist.«

»Und du meinst, die könnte sie in dir finden?«

Die Flamme des gelben Talglichts auf dem Tisch flackerte. Bald würden mit Wachsmyrte aromatisierte Talgkerzen den Saal mit Weihnachtsduft erfüllen.

»Ja«, sagte Randolph.

»Trägt sie tatsächlich einen Keuschheitsgürtel?«

Da er absolut keine Lust hatte, sein Unwissen einzugestehen, grinste Randolph seinen Bruder nur an.

Entsprechend beeindruckt, stieß Drummond mit seinem Krug gegen den des Bruders. »Ich wünsche dir Glück mit ihr, kleiner Bruder. Warum wurde sie dazu ausersehen, als Botin des Königs zu dienen?«

»Das weiß ich nicht.« Aber auch das würde Randolph in Erfahrung bringen.

Endlich ließ Edward von seinen Schmähungen ab, blickte mit einer Miene strapazierter Geduld auf Elizabeth Gordon hinunter und winkte sie mit dem Zeigefinger näher an sich heran.

Ihr Gewicht auf beide Knie verlagernd, sprach sie kurz auf ihn ein – und zu leise, als daß irgendeiner der Anwesenden auch nur eins ihrer Worte verstanden hätte.

»Sehr wohl.« Der König sah Gaveston an, verdrehte die Augen und murmelte etwas, was den Earl zum Lächeln veranlaßte. Dann erhob er sich. Als sich daraufhin alle im Saal Anwesenden erhoben, forderte er sie mit einer Handbewegung auf, sich wieder zu setzen.

Wie auch die Botschaft des schottischen Königs lautete, der englische Monarch würde sie unbelauscht vernehmen, denn er entfernte sich von der Tafel und bedeutete Elizabeth Gordon, ihm in eine Ecke zu folgen.

Randolph war beträchtlich größer als der englische König. Für eine Frau sehr hochgewachsen, stand Robert Bruces Botin Edward fast Kinn an Kinn gegenüber. Eine höchst angenehme

Vorstellung durchzuckte Randolph. Elizabeth's Wange würde ganz ausgezeichnet an seine Schulter passen. Er brauchte sich nicht allzu sehr zu bücken, um auf ihr Geplauder zu hören oder Robert Bruces Pläne zu erfahren. Er brauchte sie auch nicht auf einer höheren Treppenstufe zu postieren, um ihr einen Kuß oder ein Staatsgeheimnis zu entlocken. Er konnte sie im Stehen liebkosen, bis ihre Augen vor Leidenschaft ganz dunkel wurden. Aber welche Farbe hatten sie denn nun?

»Douglas!« rief der König. »Habt Ihr eine geziemende Herberge für Bruces Herold?«

Ihr Gastgeber sprang auf die Füße. »Ja, mein König.«

Randolphs Herz tat einen Sprung. Sie blieb.

»Wie lange gebt Ihr uns die Ehre, Mylady?« fragte Douglas sie.

Edward lachte dröhnend. »Bis ich ihr gestatte zu gehen!« Dann ergriff er seinen Krug und ging mit Piers Gaveston die Stufen zu den Gastgemächern hinauf.

Elizabeth Gordon wandte sich um.

Ihre Augen waren grau, kühl und überblickten sehr gelassen den ganzen Saal. Einige der Anwesenden duckten sich, als wollten sie ihrer Aufmerksamkeit entgehen. Andere warfen sich in die Brust wie junge Hirsche in der Brunft. Randolph sah sie so intensiv an, als wollte er sie zwingen, in seine Richtung zu blicken.

Sie tat es und entdeckte dann seinen Bruder. Sie hielt kurz inne und sah dann wieder Randolph an.

Er fühlte sich wie mit einem Tau gefesselt.

»Sie hat ein Auge auf dich geworfen«, stellte Drummond fest.

Randolph hatte niemandem von seinen Plänen erzählt, Douglas Castle aufzusuchen. »Aber aus welchem Grund?«

Mit jedem Schritt, den sie tat, entdeckte Randolph etwas Neues an ihr, das er bewundern konnte. Keine Sommersprossen verunzierten ihre Haut, feine rotgoldene Locken rahmten ihr Gesicht.

Sein Bruder stieß ihn in die Rippen, aber Randolph konnte seinen Blick nicht von ihr wenden.

Mit einer anmutigen Bewegung öffnete sie ihren Umhang, nahm ihn von den Schultern und legte ihn über ihren Arm.

Randolph und Drummond standen auf.

Randolph hatte ihre Größe richtig eingeschätzt, denn ihr Kopf reichte bis knapp unter seine Nase. Als ihr herbwürziger Duft über den Tisch wehte, bekam er Schwierigkeiten mit dem Schlucken.

»Ihr seid Drummond Macqueen«, sagte sie zu seinem Bruder.

Da sie einander ähnelten wie zwei Disteln, fühlte sich Randolph zu der Frage veranlaßt: »Woher wißt Ihr, wer von uns Drummond ist?«

Sie sah ihm kühl in die Augen. »Randolph Macqueen. Ihr seid jetzt der Chieftain Eures Clans.«

»Ich habe mich weder um den Titel noch die Aufgabe gerissen.«

»Sie aber auch nicht abgelehnt.« Sie wandte sich wieder Drummond zu. »Unser Herrscher heißt Euch daheim willkommen und dankt dem Herrn für Eure Freilassung.«

Also das war ihre Botschaft. Randolph entspannte sich.

»Daheim?« fragte Drummond. »Die Highlands sind mir verschlossen. Der einzige Landbesitz, der mit gestattet wurde, liegt in der Nähe der Debatable Lands.«

»Obwohl es ihm anders lieber gewesen wäre, weiß unser König, daß Ihr den Engländern Treue gelobt habt.« Die bedeutungsvollen Worte kamen ihr so gefällig über die Lippen, als unterhielten sie sich darüber, ob er lieber Hirsch oder Wildschwein aß.

»Mir blieb keine Wahl, Herold«, entgegnete Drummond mit vor Verärgerung rauher Stimme. »Und die Highlands werden nicht zugrunde gehen, nur weil es einen Macqueen weniger gibt. Ihr könnt Bruce meine Worte übermitteln.«

Um zu verhindern, daß das Gespräch eine gefährliche Wendung nahm, mischte sich Randolph ein. »Gebt uns die Ehre Eurer Gesellschaft, Mylady.«

Sie deutete auf den Tisch und den vergessenen Würfel. »Ich habe mich meiner Aufgabe entledigt und auf Euch wartet Euer Spiel.«

»Das hat längst jeden Reiz verloren.« Randolph wischte den Würfel vom Tisch. »Wie ich hörte, könnt Ihr jedes Wort genau im Gedächtnis behalten und so weitergeben, als hätte es der ursprüngliche Sprecher über die Lippen gebracht. Ich würde von Euch gern wissen, ob das der Wahrheit entspricht.« Er zeigte auf seinen Platz. »Während Ihr Euch ein wenig am Feuer erwärmt.«

Sie blickte fast verlangend zum Herd. Dann setzte sie sich auf den Hocker und streckte die langen Beine unter dem Tisch aus.

»Könnt Ihr Euch tatsächlich an jedes gesprochene Wort erinnern?«

Sie zuckte mit den Schultern. »Es ist die Pflicht eines Herolds, sich genau zu erinnern.«

»Ihr macht nie Fehler?«

Ihr Knie berührte kurz das Randolphs, aber sie achtete nicht weiter darauf. »Nicht, wenn Könige mit mir sprechen.«

Er wollte dieses Knie wieder berühren, also bewegte er sein Bein. »Euch begleitet ein Schreiber.«

Sie blickte sich gelassen um und brachte sich dann außer Reichweite seiner Beine. »Seht Ihr hier einen Schreiber, Lord Randolph?«

Nur die beiden Männer, die gerade den Saal verlassen hatten, standen im Rang höher als Randolph, und keiner von beiden war ein Schotte. Noch ungewöhnlicher als die falsche Anrede war die Unverblümtheit, mit der sie sie vorbrachte. »Ich bin kein englischer Lord. Und woher kennt Ihr mich?«

Eine Magd stellte einen dampfenden Krug vor sie hin. Sie suchte in ihrem Beutel nach einer Münze und warf sie dem

Mädchen zu. »Ich sah Euch im vergangenen Sommer auf Auldcairn Castle.«

In Elgin und östlich von Inverness gelegen, war Auldcairn das Heim von Revas Macduff, Randolphs Lehnsherrn und Freund. »Unmöglich«, erklärte Randolph finster. »Wärt Ihr dort gewesen, könnte ich mich erinnern.«

Sie lächelte, aber mehr ironisch als heiter. »Es war Mittsommerabend und die Luft ungewöhnlich warm. Euer Gastgeber Revas Macduff saß neben John Sutherland und der wiederum links neben Sheriff Brodie. Angus Davidson und die Earls von Montcrief und Mar waren gleichfalls anwesend. Macduff hatte seinem Pflegekind Glennie Forbes gerade die Fehdebänder überreicht, und Father Thomas war selbst für einen Mann der schottischen Kirche unziemlich ausgelassen. Er saß an einem Spieltisch mit Summerlad, Eurem jüngeren Bruder, der ein Bewunderer von Serena Cameron ist. Ihr wart erschienen, um . . .«

»Glennies Errungenschaften zu feiern.« Der eigentliche Grund für die Zusammenkunft war eine Angelegenheit der Highlands gewesen und der Hauptgrund für Randolphs heutige Anwesenheit auf Douglas Castle. Aber das Treffen und die wichtige Christmette, die es in die Wege geleitet hatte, mußten vorerst ein Geheimnis bleiben.

Auf jeden Fall mußte Randolph auf seine Worte achten, denn Elizabeth Gordon hatte die wichtigsten Teilnehmer der Zusammenkunft auf Auldcairn Castle im letzten Sommer sehr genau benannt. »Es gereicht mir zur Ehre, daß Ihr mich inmitten von soviel tapferen und klugen Higlanders in der Erinnerung behalten habt.«

Sie streifte die Handschuhe ab und legte sie auf den Tisch. »Ihr wart an jenem Abend unvergeßlich.«

Drummond nickte weise. »Das sagen alle Jungfrauen, wenn sie von meinem Bruder sprechen.«

Was habe ich denn nur getan? fragte sich Randolph. Aber wie angenehm, daß dieses Wesen darüber sprechen möchte.

Laut genug, damit es ihre anderen Bewunderer hören konnten, sagte er: »Verratet mir, welche Verkleidung Ihr getragen habt, holde Elizabeth, denn ich habe Euch nicht gesehen.«

Zu seiner Erleichterung stimmten die Spielleute eine Weise über eine gottesfürchtige Maid an, die sich nach der Rückkehr ihres Liebsten am Weihnachtstag sehnt, damit der sie aus den Klauen eines übelgesinnten Kaufmann errettet. Die Zecher an den anderen Tischen wandten sich wieder ihren Krügen und Gesprächen zu.

Elizabeth Gordon legte die Hände um ihr dampfendes Trinkgefäß. Ihre Fingerspitzen waren weiß vor Kälte. Das Herdfeuer ließ ihre Haare erst rot, dann golden aufschimmern. Bei Gott, sie ist in der Tat ein Prachtstück, dachte Randolph und stellte sich vor, wie sie in Flitterkram gehüllt an seinem Kamin Julwein schlürfte.

»Ich habe mich weder verkleidet noch versteckt«, sagte sie. »Doch Ihr wart in ein tiefschürfendes Gespräch mit der Countess of Nairn vertieft. Selten zuvor habe ich vernommen, wie ein Mann einer hochwohlgeborenen Lady des Königreichs die Feinheiten weiblicher Unterbekleidung erläuterte.«

»Oho!« machte Drummond.

Jetzt wußte Randolph, warum er den Herold nicht bemerkt hatte.

»Die Countess of Nairn«, erklärte ihm Elizabeth Gordon, »hatte gerade ihre Trauerzeit für ihren Gemahl beendet.«

In Wahrheit hatte die sehr junge und ungewöhnlich zugängliche Gräfin Randolph gebeten, die Farbe ihrer Unterkleidung zu erraten, die sie nur angezogen hätte, um ihm zu gefallen.

»Und Randolph hat der trauernden Witwe seinen Beistand angeboten«, vermutete sein verräterischer Bruder grinsend.

Mit gespielter Ernsthaftigkeit legte der Herold eine Hand auf die roten Lilien, die die Brust seines Gewands zierten. »Es waren ihre letzten Tröstungen, nehme ich dann, denn sofort danach kehrte sie an den Hof zurück.«

Unter dem anzüglichen Blick seines Bruders wäre Randolph

am liebsten im Boden versunken. Als die Neckereien der Countess an jedem Abend vor vielen Monaten handgreiflicher wurden, hatten sie Zuflucht in einem Gästegemach gesucht. Erst zwei Tage später waren Randolph und eine umfassend getröstete Gräfin wieder aufgetaucht. Doch da war der Herold längst abgereist.

»Deshalb habt Ihr mich auf Auldcairn Castle nicht bemerkt«, erklärte sie abschließend.

Randolph sprang auf die Füße. »Wollt Ihr mit mir nicht einen kleinen Spaziergang hinauf zu den Zinnen unternehmen, Lady Elizabeth?«

Sie lehnte den Kopf zurück. »Nay. Ich fürchte, wir teilen nicht eine Gemeinsamkeit, auf der sich eine Unterhaltung aufbauen ließe.«

Noch Augenblicke zuvor hatte sie sich zugänglich gezeigt, nun wich sie aus. Derart herausgefordert hob Randolph die Brauen. »Ich dachte, Ihr verfügt über ungewöhnliche Fähigkeiten mit Worten und in Gesprächen.«

Unterdrücktes Lachen verzog ihre Lippen ausnehmend reizend. »So ist es. Doch nie würde ich mit Euch allein auf irgendwelche Zinnen steigen oder sonstwohin gehen, nachdem die Sonne untergegangen ist.«

Er konnte die Augen nicht von ihrem Mund und dem feingeschnittenen Kinn wenden. »Aye, Ihr werdet.« Er setzte sich wieder. »Seid Ihr bereit, eine Wette einzugehen, Mylady?«

»Daß ich mich von Euch verführen lasse?« Sie schüttelte höchst amüsiert den Kopf. »Nennt Euren Einsatz, Macqueen.«

»Mein Schiff. Und mein Lohn ist Eure Hand.« Warum hatte er das nur gesagt? Er verabscheute die Ehe.

Überrascht öffnete sie den Mund, beherrschte sich aber sehr schnell wieder. So direkt wie ein Priester, der die fällige Buße verkündet, blickte sie ihm in die Augen. »Erst sprecht Ihr offen von Verführung, dann von einer Ehe, die keiner von uns aufrichtig will.«

»Verführung kann für uns beide erfreulich sein.«

Sie wollte aufstehen. »An mich sind Eure Verführungskünste verschwendet.«

Randolph ergriff ihren Arm. »Ich entscheide, wann meine Verführungskünste verschwendet sind.«

Sie starrte seine Hand an, die auf dem Samtärmel ihres Rocks rauh und dunkel wirkte. »Ich habe nichts zu verwetten.« Sie setzte sich wieder.

Randolph ließ ihren Arm los, aber nicht ihren Blick. »Es heißt, die Wüstenpferde, die Euer Vormund und Onkel den Sarazenen abgekauft hat, wären das Lösegeld für einen Chieftain wert.«

»Wohl wahr. Doch das hängt ganz von dem Clan ab, dessen Chieftain er ist. Ein Macqueen.« Sie seufzte. »Bei den Macqueens bin ich mir da gar nicht so sicher . . .«

Die kaum kaschierte Beleidigung machte ihn nur noch entschlossener. »Dieser Macqueen hier wird Euch Euren Treueschwur gegenüber Robert Bruce vergessen lassen.«

Irgend etwas funkelte in ihren Augen auf. Zuneigung, vielleicht auch Enttäuschung, aber er kannte sie nicht gut genug, um das entscheiden zu können. Noch nicht. Allerdings wußte Randolph mit einer Gewißheit, die er sich selbst nicht erklären konnte, daß sie ihm gehören würde. Ihre Selbstsicherheit gefiel ihm, und wenn er etwas über die Pläne des schottischen Königs erfahren konnte, waren seine Verführungskünste mit Sicherheit nicht verschwendet.

»Der englische König will morgen Lachse fangen«, sagte er. »Wir sind auf Keiler aus. Ich würde mir Eure Pferde gern selbst ansehen. Werdet Ihr Euch uns anschließen?«

»Uns?« Sie sah Drummond an.

»Auf mich könnt Ihr nicht zählen«, sagte er. »Ich habe für einen Elefanten und eine Familie zu sorgen.«

Das schien ihr zu gefallen, ihre Augen funkelten vor Vergnügen. »Ihr habt das Tier aus dem Tower von London?«

»Aye. Wir wurden beide aus englischer Gefangenschaft entlassen.«

»Eine noble Geste, Sir. Der Elefant hat die Freiheit ebenso verdient wie Ihr.« Sie wandte sich Randolph zu. »Setzt sich Eure Schiffsbesatzung auf die Fährte des Wildschweins oder habt Ihr ein Heer von Highlanders mitgebracht?«

Sie trachtete nach Begleitung, um sich gegen seine Annäherungsversuche zu schützen. Das würde jede anständige Frau tun. Sie konnte nicht wissen, daß er sich nicht einmal durch ein Heer blindwütiger Sarazenen von ihr abbringen lassen würde. »Meine Mannschaft befindet sich an Bord der *Seawolf* im Solway Firth. Douglas' Jäger werden uns begleiten – und Eure Magd selbstverständlich.«

»Ich werde mitkommen, aber nicht wegen der Jagd. Eine Magd brauche ich nicht, und Ihr werdet in mir keine angenehme Gesellschaft haben, wenn es ans Töten geht.«

Er hatte ihre Zustimmung errungen, konnte aber ganz und gar nicht triumphieren.

Am nächsten Nachmittag beugte sich Randolph im Sattel seines dahinpreschenden Pferdes nach vorn und hob den Speer. Zwei Pferdelängen voraus rannte ein schnaubender Keiler um sein Leben.

Randolph erinnerte sich an ihre Worte. »Keine angenehme Gesellschaft, wenn es ans Töten geht.« Im nachhinein klang es wie eine Bitte.

Er blickte über die Schulter zurück. Sie saß auf einem ihrer feingliedrigen Wüstenpferde. Ihr Gesichtsausdruck spiegelte die unendliche Enttäuschung darüber wider, daß er etwas tat, was er bisher nicht einmal im Traum erwogen hätte. Er senkte den Speer und zügelte sein Pferd. Der Keiler machte einen verzweifelten Satz zur Seite und verschwand im Unterholz. Red Douglas' Jäger setzten dem Tier nach.

Hinter sich hörte er das Rasseln von Pferdegeschirr. Sein Pferd wurde unruhig, er ebenfalls.

»Warum?« fragte sie, als ihr weißer Hengst auf seiner Höhe war.

»Die Jäger werden ihn zur Strecke bringen.« Seine Gründe mit zu Vernunft zu verbrämen, hätte unaufrichtig geklungen, also sagte er ihr die Wahrheit. »Ich wollte Euch den Todesschrei des Tieres ersparen.«

Ihr Blick veränderte sich.

Er lenkte sein Pferd an ihren Hengst heran. »Ihr seid nicht die einzige, die eine Unterhaltung im Gedächtnis bewahrt.«

»Es war der Sinn meiner Worte, an den Ihr Euch erinnert habt. Dafür danke ich Euch.«

»Ich brauche keinen Dank dafür, Euch Kümmernis zu ersparen. Das gehört sich für einen Gentleman einer Lady gegenüber.« Leiser fügte er hinzu: »Euer Wüstenpferd ist noch weit besser als sein Ruf. Wie ich hörte, kann es einen Tag und eine Nacht dahinpreschen, ohne den Atem zu verlieren.«

Sie streichelte den Hals des Tieres. »Er ist eine ganze Flotte von Schiffen wert.«

Randolph stellte sich vor, daß sie ihn so liebkoste. »Wie wäre es mit einem Wettrennen?«

Sie sah in die Ferne. Daß sie eine Gordon war, sah man an ihrer geraden Nase und dem klar geschnittenen Kinn. Unter dem fuchspelzbesetzten Umhang trug sie einen wollenen Überwurf über einem Hemd aus gelbem Leinen. Selbst ohne königliches Gewand war sie keine gewöhnliche Frau.

»Ihr seid von Sinnen, Randolph Macqueen.«

»Aber der Vorschlag gefällt Euch.« Wie er ihm gefiel, sollte besser nicht näher untersucht werden.

»Das ist wieder so eine närrische Wette von Euch.« Ihr Blick flog zu seinem Pferd. »Ihr könnte nicht siegen.«

Wenn ein Blick von ihr Erfolg war, sollte er jetzt die Niederlage einräumen. Aber es stand mehr als ein wetteifernder Galopp auf dem Spiel. Abgesehen von politischen Dingen brannte er auf eine Gelegenheit, Elizabeth Gordon besser kennenzulernen. Bisher war sie während ihres Ausritts freundlich und zugänglich gewesen, und ihm kam der Gedanke, sie könnte einsam sein. Vor ihnen lagen die Festtage, und er nahm an, daß sie sich wegen ihrer Position zurückhielt.

Er würde die Geschichten über sie sondieren, um die Wahrheit von den Gerüchten zu trennen. »Dann nehmt Ihr die Wette an und seid bereit, mir während unseres Aufenthalts hier Gesellschaft zu leisten?«

Elizabeth zögerte. Randolph Macqueen gefiel ihr. Vom ersten Augenblick an, als sie den Saal von Douglas Castle betrat, hatte sie sich zu ihm hingezogen gefühlt. Neugierde hatte sie bewogen, an seinem Tisch zu verweilen.

Er erkundigte sich nicht nach den Belangen des Königs. Er katzbuckelte nicht oder mimte den hingerissenen Verehrer. Er bereicherte die Unterhaltung nicht mit Namen einflußreicher Familien oder prahlte mit persönlichem Wohlstand.

Seit sie sich nach dem Morgengebet an den Reitställen getroffen hatten, hatte er sich nicht anders als respektvoll und unaufdringlich verhalten. Er schien aufrichtig an ihr interessiert und rücksichtsvoll über das übliche Maß hinaus.

»Der englische König könnte mich jederzeit zu sich rufen lassen«, wich sie aus.

Randolph Macqueen war für seine Rücksichtslosigkeit im Gefecht berühmt, doch nun sprach sein schmaler Mund von Enttäuschung. »Schon so bald?«

Fragen machten Elizabeth stets wachsam, da jeder stets etwas über königliche Angelegenheiten in Erfahrung bringen wollte. Um sich besser zu schützen, war Elizabeth dazu übergegangen, auf alle Fragen mit Bedachtsamkeit zu antworten. Aber im Zusammenhang mit Randolph Macqueen war Vorsicht keine Wahl sondern eine Notwendigkeit. »Ich kann nicht wissen, was der König von England im Sinn hat.«

»Aber müßt Ihr unverzüglich zu Bruce zurückkehren? Könnt Ihr nicht noch einige Zeit mit mir verbringen, selbst wenn der Engländer seine Antwort gibt?«

Sein Hochland-Akzent verlieh der Frage eine gewisse Vertrautheit. Sie fühlte sich in seiner Nähe wohl. In den Highlands lag bereits Schnee, und ganz gleichgültig, wohin der König sie das nächstemal schickte, sie wäre auf überfüllte Quartiere und die Gesellschaft von hohlköpfigen Frauen und listigen Männern angewiesen. Ihre Begleiter auf dieser Mission waren rauhe Burschen, die sich lieber in Bierhäusern und mit Bauernmägden vergnügten, als sich aus Freude am Reiten auf ein Pferd zu schwingen. Und der englische König war kein Freund schneller Entschlüsse.

Wenn er sich nicht sehr verändert hatte, würde er sie so lange warten lassen wie möglich. Als sie das letztemal nach London geschickt worden war, hatte er sich vierzehn Tage Zeit gelassen, eine Antwort an Bruce zu formulieren. Und in York mußte sie einen ganzen Monat lang untätig verharren, bis er in einer belanglosen Angelegenheit reagierte. Aber ganz unabhängig davon, wie lange sie warten mußte – nach Edwards Antwort rechnete Bruce mit ihrer unmittelbaren Rückkehr.

Douglas hatte ihr eine Kammer im Wohnbereich des Schlosses gegeben. Ihre Begleiter würden in den Gesinderäumen schlafen. Randolph Macqueen war sowohl ein erfahrener Seemann als auch ein hochangesehener Ritter. In seiner Gesellschaft brauchte sie keine unerwünschten Annäherungen anderer zu erdulden, während königliche Laune sie zum Warten zwang. Und er war ein Außenseiter – genau wie sie.

Die absurde Wette bot eine Ablenkung. Aber wenn Macqueen sie schlecht behandelte, würde sie sich rächen. »Wenn ich dieses Pferd aufs Spiel setze, werdet Ihr Euer Schiff als Pfand geben.«

Er hob die dunklen Brauen, seine blauen Augen blitzten mutwillig. »Falls ich verliere. Wenn Ihr mir unterliegt, verlange ich Euren Reitstall und all Euren anderen Besitz.«

Diese Besitzansprüche kamen um Jahre zu spät. Sie hatte dem König von Schottland ihr Wort gegeben, einem Mann, der geschworen hatte, ihr Land gegen die englischen Eroberer zu verteidigen. Im Vergleich zur schottischen Unabhängigkeit verblaßten alle etwa gehegten Mädchenträume.

»Ihr sprecht Unsinn, Randolph. Meine Hand gehört nicht zur Wette.«

»Auch gut. Ich gebe mich mit Eurem Herzen zufrieden.«

Bedrohlich gutaussehend und gefährlich selbstsicher verströmte er Highlands-Zauber. Unter Männern wie ihm war sie aufgewachsen, und auf ihren Missionen an die Höfe im Süden traf sie selten auf diese Galanterie. Liebe und Ehe waren ihr versagt, solange sie dem König als Herold diente. Doch abseits der wachsamen Augen von Bruce's Gefolgsleuten und den Hofgerüchten konnte sie tun, was ihr beliebte – wenn sie sich schicklich benahm.

Ein weiterer Punkt bedurfte der Überlegung. Elizabeth vermutete, daß Randolph Macqueen nicht nur wegen des Wiedersehens mit seinem Bruder nach Douglas Castle gekommen war. Als vertraute Gesandtin des schottischen Königs war es ihrer Pflicht, in Erfahrung zu bringen, warum sich ein erprobter Highlander in neuerdings feindliches Land begab. Besonders, wenn sich dort gerade der König von England aufhielt.

Wenn Randolph Macqueen eine Schurkerei plante, mußte sie das wissen.

Er stellte keine Bedrohung für sie dar, weil sie seinen Verführungskünsten nicht erliegen würde. Wenn sie recht darüber nachdachte, fand sie Gefallen an der Vorstellung, ein berüchtigtes Schlitzohr zu überlisten und ihr eigenes Schiff zu besitzen. »Ich nehme Eure Wette an, Randolph Macqueen, aber ich kann nicht segeln. Werdet Ihr nach meinem Sieg lange genug Gentleman bleiben, um es mich zu lehren?«

»Oh, aye«, erwiderte er glatt und zupfte Blätter aus der schwarzen Mähne seines Pferdes. »Man sagt, ich sei der beste Lehrer von allen.«

Dank der Countess of Nairn galt er in Hofkreisen als ein Mann, der nicht bereit war, sich ins Ehebett zu legen. Ein hervorragender Begleiter für eine Frau, der es verboten war, das Treugelöbnis zu sprechen.

»Wie lange wollt Ihr hierbleiben?« fragte sie.

»Bis . . .« Er verstummte und sah den vergeblichen Bemühungen eines Rehbocks zu, eine Ricke zu besteigen. »Bis ich die Wette gewonnen habe oder Ihr abberufen werdet.«

Ihre Frage hatte ihn überrascht, und doch log er verblüffend behende. Randolph Macqueen verbarg etwas. »Und was werden wir sonst unternehmen?« fragte sie, neugieriger als je zuvor.

»Auf die Falkenjagd gehen? Ich verspreche, Eure Ohren vor den Schreien der Beute zu verschonen.«

Innerlich zollte sie ihm Beifall für seine Aufmerksamkeit. »Ich habe keinen Vogel mitgebracht.«

»Douglas gibt den Bächen bedauerlicherweise Vorrang vor Mauserkäfigen.« Er verzog das Gesicht und grummelte: »Mir wurde mitgeteilt, daß es heute abend wieder Lachs gibt.«

Die kameradschaftliche Bemerkung gefiel ihr. Sie konnte sich nicht daran erinnern, mit einem Fremden über das Mahl gesprochen zu haben, bevor es auf dem Tisch stand. »Werdet Ihr fasten?« neckte sie ihn.

»Mit Euch an meiner Seite?« Er betrachtete sie unter schwarzen Wimpern, um die ihn eine Königin beneidet hätte. »Aye, auf meinen Eid, Elizabeth Gordon, ein Gedanke an Euch raubt mir den Appetit.«

Sie konnte ein Auflachen nicht unterdrücken und fühlte sich geschmeichelt. »Was hätte die Falkenjagd dann für einen Sinn?«

Er warf ihr einen so anzüglichen Blick zu, daß sie errötete und sich eingestand, ihn unterschätzt zu haben.

»Ich schätze es, wenn eine Frau schlagfertig ist.«

Ihr Pferd machte einen Ausfallschritt. »Selbst einer schwachköpfigen Großmutter würde der Sinn Eurer Worte nicht entgehen.«

»Und da sagtet Ihr, wir könnten kein Gespräch miteinander führen«, erinnerte er sie. »Wir unterhalten uns ohne Worte.«

Ein qualvoller Schrei aus der Ferne störte die angenehme Atmosphäre. Das Ende des Keilers war nahe.

»Kommt.« Er trieb sein Pferd zu einem leichten Galopp an und bedeutete ihr, ihm zu folgen. »Wir reiten zu diesem Loch dort hinter den Eichen. Der Sieger bestimmt den Preis.«

Aus ihrer Erfahrung mit anderen Männern wußte sie, daß er einen Kuß fordern würde. Aber diese Erkenntnis enttäuschte sie, denn von Randolph Macqueen erwartete sie Überraschenderes.

Als sie auf ein kahles Laubwäldchen zuritten, dämpfte das Getrappel der Pferdehufe den Todesschrei des Keilers. Auf halbem Weg durch das Moor wandte sich Macqueen nach Süden und auf eine ausgefahrene Wagenstraße. Das war der weitere Weg zum Ziel, aber der gefahrlosere. Hatte er sich aus Sorge um ihre Pferde dazu entschlossen? Sie hoffte es. Bei der größeren Entfernung würde ihr Hengst mit Sicherheit siegen. Schon jetzt strengte er sich an, Randolphs stämmiges spanisches Roß hinter sich zu lassen.

Sie stellte sich Randolph Macqueen auf einem Streitroß vor und wußte, daß er es mit der gleichen Leichtigkeit beherrschen würde wie jetzt seinen Spanier. Wie alle anderen Macqueens war er gutaussehend wie die Sünde und verfügte über eine Ausgelassenheit, mit der sie ebensowenig gerechnet hätte wie mit seiner Ernsthaftigkeit.

Heute früh in der Kapelle hatte sie ihn im Zusammensein mit seinem Bruder und Neffen beobachtet. Während die anderen Köpfe zum Gebet gesenkt waren, hatte Randolph immer wieder verstohlen und fast zärtlich auf seinen älteren Bruder geblickt. Er zeigte auch eine große Zuneigung zu seinem Neffen, der das gleiche gute Aussehen aller Macqueens aufwies. Diese familiäre Vertrautheit hatte Elizabeth eigentümlich schmerzlich berührt. Bis dahin hatte sie die Gesellschaft ihrer Verwandten gar nicht vermißt.

Als sie in den Wald hineinritten, verwandelte sich die Straße in ein Meer aus frischgefallenem Laub, das unter den Hufen raschelte, durch die Luft wirbelte und Elizabeth daran erinnerte, daß die Festtage nicht mehr fern waren.

Er drehte sich um und lächelte sie an. Er wirkte so heiter und mit sich selbst zufrieden, daß sie sein Lächeln erwiderte und ihr Pferd zu vollem Galopp anspornte. Als sie an dem verblüfften Randolph vorbeischoß, warf sie ihm einen Luftkuß zu und nahm den schnellsten Weg zum Ziel.

Die geschickten Hufe ihres Pferdes wichen riesigen Farnen und Stechpalmensträuchern aus. Hasen flitzten in ihren Bau. Moorhühner flatterten auf. Vor sich sah sie den Loch in der Ferne schimmern. Hinter ihr trieb der Highlander sein Pferd zu schnellerer Gangart an. Aber sein Tier hatte seine Kräfte bei der Jagd auf den Keiler verausgabt, während ihres noch frisch war.

Tief beugte sie sich über die Mähne ihres Hengstes und flüsterte ihm anfeuernde Worte ins Ohr. Das Tier reagierte mit einer Geschwindigkeit, die die Landschaft vor ihren Augen verschwimmen ließ. Das Trommeln der Hufe dröhnte in ihren Ohren. Der Wind peitschte ihr Gesicht und Hals. Sie verdrängte jeden Gedanken an Politik und Intrigen. Zeit und Ort lösten sich auf und nahmen alle mädchenhaften Träume und selbstsüchtigen Sehnsüchte mit sich.

In diesem Moment war Elizabeth Gordon nur ein freier, ungebundener Geist, der auf einem weißen Hengst durch den klaren Novembertag flog. Ihre Sorglosigkeit machte sie schwindlig. Sie konzentrierte den Blick auf einen Punkt zwischen den Pferdeohren und genoß ihre Freiheit.

Allzu schnell stach ihr blendendes Licht in die Augen, die Sonne über dem Loch ließ sie blinzeln. Als sie sich dem Ufer näherte, wurde der Hengst langsamer. Sie saß ab, lief auf unsicheren Füßen zum Wasser und trank aus der hohlen Hand. Dann setzte sie sich auf einen umgestürzten Baumstamm und wartete auf Randolph Macqueen.

Er lag noch weit zurück, sein schwarzroter Umhang schimmerte zwischen den kahlen Bäumen.

Red Douglas zufolge stattete ihm Randolph lediglich einen Höflichkeitsbesuch ab – seinen ersten. Jedermann wußte, daß die Macqueens Lehnsleute von Revas Macduff waren, einem ehrgeizigen Mann, der alle Highland-Clans beherrschen wollte.

Elizabeth sagte sich, daß die Clans und Chieftains, Könige und Gefolgsleute tun konnten, was ihnen beliebte. Sie hatte sich ein paar Stunden Freiheit gestohlen und ein Wettrennen gewonnen. Für eine Frau, die sich die Unabhängigkeit von Schottland zur Lebensaufgabe gemacht hatte, sollte das eigentlich ein dürftiger Triumph sein. Aber die Zeiten hatten sich verändert.

Oder hatte sie sich verändert?

Als Macqueen sie erreichte, sprang er vom Pferd und tätschelte seinen Rücken. Das schweißüberströmte Tier trabte zum Ufer und trank. Der Hengst warf dem Neuankömmling einen wachsamen Blick zu, aber seine freundliche Natur verhinderte jede Feindseligkeit.

Mit bebendem Oberkörper stützte Randolph die Hände auf die Knie und atmete tief durch. »Hier in den Lowlands ist es noch immer warm.« Er sah zu ihrem Pferd hinüber. »Revas Macduff hat nicht übertrieben. Euer Wüstenpferd ist eine wahre Pracht.«

Zu Hause bei ihrem Onkel hatte sie unzählbare Schätze besessen. Jetzt kümmerte sie sich selbst um ihre Pferde, und sie waren ihr ganzer Reichtum. »Er ist ausdauernd. Ihr hättet eine kürzere Strecke wählen sollen.«

»Oder ein schnelleres Pferd.«

»Das gibt es nicht auf dieser Insel.«

»Siege zieren Euch, Elizabeth.« Sein Lächeln verblich. »Aber Euer eitles Lächeln verdirbt alles wieder«, brummte er.

»Hättet Ihr gesiegt, wärt Ihr vor Stolz geplatzt«, beschwerte sie sich.

Lachend fuhr er sich mit beiden Händen durch die langen Haare. »Wohl wahr.«

»Gesteht Ihr Eure Niederlage ein?«

Er breitete die Arme aus und blickte zum Himmel empor. »Willig und uneingeschränkt unterwerfe ich mich Elizabeth Gordon.«

Auch sie lachte. »Euer Ruf eilt Euch voraus, also erspart mir die Schmeicheleien eines besiegten Schlitzohrs.«

Er hob tadelnd den Zeigefinger und sagte täuschend ernst: »Niemals ergehe ich mich in Schmeichelei.«

»Jedermann weiß, daß Ihr es tut, Randolph Macqueen.«

»Ihr plappert Hofgerüchte nach.« Er hob einen Stein auf und ließ ihn über das Wasser schnellen. »Ich war noch nie bei Hofe. Was spricht man so über mich?«

Sie hielt es für angeraten, ihn in die Schranken zu weisen und ihre Beziehung rein freundschaftlich zu halten. »Daß Ihr mit Ausnahme des Bettes mit Frauen wenig anzufangen wißt.«

Sein Blick war scharf, seine Miene verletzt. »Habe ich etwa versucht, Euch zu küssen?«

So offen wie er konnte sie auch sein. »Ihr hattet keine Möglichkeit dazu.«

»Vielleicht habe ich Euch mit Absicht hierher gelockt.«

»Habt Ihr auch – um einen Ritt zu gewinnen. Seid Ihr enttäuscht?«

Seine Brauen hoben sich. »Ihr?«

Sie wußte instinktiv, daß er nicht von schnellen Pferden sprach. »Nay, aber die Zeit wird es erweisen. Ihr seid mir einen Preis schuldig.«

»Ich könnte da einen sehr angenehmen Vorschlag machen.«

»Angenehm für Euch, verheerend für mich. Ich habe meinen Ruf zu wahren.«

»Es heißt, daß Ihr Bruces Geliebte seid.«

Anfangs hatte dieses Gerücht sie tief verletzt, aber jetzt nutzte sie es zu ihrem Vorteil. Nur wenige Männer waren bereit, das Mißfallen von Robert Bruce zu riskieren. Er selbst lachte über die Geschichte und riet ihr, das gleiche zu tun.

Um kühne Antworten war sie nicht verlegen. »Und Ihr hättet gern, daß ich Eure Geliebte werde?«

»Was wollt Ihr, Elizabeth?«

Frieden und Einigkeit in Schottland. Einen englischen König, der Grenzen respektierte. Einen Hof, an dem alle Männer so aussahen und sich verhielten wie Randolph Macqueen. »Ich hätte gern eine ehrliche Antwort.«

»Dann hört mir gut zu, teure Elizabeth. Wenn Ihr nicht Bruces Geliebte seid, kann ich außer einem keine großen Mysterien für Euch lösen.«

Ausgeworfen wie ein Köder, sollte sie die geheimnisvolle Bemerkung in ein vertrauliches Gespräch verwickeln. Gewohnheit bestimmte ihre Antwort. »Gebt mir die Antwort, nach der es mich verlangt. Sagt mir, was Euch nach Douglas Castle brachte.«

Diese Gesprächswendung behagte ihm nicht, denn er kniff die Lippen zusammen und wandte den Blick ab. »Gute Manieren zogen mich in die Lowlands. Gerade bin ich aus Spanien zurückgekehrt, wo die Ernte reich war. Ich dachte, ich sollte die Gaben mit Douglas teilen und seine Bekanntschaft machen.«

»Aus keinem anderen Grund?«

»Ihr seid sehr wißbegierig.«

»Ihr seid sehr ausweichend.«

Wenn es einen anderen Grund gab, würde sie es erfahren. Red Douglas und Randolph Macqueen waren keine Verbündeten. Schloßbedienstete waren stets darauf aus, sich mit Plaudereien eine Münze nebenbei zu verdienen. Und wenn Bestechung fehlschlug, würde sie einen anderen Weg finden. »Es war eine harmlose Frage.«

»Nicht für jemandem, der Königen dient.« Er setzte sich neben sie auf den Stamm. »Es sei denn, Ihr fändet Gefallen an mir.«

Sie fand. Obwohl seine Ziele offensichtlich waren, gestaltete er sein Vorgehen angenehm überraschend. Die Gerüchte nannten ihn im Hinblick auf Frauen einen Schurken, und Elizabeth verstand, warum er so erfolgreich war. Wäre es ihr gestattet, ihre Zuneigungen offen zu zeigen, hätte sie sich unter Umständen in seine Arme geworfen.

»Gesteht, Elizabeth«, neckte er sie und stieß sie leicht mit dem Knie an. »Ihr findet Wohlgefallen an mir. Ihr findet mich Eurer Beachtung wert.«

»Ich bin nicht hier, um mit einem Schurken zu turteln«, erwiderte sie aufrichtig.

»Doch, das seid Ihr. Ich sehe das Vergnügen in Euren Augen.«

Das hatte er richtig beobachtet, und sie war ihm eine Erklärung schuldig. »Wenn der englische König mich zu sich ruft, muß ich seine Antwort Robert Bruce überbringen. Erwartet also nicht, daß ich meinen Aufbruch hinauszögere, um nach Euch zu suchen und mich von Euch zu verabschieden.«

»Tätet Ihr es, würde ich Euch mein Schiff für die Heimkehr zu unserem Herrscher anbieten. Sagtet Ihr nicht, Ihr wollt Segeln lernen?«

Er wollte sie mit Worten einwickeln. Bruce wartete in der Nähe von Saint Andrews, und dorthin gelangte man schneller über Land. Doch da der englische König auf einem Boden weilte, der einst zu Schottland gehörte, würde sie Bruces Aufenthaltsort für sich behalten. »Ich sagte, daß ich gern ein eigenes Schiff segeln würde.«

»Falls Euch die *Seawolf* als Wettgewinn zufällt.«

Er hatte sein Schiff nach dem Wahlspruch der Macqueens benannt, das war nicht unüblich unter den Clans. »Sobald mir die *Seawolf* zufällt.«

»Sei es, wie es wolle. Ich versichere Euch, daß Ihr mein Schiff befehligen könnt, wann immer Ihr wollt.«

Wie gelang es ihm nur, sie abzulenken und das Gespräch in ihm genehme Richtungen zu lenken? Bisher hatte er es geschafft, die Antwort auf ihre Frage zu umgehen. Sie versuchte es noch einmal. »Wo wollen wir auf die Falkenjagd gehen?«

Sein schlaues Lächeln sagte ihr, daß sie ihn nicht hinters Licht führen konnte. »Ich weile erstmals auf Douglas-Land. Ich werde den Falkner befragen.«

Sie dachte an seine Bemerkung über das Abendessen. »Ich werde die Küche bitten, uns ein Mahl vorzubereiten, das wir mitnehmen können. Gesalzenen Lachs vielleicht?«

Seine breiten Schultern senkten sich. Gekränkt sah er sie an. »Ihr seid grausam, Elizabeth Gordon.«

»Eine spanische Rinderkeule?«

Er stöhnte abgrundtief auf und wirkte so verloren, daß sie ihm über die Hand strich. Blitzschnell drehte er sein Gelenk, so daß sich ihre Handflächen berührten. Sein Augenausdruck wurde ausgesprochen sinnlich.

Vertrautheit machte sich breit, aber sie empfand keine Veranlassung, das zu beenden.

Er verhakte seine Finger mit ihren. »Wenn Euch unsere Jagd gefällt und der König nicht nach Euch verlangt, möchte ich gern, daß Ihr den Tag des heiligen Nikolaus mit mir in Closeburn verbringt.«

Bis zum 6. Dezember würden noch zwei Wochen vergehen. Es war ein vor allem den Kindern vorbehaltener Tag mit Puppenspielen und spielerischen Turnieren.

»Dem Brauer zufolge hocken dort Geister in den Bäumen, und Trolle versuchen, unartigen Kindern das Zuckerwerk zu stehlen.«

»Und wenn Ihr unartig seid?« fragte Elizabeth mutwillig. »Was werden die Trolle Euch stehlen?«

»Nichts«, schnurrte er sanft, »denn ich habe die feste Absicht, mich absolut tadellos zu verhalten.« Damit drückte er ihre Hand und ließ sie los.

Nach einem höchst angenehmen Tag in der Gesellschaft von Elizabeth Gordon suchte Randolph seinen Bruder auf und brachte die Angelegenheit zur Sprache, die ihn in die Lowlands geführt hatte.

»Wo ist die Reliquie des heiligen Columba?« Jahrhunderte zuvor hatte Columba den Schotten den christlichen Glauben gebracht. Ein Stück Kieferknochen des Heiligen war die einzige Reliquie im Besitz des Clan Macqueen. Seit Drummonds Festnahme durch die Engländer war sie verschwunden.

»Warum suchst du danach?«

Sie saßen an einem Ecktisch des Bierhauses. Es war Vesperstunde, und die meisten anderen widmeten sich ihren Gebeten. Ein paar finster aussehende Burschen hockten an einem Tisch in der Nähe der Tür. Ein dickes gelbes Talglicht warf seine Schatten auf die rußigen Wände. Auf der anderen Seite des Raums erkletterte der stämmige Schankbursche eine Leiter und verschwand durch ein Loch in der Decke.

»Revas Macduff will die Clans am Weihnachtstag zu einer Messe der Einigkeit in der Kathedrale von Elgin versammeln«, sagte Randolph leise.

Drummond verschluckte sich fast an seinem Bier. »Der Sohn des Schlächters will die Clans zur Weihnacht einen?«

»Pst!« warnte Randolph, obwohl sie weit außer Hörweite der anderen saßen. »Mit Ausnahme der Macgillivrays haben ihm alle Clans Treue gelobt. Bei der Messe wollen wir unsere Schwüre feierlich wiederholen.«

»Du siehst mich verblüfft.« Drummond starrte auf den festgetretenen Lehmboden. »Wer weiß außerhalb der Highlands noch davon?«

»Niemand.«

»Nicht einmal Robert Bruce?«

»Der König weiß es. Ihm wäre es lieber, daß wir noch ein Jahr warten, um zu sehen, ob Edward wie sein Vater versucht, Schottland zu unterjochen.«

»Dann irrt Bruce. Die Zeit ist reif für einen Krieg der Engländer untereinander.«

Von diesen Gerüchten hatte Randolph bereits gehört, aber ihre Bestätigung durch seinen Bruder bestärkte seine Entschlossenheit, die Highlands so schnell wie möglich zu einen. »Revas Macduff besteht mit Recht darauf, daß das Vorhaben geheimgehalten wird. Der Vatikan wird einen Bischof schicken, damit er die Messe liest. Bevor der Papst die Sache der Highlands segnet und unsere Kriegstruhe mit heiligen Gold füllt, müssen alle Clans ihre Reliquien vorzeigen und auf sie ihre Glaubensschwüre erneuern.«

»Die Kirche hat Geld zugesagt?«

Das Bier in Randolphs Kehle schmeckte bitter. »Aye, jedoch nur, wenn wir alle mit unseren Reliquien in den Händen zur Messe erscheinen.«

Drummond überblickte den Raum, beugte sich über den Tisch und flüsterte: »Dann bete ich, daß ihr euch alle vereint und eure Schwüre vor dem Mann des Papstes besiegelt.«

Randolph kam es eigenartig vor, seinen Bruder von den Highlanders als »euch« und »ihr« reden zu hören, aber er ging nicht weiter darauf ein. »Man sagt, Edward könne es sich nicht leisten, den Krieg seines Vaters gegen Schottland fortzuführen, aber das kann sich ändern. Er herrscht über ein verarmtes Reich. Die Unterstützung für Bruce nimmt von Tag zu Tag zu, dennoch kommt er nur langsam voran. Edward wird in Schottland einfallen, und wenn er es tut, ist es an den Highland-Clans, ihn aufzuhalten. Wenn Revas Macduff die Führung übernimmt und das Banner des Papstes schwenkt, werden wir siegen, unabhängig davon, was König Robert tut.«

Mit derselben Hand, mit der er Randolph das Armdrücken lehrte, trommelte Drummond auf der Tischplatte. »Die Kirche verlangt viel Förmlichkeit und Ergebenheit. Wie sollen die Chieftains dazu bewogen werden, ihr eigenes Anliegen beiseite zu schieben und vor dem Mann des Papstes in die Knie sinken?«

Die Kerze flackerte. Heißer Talg spritzte auf Randolphs Hand, aber er spürte die Verbrennungen nicht. »Wir wollen es alle. Wir haben uns Revas Macduff verpflichtet. Bruce ist damit beschäftigt, die Inseln zu vereinen und die Grenz-Lords zurückzugewinnen. Ungerechterweise setzt er nur wenig Vertrauen in Revas.«

»Hat dir das der Herold erzählt?«

»Das brauchte sie nicht.« Randolph seufzte tief auf. »Genug von der Politik, Bruder. Viel lieber würde ich über diese Frau reden.«

»Hast du dein Herz an sie verloren?«

»Ich verspüre großes Verlangen nach Elizabeth Gordon, aber sie ist keine Frau, mit der man nur tändelt.«

»Die Magd meiner Frau sagt, der Herold wäre kalt.«

»Nay.« Randolph dachte an den Ausdruck übermütiger Freude in ihrem Gesicht, als sie ihm einen Kuß zuwarf und mit dem weißen Hengst dem Sieg entgegenritt. »Ihr Herz ist warm und voller Freundlichkeit.«

»Es heißt, an dem Wohlgefallen eines Mannes läge ihr nichts.«

Entsprechend hatte sie sich auch ihm gegenüber geäußert, aber das Vergnügen, das sie an seiner Gesellschaft empfand, war nicht zu übersehen. »Im Moment vielleicht, aber wir kennen uns ja auch erst kurz.«

Drummond runzelte besorgt die Stirn. »Mein Sohn hörte vom Burschen des Kerzenziehers, daß Lady Elizabeth's Onkel sie enterbte, als sie den vom ihm ausgewählten Mann nicht heiraten wollte. Wo sind ihr Vater und ihre Mutter?«

Randolph erinnerte sich nur an Bruchstücke aus der Vergangenheit der Gordons. Die Familie war mit einer Angehörigen gesegnet, um die sie jeder Clan beneidet hätte, aber ihr Onkel war zu eigensinnig, das zu erkennen. »Ihre Eltern fielen vor Jahren irgendeiner Tragödie zum Opfer. Die Titel und die Vormundschaft für Elizabeth fielen ihrem Onkel zu.«

Drummond trank einen Schluck Bier. »Sie kümmert sich selbst um ihre Pferde.«

Jetzt verstand Randolph, warum sie in den Ställen blieb, als sie von der Wildschweinjagd zurückkehrt waren.

»Der Böttcher ist gleichfalls der Meinung, daß sie Bruces Geliebte ist.«

Bei dieser abscheulichen Vorstellung donnerte Randolphs Faust so hart auf den Tisch, daß das Talglicht aus dem Halter fiel. »Elizabeth Gordon wird die meine. Also, wo ist die Reliquie des heiligen Columba?«

»Im Heft meines Schwertes. Komm mit in meine Kammer, dann gebe ich sie dir.«

Randolph seufzte erleichtert auf. »Mit Freuden.«

»Das wird ein wonniger Anblick«, sagte Drummond. »Die erste gemeinsame Messe in den Highlands. Nie hätte ich geglaubt, daß die Chieftains zum Gebet niederknien und auf ihre Reliquien einen Schwur leisten würden.«

Ein vor Gott beschworener und von der Kirche abgesegneter Waffenstillstand würde die Clans mehr zusammenschmieden als jedes unterzeichnete Abkommen. Aber es war auch gefährlich. Wenn der einzige Gegner – Cutberth Macgillivray – Wind davon bekam, würde er mit seinem Heer in Elginshire erscheinen und alle Chieftains gefangennehmen. Das wäre so leicht wie das Angeln in einer Fischtonne. Aber dieses Risiko war die Sache wert. »Es ist nur bedauerlich, daß du nicht dort sein kannst, denn du wirst uns fehlen.«

»Ich werde mit dem Herzen dabei sein.« Drummond schwieg. Der Schankbursche kletterte mit einem Faß auf der Schulter die Leiter wieder herunter. Als der Mann außer Hörweite war, fragte Drummond: »Es ist noch nicht Dezember. Wirst du sofort aufbrechen?«

»Nay. Ich habe noch viel Zeit, um rechtzeitig in der Kathedrale von Elgin zu sein. Außerdem werde ich noch durch andere Dinge aufgehalten.«

»Die Verführung des Herolds mit den feuerroten Haaren?«

»Aye. Morgen gehen wir in Malcom's Moor auf die Falkenjagd.«

»Legst du Wert auf meine Begleitung?«

»Nur, wenn du einen Armbrustpfeil in den Rücken bekommen willst. Ich möchte Elizabeth für mich allein.«

»Ist sie auf die Wette eingegangen?«

Die Tür ging auf, einige Clansmen der Douglas kamen herein und riefen nach Bier. Randolph leerte seinen Krug. »Aye. Und heute hat sie mich beim Reiten geschlagen.«

»Man sagt, ihre Pferde könnten fliegen.«

»Wohl wahr, aber die Reiterin fliegt von Stunde zu Stunde langsamer.«

»Ich hörte, sie läßt sich nicht verführen.«

Randolph lachte. »Und ich hörte, die Erde sei rund.«

Tagelanger Regen verhinderte ihre Falkenjagd. Die Reliquie sicher in seinem Stiefel verwahrt, entspannte sich Randolph und richtete seine Energien auf die Eroberung von Elizabeth Gordon. Er begleitete sie zum Tuchwalker, in dessen Werkstatt sie feingekrempelte Wolle kaufte und dunkelrot einfärben ließ – ein Weihnachtsgeschenk für den König von Schottland, wie sie erklärte. Beim Kerzenzieher erstand sie eine mit Wachsmyrte aromatisierte Kerze für ihre Kammer. Beim Hufschmied wählte sie ein Paar Geschirrspangen aus Messing – ein Mitbringsel für den Stallmeister, bei dem ihre anderen Pferde standen.

Randolph erwarb eine Flachsbreche und ein halbes Dutzend Spinnräder und bezahlte den Händler dafür, daß er sie zur *Seawolf* brachte.

Abends nahm Randolph seine Mahlzeiten zusammen mit seinem Bruder, seinem Neffen und seiner Schwägerin ein. Er hatte Elizabeth gefragt, ob sie ihnen Gesellschaft leisten wolle, aber sie hatte dankend abgelehnt. Etliche Male sah er sie an der Tafel im Burgsaal. Von einer Dienstmagd erfuhr er, daß Elizabeth an den anderen Tagen allein in ihrer Kammer speiste.

Die Bewohner und Söldner von Douglas Castle wurden zunehmend freundlicher zu Randolph, doch er vermutete, daß das eher an der vorweihnachtlichen Stimmung lag als an ihrer Zuneigung zu einem Highlander.

Am nächsten klaren Tag saßen Elizabeth und Randolph auf einer Decke am Rand von Malcolm's Moor. Bis zum Sonnenuntergang war es noch Stunden hin, und als Lohn für ihre Jagdanstrengungen konnten sie auf ein paar Fasanen und ein halbes Dutzend Moorhühner verweisen. Randolph hatte von seinem ersten Falken berichtet und sie von ihrem ersten Pferd. Sie erzählte ihm auch, wie sie mit ihren Vettern im Tweed schwimmen gelernt hatte. Er erinnerte sich an einen erbitterten Kampf mit seinem Bruder beim Fünftagerennen.

Elizabeth ritt heute eine Stute, ein kleineres Tier als der weiße Hengst.

Randolph wandte sich ihr zu. »Falls Ihr keine Einwände habt, würde ich den Falkner und seine Burschen gern zum Castle zurückschicken.«

»Warum?« fragte sie über den Rand ihres Kruges hinweg.

»Euer Hengst ist ein prachtvolles Tier, aber die Stute, die Ihr heute reitet, ist einfach wundervoll.« Er blickte zur Wiese hinüber, auf der ihr Pferd graste. »Ich würde mit ihr zu gern über diese Heidekrautfläche dort reiten.«

»Ohne daß neugierige Augen zuschauen.«

»Ihr könnt nach Herzenslust zuschauen.«

»Mein Herz und alles andere sind zur Zeit ganz zufrieden. Ich werde Euer Pferd nehmen und mit dem Falkner zurückreiten. Falls Ihr hier nicht allzu lange verweilt, werdet Ihr zu uns aufschließen, bevor wir Douglas Castle erreichen. Ich möchte nicht allzu lange allein mit Euch sein, um keine Gerüchte aufkommen zu lassen.«

»Ihr fürchtet, daß Euer Ruf befleckt wird.«

»Was über mich gesagt wird, schert mich nicht, aber ich stehe in den Diensten des Königs. Bliebe ich auch nur so lange bei Euch, wie man braucht, um bis fünfzig zu zählen, könnten manche sagen, wir wären Liebende.«

»Aber nur, wenn wir sehr langsam zählen.«

»Wo liegt der Unterschied?«

Ohne es zu wissen, hatte sie soeben ihre Unschuld eingestanden, denn selbst ein unerfahrener Bursche würde mehr Zeit brauchen, seine Leidenschaft zu befriedigen. Noch hatte kein Mann sie berührt.

In Ermangelung einer anderen Reaktion murmelte er: »Das kann ich nicht sagen.«

Er sah ihr nach, wie sie zu den anderen hinüberging. Ihre Hüften schwangen sanft unter dem Rock hin und her. Sie hatte keine Magd, und doch waren ihre Kleidungsstücke tadellos gepflegt und ihre Haare ordentlich unter einer adretten Leinenhaube verborgen. Gelassen und sachlich verschwendete sie wenig Zeit mit Belanglosigkeiten und noch weniger auf Geschwätz. Sie wich seinen Fragen nach Robert Bruces Plänen mit der gleichen Gewandtheit aus wie seinen Annäherungsversuchen. Es war nicht so, daß ihr weibliche Eigenschaften gefehlt hätten, denn sie war mit Sicherheit die liebreizendste Frau in Schottland. Man konnte nicht leugnen, daß sie seine Stimmungen beeinflußte – nein, besser gesagt, sie brachte den Kavalier in Randolph zum Vorschein.

Als sie zurückkehrte, griff sie nach den Zügeln seines Pferdes und pfiff nach ihrem eigenen. Die feingliedrige weiße Stute antwortete mit einem melodischen Wiehern und kam herangetrabt. Elizabeth musterte Randolph von Kopf bis Fuß und richtete die Steigbügel, um sie seinen längeren Beinen anzupassen.

»Benimm dich gut, Majesty«, befahl sie der Stute. Und über die Schulter hinweg: »Sie wird leicht übermütig.«

»Nay, sie ist gutmütig.«

»Damit täuscht sie die Ahnungslosen. Haltet sie fest an den Zügeln und sagt ihren Namen, bevor Ihr sie zum Stehen bringt. Sie kennt den Befehl.« Das Pferd liebkoste sie mit den Nüstern.

»Und wenn ich ihr nicht sage, daß sie stehenbleiben soll?«

»Dann findet Ihr Euch bei Sonnenaufgang in England wieder.«

»Wahrhaftig?«

»Nay. Sie würde sich nicht allzu weit von mir entfernen, und Euer Pferd ist für Schwerfälligkeit bekannt.«

Randolph nahm es nicht übel. Ihre Einschätzung seines Hengstes war nicht mehr als gerecht. »Er gehört mir nicht. Ich habe ihn in Ruthwell geliehen.«

Sie trat neben den Hengst und streichelte seine Ohren. »Dennoch ist er ein gutes Tier.«

»Ich helfe Euch beim Aufsitzen«, sagte Randolph und streckte die Arme nach ihr aus.

Als seine Hände ihre Taille berührte, zuckte Elizabeth zusammen. Als seine Handflächen tiefer glitten, blickte sie zu ihm auf. »Was habt Ihr im Sinn, Randolph Macqueen?«

Er lächelte sie einfältig an. »Ihr tragt keinen Keuschheitsgürtel.«

Unter gewöhnlichen Umständen wäre dieses Thema als unschicklich erachtet worden, aber Elizabeths Leben war seit dem Tag nicht mehr gewöhnlich, an dem sie Robert Bruces Herold wurde. »Vielleicht sollte ich es tun . . ., um mich vor Euch zu schützen.«

»Es heißt, Ihr hättet einen, der aus Gold geschmiedet wurde. Ist das so?«

»Aye.«

»Wie könnt Ihr so etwas Abscheuliches nur tragen?«

»Im Vergleich zu den Möglichkeiten ist die Unbequemlichkeit gering.«

»Welchen Möglichkeiten?«

Sie seufzte. »Für einen weitgreisten Mann wißt Ihr erstaunlich wenig vom Leben. Ich reite auf den gleichen Straßen wie Briganten und begebe mich an Höfe, an denen es von Schurken wimmelt. Nicht alle Männer haben so viel Achtung vor Robert Bruces Herold wie Randolph Macqueen.«

Da war es wieder. Eine schlichte und schmeichelhafte Bemerkung, um ihn in die Schranken zu weisen. »Aber jetzt tragt Ihr keinen Keuschheitsgürtel.«

»Habe ich es denn nötig, mich vor Euch zu schützen?«

»Noch nicht.« Er berührte leicht ihre Wange. Seine Finger auf ihrer Haut fühlten sich rauh an, und Elizabeth mußte den Kopf zurückbeugen, um ihm in die Augen blicken zu können. Sie waren tiefblau und schimmerten vor Bewunderung. Das hatte sie auch schon bei anderen Männern gesehen, aber in Randolphs Augen standen eine Zärtlichkeit und Aufrichtigkeit, die neu für sie waren.

Er hob fragend die Brauen, es wirkte wie eine Einladung.

Die Versuchung zerrte an ihrer Entschlossenheit, ihm zu widerstehen. Sie waren so oft zusammen, schienen sich so gut zu verstehen, daß sie häufig zuviel von sich preisgab. Erst heute vormittag hatte er sie dazu gebracht, ihm von dem tragischen Brand zu erzählen, bei dem ihre Eltern ums Leben gekommen waren.

Sie warf einen Blick über die Schulter, konnte den Falkner aber nirgendwo sehen.

Randolph mußte ihr Zögern gespürt haben, denn der Druck seiner Hände um ihre Taille verstärkte sich. Ihr Herz begann schneller zu schlagen, und ihr Mund wurde ganz trocken. Sie fuhr sich mit der Zunge über die Lippen, und er fluchte leise.

Überzeugt davon, daß er sie küssen wollte, und wohlwissend, daß es ihr nicht unangenehm wäre, zog sich Elizabeth zurück. Von einem Kuß war es zur Verführung nicht weit, und sie wollte ihm in ihrer Wette keinen Vorteil einräumen. »Die anderen.«

»Was sollen die anderen tun? Den Ruf des Herolds des Königs beflecken, weil sie Freude an meiner Gesellschaft empfindet?«

»Aye.«

»Es wird der Tag kommen, an dem Ihr vergessen müßt, wer Ihr seid, Elizabeth, um auf Euer Herz zu hören.«

Dafür schuldete sie Robert Bruce zuviel, und Schottland stand auf der Schwelle zur Unabhängigkeit.

»Was denkt Ihr?«

Ihre ganz persönlichen Überlegungen gingen nur sie allein etwas an.

»Sagt es mir, Elizabeth.«

Er sprach offen und ehrlich, doch sie konnte es ihm nicht gleichtun. Aber sie würde es nicht bedauern, ihr Leben einer größeren Aufgabe gewidmet zu haben. Sie suchte nach einer Ausrede, fand sie in einem über ihnen segelnden Habicht und zeigte nach oben. »Ich dachte gerade, wie froh er sein muß, seine Jagdgründe wieder für sich zu haben.«

»Das habt Ihr zwar nicht gedacht, aber ich bin ein geduldiger Mann, und Ihr seid das Warten wert.«

Sein Warten würde sich nicht lohnen.

»Auf dem Loch Lanark lebt ein Schwanenpaar«, sagte er. »Würdet Ihr es Euch gern ansehen, während Ihr hier seid?«

Sie blickte versonnen zum grauen Himmel hinauf. »Die Vögel sind inzwischen sicher längst in den Süden geflogen.«

»Mitnichten. Der Falkner sagt, der weibliche Vogel hat sich vor drei Jahren einen Flügel gebrochen. Seither bleibt der Schwan bei ihr.«

»Ein Mann, dessen Herz in Liebe entbrannt ist. Wie romantisch.«

Randolph Macqueen war mit Haut und Haaren in Liebe zu dieser bezaubernden Frau entbrannt, die für den König die Arbeit eines Mannes erledigte und die prachtvollsten Pferde im ganzen Land ritt. »Meint Ihr, die Frau ist in ihn verliebt?«

»Die Schwänin?«

»Die Frau.«

Sie versuchte ein Lächeln unterdrücken, es gelang ihr aber nicht. »Auf Euer Schiff bin ich aus, Mylord. Das müßtet Ihr inzwischen wissen.«

Ihre unbeschwerte Heiterkeit erfüllte ihn mit Freude. Er konnte sich nicht erinnern, den Wunsch nach scherzhafter Plauderei mit einer Frau verspürt zu haben, bevor er sie kennengelernt hatte. »Wir sprachen über die Schwäne, und es ist nicht nötig, daß Ihr mich ›Mylord‹ nennt. Ich bin ein Chieftain der Macqueens, mehr nicht.«

Sie lächelte durchtrieben. »Es heißt, Ihr hättet eine Flotte von Handelsschiffen und übtet in den Highlands beträchtliche Macht aus. Die Mackintoshs, Macraes, Mathesons und Chisholms haben Euch Treue geschworen.«

Seine Allianzen waren allgemein bekannt, aber sie und seinen Besitz mit einer Frau zu besprechen, die eine Ehe ablehnte, war ungewöhnlich. »Ich lebe mit meinen Nachbarn in Frieden. Meine Onkel sind verläßlich, das gestattet mir, zur See zu fahren – mit meinem einzigen Schiff.«

»Ihr habt Euer einziges Schiff aufs Spiel gesetzt?«

»Wäre eine Flotte mein eigen, hätte ich sie verwettet.«

»Ihr habt Douglas mit Apfelsinen und Feigen beschenkt.«

Ihre ungeschickten Versuche, das Thema zu wechseln, ermutigten Randolph nur weiter. »Die Granatäpfel habe ich für Euch aufbewahrt.«

»Ihr bietet mir ein Schiff mit einem Laderaum voller verfaulender Früchte an?«

Sie schien ihn gern zu necken, und er reagierte entsprechend. »Dafür ist es zu kalt. Aber wenn Ihr Euch sorgt, können wir zum Hafen reiten und uns an der Ladung laben.«

»Ich dachte, Ihr wolltet mit meinem Pferd über die Heide dort reiten.«

Er wollte das Pferd und die Frau, und irgendwann würde er sie bekommen, denn sie begann, ihn zu mögen. »So ist es.«

»Dann helft mir in den Sattel und tut, was Euch beliebt.«

Elizabeth wechselte das Gewand und informierte den Haushofmeister der Douglas' über ihre Rückkehr und ihre Pläne, weitere Ausflüge mit Randolph Macqueen zu unternehmen. In dem vollen Burgsaal näherte sich ihr eine ganze Reihe von Männern, die die Bekanntschaft von Robert Bruces Herold machen wollten.

Sie ließ ihre einfallslosen Einladungen und absurden Schmeicheleien über sich ergehen, bis ein Mann, der alt genug war, ihr Großvater sein zu können, ihr kühn Herberge auf seinem Besitz anbot. Mit ihrer Geduld am Ende, entschuldigte sie sich und suchte den Weber auf, um sich zu erkundigen, ob der Umhang, den sie für König Robert bestellt hatte, schon fertig war.

In der Werkstatt herrschte lebhafte Betriebsamkeit. Red Douglas hatte für alle seine Vasallen die herkömmlichen Weihnachtsgeschenke – Umhang, Überwurf und Rock – bestellt. Obwohl das Fest noch fast einen Monat entfernt war, würden sich die Weber beeilen müssen, rechtzeitig fertig zu sein.

Nachdem sie sich vergewissert hatte, daß der Umhang in ein oder zwei Tagen fertig sein würde, stieg Elizabeth die Stufen zu den Zinnen empor, um nach Randolph Ausschau zu halten.

Im unteren Burghof graste der Elefant, umstanden von einer Reihe Kinder, die das mächtige Tier voller Hochachtung anstarrten. In der Nähe entdeckte sie Drummond und Lady Clare.

Gerade als die Sonne in einem Farbenmeer aus Orange, Rot und Purpur unterging, tauchte die Stute wie ein schneeweißer Fleck aus dem dunklen Wald auf. Randolph hielt das Tier in einem leichten Trab – durchaus eine Leistung, denn Majesty galoppierte gern. Er hatte sein Tartan-Cape abgenommen und dem Pferd über die Ohren gelegt. Als er den Burgwall erreichte, zügelte er die Stute und tauschte Grüße mit seinem Bruder aus.

Mann und Pferd waren ein beeindruckender Anblick, den der Hauptmann der Wachleute mit einem Augenzwinkern zur Kenntnis nahm. »Meistert die Maiden genausogut, heißt es von Randolph Macqueen.«

Elizabeth verstand.

»Ich für mein Teil«, fuhr der Mann fort, kam näher und ließ einen kleinen Spiegel vor ihrem Gesicht baumeln, »ziehe es vor, eine Frau mit kleinen Geschenken geneigt zu machen.«

Aus Furcht, ihre Abneigung gegen den Mann ebensowenig verbergen zu können wie ihre Bewunderung für Randolph, ging Elizabeth zu den Ställen hinüber. Dort fütterte sie ihren Hengst und das spanische Pferd.

Sie ahnte Randolph, bevor sie ihn hörte. »Einen randvollen Eimer deines besten Hafers, Bursche«, sagte er zu dem Stalljungen und führte die Stute in den nächsten Stall.

Heidekrautblüten und -blätter bedeckten sein Haar und klebten an seiner Kleidung.

»Ich habe meine Ansicht geändert«, verkündete er begeistert. »Statt Eures Hengstes nehme ich Majesty, wenn ich die Wette gewinne.«

Er wirkte jungenhaft überschwenglich, und sie war von seiner Freude über den Ritt mit der schnellen Stute angenehm berührt. »Ihr werdet weder den einen noch die andere bekommen.« Sie drückte ihm die Bürste in die Hand. »Seid vorsichtig, wenn Ihr ihre Fesseln berührt. Sie neigt zum Beißen.«

»Das ist ihr gutes Recht.« Er holte tief Luft und stemmte die Hände in die Hüften. »Bei allen Heiligen, Elizabeth, das ist ein wundervolles Tier. Schnell wie der Wind und gutwilliger als der Schoßhund meiner Mutter.«

Obwohl sie ähnliches schon oft gehört hatte, erfüllten die Lobesworte Elizabeth mit Stolz. Als wüßte sie, daß von ihr gesprochen wurde, warf die Stute den Kopf zurück. »Ihre Feingliedrigkeit ist eine Täuschung. Sie ist sehr ausdauernd.«

»Da kann ich Euch nicht widersprechen.« Er nahm Sattel und Decke ab und widmete dem Tier die Aufmerksamkeit, die es verdiente. »Aber es überrascht mich, daß Euer Onkel sich von dieser Schönheit und dem Hengst getrennt hat. Ihr müßt sein Liebling sein.«

Sie unterdrückte ein bitteres Auflachen. »Es ging ihm um meine Aussteuer, und dann war er so dick geworden, daß die Pferde ihn nicht länger tragen wollten.«

Die erste der Vesperglocken begann zu läuten und rief die Gläubigen zum Gebet.

Randolph betrachtete erst die beiden Tiere, dann sie. »Ihr habt Eure Aussteuer gegen zwei Pferde eingetauscht?«

Um einer unerwünschten Heirat zu entgehen, hatte Elizabeth auf ihren Reichtum verzichtet und alle Bande zu den Gordons zerschnitten. Damals war sie dreizehn Jahre alt gewesen, hatte aber seither ihre Entscheidung kein einziges Mal bereut. »Gegen sechs Pferde. Die Stuten sind fruchtbar. Inzwischen besitze ich eine ganze Herde, und Majesty ist zur Zeit wieder trächtig.«

Er kratzte sich nachdenklich den Nacken. »Ein reizvolles Gewerbe. Hattet Ihr eine Wahl?«

Sie verband keine innigen Erinnerungen mit dem Besitz. Für sie war es ein Mittel zur Freiheit gewesen. »Es handelte sich um einen bescheidenen Besitz meiner Mutter. Das Land liegt am Tweed, und mein Onkel wollte Zugang zum Wasser.«

»Warum gestatteten sie Euch, auf Eure Aussteuer zu verzichten? Ihr müßt ein Kind gewesen sein, als Ihr diese Entscheidung getroffen habt.« Er brach ab, seine Miene wurde düster. »Ich bitte Euch um Verzeihung. Es schickt sich nicht, über das Alter einer Lady zu sprechen.«

Seine Höflichkeit beseitigte ein weiteres ihrer Bedenken gegen ihn. »Ich bereue meine Entscheidung nicht. Ich leiste dem König einen wertvollen Dienst. Ich habe meine Pferde. Und die Zukunft liegt in Gottes Hand.« Die Gegenwart war höchst angenehm, denn sie stand in einem Stall neben dem einflußreichen und einnehmenden Randolph Macqueen.

»Trotzdem müßt Ihr damals noch ein Kind gewesen sein.«

»Jetzt schmeichelt Ihr mir«, entgegnete sie. »Ich war dreizehn Jahre alt, also in heiratsfähigem Alter, als ich alle Ansprüche auf das Land der Gordons aufgab. Und an meinem nächsten Geburtstag werde ich zweiundzwanzig Jahre.«

»Und wann wäre der?«

»In vierzehn Tagen.«

»Welches Geschenk würde Euch erfreuen?«

Sie hatte keine besonderen Bedürfnisse und nur selten Gelegenheit, Schmuck zu tragen. In gewisser Weise war seine Bekanntschaft ein Geschenk. »Euer Schiff!«

Lachend senkte er das Binsenlicht und untersuchte das Fell der Stute nach Kratzern und Dornen. »Wo stehen Eure Pferde?«

»Auf dem Gut der Baroness of Leith in Edinburgh.«

Der Stallbursche kehrte mit dem Hafer zurück, und Randolph reichte ihm eine Münze. »Kennst du meinen Bruder Drummond Macqueen?« fragte er den Jungen.

»Aye.« der Bursche strahlte. »Das ist derjenige, der den Elefanten hergebracht hat. Er hat mich und die anderen Lads am Tag seiner Ankunft auf das Tier gesetzt. Ich hatte keine Angst vor dem Elefanten.«

»Tapferer Bursche. Geh zu meinem Bruder und sag ihm, daß ich ihn nicht zur Vesper begleiten werde. Und dann sag dem Haushofmeister, daß ich gern ein Bad in meiner Kammer nehmen möchte.«

Der Junge lief zur Tür hinaus. Randolph fütterte die Stute.

»Es will mir fast als Schande erscheinen, sich zu waschen«, sagte Elizabeth. »Ihr riecht sehr angenehm.«

Er verzog das Gesicht und wischte sich getrocknete Heidekrautblüten von den Ärmeln. »Ich rieche wie die Kleidertruhe einer Frau.«

»Welche Eurer Frauen meint Ihr wohl?«

Er warf sich in die Brust, seine blauen Augen funkelten übermütig. »Das geht Euch nichts an.«

»Ich verstehe. Ihre Zahl ist so groß, daß Ihr Euch nicht einmal an den Namen einer einzigen erinnern könnt. Oder bevorzugen sie alle den Duft von Heidekraut?«

»An etwas erinnere ich mich mit Sicherheit, mein wißbegieriger Herold: Keine von ihnen hatte eine spitze Zunge und ein neugieriges Wesen.«

Sie stützte die Ellbogen auf die hölzerne Barriere, die sie voneinander trennte. »Meint Ihr, ich sei neugierig?«

Wäre er gelaufen, hätte er jetzt geschwankt. »Aye, es sei

denn, Ihr wollt Euch lediglich von meinem edlen Charakter überzeugen.«

Grund genug dazu hätte sie. In seiner Gesellschaft vergaß sie Könige, Lösegelder und zugesagte Abkommen, die dann nie abgeschlossen wurden. Aber sie würde den Teufel tun, ihre Gefühle zu verraten. »Euer Charakter oder dessen Mängel geht mich nichts an. Wenn ich ehrlich bin, verabscheue ich Menschenansammlungen.«

»Aber Ihr mögt mich.«

»Ich finde Euch unterhaltend«, erwiderte sie, als erweise sie ihm damit eine Gnade.

»Ihr schmeichelt mir übermäßig«, gab er zurück und meinte das Gegenteil.

»Dann werde ich lieber schweigen.«

»Ihr seid anders, Elizabeth Gordon, und Ihr seht sehr hübsch in diesem grünen Gewand aus. Grün kleidet Euch.«

Sie hatte nur zwei Gewänder mitgebracht und drei Heroldsröcke. Das Gewand des Königs gewährte ihr ein gewisses Maß an Schutz – ob das wirklich so war oder sie es sich nur einbildete, wußte sie nicht zu sagen. Doch eins wußte sie mit Gewißheit: ein mit einer Krone bestickter Rock und ein goldener Keuschheitsgürtel würden sie nicht gegen Randolph schützen, sobald sie ihr Herz an ihn verloren hatte.

Die zweite Vesperglocke erklang und lieferte ihr einen unverfänglichen Grund, ihn zu verlassen. Aber sie war noch nie unaufrichtig oder feige gewesen. Und sie würde jetzt nicht damit beginnen.

Er kam langsam auf sie zu. Der leise Duft nach Heidekraut stand in merkwürdigem Gegensatz zu seinem männlich guten Aussehen und seiner dominierenden Persönlichkeit.

»Unheil funkelt in Euren Augen«, erklärte sie, wich aber keinen Schritt zurück.

»Seid Ihr zur Seherin geworden?«

»Ich brauche keine übersinnlichen Fähigkeiten, um die Richtung Eurer Gedanken zu erkennen.«

Er streckte die Hand aus. »Wollen wir Gefährten sein, Elizabeth?«

Dieses freundliche Angebot abzulehnen, wäre allzu kleinlich gewesen. Er hatte der Ehe abgeschworen. Sie würde ihren Ruf nicht aufs Spiel setzen. Sie verkehrten nicht in denselben Kreisen. Jahre konnten vergehen, bis sie ihn wiedersah.

Sie ergriff seine Hand. »Aye, das wollen wir.«

»Ich danke Euch«, sagte er leise, »daß ich Euer Pferd reiten durfte.«

Wie zuvor schon, zeigte er seine Bewunderung für sie ganz offen, doch diesmal sonnte sich Elizabeth darin. Und prompt fand sie es ganz natürlich, ihm etwas über sich zu erzählen. »Schon als Kind war das Reiten meine Leidenschaft.«

Er musterte sie. »Das ist eine zu ferne Zeit für mich.«

Sie hatte die Situation falsch eingeschätzt. »Ihr habt mehr als Freundschaft im Sinn.«

Er heuchelte Erstaunen. »Ich möchte mich lediglich erkenntlich zeigen. Während unseres Wettreitens habt Ihr mir einen Kuß zugeworfen, bevor Ihr in einer Wolke auffliegenden Laubes auf dem Hengst davongeprescht seid.«

Unbehagen ergriff sie. Sie blickte an ihm vorbei. Die Türen des Stalls waren geschlossen. Sie waren allein. »Das war falsch.«

»Dann schlage ich vor, es nunmehr richtig zu machen. Darf ich Euch küssen?«

Die Frage war ungewöhnlich. Die meisten Männer von Rang und Einfluß hielten das für ihr gutes Recht. »Ja« und »Nein« kämpften in ihr darum, gesagt zu werden. Sie entschied sich für ein: »Warum?«

»Ihr kennt die Antwort, und Ihr seid viel zu klug, um die Spröde zu spielen.«

Er nahm ihr Schweigen für die Zustimmung, die es auch war. Ihre Finger legten sich um die hölzerne Barriere, in ihren Ohren begann es zu rauschen. Seine Lippen waren sanft und weich, sein Benehmen unzweifelhaft anziehend. Trotz der Barriere zwischen ihnen spürte sie seine Wärme und Kraft. Als er ihre Arme hob und um seinen Hals legte, strich sie mit den Fingern durch seine Haare und atmete den würzigen Heidekrautduft tief ein.

Sie war schon geküßt worden, doch noch nie so subtil und doch entschlossen. »Wir unterhalten uns ohne Worte«, hatte er gesagt. Jetzt verstand sie, was er damit meinte. Als er seine Lippen sanft auf ihren Mund senkte, forderte er sie unhörbar auf, ihre Zweifel und Bedenken beiseite zu lassen und sich dem Augenblick der Nähe hinzugeben.

»Kommt ein wenig näher, Elizabeth«, flüsterte er an ihrem Mund. »Bei meinem Eid, bei mir seid Ihr sicher.«

Als seine Zunge zärtlich ihren Mund entlang fuhr, wußte sie, was er wollte, und öffnete ihre Lippen. Ein leichtes Aufstöhnen war seine erste Reaktion, seine zweite bestand darin, seine Zunge mit ihrer zu vermählen, bis er nur noch keuchend atmete und ihr Körper vor Verlangen erbebte.

»Hört auf Euer Herz«, flüsterte er.

Randolph Macqueen küßte sie mit einer Selbstverständlichkeit, als hätten sie bereits ihr ganzes Leben lang derartige Zärtlichkeiten ausgetauscht. Diese Erkenntnis bewog sie, über das körperliche Verlangen hinauszudenken, um jede Nuance des Mannes und des Kusses zu verstehen. Sie fühlte sich geborgen, sicher und ungemein neugierig. Als er ihr Gesicht mit den Händen umfing und seinen Mund auf ihre Lippen senkte, begann sich in ihrem Kopf alles zu drehen, und sie drängte sich an ihn. Er verschlang und bereicherte sie gleichzeitig, und mit jedem Herzschlag sehnte sie sich nach mehr.

Und dann, als sie es am wenigsten erwartete, beendete er den Kuß und nahm sie in die Arme. Wange an Wange, seine von Bartstoppeln rauh, ihre von Verlangen gerötet, standen sie in einem fremden Stall, der sich in diesem Moment wie geheiligter Boden ausnahm. Die Innigkeit ihrer Umarmung stand in eigentümlichem Gegensatz zu ihrem abgehacktem Atem und ihren wildklopfenden Herzen.

»Welche Gedanken bewegen Euch, Elizabeth?«

»Im Moment keine besonders vernünftigen«, gestand sie. »Und Euch?«

Sie spürte, daß er lächelte. Mit tiefer, kehliger Stimme äußerte er Zustimmung. »Ich werde vom Verlangen nach Euch verzehrt.«

Das offene Bekenntnis verursachte Erstaunen. »Und doch beherrscht Ihr Eure Leidenschaft.«

Er lehnte den Kopf zurück, bis sich ihre Blicke trafen. »Meine Gefühle für Euch gehen über eine flüchtige Tändelei in Red Douglas' Reitstall oder eine Wette um ein Schiff und ein hervorragendes Pferd weit hinaus.«

»Und das überrascht Euch.«

Ein schiefes Lächeln verriet seine Zwangslage. »Es überrascht mich angenehm, und ich finde mich in der merkwürdigen Lage, nicht zu wissen, was ich als nächstes tun soll. Diese Empfindungen sind für mich neu.«

Das Verlangen verebbte, und an seine Stelle trat ein Anfang, ein Aufkommen gegenseitiger Hochachtung und Freundschaft. Unsicherheit bewog sie zu ihren nächsten Worten: »Wenn Ihr mich noch einmal küßt, würdet Ihr vielleicht herausfinden, was als nächstes zu tun ist.«

»Wenn ich Euch noch einmal küsse, höre ich nicht wieder auf. Es wäre wohl das beste, wenn Ihr jetzt ein wenig zurückträtet, sonst . . .«

»Sonst?«

Er schluckte. »Sonst enden wir auf dem Boden, und Ihr bekommt einen wunden Rücken, weil Ihr nackt unter mir im Stroh gelegen habt.«

Die Vorstellung ließ sie erröten, aber mit der Verlegenheit kam ihr eine Erkenntnis: Selbst eine kleine Schäkerei gehörte sich nicht für einen angesehenen Herold des Königs.

»Ich werde um ein Pferd ärmer werden.«

»Und das größte Geheimnis einer Jungfrau erfahren.«

Tiefe Verlegenheit erfüllte sie. Um den Ernst der Unterhaltung zu beenden, suchte sie Zuflucht in Unbekümmertheit. »Es war nur ein Kuß.«

Sein Blick wurde hart. »Und ich bin der König von Frankreich.« Er strich ihr zärtlich über ihre Wange und trat zurück. »Ich möchte mehr für uns als einen Kuß im Stall.«

Sie rief sich die Tatsachen in Erinnerung. Sie hatte nicht nur die Situation falsch bewertet, sondern auch den Mann und die Tiefe der Gefühle zwischen ihnen unterschätzt. Aber dafür trug sie die Verantwortung, denn sie hatte ihn nahezu angefleht, sie zu küssen. »Mehr wird es für uns nicht geben. Mehr kann es nicht geben.«

»Ich statte Euch mit einem eigenen Heim aus und mit einem Reitstall, um den Euch ein König beneiden würde.«

Es war nicht der erste Vorschlag dieser Art, aber ihre Ablehnung die weitaus schmerzlichste. »Euer Angebot ehrt mich, aber das kann ich nicht annehmen.«

»Erspart mir Eure honigsüßen Reden. Sprecht zu mir direkt aus Eurem Herzen.«

»Auch von dort erhieltet Ihr die gleiche Antwort.«

»Aufgrund des Willens Eures Onkels oder wegen Eurer Dienste für den König?«

Der Zweck und die Länge ihrer Dienste für König Robert waren ihre eigene Angelegenheit. »Ich möchte nicht Eure Geliebte werden.«

»Warum nicht?«

Weil ihr das nicht genug wäre. Wenn sie ihr Herz verschenkte, dann an einen Mann, der sie über alles schätzte und die Kinder ihres Leibes liebte. Sie konnte die Dienste des Königs nicht verlassen. Nicht jetzt, da die Zukunft der schottischen Unabhängigkeit auf dem Spiel stand. Um sich zu beruhigen, rief sie sich die Nachteile einer Ehe mit Randolph Macqueen in Erinnerung. Er zog Abenteuer und das Meer Herd und Heim vor. Ihr schwebte ein vereintes Schottland von der südlichen Grenze bis zu den Orkney Islands vor. Seine Loyalität begann und endete mit den Highland-Clans.

»Elizabeth?«

Hoffnungslosigkeit überkam sie. »Vielleicht solltet Ihr Euch um Majesty kümmern. Ihr Fell ist noch immer feucht.«

»Vielleicht könntet Ihr die Höflichkeit aufbringen, auf meine Fragen ...«

Sie legte die Hand an seine Lippen. Sein Atem strömte warm gegen ihre Fingerspitzen. »Verderbt diesen wunderbaren Augenblick nicht«, bat sie. »Es gibt davon im Leben zu wenige.«

Er kniff die Lippen zusammen. Elizabeth sah ihm in die Augen und flehte stumm um Verständnis. Schließlich küßte er ihre Finger, wandte sich ab und griff eine Handvoll Stroh auf.

Während er die Stute abrieb, erzählte er von seinem ersten Streitroß, von den Reitställen seines Vaters und von den Problemen, die es mit sich brachte, mit so vielen Geschwistern aufzuwachsen. Elizabeth gestand, daß sie sich im Alter von acht Jahren in den Sohn des Schmieds verliebt hatte.

»Das lag wohl daran, daß Ihr eine Schwäche für Männer habt, die Eure Liebe zu Pferden teilen.«

Er hörte sich so selbstsicher an, daß sie dagegenhalten mußte. »Das ist mitnichten so.«

»Dann bin ich es also nur, den Ihr schätzt.«

»Nicht über einen schlichten Kuß hinaus.«

Er fuhr so schnell herum, daß die Stute einen erschreckten Satz zur Seite machte. Seine Augen blitzten vor Verärgerung. »Wenn Ihr einen schlichten Kuß nennt, was zwischen uns geschehen ist, werde ich ...«

»Was?«

»Meinen Tartan-Umhang gegen eine Mönchskutte tauschen.«

Sie brach in schallendes Lachen aus.

Er wirkte tief beleidigt.

Mit schmalen Augen hob er die Hand mit dem Stroh gegen sie. »Haltet Euch zurück, mein kecker Herold, sonst unternehme ich einen Raubzug in die Ställe der Baroness of Leith. Wir Highlanders sind Meister darin, uns das zu holen, wonach es uns verlangt.«

»Meine Pferde werdet Ihr nicht bekommen.«

Die Verärgerung schwand so schnell, wie sie gekommen war. »Dann kommt mit mir und helft mir, mein eigenes Pferd zu finden«, schlug er vor. »Wir werden nach Konstantinopel segeln und jeden Reitstall erforschen, bis wir Tiere gefunden haben, die ebenso prachtvoll sind wie diese hier. Einen Fuchs, einen Schimmel und sogar einen eigensinnigen schwarzen Hengst.«

»Reinschwarze Tiere sind selten unter den Wüstenpferden.«

»Dann muß ich unbedingt ein schwarzes Pferd haben. Wir werden Feigen und Datteln essen und uns an allen heidnischen Köstlichkeiten ergötzen. Wir werden über die Schlachtfelder des großen Kreuzzuges wandern.«

Für eine solche Reise hätte sie ihre Seele hingegeben. Aber sie hatte dem König ein Versprechen gegeben, Schottland brauchte sie. »Ich bedauere sehr, nicht mitkommen zu können.«

»Oh, *Ealasaid.*«

Der Ton seiner Stimme, der Klang ihres Namens auf schottisch waren wie eine Liebkosung. Doch der Mann und seine Abenteuer waren nichts für sie. »Wann wollt Ihr mit dieser Suche beginnen?«

»Vor Weihnachten kann ich nicht aufbrechen . . .« Abrupt brach er ab und blickte auf seine Stiefel hinunter. »Besser wäre Hogmanay.« Er schnippte mit den Fingern und fuhr fort: »Das ist eine gute Art, das neue Jahr zu beginnen. Ich werde mit Bruce reden. Himmel, sogar mit Eurem Onkel, wenn nötig. Er ist Euer Vormund?«

Sein plötzliches Schweigen sprach von Geheimnissen, da kannte sie sich aus. Sein Geheimnis hing mit dem Christfest zusammen, eine besondere Zeit für moralisch bedenkliche Taten. Für die Schotten der Highlands kam die Treue zu den Clans vor der Religion. Aus diesem Grund weigerte sich die heilige Kirche, ihre Ziele zu segnen und ihre Heere mit Geld zu unterstützen.

Zu ihrer Entschuldigung mußte sie jedoch einräumen, daß das Leben in den Highlands hart war. Die letzte Ernte war zwar reich ausgefallen, aber ein guter Herbst nach so vielen Jahren des Kriegs mit den Engländern versetzte die Clans noch lange nicht in die Lage, ein üppiges Weihnachtsfest feiern zu können. Dafür bemitleidete Elizabeth sie. Dennoch hatte Randolph Macqueen ein Geheimnis.

»Ihr erwähntet Weihnachten, Randolph. Ich frage mich, warum.«

»Ganz einfach. Ich bin gerade aus Spanien heimgekehrt, wo die Menschen selbst bei den alltäglichsten Beschäftigungen beten. Der Glaube eines Menschen ist seine Sache, aber die Spanier tragen ihn zu Markte, als wäre der Händler ein Priester.«

Eine Bestätigung ihrer Gedanken. In den Highlands waren Priester zunächst Schotten und bedauerten jeden Sünder, der das vergaß. Wenn für Randolph Macqueen das Christfest so wichtig war, mußte sie den Grund herausfinden. »Ich wäre bereit, Euch zu begleiten – aber nur, wenn wir vor Weihnachten aufbrechen.«

Eben noch hatte Enttäuschung seine Züge sanft und fast weich gemacht. Einen Augenblick später verkörperte er den Begriff »unnachgiebiger Highlander«.

»Sind Eure Aufgaben hier beendet?« fragte er.

Erneut hatte sie ihn unterschätzt. Da sie keine Antwort wußte, erwiderte sie stumm seinen herausfordernden Blick.

»Ich schütte Euch mein Herz aus, Elizabeth, aber Ihr entgeltet es mir mit Schweigen.«

Randolph hatte ihr nichts offenbart als eine wirre Geschichte über den Glauben der Spanier. »Wollt Ihr Euch mit unserem König vergleichen? Seiner Sache diene ich.«

»Welche Sache könnte das sein?«

Äußerlich wirkten sie wie Gegner in einem Patt. Innerlich standen ihre gegenseitige Zuneigung und Achtung auf dem Spiel. »Sprecht nicht mehr von meiner Mission, Randolph, dann werde ich auch Weihnachten ganz bestimmt nicht mehr erwähnen.«

Mehr würde er von ihr dazu nicht erfahren, aber Randolph erkannte ein harterrungenes Zugeständnis, wenn ihm eins begegnete. Er wollte die Frau, zum Teufel mit den politischen Anlässen, die sie zusammengebracht hatte. Im Zusammensein mit ihr würde er sich nunmehr ausschließlich auf erfreuliche Themen beschränken. Doch er mußte seine Zunge hüten, denn er hätte um ein Haar von der Messe gesprochen und die Chieftains in Gefahr gebracht.

Er legte sich die Hand mit dem Strohbündel aufs Herz. »Ihr habt mein Ehrenwort. Aber nun kommt und haltet dieses bissige Roß bei Laune, während ich ihm die Beine trocken reibe.«

Elizabeth trat um die Holzbarriere herum. Majesty wieherte erfreut auf, wedelte mit dem Schweif und forderte die Zuneigung, die Elizabeth ihr nur zu gern zuteil werden ließ.

Um ihre Zuneigung würde Randolph sogar mit dem Teufel persönlich feilschen. Er versuchte die Eigenschaften zu benennen, die ihm an ihr am meisten gefielen, aber davon gab es viele. Ihm gefiel die Art, mit der sie über seine offensichtlichen Bemühungen lachte, ihr zu schmeicheln. Er mochte ihre Freude, mit der sie ihre Pferde ritt. Er erfreute sich an ihrer Klugheit und stellte sich eine Burg voller Töchter vor – alle ebenso klug und bemerkenswert wie Elizabeth Gordon. In dem Moment, da er sie sah, hatte sich sein Leben verändert. Und darüber war er froh. Eine Zukunft mit ihr war sein vorrangiges Ziel geworden.

Die Stalltür öffnete sich.

»Guter Herold!«

Randolph verspannte sich. Es war der König von England. Er kam aus der Kapelle, denn sein Rosenkranz steckte noch in seinem Gürtel. Formell gekleidet, trug er ein pelzbesetztes Wams und Kniebundhosen unter einem mit Biberfellen gesäumten Umhang. Ein mit Rubinen besetzter Goldreif zierte seinen Kopf. Nach englischer Mode war sein langer blonder Bart gelockt.

»Ihr sorgt also noch immer selbst für Eure Rösser, Lady Elizabeth?«

Sie trat in den Mittelgang und knickste. »Es ist mir eine Freude, mein hoher Herr.«

»Ich bin sicher, davon habt Ihr wenig genug.«

Selbst Edward Plantagenet wußte mehr über sie als Randolph Macqueen. Er trat neben Elizabeth, verneigte sich vor dem König und hoffte die ganze Zeit, daß Edward nicht gekommen war, um sie fortzuschicken.

Edward nahm die Ehrerbietung mit einem Nicken zur Kenntnis. Sein aufmerksamer Blick musterte Randolph von Kopf bis Fuß, suchte vermutlich nach einer Waffe. »Trachtet Ihr danach, eine geachtete Dienerin Eures schottischen Königs zu verführen?«

Dem Feind antworten zu müssen, nagte an Randolphs Stolz. »Meine Absichten gegenüber Lady Elizabeth gehen nur mich etwas an.«

»Randolph«, sagte sie streng auf schottisch, »haltet den Mund und vertraut mir.«

Er verabscheute jeden Zweifel an ihr, aber ihre vorrangige Loyalität galt Robert Bruce. Doch wie sollte Randolph ihr Vertrauen gewinnen, ohne ihr sein eigenes zu schenken? »Aye, *Ealasaid*.«

»Zwei Highlanders sprechen schottisch miteinander.« Der König sah von einem zur anderen. »Welches Unheil brütet Ihr aus?«

»Kein Unheil, hoher Herr«, sagte sie. »Macqueen ist hier, um Red Douglas seinen Respekt zu erweisen und seinen Bruder zu besuchen, den Ihr so großzügig begnadigt habt.«

»Auf Eure Ehre?«

»Auf meine Ehre und meine Seele, hoher Herr.«

»Aber warum trefft Ihr Euch mit Macqueen in einem Stall?«

Randolph legte seine Hand auf ihren Arm. »Vor meiner Ankunft hier hatte ich noch keine Gelegenheit, die Bekanntschaft von Lady Elizabeth zu machen, Sire.«

Übermut funkelte in ihren Augen. »Er verkehrt in anderen Kreisen als ich.«

Fast trübsinnig sagte Edward: »So ist es. Er entstammt Highland-Geblüt.«

Zögernd fand sich Randolph gegenüber dem Feind zu einer eigenen Erklärung bereit. »Lady Elizabeth erwies sich so großzügig, mich ihre Stute reiten zu lassen.«

»Macqueen ist zudem eine schickliche Gesellschaft für mich«, fügte sie hinzu.

»Während Engländer keine passende Gesellschaft für Euch sind«, Edward lächelte höhnisch.

Sie reckte das Kinn und sah ihm direkt in die Augen. »Auf meiner letzten Reise nach London wart Ihr so galant, hoher Herr, mich vor den unwillkommenen Annäherungen eines sehr entschlossenen englischen Adligen zu schützen.«

»Westmoreland verlangt es noch immer nach Euch.«

»Bis ich ins Grabe sinke, werde ich von seiner Aufmerksamkeit geschmeichelt sein – und dankbar für Euer Eingreifen.«

Lächelnd schüttelte der König den Kopf. »Ihr beweist eine Freundlichkeit und eine Klugheit, die Euren Landsleuten fremd ist.«

Elizabeth neigte den Kopf zur Seite und lächelte fein. »Ich diene dort, wo es mir gefällt.«

»Sehr bedauerlich, daß Ihr Bruce während der Herrschaft meines Vaters so wohl gedient habt.«

»Der Hunger Eures Vaters war groß.«

»So groß, daß er mir ein verarmtes Königreich hinterließ!« rief er verbittert.

»Eure Gefolgsleute schwören, Ihr besäßet Einsichten, die er nicht hatte.«

Ihre Worte beruhigten ihn wie eine tröstende Hand. »Ich bete zu Gott, daß es so ist«, meinte er und seufzte. Mit einer ringgeschmückten Hand deutete er auf die Tür. »Laßt uns allein, Macqueen.«

Edward Plantagenet stellte keine Gefährdung für ihre Tugend dar, aber Randolph widerstrebte es zutiefst, von einem feindlichen König davongeschickt zu werden. Er mußte in Erfahrung bringen, warum Edward Elizabeth aufgesucht hatte.

Da ihm keine andere Wahl blieb, verbeugte er sich vor dem König und sagte zu Elizabeth: »Ich werde an der Sonnenuhr auf Euch warten.« Doch zunächst würde er zur anderen Seite des Stalls eilen und ihre Unterhaltung belauschen.

Elizabeth folgte ihm mit den Blicken, und selbst nachdem sich die Tür hinter ihm geschlossen hatte, machte es ihr Mühe, ihre Gedanken auf das kommende Gespräch zu richten.

»Das Lösegeld für Lord William Cameron, den schottischen Earl of Strath«, sagte der König und bezog sich damit auf den Grund ihrer Reise nach Douglas Castle, »beträgt fünfzehntausend Mark.«

Elizabeth hätte am liebsten laut geflucht und dann Randolph Macqueen für ihre Unbeherrschtheit verantwortlich gemacht. Sie riß sich zusammen und betrachtete angelegentlich die Goldstickerei auf Edwards Wams. »Wie ich schon bei meiner Ankunft sagte, Sire, bietet Euch mein Herrscher für Lord William die Rückgabe der drei Schiffe an, die Ihr in Tynemouth Harbor zurückgelassen habt.«

Die Augen traten ihm hervor, sein Gesicht wurde rotfleckig vor Wut. »Ich habe keine Schiffe in Tynemouth zurückgelassen. Bruce hat sie geraubt.«

Das entsprach durchaus den Tatsachen, und Bruce hatte die Ladung dazu benutzt, seine Clans mit Waffen auszurüsten. »Mein Herrscher bietet Euch die Schiffe im Austausch gegen Lord William, der sich zur Zeit im Tower von London befindet.«

Edward blickte vom strohübersäten Boden zur Holzbalkendecke. »Was ist mit den Waffen an Bord der Schiffe?«

Das absolute Machtdenken beider Männer hatte sie schon

immer erstaunt, und da Bruces Einfluß von Tag zu Tag größer wurde, rechnete sie mit vielen weiteren Unterhaltungen wie dieser. Zu ihrer Überraschung erregte sie diese Vorstellung nicht besonders. Und sie kannte den Grund dafür: ein unbekümmerter Highlander, der sehr nahe daran war, ihre Wette zu gewinnen.

»Herold?«

Ihr Zögern würde als Unentschlossenheit gewertet werden. »Im Hinblick auf die Waffen der Schiffe erklärte mein Herrscher, England besäße mehr als ausreichend Eisen für weitere Schwerter und Schilde.«

»Dann teilt dem schottischen Herrscher mit, daß seine Bedingungen unannehmbar sind. Ich will Geld!« zischte Edward durch zusammengebissene Zähne.

Elizabeth holte tief Atem und machte sich auf das Schlimmste gefaßt. »Das vorhersehend, hat mein Herrscher mir aufgetragen, Euch zu sagen, es wäre eine beleidigende Zumutung, Euren Krieg gegen seine Landsleute mit seinem Geld zu unterstützen.«

Das gefürchtete Temperament der Plantagenets ging mit Edward durch. Er ballte die Faust und schüttelte sie dicht vor ihrem Gesicht. »Ich habe keinen Krieg erklärt!«

Elizabeth unterdrückte ihre Furcht. »Auf diesen Einwand bat mich mein gnädiger Herr, Euch darauf hinzuweisen, daß die Engländer selten ihre Absichten ankündigen, ihre Brüder im Norden zu überfallen.«

»Aus welchen Gründen glaubt Bruce, ich bereite einen Krieg vor?«

»Ich überbringe lediglich seine Botschaften, hoher Herr. König Roberts Gedanken sind mir nicht bekannt.«

Er fuchtelte ihr mit dem Zeigefinger vor der Nase herum. »Dann will ich dafür sorgen, daß er sich weiter Gedanken macht. Sagt Eurem König, der Earl of Strath wird im Tower verrotten, bis für ihn Lösegeld gezahlt ist oder mir ein angemessener Ausgleich angeboten wurde.«

Auch darauf hatte Bruce sie vorbereitet. »In diesem Fall habe ich von meinem Herrscher den Auftrag, Euch den Marshal von Northumberland als Ausgleich für die Entlassung von Lord William of Strath anzubieten.«

»Einen hohen Adligen als Ausgleich für einen einfachen Marshal?« fragte er leise.

Ruhige Gelassenheit überkam sie. »Ich bin beauftragt, Euch daran zu erinnern, Sire, daß Ihr der Pate der Kinder des Marshal seid. Alles in allem hält König Robert den Austausch für gerecht.«

»Welche anderen Auskünfte habt Ihr aus dem guten Marshal unter der Anwendung der Folter noch herausgepreßt?«

»Er ist so unversehrt wie wir unseren Lord William in Eurem Tower wissen. Der Marshal gab mir diese Auskunft freiwillig, zusammen mit einer Botschaft für seine Gemahlin, die ich ihr im Herbst persönlich überbrachte.«

Das Angebot war nicht schlecht. Nachdenklich starrte der König in das Binsenlicht, das in dem zugigen Stall flackerte.

»Bald werde ich Euch meine Antwort mitteilen.«

Sie verbeugte sich. »Aye, hoher Herr. Soll ich in Eurer Nähe bleiben?«

»Ich gestatte Euch, Euch nach Belieben frei zu bewegen, solange Ihr Douglas' Haushofmeister über Euer Kommen und Gehen Bescheid gebt.« Schmunzelnd musterte er sie von Kopf bis Fuß. »Es will mir scheinen, daß Ihr großen Gefallen an Randolph Macqueens Gesellschaft findet.«

Das bedürfte keiner Antwort, doch selbst wenn er eine gefordert hätte, hätte sie sie ihm verweigert. »Ich wünsche Euch einen guten Abend, König Edward.« Sie schritt an ihm vorbei auf die Tür zu.

»Lady Elizabeth?«

Sie drehte sich um. Er wirkte eigentümlich fehl am Platz: ein königlich gewandeter und gutaussehender Plantagenet-Monarch in einem bescheidenen Stall.

»Noch einmal, guter Herold. Ihr übt Euer Amt recht gut aus.«

Das war das höchste Kompliment, das er ihr machen konnte. Sie bedankte sich mit einer formellen Verbeugung. »Vielen Dank, Sire.«

Jetzt, da sie ihre Pflicht gegenüber Robert Bruce erfüllt hatte, mußte sie ein Wörtchen mit Randolph Macqueen reden. Sie fand ihn auf einer Bank in der Nähe der Sonnenuhr. »Ich habe dem König von England mein Wort darauf gegeben, daß Ihr aus ehrlichen Gründen hier weilt. Falls Ihr irgendwelche üblen Absichten hegt, werde ich teuer dafür bezahlen müssen.«

Er schlug sich mit der Hand aufs Herz. »Auf meine Ehre, die hege ich nicht.«

In gewissem Maß glaubte sie ihm. Dennoch würde sie auf der Hut bleiben, um hinter sein Geheimnis zu kommen. Und warum wirkte er so außer Atem, als wäre quer über den Burghof gelaufen?

»Müßt Ihr nun zu Bruce zurück?« wollte er wissen.

»Letztlich schon. Aber noch nicht so schnell.«

»Wenn ich mich recht erinnere, habt Ihr Interesse daran geäußert, einen treuergebenen Schwan zu sehen. Bis zum Loch Larnark ist es nur ein kurzer Morgenritt.«

»Ich dachte, Ihr wärt gekommen, um Euren Bruder zu besuchen.«

Würde sie wohl jemals damit aufhören? Randolph konnte ihr nichts von der Reliquie des heiligen Columba oder der Messe zum Christfest erzählen, also entschloß er sich zu einer Lüge. »Ich wußte zunächst gar nicht, daß mein Bruder sich hier aufhält. Ihr?«

»Nay, aber ich nahm an, Ihr würdet seine Gesellschaft der meinen vorziehen.«

»Da irrt Ihr, Elizabeth. Aber ich sehe ihn dennoch jeden Tag.«

Damit sprach er die Wahrheit, denn er begleitete seinen Bruder in die Kapelle und nahm seine Mahlzeiten mit ihm ein.

»Werdet Ihr mich zum Loch Larnark begleiten?« fragte er.

»Nur, wenn Ihr mich niemals wieder fragt, ob ich Eure Geliebte werden will.«

Dem konnte Randolph leicht zustimmen, denn er hatte ihre Unterhaltung mit dem englischen König belauscht. Ihre Mission betraf lediglich einen Austausch von Gefangenen. Da die Reliquie nun in seinem Besitz war, konnte er seine Überlegungen ganz auf die Zukunft richten. Mit ihrer Versicherung, Randolph Macqueen sei ausschließlich aus persönlichen Gründen hier, hatte sie ihren guten Ruf riskiert. Diese Geste des Vertrauens rührte ihn tief. Er wollte Elizabeth Gordon. Er brauchte ihre Klugheit, sehnte sich nach ihrer Leidenschaft. Aber über sein eigenes Verlangen hinaus verdienten die Macqueens eine ehrenwerte Frau, besonders jetzt.

Nie zuvor hatte sich den Clans eine bessere Möglichkeit zur Einheit geboten. Als Chieftain mußte er sich eine charakterstarke und überzeugte Schottin zur Frau erwählen.

Er erwartete, daß bei dem Gedanken an Heirat sein rebellisches Blut aufbegehrte. Er lauschte in sich hinein, aber da kam nichts. Statt des alten Freiheitsdrangs verspürte er ein neues Sehnen, das ihn sowohl entzückte wie erschreckte.

»Was ist geschehen?« fragte sie. »Ihr seht aus wie ein Mann, der seinen letzten Tartan-Umhang verloren hat.«

»Nay, ich dachte an diesen treuergebenen Schwan«, erwiderte er.

Elizabeth und Randolph zügelten ihre Pferde auf dem Hügel hoch über dem Loch Larnark. Eine dünne Schneedecke lag über der Landschaft. Wolken verdunkelten die Sonne, und jeder Atemzug verwandelte sich in Dunst. Aber der Stallbursche hatte ihnen versichert, es würde ein klarer Tag werden.

Ein leichter Wind erfüllte die Luft mit würzigem Tannenduft und erinnerte Elizabeth an die Christfeste ihrer Kindheit. In einiger Entfernung durchsuchten Söldner und Forstleute den Wald nach einem passenden Jul-Baum. In der Nähe sammelten Kinder Tannenzapfen und Haselnüsse. Frauen schnitten beerenbeladene Stechpalmenzweige und warfen sie auf einen Karren, auf dem ein Priester saß.

Unter ihnen säumten trockenes Schilf und Disteln den See. Am südlichen Ufer duckte sich eine kleine Hütte zwischen zwei hohen Fichten. In der Nähe standen ein paar Bänke. Sowohl der Wald als auch seine Umgebung wirkten häufig begangen.

»Die Schwäne schlafen vermutlich«, sagte Randolph und stieg vom Pferd. »Wir sollten dort hinuntergehen.« Er zeigte auf einen ausgefahrenen Karrenpfad.

Er trug ein gestepptes blaues, mit schwarzen Schnüren verziertes Wollwams. Seine Biberkappe unterstrich sein verwegen gutes Aussehen.

Er hob sie aus dem Sattel, und sie umklammerte den Beutel mit Getreide und altem Brot, das sie der Küchenmagd abgeschwatzt hatte.

Der Wind trug das Lachen der Kinder heran. »Die Kleinen freuen sich ihres Lebens«, stellte sie fest.

»Sie sollten die Gunst der Stunde auch nutzen«, erwiderte er. »Nach Weihnachten sind sie hinter verschlossenen Türen gefangen, bis der Schnee wieder schmilzt.«

Elizabeth begann, den Weg hinunterzulaufen. »War das Euer Schicksal als junger Lad?«

Randolph holte auf und fiel in ihren Schritt. »Oh, nay. Die Lads der Macqueens waren dafür bei weitem zu ungebärdig. Um die Einrichtungsgegenstände zu retten, jagte uns der Majordomus oft genug ins Freie und drohte damit, unsere Weihnachtsgeschenke in den Abtritt zu werfen.«

»Wo wurdet Ihr aufgezogen?« Es war üblich, die Jungen im Alter von sechs oder sieben Jahren zu einem Verwandten oder einem Lehnsherrn zu schicken. Dort lernten sie reiten, mit dem Schwert umzugehen und ein Mann zu werden.

»Meine Mutter hielt nicht viel davon, Kinder wegzugeben.«

»Konnte sie sich durchsetzen?«

»Zwei meiner Onkel lebten bei uns auf Castle Macqueen.

Die Burg ist sehr weitläufig, mit einem großen Dorf in der Nähe. Und Mutter ist sehr überzeugend.«

Eine Eigenschaft, die sie ihrem Sohn vererbt hat, dachte Elizabeth und mußte lächeln. »Wer hat Euch segeln gelehrt?«

»Mutters Vater. Er war ein Matheson und ging dem Handel mit Dänemark nach. Wart Ihr jemals dort?«

»Nay. Ich war nur in Frankreich.« Die schmerzliche Erinnerung an diese Reise vor vielen Jahren, um die von ihrem Onkel ausgewählten Ehemänner kennenzulernen, verdrängte sie schnell.

Ein dicker brauner Hase huschte über den Weg. Fast wäre Elizabeth über ihn gestolpert. Randolph ergriff ihren Arm und ließ ihn nicht wieder los, bis sie ebenen Grund erreicht hatten.

In der Öffnung der kleinen Hütte tauchte ein tiefgelber Schnabel mit einem schwarzen Buckel auf. Wie eine Schlange ringelte der Schwan seinen Hals aus der Öffnung, als er seine Besucher erspähte. Einen Augenblick später kam der Kopf des kleineren Weibchens in Sicht.

»Es sind stumme Schwäne«, erklärte Randolph.

Elizabeth öffnete ihren Beutel und flüsterte: »Nur in der Brutzeit. Der Milchmagd zufolge lärmen sie so wie Iren am Tag des heiligen Patrick.«

Lachend führte sie Randolph zu einer Bank. »Wie seid Ihr eigentlich Herold des Königs geworden?« fragte er nach einer Weile.

Welche Fassung sollte sie ihm erzählen? Die gängige Antwort würde für die oft gestellte Frage genügen. Die Wahrheit war persönlicher. Sie blickte zu ihm auf und entschied sich für das letztere. »Im Grunde aus Trotz.«

»Das«, murmelte er, »kann ich mir vorstellen.«

Sie überhörte den kleinen Seitenhieb. »Bruce, damals Earl of Carrick, suchte meinen Onkel auf, um sich dessen Unterstützung seiner Ansprüche auf den schottischen Thron zu versichern. Ich hatte mich geweigert, das Bett aufzusuchen, und saß bei ihnen und hörte ihnen zu, während sie entschieden zu viel tranken. Am nächsten Tag haderten sie über die Schwüre, die sie in ihrem Rausch geleistet hatten. Ich war schon immer mit einem guten Gedächtnis gesegnet – oder geschlagen. Und so wurde ich hinzugezogen, um ihre Worte zu wiederholen.«

»Wie alt wart Ihr damals?«

»Elf Jahre. Bruce war so beeindruckt, daß er erklärte, sich glücklich schätzen zu können, wenn er als König einen Herold fände, der auch nur die Hälfte meiner Fähigkeiten besaß. Mit dreizehn Jahren weigerte ich mich, den Franken zu heiraten, den mein Onkel für mich erwählt hatte. Er drohte, mich in die Arme der Kirche zu geben, daher lief ich fort und suchte Zuflucht bei Bruce. Er nahm mich auf und ernannte mich am Tag seiner Krönung zu seinem Herold.«

»Habt Ihr Eure Wahl jemals bereut?«

»Nur wenn ich von jenen betrogen werde, denen ich vertraue.« Er sah sie scharf an, und sie fügte hinzu: »Oder wenn ich gezwungen bin, das Christfest in England zu verbringen.«

»Rechnet Ihr denn in diesem Jahr mit einem unerfreulichen Fest?«

»Ich hoffe darauf, meine Pferde mit Efeu aus Edinburgh schmücken zu können und meine Füße an einem Kamin zu wärmen, in dem gute schottische Eiche brennt. Und Ihr?«

Er schwieg, und die Unsicherheit in seinen Augen entging ihr nicht. Er griff zu dem Getreidebeutel und begann den Schwänen Körner hinzuschütten. Der inzwischen furchtlose Schwan eilte herbei, pickte das Getreide auf und legte es seiner wartenden Gefährtin vor die Schwimmfüße.

»Ich hoffe darauf, die Freudenrufe der Weber von Lochcarron zu hören, wenn sie die Spinnräder sehen, die ich für sie gekauft habe.«

Er hatte seinen Leuten keine Kinkerlitzchen gekauft, sondern praktische Geschenke, um ihnen die Last des Alltags zu erleichtern. Dennoch ließ sich Elizabeth von seinen glatten Worten nicht hinters Licht führen.

Als sie abends zur Kapelle gingen, trafen sie unterwegs Randolphs Bruder mit seiner Familie. Sein neugieriger Neffe Alasdair hüpfte vor ihnen her und stellte Elizabeth eine Frage nach der anderen.

»Werdet Ihr meinen Onkel Randolph vor den Altar schleppen?«

»Als Herold des Königs darf ich mir keinen Gemahl erwählen.«

Randolph sah den Jungen tadelnd an, aber der nickte nur schlau. »Dann ist es ja gut. Mutter sagt, die Countess of Nairn wird ihn nicht so schnell aufgeben. Stimmt das, Onkel Randolph?«

Sie durchschritten gerade die geöffneten Türen der Kapelle, und Randolph hörte, daß Elizabeth ein Auflachen unterdrückte. Entschlossen, die Unterhaltung in gefahrloseres Fahrwasser zu leiten, warf er seinem Neffen seinen strengsten Blick zu. »Ungehörige Kinder müssen auf ihre Weihnachtsgeschenke verzichten.«

Der Junge wurde nachdenklich. »Ich könnte unter Umständen dazu überredet werden, nicht mehr über die Sache zu sprechen, wenn es dir gelingt, Lady Elizabeth davon zu überzeugen, mir beizubringen, wie man ein Herold wird.«

Der Schimmer der Kerzen fing sich auf ihrer Haut, in ihren rotgoldenen Haaren. »Gut gesagt, Alasdair«, sagte sie. »Aber ich will doch annehmen, daß du zu einem mächtigen Mann heranwächst, zu einem, der selbst die Dienste eines Herolds nötig hat.«

Eine neue Erkenntnis ließ den Jungen lächeln. »Im Frühling bekomme ich eine neue Schwester. Wenn sie älter ist, wird sie meine wichtigen Botschaften überbringen.«

Die Kapellentüren schlossen sich, die Gemeinde kam zur Ruhe. Hinter vorgehaltener Hand wisperte Elizabeth Randolph zu: »Heute hat König Edward den größten Lachs mit der Lanze erjagt und ist entsprechend großmütiger Stimmung. Die Bedingungen der Entlassung Eures Bruders untersagen ihm jede Begegnung mit seinen Verwandten im Norden. Soll ich

König Edward bitten, Euch die Erlaubnis zu gewähren, Euren Bruder an seinen Wohnort zu begleiten?«

Wenn der König die Bedingungen änderte, könnte Randolph Drummond besuchen, so oft er wollte. Ihr Angebot war ein unerwartetes Geschenk.

»Soll ich in dieser Sache an ihn herantreten?« fragte sie noch einmal mit blitzenden Augen.

Bewunderung gesellte sich zu Randolphs anderen Gefühlen für sie. »Wenn Ihr Erfolg habt, lasse ich Euch einen Reitstall errichten.« Er hob die Brauen. »Ohne jede Verpflichtung.«

Sie strahlte vor Freude. »Schwört Ihr das?«

Er legte sich die Hand aufs Herz und zwinkerte.

»Abgemacht.« Sie wandte ihre Aufmerksamkeit dem Altar zu. »Neben einem Schiff ist es das, was ich mir schon immer gewünscht habe.«

Hätte ihr Randolph gesagt, was er sich von ihr wünschte, wäre sie aus der Kirche geflohen.

Am Tag des heiligen Nikolaus bestach Randolph in Closeburn eine Wahrsagerin, Elizabeth vorherzusagen, daß sie ihm ein Dutzend Söhne gebären würde.

Statt so verblüfft zu reagieren, wie er es erwartet hatte, erklärte sie, sie würde einen Ehemann vorziehen, der mit ihr Töchter zeugte. Dann erkundigte sie sich danach, ob Majestys Fohlen eine Stute oder ein Hengst wurde.

»Ein schwarzer Hengst«, prophezeite die Seherin, »ohne das geringste weiße Fleckchen.«

Elizabeth lächelte Randolph an. »Könntet Ihr Euch vorstellen, ihn zu kaufen?«

»Mit Sicherheit, aber lieber würde ich ihn zusammen mit Eurer Aussteuer bekommen.«

»Unmöglich, aber wenn wir uns über einen Preis einigen können, werde ich ihn Euch vielleicht bringen. Ich erwarte, dann eine Meisterseglerin zu sein.«

Und er wäre ihr Meister-Ehemann. »Ihr seid kühn heute,

Elizabeth. Das müssen wohl die Auswirkungen des Dezembertrunks sein.«

So würdig wie eine Prinzessin entnahm sie ihrem Beutel eine Münze und warf sie der Wahrsagerin zu. »Und was birgt die Zukunft für meinen Freund aus den Highlands?«

Die Alte zwischen ihren Hornlaternen zog das Gesicht in Falten. »Gebt mir Eure Schwerthand, Mylord.«

Mehr um Elizabeth zu schockieren als die Seherin zu verwirren, legte Randolph beide Hände mit den Handflächen nach oben auf den Tisch. »Wählt sie Euch aus.«

Elizabeth erhob sich. »Wenn Ihr mich entschuldigt, würde ich lieber beim Bäcker auf Euch warten. Soviel Männlichkeit erdrückt mich.«

Als sie allein waren, ergriff die Wahrsagerin Randolphs rechte Hand, die, mit der er auch das Schwert führte, und zog sie näher ins Licht. Ihre Fingerspitzen waren sanft wie Schwanendaunen, aber ihr Griff war fest, ihr Blick wissend. »Euer erstgeborenes Mädchen wird das Haar seiner Mutter haben.«

»Rote wie jene dort?« Er machte eine Kopfbewegung zur Tür.

»Aye. Eure kleinere Tochter wird einen Prinzen mit dunklen Haaren und grünen Augen heiraten.«

»Aber wann werde ich mich vermählen?«

»Ah, das.« Sie schob seine Hand fort. »Nicht vor Pfingsten nächsten Jahres, aber ihr Herz gehört Euch schon.«

Als Highlander war Randolph nicht abergläubisch, es sei denn, es paßte ihm, was jetzt gerade der Fall war. Er gab der Frau noch eine Münze und stand auf.

»Mylord.« Ihre Miene war ernst geworden, ihr Ton düster. »Gebt gut acht auf Euch. Ich sehe Dunkelheit und Verzweiflung in Eurer Zukunft.«

Ein kalter Schauer durchrieselte ihn, und er dachte sofort an die bevorstehende Weihnachtsmesse. Wurden die Chieftains dabei verraten, würden die Highlands wieder in Hader und Streit versinken.

Die Wände des Zeltes schienen auf ihn zuzukommen. Schweißperlen traten auf seine Stirn. Doch in dem Moment, als er in die kühle Nachtluft hinaustrat und Elizabeth erblickte, hob sich seine Stimmung wieder.

Sie reichte ihm eine große Scheibe Nußkuchen. Er brach ein Stück ab und hielt es ihr an die Lippen. Sie zögerte, ihr Blick suchte seine Augen. Zecher gingen an ihnen vorbei. Bald darauf verklang ihr lautes Gelächter. Ihre Lippen teilten sich. Der Kuchen berührte ihre Zunge. Als sie den Mund schloß und vor Behagen leise aufstöhnte, setzte sein Verstand aus.

»Mehr.«

Er schluckte trocken und gehorchte. »Euer Mund müßte verboten werden.«

Sie funkelte ihn übermütig an. »Wie sollte ich dann wohl essen können?«

Verlangen durchpulste seine Lenden. »Wer liebt, braucht nicht zu essen, heißt es.«

»Wer sagt das?«

Er wischte ihr einen Krümel aus dem Mundwinkel, den er viel lieber mit seiner Zunge fortgenommen hätte. »Die großen Denker, da bin ich ganz sicher.«

»Nun habt Ihr keinen Kuchen mehr.«

Er hätte sein Leben damit zubringen können, nur von ihr zu kosten. »Nay, aber mich verlangt es nach anderen Köstlichkeiten.«

Sie tadelte ihn nicht, sie zog sich nicht in sich zurück, sie blickte sich lächelnd um und erinnerte ihn an ihre Umgebung. »Was hat die Wahrsagerin gesagt?«

Seine Leidenschaft beherrschend, nahm er ihren Arm. Zusammen schlenderten sie weiter, duckten sich unter Wimpeln und Fahnen hindurch, umgingen Schlammpfützen und kamen immer wieder an Eltern vorbei, die ihre despotischen Kinder nachsichtig gewähren ließen, die ihre Rollen als Hauptpersonen des Tages sehr ernst nahmen.

»Sie versprach mir, daß ich bald einen ganzen Stall voller Wüstenpferde besitzen würde.«

»Mit genügend Gold würde sie auch schwören, Ihr wäret die Reinheit selbst.«

Ihr Lachen erinnerte Randolph an das Trillern einer Flöte. Verlockt vom Zauber des Abends, zog er sie in den Schatten und dann eng an sich.

Irgendwo über ihnen stieß eine Eule einen unheimlichen Klageruf aus.

»Kennt Ihr Euch im Tanz aus?« wollte er wissen. Sie drückte ihre Handflächen gegen seinen Oberkörper, schob ihn aber nicht von sich. »Ich habe ein- oder zweimal gesehen, wie es gemacht wird.«

Seine Hände glitten um ihre Taille und trafen auf die Umrisse des Keuschheitsgürtels. »Vor wem schützt Ihr Euch heute abend, Elizabeth? Vor Briganten oder mir?«

»Besteht da ein Unterschied?«

Ihre Stimme zog ihn an wie ein Leuchtfeuer auf sturmdurchtostem Meer. Er beugte sie zurück, bis ihr Rücken am Stamm einer Tanne lehnte, und ihre Lippen begegneten einander in einem Kuß, der die Vorhersagen der Seherin zum Evangelium machte. Er schmeckte Süße auf ihren Lippen und erfuhr mit dem nächsten Atemzug die Köstlichkeit ihrer Reaktion. Als sich ihre Finger in sein Wams krallten und mit katzenähnlicher Gewandtheit über den Stoff glitten, ließ er seiner Leidenschaft die Zügel schießen und küßte sie mit der ganzen Liebe seines Herzens.

Tief beglückt stellte er fest, daß ihr Verlangen seinem entsprach, und sie gaben sich uneingeschränkt dem Augenblick hin, der künftige Seligkeit verhieß und sie atemlos vor Verlangen machte.

Als er seine Lippen von ihrem Mund löste und ihren Kopf an seiner Schulter barg, befürchtete Elizabeth, zum erstenmal in ihrem Leben ohnmächtig zu werden. Der Baumstamm in ihrem Rücken war ihr eine Stütze, Randolph vor ihr der Himmel. Was kann es schon schaden, fragte sie sich, diesen Mann zu lieben, der sich geschworen hatte, sie zu bekommen?

Sie würde neue Bande mit den Macqueens schmieden. Sein Clan war groß und wohlhabend, mit Verbündeten überall in den Highlands. Er würde ihr Kinder geben und eine Zukunft, die sie nie für möglich gehalten hätte. Aber was könnte sie in die Ehe einbringen?

Die Antwort ließ sie frösteln wie ein kalter Winterwind. Sie besaß lediglich zwanzig Pferde und Empfehlungen von kriegführenden Königen.

»Was Ihr auch gerade denken mögt«, murmelte er. »Ich befehle Euch, damit aufzuhören.«

Seine Willenskraft war stark, aber im Vergleich mit den Tatsachen kaum überzeugend. »Das kann ich nicht.«

Seine Finger schlossen sich um ihre Oberarme, und er schüttelte sie sanft. »Ihr könnt. Ihr müßt.«

Traurige Wahrheiten verlangten es, ausgesprochen zu werden, aber sie konnte keine einzige davon äußern – nicht jetzt, nicht zu Beginn der fröhlichsten Feiertage. Ihre Seele zu offenbaren, würde den Augenblick vergiften, und dazu war sie nicht bereit. Sie würde diese kostbare Zeit genießen, um sie stets im Gedächtnis zu behalten und sich an sie zu erinnern, wenn die Einsamkeit sie heimsuchte.

Sie umarmte ihn, und als er sie eng an sich zog, mußte sie sich sehr beherrschen, nicht zu weinen. »Wir sollten wieder in die Menge zurückkehren. Inzwischen hätte selbst ein Schwachkopf bis fünfzig gezählt.«

Er überhörte ihren Scherzversuch, trat einen Schritt zurück und verschränkte die Arme über der Brust. »Wer ist es?«

Sie war so verblüfft, daß sie unwillkürlich zwinkerte. »Er?«

»Der Mann, der Euer Herz besitzt. Nennt ihn mir.«

Seine Unterstellung rührte an ihren Stolz. »Warum muß es einen anderen Mann geben?«

»Was sollte es sonst sein? Gott habt Ihr Euch nicht anverlobt.«

Offenbar hielt er sie nicht für fähig, ein Versprechen einzuhalten, sobald die Liebe lockte. Nur Männern wurde soviel Integrität zugetraut. In seiner Vorstellung waren Frauen oberflächlich und unfähig, ihr Schicksal in die eigenen Hände zu nehmen, ganz zu schweigen davon, eine Rolle bei der Zukunft von Völkern zu spielen.

Sie wurde innerlich ganz ruhig. »Ihr siedelt Euch in hoher Gesellschaft an.«

Er atmete tief aus und warf einen Blick über die Schulter. Fackelschein erhellte nur eine Hälfte seines Gesichts, aber der Schmerz darauf war deutlich zu sehen. »Für die Wahrheit von Euch, Elizabeth, würde ich vor Euch auf die Knie sinken.«

Sie war versucht, ihm zu geben, wonach es ihn verlangte, aber Furcht, Loyalität und eine abgrundtiefe Enttäuschung hielten sie zurück. »Laßt es gut sein, Randolph. Können wir nicht tanzen und mit den anderen fröhlich sein? Es ist der Tag des heiligen Nikolaus. Die Kinder mahnen uns, guter Dinge zu sein.«

Er fluchte unterdrückt und warf die Arme hoch. »Es ist leicht einzusehen, warum Gott den Mann der Frau überlegen erschaffen hat.«

Mit zwei Schritten stand sie ihm Nase an Nase gegenüber. »Hört mir gut zu, Ihr überlegener Lord. Ich kann und will meinen Dienst für den König nicht einfach aufgeben.«

»Ich werde mit ihm sprechen.«

Sie seufzte tief auf. »Ich bin keine Waschmagd, die mit einem Fingerschnippen entlassen werden könnte. Ich habe unserem Herrscher mein Wort gegeben. Verhandlungen müssen zu einem guten Ende gebracht werden.«

»Was ist mit den Versprechen, die ich Euch geben möchte?«

Sie fühlte sich wie ein Schiff, das leck in einem Sturm dahinschwankte. Die Liebe trieb sie in eine Richtung, ihr Pflichtgefühl in die andere. Er vertraute ihr nicht, und doch bot er ihr an, was ihr Herz begehrte: Kinder und ein Leben in seinen Armen.

»Ihr Heiligen frohlocket«, sagte er und ließ sie nicht aus den Augen, »denn ich glaube, Ihr denkt über mein Angebot nach.«

Als sic schwieg, hob er ihr Kinn an und blickte ihr in die Augen. »Das wäre genug für den Augenblick.«

Nein. Da war noch sein Geheimnis. »Wo werdet Ihr das Fest verbringen?«

»In Euren Armen, hoffe ich.« Er lächelte, aber sie sah Betrug in seinen Augen.

Am nächsten Tag begannen auf Douglas Castle die Vorbereitungen für Weihnachten. Efeu schmückte die Säle und Räume, jedes Mahl begann mit Käse und gutem schwarzem Brot und endete mit Kuchen, in die Silbermünzen eingebacken waren. Die Kinder versammelten sich in der Kapelle, um die Psalmen zu üben, die sie zur Vesper des Heiligen Abends singen würden. Diener und Herren lächelten einander zu, wenn sie sich begegneten. Kaufleute boten ihre besten Waren feil. Fackeln wurden ersetzt, und Kerzenlicht erhellte selbst die bescheidenste Hütte.

Edward II. ließ Elizabeth erst zwei Tage nach Nikolaus rufen. Als sie sich seinem Gemach näherte, öffnete sich eine andere Tür, und ein bekannter Bote betrat den Gang. Er trug keinerlei heraldische Abzeichen, aber sie kannte ihn als Abgesandten von Cutberth Macgillivray, dem selbsternannten König der Highlands und Randolphs Feind. Durch die noch immer offenstehende Tür sah sie Red Douglas in einem Sessel sitzen – den Kopf in die Hände gestützt, die Augen geschlossen.

Was hatte der Highlander Macgillivray mit Red Douglas zu schaffen, einem dem König von England verschworenen Mann? Sie dachte an Randolph und fragte sich, ob seine Anwesenheit etwas damit zu tun hatte.

Das war eine Sache, die sie Robert Bruce mitteilen würde, bevor sie ihm von ihren Gefühlen für Randolph Macqueen erzählte. Auch wenn nicht alle Zweifel ausgeräumt schienen, war sie sich sicher genug. Schon der Gedanke an ihn verlieh ihren Schritten Flügel und gab ihrem Herzen neue Hoffnung.

Sie traf Edward Plantegenet allein und auf einem reichverzierten Thron an, der das Gästegemach nahezu ausfüllte. Stechpalmenzweige und mit Wachsmyrte aromatisierte Kerzen schmückten Tische, die mit silberbesticktem Leinen gedeckt waren. Edward trug einen Überwurf, dessen blaßblaue Farbe zu seinen Augen paßte. Mit einer beringten Hand winkte er sie zu sich.

Sie kniete nieder, aber er bedeutete ihr schnell, sich wieder zu erheben.

»Ich bin mit dem Handel einverstanden, guter Herold«, sagte er. »Lord William of Strath für den Marshal von Northumberland. Kehrt zu Bruce zurück und sagt ihm, daß der Austausch hier stattfinden wird, in genau einer Woche von heute an. Ihr werdet meinen Mann herbringen. Der Earl of Pembproke wird den Euren hergeleiten.«

Am liebsten wäre sie vor Freude in die Luft gesprungen. Sie würde hierher zurückkehren, und wenn dieser König großzügig war, würde Randolph auf sie warten. »Ich habe verstanden, hoher Herr, aber da gibt es noch eine persönliche Angelegenheit, von der mein Herrscher nichts weiß, die ich aber gern mit Euch besprechen würde.«

Er stützte einen Ellbogen auf die Armlehne des Thrones und das Kinn in die Hand. »Ersucht Ihr um eine königliche Gunst, Herold?«

Er würde es so sehen, und sie bekam Bedenken, aber sie hatte ihr Wort gegeben. »In gewisser Weise, Sire.«

»Ihr dürft mir diese persönliche Sache zu Gehör bringen.«

Sie mußte gegen das Erröten ankämpfen. »Ergebensten Dank. Die Sache betrifft eine Bedingung der Entlassung von Drummond Macqueen.«

»Ich werde ihm nicht gestatten, diese verwünschte Grenze zu den Highlands zu überschreiten – wo immer die auch verlaufen mag.«

»Die Bedenken Euer Hoheit sind einsichtig«, beeilte sie sich zu sagen. »Es geht ihm gut in den Debatable Lands, und er hat den Eid auf Euch geleistet, den er in keiner Weise bereut. Seine Frau trägt ein weiteres Kind unter ihrem Herzen. Er erfreut sich des Sohnes, den sie ihm geboren hat, während er in Haft war . . .«

»Ihr schweift ab, Herold.« Er schmunzelte. »Höchst ungewöhnlich für Euch.«

Sie hatte das Gefühl, über sich selbst lachen zu müssen. »Ich bitte um Verzeihung. Sein Bruder Randolph, den ich schätzen gelernt habe, bittet Euch untertänig um die Erlaubnis, sich in friedlicher Absicht in die Debatable Lands begeben zu dürfen.«

»Randolph Macqueen untertänig?«

Sie hätte es wissen müssen. »Das war meine Wortwahl. Er schwört, sich friedlich zu verhalten. Werdet Ihr ihm gestatten, Drummond von Zeit zu Zeit zu besuchen?«

»Nicht sofort, aber ich will darüber nachdenken. Jedoch nur, weil Ihr darum gebeten habt, Lady Elizabeth.«

Er sprach sie selten auf diese Weise an, und obwohl er ein Feind war, fühlte sie sich geschmeichelt. »Meinen ergebensten Dank, König Edward. Ich werde ihn davon unterrichten, Eure Entscheidung abzuwarten.«

»So wie ich Douglas ersuchen werde, seine Gastfreundschaft auf Euren Highlander auszudehnen. Obwohl ich es vorgezogen hätte, daß Ihr Euch einen guten Engländer erwählt.«

»Ich bin Schottin, Sire.«

»Ihr seid die Beste dieser ganzen verwünschten Bande«, knurrte er.

Über die Maßen gelobt, sank sie auf ein Knie.

Hinter ihr öffnete sich die Tür.

»Geduldet Euch eine Weile, Douglas«, sagte Edward und sah an ihr vorbei. »Erhebt Euch, guter Herold«, fügte er an sie gewandt hinzu. »Und der Herr gewähre Euch eine ungefährdete Heimkehr.«

Sie verließ das Gemach, aber ein Blick auf Red Douglas strafte seinen Namen Lügen: Sein Gesicht war kalkweiß. Sie verabschiedete sich von ihm und suchte ihre Kammer auf. Während sie packte, fragte sie sich immer wieder, welche Nachrichten Cutberth Macgillivrays Bote Douglas überbracht hatte und ob er König Edward davon erzählen würde.

Doch als Elizabeth den Reitstall betrat und sah, wie Randolph über Majestys Nüstern strich, verdrängte sie alle Sorgen.

»Segelt ihr zu Bruce zurück? Gesteht Ihr Eure Niederlage bei der Wette ein und laßt Majesty bei mir?«

Die Wette hatte sie ganz vergessen. Anfangs war es ein Spiel gewesen, ein Zeitvertreib während ihrer Zeit auf Douglas Castle, doch das war, bevor sie sich in Randolph Macqueen verliebt hatte. »Meine Pferde nehme ich mit, aber vielleicht werde ich eines Tages segeln.«

Lächelnd streckte er die Arme aus. »Als meine Frau wird Euch mein Schiff gehören und alles, was mein ist.«

Dieses Angebot hatte er bereits früher gemacht, nun konnte sie es ernst nehmen. Aber zunächst gab es noch einige Dinge zu erledigen. »König Edward will darüber nachdenken, ob er Euch in die Debatable Lands reisen läßt.«

»Nachdenken? Dann wird er nicht zustimmen.«

»Oder doch.«

»Glaubt Ihr, daß er es tun wird?«

»Ich kann nicht für den König von England sprechen, Randolph. Mein Aufenthalt hier ist ein Beweis dafür, daß er sich oft viel Zeit mit seinen Entscheidungen läßt. Ich rate Euch, in der Nähe zu bleiben. Er will Douglas auffordern, seine Gastfreundschaft auf Euch auszudehnen.«

»Wann werde ich Euch wiedersehen?« fragte er.

Er hatte sich ihr gegenüber nicht aufrichtig verhalten, erwartete aber, daß sie auf alle seine Fragen antwortete. Alte Gewohnheiten bestimmten ihr Verhalten. »Ich kehre zurück, sobald es mir mein Herrscher gestattet.«

»Wann wird das sein?«

»Randolph.« Ihre Geduld näherte sich ihrem Ende, aber sie wollte nicht zu hart reagieren, denn es war wichtig, daß sie in Harmonie voneinander schieden.

»Werdet Ihr ihm von uns erzählen, Elizabeth?«

»Aye, aber vergeßt nicht, daß ich ihm mein Wort gab, ihm zu dienen.« Die Einberufung des ersten schottischen Parlaments stand bevor, und Bruce würde sie brauchen. »Es ist seine Entscheidung, mich zu entlassen oder nicht. Was werdet Ihr unternehmen?«

Er wies mit dem Kopf zur anderen Seite des Stalls. »Ich werde das Pferd nach Ruthwell zurückbringen und mit meiner Ladung reifer Früchte nach Glasgow segeln. Dann kehre ich hierher zurück und warte auf Edwards Erlaubnis, mich mit Drummond zu seinem Zuhause begeben zu können. Es heißt Fairhope Tower und befindet sich östlich von Carlisle.«

»Ich hoffe sehr, daß es Euch gestattet wird.« Er nickte, und sie ließ sich von ihm in die Arme nehmen.

»Kommt zu mir zurück, Elizabeth, denn ich brauche Euch wie die Erde den Regen und das Meer den Wind.«

Diese Worte trafen Elizabeth tief ins Herz, doch die bevorstehende Trennung machte sie traurig. Ein Lächeln von ihm würde den Schmerz lindern. Sie wußte, wie sie ihn dazu bringen konnte. »Ihr wollt meine Pferde.«

Erst blinzelte Randolph überrascht, dann wurden seine Augen schmal. »Eines nicht zu fernen Tages werdet Ihr die Eigenheiten meines Verlangens kennenlernen – und Euer eigenes entdecken können.«

Ihre Lippen trafen sich zu einem langen Kuß voller Bedauern, aber auch Hoffnung. Seine Hände strichen über ihre Schultern, ihre Arme. Als sich ihre Handflächen berührten, verflocht er seine Finger zärtlich mit ihren. Er bedeckte ihr Gesicht mit Küssen und atmete schwer. »Überlegt, ob Ihr doch noch ein wenig verweilen wollt, Liebste.«

Verlangen drohte ihren Verstand zu benebeln, ihr Körper

sehnte sich nach der Erfüllung, die er versprach. Doch ihr Pflichtgefühl blieb stärker. »Wenn ich bleibe, würden wir unser Ehegelöbnis vorwegnehmen.«

»Hm.« Er drückte sie an sich. »Die Bezeichnung ›vorfeiern‹ ist mir lieber.«

»Hast entspräche dem eher.«

»Dann ziehe ich das Angebot zurück, denn ich habe vor, Euch stundenlang und endlos zu lieben.«

Sie erschauerte vor Verlangen.

»Vergeßt das nie, wenn Ihr jetzt geht, Liebe.«

Liebe! Wie auf Wolken bestieg sie das Pferd und winkte dem Mann, den sie liebte, zum Abschied zu.

Eine Woche später kehrte eine glückliche Elizabeth mit einem ähnlich glücklichen Marshal von Northumberland sowie einem Dutzend Gefolgsleute der Cameron nach Douglas Castle zurück. Drummond Macqueen schien abereist zu sein, denn der Elefant war nirgendwo zu erblicken. Als sie ihre Pferde in den Stall führte, erwartete sie eine weitere Überraschung: König Edwards Pferde waren fort. Dafür stand dort Randolphs spanischer Hengst. Er hatte das Tier also nicht zurückgebracht.

Beglückt stellte sie fest, daß ihr Geliebter noch hier sein mußte, um dann zu erkennen, daß er offenbar keine Genehmigung erhalten hatte, mit seinem Bruder zu reisen. Der Wille von Königen ist unergründlich, dachte sie.

Elizabeth erinnerte sich an das kürzliche Zusammensein mit Robert Bruce. Als er erfuhr, daß Randolph den Zorn Edward Plantagenets riskiert hatte, um auf Douglas Castle seinen Bruder Drummond zu sehen, war Bruce mißtrauisch geworden. Als er erfuhr, daß auch der Herold von Randolphs Feind Cutberth Macgillivray dort aufgetaucht war, hatte er getobt.

»Starrsinnige Highlanders! Sie sind fest entschlossen, diese Messe der Einheit durchzuführen, selbst wenn es sie alle das Leben kostet!«

Entsetzt hatte ihn Elizabeth um eine Erklärung gebeten.

»Um die Geburt des Erlösers zu feiern, schmücken wir unsere Burgen mit Tannen und Stechpalmen. Wir backen Überraschungsgeschenke für die Kinder in unsere Kuchen. Unser Vertrauen auf Gott und unser Glaube an seinen Sohn ist nie größer als zur Weihnacht. Aber was ist mit der Zukunft? Die Kinder haben Frieden und eine gesicherte Zukunft mehr verdient als wertlosen Krimskrams.«

Dann erzählte er ihr von der bevorstehenden Christmesse der Einheit.

Elizabeth war begeistert. »Die Clans der Highlands werden die Gelegenheit nutzen, ihre Reliquien der Kirche zu präsentieren und sich gegenseitig der Unterstützung zu versichern. Sind das nicht die besseren Geschenke, von denen Ihr gerade gesprochen habt?«

»Selbstverständlich, Elizabeth, und in spätestens einem Jahr hätte ich die Macgillivrays in unsere Reihen zurückgeholt.«

Sie dachte an Randolph und seine Treue zu seinem Clan. »Es trifft sicher zu, Herr, daß die Clans sehr ungeduldig sind, aber Ihr könnt aus der Einheit im Norden nur Nutzen ziehen.« Auch sie selbst würde ihren Nutzen daraus ziehen. Ein vereintes Schottland könnte Edward II. nicht besiegen. Sobald Frieden herrschte, könnte sie mit Randolph nach Lochcarron gehen.

»Cutberth Macgillivray lauert auf Macqueen, und Randolph kann an der Messe nicht teilnehmen, bevor die Reliquie des heiligen Columba irgendwo gefunden ist.«

Sie hörte zum erstenmal von dieser Reliquie. »Wann ging sie verloren?«

»Vor Jahren, als der ältere Macqueen von Edwards Vater gefangengesetzt wurde.«

Eine unbehagliche Möglichkeit schoß ihr durch den Kopf. »Glaubt Ihr, daß Drummond an der Messe der Einheit teilnehmen wird?«

»Eher würde ich annehmen, Ihr seid die verlorene Maid von Inverness.«

Elizabeth lächelte. »Was werdet Ihr tun?«

»Ich werde Cutberth Macgillivray auffordern lassen, sich während des Christfestes innerhalb seiner Mauern aufzuhalten. Sollte er das nicht tun, werde ich ihn für vogelfrei erklären und seine Ländereien einziehen lassen.«

»Wollt Ihr, daß ich diese Botschaft überbringe, hoher Herr?«

»Nay, Lass. Heute ist Euer Geburtstag, wenn ich mich recht erinnere.« Er ging in einen Nebenraum und kehrte mit einem neuen Sattel zurück. »Für Euch.«

Tränen der Freude stiegen ihr in die Augen. Er vergaß nie ihren Geburtstag. »Vielen Dank, hoher Herr.«

Und dann hatte sie ihm von ihrer Liebe zu Randolph Macqueen erzählt.

»MyLady!«

Robert Bruce und das Gespräch mit ihn waren vergessen, als der Stallbursche auf sie zugeeilt kam und die Hände nach den Zügeln ausstreckte.

Sie gab ihm eine Münze. »Du hast nicht mehr viel Pferde, um die du dich kümmern müßtest, Lad.«

Er verzog die Lippen. »Alasdair Macqueens Vater ist mit seinem Elefanten nach Hause gereist. Ich hatte großen Gefallen an dem Tier gefunden.«

»Wann?«

»Bevor die englischen Adligen nach London zurückkehrten.«

Drummond war vor König Edward abgereist. Das überraschte sie, denn sie hatte angenommen, die Brüder würden so lange wie möglich zusammenbleiben. »Und wann hat König Edward Douglas Castle verlassen?«

»Einen Tag nach Eurer Abreise, MyLady. Ich hatte die ganze Nacht hindurch zu tun, um ihre Rösser vorzubereiten. Und dann habe ich nur zwei lumpige Münzen für meine wochenlange Arbeit bekommen. Verdammte Knauser.« Verächtlich spuckte er ins Stroh auf dem Boden. »Das ist mir ein schöner König!«

»Wo ist Randolph Macqueen?« Sie deutete auf den spanischen Hengst.

Der Junge zuckte mit den Schultern. »Seit der Abreise der Engländer habe ich ihn nicht mehr bei der Vesper gesehen.«

Das war merkwürdig. Ohne sein Pferd konnte er doch eigentlich nirgendwohin. Aber wo war er? Und auf welche Weise war er dorthin gekommen?

Der Haushofmeister begrüßte sie im großen Saal, in dem der Marshal mit dem Earl of Pembroke an einem Tisch beisammensaß.

»Wo ist Randolph Macqueen?« fragte sie den Haushofmeister.

Sein Blick hakte sich an den Lilien auf ihrem Heroldsrock fest. »Nicht hier, Mylady.«

Es war seine Aufgabe, für das Wohlergehen der Gäste zu sorgen. »Wann hat er die Burg verlassen?«

»Das kann ich nicht genau sagen.«

Seine ausweichende Art legte kein gutes Zeugnis für die Gastfreundschaft auf Douglas Castle ab, aber darüber hatte sie nicht zu urteilen. Elizabeth machte sich auf den Weg zu Red Douglas' Gemächern. Sie traf ihn in der Gesellschaft von Lord William Cameron an, dem schottischen Earl of Strath. Für die lange Zeit, die er im Tower von London verbracht hatte, sah er nicht allzu schlecht aus.

»Ihr könnt gehen, wohin es Euch beliebt, Mylord«, sagte Elizabeth und verneigte sich leicht. »Es sei denn, Douglas hätte andere Instruktionen.«

Der Chieftain der Douglas' erhob sich. »Die habe ich nicht. Lebt wohl, Lord William.«

Der Earl trat neben sie. »Meinen tiefempfundenen Dank, Lady Elizabeth.«

Wie stets hielt sich Elizabeth streng an das Protokoll. »Unser Herrscher ist es, der Euren Dank verdient. Ich bin lediglich seine Gesandte. Im Hof warten Männer Eures Clans, um Euch nach Hause zu geleiten.«

Nachdem sich die Tür hinter ihm geschlossen hatte, wurde Douglas geradezu redselig. »Wie war Eure Reise, Lady Elizabeth?«

Bei ihrem letzten Aufenthalt hatte er kaum ein Wort an sie gerichtet. Warum verhielt er sich nun so leutselig? Offenbar kam er sich sehr wichtig vor, König Edward unter seinem Dach beherbergt zu haben.

Wieder stellte sie die für sie wichtigste Frage: »Wo ist Randolph Macqueen?«

Stirnrunzelnd rieb sich Red Douglas seinen rundlichen Bauch. »Hat es wohl übelgenommen, als der König ihm einen Besuch bei seinem Bruder untersagte. Ist Hals über Kopf davon.«

Irgend etwas stimmte nicht. Aber Elizabeth hatte nicht die Absicht, Red Douglas ihr Mißtrauen merken zu lassen.

Sie schenkte ihm ein nichtssagendes Lächeln. »Wann sollte das gewesen sein?«

Er schob die Unterlippe vor, zupfte mit Daumen und Zeigefinger an ihr herum. »Ich war mit dem König beschäftigt, müßt Ihr wissen.«

»Dann hat Macqueen die Burg vor Edward verlassen?«

»Muß wohl so gewesen sein. Bei all dem Kommen und Gehen im Schloß kann ich das wirklich nicht sagen. Sucht nach ihm im Bett eines willigen Frauenzimmers. Dort sind die liederlichen Macqueens doch immer zu finden.«

Er log. »Wann ist der englische König abgereist?«

»Blieb noch eine Weile wegen der Lachse. Gerade erst gestern ist er aufgebrochen.«

Douglas sagte ihr nicht die Wahrheit. Die Kriege Edwards I. hatten bei vielen Schotten der Lowlands ihren Tribut gefordert, und Männer wie Red Douglas waren der englischen Krone verpflichtet. In besseren Zeiten hätte König Robert sie entweder in die eigenen Reihen zurückgeholt oder verbannt. Aber jetzt mußte sie erst einmal Randolph finden.

Zunächst ritt sie nach Ruthwell, um den spanischen Hengst

zurückzugeben und den Stallmeister zu befragen. Doch der Mann war erst einmal nur an der Bezahlung interessiert. Doch dann berichtete er, daß ein Seemann in den Farben der Macqueens bei ihm gewesen wäre, um nach seinem Kapitän zu fragen.

Wie Elizabeth dann feststellte, lag die *Seawolf* noch immer vor Anker, die Ladung verrottete, und die Mannschaft wartete nahezu verzweifelt auf Randolphs Rückkehr. Er hatte dem Maat keinerlei Nachricht zukommen lassen, und der Mann zeigte sich entsprechend besorgt.

Dann begab sie sich nach Fairhope Tower zu Drummond. Aber auch dort keine Spur von Randolph, und sein Bruder erwartete ihn auch nicht. Elizabeth war vorsichtig in der Wahl ihrer Worte und erklärte, gerade erst von König Robert zurückzukommen, um Drummond nicht zu beunruhigen.

Ihre Instinkte rieten ihr, sich wieder nach Douglas Castle zu begeben.

Spät am Abend des 16. Dezember traf sie dort wieder ein. Der Stallbursche erwachte nicht allzu mürrisch. Als sie die Hand öffnete und ihn ein Dutzend kleiner Münzen sehen ließ, begann er buchstäblich zu strahlen.

»Ich mache mir Sorgen«, begann sie, »und brauche dringend jemanden, dem ich vertrauen kann. Jemanden, der ein paar Nachforschungen für mich anstellen kann.«

Er verhakte die Daumen in den Achselhöhlen. »Da bin ich genau der richtige, Mylady, und meine Schwester arbeitet in der Küche.«

»Randolph Macqueen ist offenbar verschwunden, aber niemand darf erfahren, daß ich über seine Anwesenheit beunruhigt bin.«

Der Junge gähnte und blinzelte schläfrig, aber sein Blick blieb auf die Münzen gerichtet. »Er war immer gut zu mir, der Highlander.«

»Geh und frag deine Schwester, ob sie vielleicht etwas über ihn weiß, aber nimm dich in acht. Ich versorge inzwischen mein Pferd und warte hier auf deine Rückkehr.«

Schneller, als sie gedacht hätte, war er wieder zurück. Seine Miene verhieß nichts Gutes. »Niemand will irgend etwas über diesen Highlander sagen, Mylady, aber aus dem Verlies sind Geräusche zu hören. Da er vermißt wird und Ihr Euch Sorgen macht, nimmt Sorcha – das ist meine Schwester – an, daß er dort unten ist.«

Elizabeths Magen verkrampfte sich. Was war geschehen? »Wird das Verlies bewacht?«

»Weiß ich nicht, aber ich kann Euch den Weg zeigen.«

Der Junge lebte hier. Sie mußte an seine Sicherheit denken. »Sag mir nur, wie ich dorthin komme. Ich werde mich schon zurechtfinden.«

Erneut warf er einen begehrlichen Blick auf die Münzen. Sie gab sie ihm, und er erzählte ihr, was sie wissen mußte.

Wenig später schlich Elizabeth die Steinstufen der Wendeltreppe zum Verlies hinunter. Wachen konnte sie keine entdekken, und als sie Randolph fand, verstand sie auch warum.

Mit schweren Ketten an die Mauer gefesselt, wirkte er dem Tode nahe. Im Schein des Fackellichts sah seine Haut eingefallen und gelblich aus. Er trug schmutzige Kniebundhosen und ein zerrissenes Wams. In der Nähe lag eine zerlumpte Decke. Der Geruch ließ sie zusammenzucken.

Mit bebenden Fingern berührte sie seine bartbedeckte Wange und sagte seinen Namen. Keine Antwort.

Sie legte eine Hand auf seine Schulter und schüttelte ihn leicht. »Randolph.«

Er stöhnte, seine Lider öffneten sich. »Wasser«, ächzte er.

In der Nähe der Treppe fand sie einen Brunnen. Schnell eilte sie wieder zu ihm zurück und hielt ihm den gefüllten Becher an die Lippen. Er hatte Gewicht verloren, seine Lippen waren geschwollen und aufgesprungen. Gegen Tränen des Mitlieds und des Zorns kämpfend, sprach sie beruhigend auf ihn ein.

Sein Kopf fiel zur Seite, er hob eine Hand, aber seine Ketten erlaubten ihm nur wenig Bewegungsspielraum.

»Wer hat Euch das angetan?«

Er funkelte sie an. »Der Erzbischof von Canterbury. Seine Ministranten haben mich verdroschen, und eine Bande von Engeln hat mir die Rippen gebrochen.«

Die Unsinnigkeit seiner Antwort verblüffte sie. Er war zu schwach, den Kopf zu heben, von Schmerzen ganz zu schweigen.

»Ich bin sofort wieder da.« Fluchend lief sie die Treppe wieder hinauf. Für diese Schurkerei würde Red Douglas bitter büßen, doch zunächst galt Randolph ihre ganze Sorge.

Oben an der Treppe wartete der Stallbursche auf sie. »Habt Ihr ihn gefunden?« fragte er.

»Aye. Ich brauche Decken, Brot und ein wenig Brühe. Kannst du mir das besorgen?«

Er nickte und legte den Finger an die Lippen. »Folgt mir.«

Wenig später kehrte Elizabeth zum Verlies zurück. Randolph hatte sich nicht bewegt.

Ihr Herz floß vor Mitleid und Liebe fast über, und das sagte sie ihm auch. Aber er war zu schwach, um darauf reagieren zu können. Als er etwas gegessen hatte, wandte er den Kopf ab.

»Welcher Tag ist heute?« fragte er.

»Der sechzehnte Dezember.« Sie kannte den Grund seiner Frage: Die Christmesse in der Elgin Cathedral in der Nähe von Auldcairn Castle. Aber er vertraute ihr noch immer nicht genug, um ihr sein Geheimnis zu enthüllen. »Ihr habt meinen Geburtstag versäumt«, scherzte sie.

»Ich bitte Euch tausendmal um Vergebung, Mylady. Ich war indisponiert.«

Sie überhörte seinen Sarkasmus, und obwohl er nicht danach fragte, erzählte sie ihm, daß sie sein Schiff und seinen Bruder aufgesucht hatte.

»Meine Mannschaft ist in Sicherheit? Die *Seawolf* liegt noch immer im Solway Firth vor Anker?«

»Aye. Wo ist der Schlüssel für die Ketten?«

»Fragt Douglas«, murmelte er und schlief ein.

Da Elizabeth aus rein persönlichen Motiven nach Douglas

Castle zurückgekehrt war und keinen Grund für einen Aufenthalt hatte, erfand sie einen: Sie täuschte einen Sturz im Reitstall vor. Falls Douglas ihr das Märchen von dem verstauchtem Knöchel nicht glaubte, so zeigte er es zumindest nicht. Aber er wies ihr eine Kammer im oberen Geschoß zu, weit entfernt vom Verlies.

Tagsüber spielte sie die Kranke, nachts schlüpfte sie in die Rolle der Heilerin. Ihre Suche nach dem Schlüssel erwies sich als erfolgreich, aber Elizabeth behielt dieses Wissen für sich. Noch war Randolph zu schwach. Erst wenn sich sein Zustand gebessert hatte, würden sie fliehen.

Erst vier Tage später war Randolph soweit wiederhergestellt, daß er sich aufsetzen konnte. Wie immer begrüßte er sie mit den gleichen Worten.

»Welcher Tag ist heute?«

Sie sagte es ihm. Aus Furcht vor Entdeckung brachte sie abends stets nur eine Kerze mit. Ihr Licht war so schwach, daß sie seinen Gesichtsausdruck nicht erkennen konnte.

»Ist heute jemand hier heruntergekommen?«

»Nay, nur mein Schutzengel.«

Seine Unfreundlichkeit verletzte sie so, daß ihr Temperament mit ihr durchging. »Was ist nur mit Euch los?«

»Ich bin mit Ketten an die feuchten Mauern eines dunklen Verlieses geschmiedet. Mehr gibt es nicht zu sagen.«

Kein Wort des Danks, keine Liebesschwüre. Verzweiflung zehrte an ihrer Kraft. »O Randolph. Schöpft Hoffnung und hört auf, so unfreundlich zu mir zu sein. Morgen seid Ihr kräftig genug, um aufbrechen zu können. Die Vorbereitungen sind bereits getroffen.«

Wie üblich bestand seine Antwort in Schweigen, aber er war tief erniedrigt worden. An seiner Stelle hätte sie vor Verlegenheit und Demütigung wohl auch kaum ein Wort über die Lippen gebracht.

Am nächsten Abend war alles bereit. Sorcha hatte bereits Elizabeths Reisesack und Randolphs Habseligkeiten in den

Reitstall gebracht. Gegen Mitternacht wollte der Stallbursche ihre Pferde gesattelt bereithalten. Trotz der zusätzlichen Lasten würden die Wüstenpferde sehr viel schneller sein als alle anderen Tiere in Douglas' Ställen.

Ein letztesmal schlich sich Elizabeth die Wendeltreppe zum Verlies hinunter. Erst unten entzündete sie die Kerze, suchte in ihrem Beutel nach dem Schlüssel und befreite ihn von seinen Fesseln.

Er musterte sie mit einem verächtlichen Blick. »Wie passend. Wann hat Euch Douglas den gegeben?«

Der schwarze Bart gab ihm ein finsteres Aussehen, und anstatt danach zu fragen, ob er im Besitz der Reliquie des heiligen Columba war, trat sie einen Schritt zurück.

Er entriß ihr den Umhang, den sie ihm mitgebracht hatte, und warf ihn sich um die Schultern. »Nur fort aus diesem Höllenloch!«

Knappe Entgegnungen waren zur Alltäglichkeit geworden. »Ihr undankbarer Kerl.«

Mit einer Hand, die sich gefährlich kräftig anfühlte, packte er ihren Arm und schob sie auf die Treppe zu. Sie spürte seine Wut, aber sie ergab keinen Sinn. Er hätte doch erleichtert und dankbar sein müssen.

»Wo entlang?« zischte er, als sie oben angekommen waren.

Verunsichert und entmutigt zeigte sie auf die Tür zur Butterkammer. »Dort hindurch und dann über den Burghof.«

Sich so verstohlen wie möglich bewegend, schafften sie es zum Stall, wo der Bursche bereits die Zügel der Pferde in den Händen hielt.

Er verzog das Gesicht. »Großer Gott, Ihr riecht nach dem Kerker.«

Randolph trat um Elizabeth herum. »Ich werde den Hengst reiten.«

Elizabeth gab dem Jungen zwei Goldmünzen. »Vielen Dank. Und wenn dir Nachteile aus unserer Flucht entstehen, mußt du nach Fairhope Tower in den Dabatable Lands fliehen. Such Zuflucht bei Drummond Macqueen.«

Der Junge versprach es, warf aber einen sichernden Blick auf Randolph Macqueen. Sie verstand ihn gut.

Randolph hielt die Zügel der Stute. »Wenn Ihr mitkommt, Elizabeth, solltet Ihr jetzt aufsitzen.«

Böse Ahnungen quälten Elizabeth, dennoch nahm sie an, daß alles gutgehen würde, sobald sie Douglas Castle hinter sich gelassen hätten.

Mit dieser Annahme behielt sie recht. Douglas' Männer verfolgten sie zwar, aber ihre Tiere konnten nicht mithalten. Dennoch trieben Randolph und Elizabcth dic Pfcrdc bis an den Rand ihrer Leistungsfähigkeit. Der kalte Dezemberwind fuhr ihr in die Knochen, und sie schmiegte sich wärmesuchend eng an ihre Stute.

Als sie die Kaianlagen erreichten, waren die Pferde schweißüberströmt, und Randolph hatte ihr kaum einen Blick zugeworfen.

»Zu mir, einem Macqueen!« rief er der Mannschaft der *Seawolf* zu.

Die Seeleute beeilten sich, eine Planke herunterzulassen. Die Folgen seiner Kerkerhaft waren nur allzu sichtbar. Sein Haar war strähnig, die Haut fahl, die Kleidung verschmutzt und zerrissen.

Mit eisenhartem Griff zerrte er sie vom Pferd. »Wie ich sehe, tragt Ihr noch immer Euren Keuschheitsgürtel.«

Elizabeth riß sich von ihm los. »Was ist nur los mit Euch? Und hört auf, mich herumzuschleudern wie einen Sack Getreide.«

Er wandte sich an den Ersten Maat. »Jamie, laß die Pferde unter Deck bringen und setz Segel Richtung Elgin's End. Beeil dich, Mann, wir müssen vor dem Weihnachtstag dort sein.«

»Aye, Randolph.«

»Dann laß mir ein Bad ein und bring mir etwas, womit man Gold durchtrennen kann.«

Elizabeth starrte ihn entsetzt an.

Randolph schien vor Zorn zu schäumen. Erneut packte er ihrem Arm und zerrte sie an Bord. »Meine Kabine befindet sich am Fuß der Kajüttreppe dort. Wenn Ihr klug seid, begebt Ihr Euch unverzüglich dorthin.«

»Ich weiß, wo Eure verdammte Kabine ist«, zischte sie zurück und entzog sich seinem Griff.

Zu zornig, um über die ihm zugefügte Erniedrigung hinwegsehen zu können, schob er sie in seine Kabine und verschloß die Tür von außen.

Ein Schauer des Widerwillens durchpulste ihn, und er schloß die Augen. Er hörte die Rufe seiner Mannschaft, das Trappeln von Pferdehufen an Deck, schenkte aber beidem keine Beachtung. Zwei Gedanken beherrschten ihn. Er war dem dunklen, feuchten Verlies entkommen, und die verräterische Elizabeth Gordon befand sich in seiner Gewalt.

Sie hatte ihn um sein Vertrauen gebeten, und er war wie ein Narr darauf hereingefallen, hatte die Stimme der Vernunft ignoriert und geglaubt, sie wolle ihm nicht schaden. Fast hätte er darüber lächeln müssen, denn der Schmerz, den sie ihm zugefügt hatte, überstieg normale körperliche Empfindungen. Er hatte das Gefühl, als wäre ihm das Herz aus der Brust gerissen worden. Aber er wußte doch, daß man einer Frau nicht trauen durfte, selbst wenn es sich um einen Herold des Königs handelte. Schockiert hatte er es vernommen, als man ihn schlug, in das Verlies schleppte und an die Mauer schmiedete. Douglas selbst hatte gesagt, daß der Befehl zu seiner Gefangennahme vom Herold überbracht worden war. Aber Randolphs Kerkermeister war ein eingeschworener Verbündeter der Engländer. Weshalb sollte er sich den Wünschen eines schottischen Königs fügen? Und warum sollte Bruce seine Gesandte in einem so niedrigen Ränkespiel einsetzen? Er mußte wissen, daß die anderen Highland-Chieftains, an der Spitze der allmächtige Revas Macduff, darauf brennen würden, Randolph Macqueen zu rächen. In Schottland würde es erneut zum Bürgerkrieg kommen. Und untereinander zerstritten, mußte das schottische Volk für Edward II. eine leichte Beute sein.

Diese wahnwitzige Logik verblüffte Randolph. Aber während er mit seinem Verstand haderte, fragte sein Herz klar und deutlich: Warum hatte Bruce ihn mit Hilfe von Elizabeth verraten? Oder hatte sie auf eigene Faust gehandelt? Vielleicht aus Liebe zu irgendeinem Engländer?

Niemals, widersprach sein Stolz.

Zieh keine übereilten Schlüsse, flehte sein Herz. Du liebst sie.

Und das ist die Wahrheit, dachte Randolph widerwillig, denn er suchte nach Gründen, ihren Verrat zu entschuldigen. Trotz der Beweise an seinen Handgelenken, trotz der Verletzung seiner Gefühle wollte er immer noch glauben, daß sie an den an ihm verübten Verbrechen schuldlos war.

Bis zum Christfest waren es noch fünf Tage. Er mußte nach Elgin's End, einer fernen Stadt an der nördlichen Küste Schottlands.

Müde und erschöpft an Seele und Körper sank er auf den Boden des Niedergangs.

Würde er es rechtzeitig schaffen?

Elizabeth konnte nicht stillsitzen. Unruhig lief sie in der winzigen Kabine auf und ab. In der Ecke stand eine riesige Kohlenpfanne neben einem Stapel Torf. Sie zündete ein kleines Feuer an, setzte sich davor und dachte nach. Hatte die Zeit im Verlies Randolph den Verstand verwirrt? Sie wußte, daß so etwas möglich war, hatte aber noch keinen derartigen Fall erlebt. Wie der Earl of Strath und der Marshal von Northumberland waren die Häftlinge, denen sie begegnet war, politische Faustpfänder und königliche Gefangene. Sie wurden nicht in Verliesen angekettet und geschlagen und brauchten nicht zu hungern.

Die Planken des Schiffes begannen zu ächzen, langsam kam es in Fahrt. Die Bewegung ließ sie fast das Gleichgewicht verlieren. Warum behandelte er sie so schlecht? Sie bedeutete ihm doch etwas – in seinem Ringen um ihre Zuneigung war er geradezu unerbittlich gewesen. Elizabeth erkannte einen gesinnungslosen Mann, wenn sie einem begegnete. Randolph war aufrichtig. Sie konnte nur beten, daß sein Wahnsinn vorüberging. Aber wenn das nun nicht der Fall war?

Eine Überprüfung des Raums förderte ein Arsenal an Waffen zutage. Sie wählte eine aus, versteckte die anderen und wartete.

Einige Zeit später öffnete sich die Tür, Elizabeth blickte auf und sah Randolph hereinkommen. Er hatte gebadet und trug einen langen wollenen Überwurf. Sein Gesicht war rasiert, seine Haare gewaschen und zurückgekämmt. Der Blick seiner Augen war ausgesprochen bedrohlich, in seiner Hand hielt er eine Feile.

Sie schwang ihren Dolch. »Kommt mir nicht zu nahe.«

»Zieht Euch aus«, sagte er, und seine Stimme war so kalt wie das Wetter draußen.

»Warum?«

Prüfend fuhr sein Daumen über die Feile. »Weil ich Euch will.«

Angst machte ihr die Kehle eng. »Ihr liebt mich.«

»Nennt es, wie Ihr wollt. Ich bin entschlossen, Euch zu nehmen.«

»Warum wollt Ihr mir dann die Unschuld nehmen?« forderte sie ihn heraus. »Warum beruhigt Ihr Euren Zorn nicht damit, mich zu schlagen?«

»Ich habe ausreichend Zeit für beides.« Sein Blick blieb an dem Dolch in ihrer Hand hängen. »Diese Klinge ist sehr scharf.«

Sie konnte nicht entkommen, die Kabine war zu klein. Wenn ihr genügend Zeit blieb, könnte sie ihn vielleicht umstimmen. Ihre Werkzeuge waren Worte, keine Waffen. Sie warf den Dolch auf den Boden. »Gewalt schickt sich nicht für einen Liebenden. Sagt mir, wessen Ihr die Frau beschuldigt, die Ihr doch liebt.«

»Hört auf, dieses Wort zu benutzen«, zischte er durch zusammengebissene Zähne.

Sie zuckte zusammen, wahrte aber ihre Haltung. »In Eurem Herzen wißt Ihr, daß ich nichts Unrechtes getan habe. Ich liebe Euch.«

»Warum habt Ihr mich dann in die Hand des Feindes gegeben? Auch Verrat schickt sich nicht für Liebende.«

»Wieso meint Ihr, ich hätte Euch verraten?«

Er hob den Dolch auf. »Zieht Euer Gewand aus, oder ich schneide es in Fetzen.«

Das Vertrauen in ihn war trotz ihrer Furcht unerschütterlich. »Euch ist Furchtbares angetan worden. Ihr habt das Recht, Genugtuung zu verlangen, aber Ihr trachtet danach bei der Falschen.«

Mit bebenden Fingern warf sie ihren Umhang ab und zog ihr Gewand aus. Ihr Untergewand bot nur wenig Schutz vor der kühlen Luft. »Es ist kalt hier.«

Seine Mundwinkel senkten sich abfällig. »Das wird sich ändern.«

Irgendwie mußte es ihr gelingen, seine Abwehr zu durchbrechen. »Ich bin eine Jungfrau, Randolph.«

»Auch das wird sich ändern.« In seinen Augen begann es zu funkeln. »Zieht Euch ganz aus.«

Sie brauchte mehr Zeit. In ihrer Verzweiflung legte sie ihre Haube ab und begann ihre Flechten zu lösen.

Er verschränkte die Arme vor der Brust und lehnte sich gegen die Kabinentür. »Ihr verweist auf Eure Unschuld und spielt doch die Metze.«

Elizabeth spürte, wie Ärger in ihr aufstieg. »Lassen denn nur Metzen ihr Haar herunter?«

»Auf diese Weise schon.«

»Was wollt Ihr eigentlich? Mir ist kalt, und Ihr befehlt mir, mich zu entkleiden.«

»Keine Sorgen, Eure Unbehaglichkeit wird nicht lange andauern.«

Da war es wieder. Hinter seiner Verbitterung spürte sie irgend etwas der alten Zuneigung. »Dann ist es Eure Absicht, mir die Freude der Befriedigung zu geben?«

Er schloß die Augen. Seine Nackenmuskeln traten hervor, und er ballte die Fäuste, bis die Knöchel weiß wurden.

Sie streifte das Untergewand über den Kopf und stand nur mit dem Keuschheitsgürtel bekleidet vor ihm. Sie schüttelte die Haare, so daß sie von ihnen wie von einem Umhang eingehüllt wurde.

Er öffnete die Augen. Wie sie erwartet hatte, fiel sein Blick zunächst auf ihre Haare, dann auf ihre Taille. Der Gürtel aus feinem Goldfiligran umfing ihre Taille, von ihrem Bauchnabel aus führte ein goldener Gurt hinunter und zwischen ihren Beinen hindurch.

Er schluckte hörbar. »Wo ist der Schlüssel?«

»Ihr liebt mich, Randolph.«

»Oh, aye«, knurrte er, ließ aber keinen Blick vom Keuschheitsgürtel.

»Sagt mir, in welcher Art und Weise ich Euch betrogen haben soll.«

»Ihr wußtet von Anfang an, warum ich nach Douglas Castle gekommen bin.«

»Ich weiß es jetzt. Ihr kamt, um die Reliquie des heiligen Columba zu holen, damit Ihr an der Messe der Einheit teilnehmen könnt.«

»Ihr habt Douglas davon berichtet.«

»Das habe ich mitnichten getan. Cutberth Macgillivray hat Douglas seinen Herold geschickt.«

Sein Gesichtsausdruck veränderte sich. Nachdenklich starrte er in die Kohlenpfanne. »Douglas sprach von einem Herold, vergaß jedoch zu erwähnen, wessen Herold.«

»Und da glaubtet Ihr, ich wäre das gewesen«, flüsterte sie. Hätte er ihr das Herz herausgerissen, wäre der Schmerz auch nicht größer gewesen. »Ihr habt das Schlimmste angenommen.«

»Cutberth forderte also Douglas auf, mich bis nach dem Christfest festzusetzen.«

»Das nehme ich an.«

»Aber wie habt Ihr davon erfahren?«

Sie erzählte ihm, daß sie Cutberths Gesandten dabei beobachtet hatte, wie er aus Douglas Gemach gekommen war. »Erst als ich mit unserem König sprach, erfuhr ich von der Messe der Einheit und Cutberths Absichten, sie zu verhindern. König Robert glaubte nicht, daß man nach Euch in den Lowlands suchen würde.«

»Er irrte – wie so häufig in seiner Einschätzung seiner Untertanen in den Highlands.«

»Jetzt weiß er Bescheid und hat vorsorgliche Maßnahmen getroffen.«

»Welche Maßnahmen?«

»Inzwischen bewachen königliche Gefolgsleute Cutberths Burg. Er darf sie erst nach dem Christfest wieder verlassen. Er kann die Messe nicht mehr verhindern.«

»Ihr habt mehr Vertrauen in Bruces Fähigkeiten als ich.«

Loyalität zu ihrem König ließ sie zögern, aber als sie den Zweifel in Randolphs Augen sah, wußte sie, daß sie ihm die ganze Wahrheit erzählen mußte. »Unser Herrscher hat die Absicht, im März ein Parlament in Saint Andrews einzuberufen.«

»Ein Parlament?« Überrascht hob Randolph die Brauen. »Ein richtiges Parlament mit Vertretern aller Clans?«

Falls sie der Meinung war, sie könnten ein gemeinsames Leben führen, war jetzt der Zeitpunkt, rückhaltslos offen zu sein. »Aye, aber das ist noch nicht allgemein bekannt. Ihr müßt wissen, daß ich Euretwegen gegen den Willen meines Königs verstoßen habe.«

»Wie das?«

»Er untersagte mir ausdrücklich, länger auf Douglas Castle zu verweilen.«

»Und warum habt Ihr Euch ihm widersetzt?«

»Weil ich Euch liebe und Euch versprochen hatte, zu Euch zurückzukehren. Als ich Euch dort nicht fand, kam ich hierher und sprach mit Eurem Ersten Maat. Dann ritt ich zu Eurem Bruder und suchte dort nach Euch.«

»Wie habt Ihr mich gefunden?«

»Über den Stallburschen. Erzählt mir, wie man Euch in das Verlies geworfen hat.«

»Edward reiste einen Tag nach Euch ab, wenige Stunden nach Drummond. Douglas bat mich, in meiner Kammer zu warten, bis er mich zur Vesper abholen würde. Doch als dann der letzte Glockenschlag erklang, stürmten seine Männer zu mir in mein Gemach. Als alle anderen ihre Abendgebete sprachen, bearbeiteten mich Douglas' Söldlinge mit ihren Fäusten.«

»König Robert nimmt an der Messe teil. Er wird wissen wollen, was Euch zugestoßen ist.«

Randolph ließ die Schultern hängen. »Warum hat er diese Pläne nicht schon längst mitgeteilt?«

»Unser Herrscher hält seine Teilnahme vor den Engländern geheim, bis die Kirche unserem Anliegen ihren Segen erteilt hat.«

»Wir werden uns in Gottes Namen vereinen und die Geburt unseres Heilands feiern.«

»Aye, und alle Christenheit wird uns dafür loben und preisen.«

Er warf die Feile fort und eilte zu ihr. »Oh, Elizabeth, vergib mir, daß ich mein Vertrauen in dich verlor.«

Sie legte ihre Arme um den Hals und bedeckte sein Gesicht mit Küssen. Immer wieder wisperte sie seinen Namen, und als sich ihre Lippen endlich trafen, war die Vergebung vollständig, ihr Glück grenzenlos. So sehr sehnten sie sich danach, einander zu berühren, daß sie sich mit ihren Händen dauernd in die Quere kamen.

»Ich bin ungeschickt«, gestand sie lachend.

»Du bist vollkommen«, erklärte er.

»Du trägst zu viele Kleider«, beschwerte sie sich.

Er begann sich auszuziehen. Als sie ihm dabei zusah, bemerkte sie die Zeichen seiner Einkerkerung. Noch immer war er dünner, als er sein sollte, und seine Handgelenke trugen Male der Ketten. Als er seine Bundhosen auszog und sie seine Männlichkeit erblickte, mußte sie überrascht schlucken. Herrlich geformt, reckte sich sein Glied steif und stolz in die Höhe, während ihr Körper genau entgegengesetzt zu reagieren schien, denn sie wurde vor Verlangen nach ihm fast ohnmächtig.

»Was uns auf das bringt, was du noch trägst, Liebste.«

Beim Klang seiner Stimme sah sie hoch, aber Bewunderung und Erstaunen zogen ihren Blick wieder hinunter. Zum erstenmal sah sie die intimen Körperteile eines Mannes, und ein unsinniger Gedanke schoß ihr durch den Kopf. »Unsere Körper sind sehr verschieden.«

Ihre Bemerkung rührte ihn auf eine sehr körperliche Weise an. »Erfreulicherweise. Und wo ist nun der Schlüssel zu diesem Ungetüm?«

Sie schüttelte den Kopf. »Es gibt keinen.«

»Und wie soll ich dich da herausbekommen?«

Seine Ungeduld ließ sie lächeln. »Gib mir deine Hand.«

Als er es tat, legte sie seinen Zeigefinger auf eine der drei Filigranblüten. Mit der eigenen Hand fand sie die anderen beiden. »Und nun üben wir beide Druck aus.«

»Eine sehr reizvolle Formulierung, Liebste.«

Beide drückten sie zu. Ein leises Klicken, und der Gürtel fiel in zwei Hälften auseinander. Randolph prüfte sein Gewicht und hob die Brauen. »Er ist gar nicht so schwer, wie ich annahm.«

»Er erfüllt seinen Zweck.«

Er ließ den Gürtel auf den Boden fallen. »Aber er hat seine Schuldigkeit getan.« Dann streckte er die Hand nach ihr aus.

Ihr Herz klopfte vor Erwartung, als er sie ohne Schwierigkeiten zum Bett trug. Als er sich neben sie legte und ein Knie zwischen ihre Beine schob, sog sie unwillkürlich und scharf den Atem ein.

»Schscht«, flüsterte er zärtlich, sah sie an und senkte den Kopf, bis sich seine Lippen über ihrer Brust schlossen.

Ein Schauer des Verlangens durchrieselte sie. Im Vergleich zu seinen Lippen und Händen kamen ihr ihre eigenen Zärtlichkeiten geradezu dürftig vor. »Sag mir, womit ich dich glücklich machen kann.«

»Das ist sehr einfach, Liebste. Verzeih mir, daß ich an dir gezweifelt habe.«

Warme Zärtlichkeit erfüllte sie. »Ich meinte, wie ich Euch in Momenten wie diesem glücklich machen kann.«

Er nahm ihre Hand und glitt mit ihr an seinem Körper hinunter, bis ihre Fingerspitzen die samtweiche Haut seiner Männlichkeit berührten. Sie umschloß sie mit den Fingern und drückte leicht zu. Er stöhnte auf.

»Er ist sanft und weich«, stellte sie fest und ließ die Finger hinauf und hinunter gleiten. »Aber nicht überall.«

»Mach nur weiter, Elizabeth, und du lernst die Bedeutung von Sanftheit kennen.«

Sie leise lachte auf. Er auch, und ihr Lachen ging von Brust zu Brust, von Herz zu Herz. Er berührte sie auf eine Weise, die ihr den Atem nahm und sie vor Verlangen erbeben ließ, aber als er seine Hand zwischen ihre Beine schob und sie dort liebkoste, stöhnte sie laut auf und rief seinen Namen.

Sein Atem wurde keuchend, seine Hüften bewegten sich in vollkommener Übereinstimmung mit den Aktivitäten seiner Hand. Sie begann hilflos zu zittern und hatte das Gefühl, daß sie irgendeinem himmlischen Ort entgegenstürmte. Schneller und schneller raste sie dahin, ihre Atemzüge wurden flacher, und sie bezog Stärke aus der Gewißheit, daß er mit ihr zusammen reiste.

Dann zerbarst die Welt mit der Explosion einer so unerwarteten und unbändigen Lust, daß sie sich unwillkürlich von Kopf bis Fuß versteifte. Er murmelte aufmunternde Worte voller Liebe, und sie klammerte sich an den Klang seiner Stimme, während die Lust verebbte und ihr Verstand zurückkehrte.

Mühsam schluckend öffnete sie die Augen. Sie lagen ruhig nebeneinander, und er lächelte sie so liebevoll an, daß sie glaubte, ohnmächtig werden zu müssen. Aber da war noch mehr, wußte sie instinktiv. »Laß mich dein werden«, hauchte sie.

Er zog seine Hand zurück, rollte sie auf den Rücken und legte sich auf sie. Er schob sich in die Wiege zwischen ihren Hüften und sagte: »Öffne deine Beine, Liebste.«

Sie tat wie geheißen und spürte, wie er in sie eindrang und die Barriere ihrer Jungfernschaft durchstieß. Gegen ihren Willen verspannte sie sich, aber er beruhigte sie und senkte seine Lippen zu einem umfassenden Kuß auf ihren Mund.

Einen Augenblick später zog er sich zurück, aber nur, um erneut in sie einzudringen. Sie paßte sich seinem Rhythmus an, und als der immer schneller wurde, gab sie sich ihrer Harmonie ganz hin und sehnte sich nach der Lust, die mit Gewißheit kommen würde. Als es soweit war, vergaß sie ihre frühere Erfüllung und genoß das unendlich beglückende Gefühl, ihn in sich zu spüren.

Im Nachhall der Leidenschaft nahm er sie fest in die Arme. »Ich danke dir für das Geschenk deiner Unschuld.«

»Eigentlich ist das seltsam«, sagte sie und schmiegte sich noch enger an ihn. »Genau das wird uns immer gesagt – daß unsere Jungfräulichkeit ein Geschenk für den Mann ist. Aber bei meiner Ehre, Randolph Macqueen, du kannst unsere Liebe gar nicht so genossen haben wie ich.«

Er brach in schallendes Gelächter aus, und es dauerte so lange, daß sie verlegen wurde. Schließlich holte er tief Atem und sagte: »Behalte dieses Wissen lieber für dich, Liebste, sonst gibt es bald keine Jungfrauen im Ehebett mehr.«

Versöhnt griff sie nach der Decke und zog sie über sie beide.

»Elizabeth?«

»Hm?«

»Falls ich je wieder mein Vertrauen in dich verliere«, beschwor er sie, »bitte ich dich, mich mit der Keule zu verprügeln.«

»Abgemacht«, sagte sie und schlief in den Armen des Mannes ein, den sie liebte.

Die Seereise war rauh, und erst am Morgen des Weihnachtstages erreichten sie den Hafen von Elgin's End. Auch die Pferde hatten unter der Überfahrt gelitten, und Randolph sah sich gezwungen, die beiden Tiere eine Weile herumzuführen, bevor sie für die Weiterreise aufsitzen konnten.

Sie trieben die Pferde hart an und erblickten auf ihrem Ritt nach Auldcairn immer wieder Anzeichen für die bevorstehenden freudigen Ereignisse. Banner und Wimpel mit den Wappen der verschiedenen Clans säumten den Weg, Girlanden aus Efeu und Stechpalmen schmückten Wegweiser, und an einer Wegkreuzung bot ihnen eine Frau Mince-Pies und warmes Jul-Bier an.

Aber das Bild der Eintracht, das sie im großen Saal von Auldcairn Castle erwartete, überstieg selbst ihre kühnsten Träume. Der Chieftain der Mackenzies stand Schulter an Schulter mit dem Chieftain der Munros, Mackay scherzte mit Mackintosh, Chisholm lachte über einen Scherz Frasers, und Davidson tauschte mit Grant Festtagsgeschenke aus.

Auf einem Thron im Hintergrund des Raumes sahen sie Robert Bruce. Links neben dem König von Schottland saß ein prächtig gewandeter Bischof, rechts von ihm der mächtige Revas Macduff.

Arm und Arm bahnten sich Elizabeth und Randolph ihren Weg durch die Menge und knieten vor dem König nieder.

»Ihr habt meinen Herold verführt«, warf Robert Bruce Randolph vor.

»Nay, hoher Herr, denn sie wird schon bald meine Gemahlin.«

Der König von Schottland erhob sich und blickte von einem zum anderen. »Ich würde gern ein Wort mit Euch allein wechseln, Lady Elizabeth.«

Während der König sie beiseite zog, sah Elizabeth Randolph das gleiche mit Revas Macduff tun. Welche Neuigkeit Randolph ihm auch mitteilen mochte – sie schien Macduff zu gefallen, denn er warf beide Arme in die Luft und jubelte.

Sie ignorierend, fragte Robert Bruce: »Ihr wollt diesen Macqueen zu Eurem Gemahl nehmen?«

Elizabeth sah ihm direkt in die Augen. »Aye, ich liebe ihn. Das heißt, wenn Ihr nichts dagegen einzuwenden habt, hoher Herr.«

»Habe ich nicht, Lass. Heute ist wahrlich ein Tag der Freude.« Er sah an ihr vorbei. »Ihr könnt Eure Treueschwüre am folgenden Pfingstsonntag leisten.«

Ein männliches Aufstöhnen, das sie sehr wohl kannte, ertönte hinter ihr. Randolph trat neben sie.

»Nun, Macqueen?« meinte der König, »als Weihnachtsgeschenk gebe ich Euch die Erlaubnis, mein Mündel und den besten Herold im Land zu heiraten – Elizabeth Gordon.«

Randolph war zu enttäuscht, bis Mai warten zu müssen, um antworten zu können.

»Findet Ihr keine Worte des Dankes?« erkundigte sich Bruce.

Randolph nahm Elizabeths Hand und sah ihr tief in die Augen. »Ich bin der glücklichste und geduldigste aller Männer.«

Diese Feststellung löste ein so dröhnendes Gelächter aus, daß der ganze Saal widerhallte. Aber Elizabeth und Randolph leisteten einander einen stillschweigenden Schwur, der ihre Herzen verband und ihre Zukunft besiegelte.

Stunden später betraten die Chieftains aller Highland-Clans mit Ausnahme der Macgillivrays beim ersten Klang der Vesperglocke mit ernsten Gesichtern und ihren Reliquien in den

Händen die Kathedrale. In dem Gotteshaus, Fackel des Nordens genannt, legten sie ihre Reliquien vor dem Vertreter des Vatikans und ihre Schwerter vor Robert Bruce nieder, der endlich König eines vereinten Schottland war.

Mit einer Feierstunde von historischer Bedeutung brachte dieses Christfest den Highland-Clans Frieden und Einheit.

Band 12486

Constance O`Banyon

Süß wie das Lied der Nachtigall

Kassidy Maragon ist noch ein Kind und gerade zur Waise geworden, als sie den attraktiven britischen Offizier Raile DeWinter kennenlernt. Doch Raile, von seiner Familie zu Unrecht verstoßen, verläßt England Hals über Kopf. Fünf Jahre später kehrt er ruhmreich in die Heimat zurück.
Inzwischen ist Kassidy zu einer bezaubernden jungen Frau herangewachsen, und Raile bittet sie mehr aus Ehrgefühl als aus Liebe, seine Frau zu werden. Da riskiert Kassidy in einer Welt voller Lügen und Verrat alles für den Mann, den sie liebt und ohne den sie nicht mehr leben will...

BASTEI LÜBBE